A MULHER COM A ESTRELA AZUL

PAM JENOFF

A MULHER COM A ESTRELA AZUL

Tradução
Alda Lima

Rio de Janeiro, 2022

Copyright © 2021 by Pam Jenoff. Todos os direitos reservados.
Copyright da tradução © 2022 por Casa dos Livros Editora LTDA.
Título original: *The Woman with the Blue Star*

Todos os direitos desta publicação são reservados à Casa dos Livros Editora LTDA.
Nenhuma parte desta obra pode ser apropriada e estocada em sistema de banco de dados ou processo similar, em qualquer forma ou meio, seja eletrônico, de fotocópia, gravação etc., sem a permissão do detentor do copyright.

Diretora editorial: *Raquel Cozer*
Gerente editorial: *Alice Mello*
Editores: *Lara Berruezo e Victor Almeida*
Assistência editorial: *Anna Clara Gonçalves e Camila Carneiro*
Copidesque: *Thaís Carvas*
Preparação de original: *Julia Vianna*
Revisão: *Suelen Lopes*
Adaptação de capa: *Guilherme Peres*
Diagramação: *Abreu's System*

CIP-Brasil. Catalogação na Publicação
Sindicato Nacional dos Editores de Livros, RJ

Jenoff, Pam
    A mulher com a estrela azul / Pam Jenoff; tradução Alda Lima.
– Rio de Janeiro: HarperCollins Brasil, 2022.

    Tradução de : The Woman with the Blue Star
    ISBN 978-65-5511-273-3

    1. Ficção norte-americana I. Título.

21-95045   CDD: 813

Aline Graziele Benitez – Bibliotecária – CRB-1/3129

Os pontos de vista desta obra são de responsabilidade de seu autor, não refletindo necessariamente a posição da HarperCollins Brasil, da HarperCollins Publishers ou de sua equipe editorial.

HarperCollins Brasil é uma marca licenciada à Casa dos Livros Editora LTDA.
Todos os direitos reservados à Casa dos Livros Editora LTDA.
Rua da Quitanda, 86, sala 218 – Centro
Rio de Janeiro, RJ – CEP 20091-005
Tel.: (21) 3175-1030
www.harpercollins.com.br

Para minha *shtetl*... Nos vemos em breve.

PRÓLOGO

Cracóvia, Polônia
Junho de 2016

A mulher diante de mim não é a mesma que eu esperava ver.

Dez minutos antes, parei diante do espelho do quarto de hotel, tirando alguns fiapos do punho da blusa azul-clara e ajeitando meus brincos de pérola. Um leve desgosto cresceu dentro de mim. Eu havia me tornado a garota-propaganda da mulher de setenta e poucos anos: cabelos grisalhos em um corte curto e prático, o corpo robusto num terninho mais justo do que um ano antes.

Toquei no buquê de flores na mesinha de cabeceira — elas eram de um vermelho vibrante e estavam embrulhadas em papel pardo. Então fui até a janela. O Hotel Wentzl, uma antiga mansão do século XVI, ficava no canto sudoeste da Rynek, a imensa praça central da cidade de Cracóvia. Escolhi aquele local deliberadamente, garantindo que meu quarto tivesse a vista certa. A praça, com seu canto sul côncavo, que lhe conferia a aparência de uma peneira, fervilhava. Turistas se aglomeravam entre as igrejas e as barracas de souvenirs do Sukiennice, o enorme mercado de tecidos que dividia a praça ao meio. Amigos se reuniam nos cafés ao ar livre para um drinque após o expediente em uma noite quente de junho, enquanto pessoas voltavam do trabalho com suas maletas, de olho nas nuvens encobrindo o Castelo de Wawel, ao sul.

Eu estivera em Cracóvia duas vezes: uma logo após a queda do comunismo e outra dez anos depois, quando comecei a levar minha busca a sério. Fui imediatamente conquistada pela joia escondida que é a cidade. Embora eclipsada pelos ímãs turísticos de Praga e Berlim, a Cidade Velha de Cracóvia, com suas catedrais imaculadas e casas restauradas à forma original, esculpidas em pedra, era uma das mais elegantes de toda a Europa.

A cidade parecia mudar bastante em cada visita, tudo mais brilhante e novo — "melhor" aos olhos dos habitantes, que haviam passado por muitos anos de dificuldade e progresso estagnado. As casas, outrora cinzentas, foram pintadas em tons de amarelo e azul vibrantes, dando um ar cinematográfico às ruas antigas. Os habitantes também eram intrigantemente contraditórios: jovens vestidos com roupas da moda falando no celular enquanto caminham, sem se importar com os moradores das montanhas vendendo seus suéteres de lã e queijos de ovelha em lonas esticadas no chão, ou com uma *babcia* usando lenço na cabeça e sentada na calçada, pedindo esmolas. Diante da vitrine de uma loja anunciando planos de wi-fi e internet, pombos bicavam os paralelepípedos da praça do mercado como faziam há séculos. Por baixo de toda a modernidade e polimento, a arquitetura barroca da Cidade Velha brilhava desafiadoramente, uma história que não poderia ser negada.

Mas não foi a história que me trouxe aqui — ou pelo menos não essa história.

Quando o trompetista na torre da igreja Mariacki começou a tocar o Hejnał, sinalizando a hora em ponto, observei o canto noroeste da praça, esperando que a mulher aparecesse às cinco, como fazia todos os dias. Como não a vi, me perguntei se ela não viria hoje, decretando que minha viagem por meio mundo teria sido em vão. No primeiro dia, eu quis ter certeza de que era a pessoa certa. No segundo, quis falar com ela, mas perdi a coragem. No dia seguinte, eu já voltaria para casa, nos Estados Unidos. Esta era minha última chance.

Finalmente, ela apareceu na esquina de uma farmácia, o guarda-chuva encaixado debaixo do braço, e atravessou a praça numa velocidade surpreendente para uma mulher de cerca de noventa anos. Seu corpo não exibia sinais de corcunda; suas costas eram eretas e os ombros estavam jogados para trás. Os cabelos brancos estavam presos em um coque frouxo no alto da cabeça, mas algumas mechas haviam se soltado e agora balançavam livremente, emoldurando seu rosto. Em contraste com minhas roupas sóbrias, ela usava uma saia de cores vivas com uma estampa vibrante. O tecido brilhante parecia dançar em torno de seus tornozelos durante a caminhada, e eu quase podia ouvir seu farfalhar.

Ela seguia uma rotina familiar, a mesma dos dois dias anteriores, quando a observei caminhar até o Café Noworolski e pedir a mesa mais distante da praça, protegida do movimento e do barulho pela entrada arqueada do prédio. Da última vez em que vim para Cracóvia, ainda estava procurando. Agora, eu sabia quem ela era e onde encontrá-la. Só faltava tomar coragem e descer.

A mulher escolheu a mesa de sempre, no canto, e abriu um jornal. Ela não fazia ideia de que estávamos prestes a nos encontrar — ou mesmo que eu estava viva.

Ouvi de longe o estrondo de um trovão. As gotas começaram a cair, respingando nos paralelepípedos como lágrimas negras. Era bom eu me apressar. Se o café ao ar livre fechasse e a mulher fosse embora, minha busca teria sido em vão.

Ouvi a voz de meus filhos, avisando que era perigoso demais viajar sozinha para tão longe, ainda mais na minha idade, que não havia motivo, não havia mais nada a descobrir. Talvez eu devesse simplesmente ir embora e voltar para casa. Aquilo não tinha importância para ninguém.

Exceto para mim — e para *ela*. Eu ouvi sua voz na minha cabeça, a voz que eu imaginava que ela teria, lembrando-me de por que eu tinha vindo.

Preparando-me, peguei as flores e saí do quarto.

Lá fora, comecei a atravessar a praça. Então parei novamente. Fui tomada pela dúvida. Por que vim de tão longe? O que estava procurando? Obstinadamente, continuei, ignorando as gotas grossas respingando em minhas roupas e cabelos. Cheguei ao café, passando pelas mesas dos clientes que, conforme a chuva engrossava, já pagavam suas contas e se preparavam para ir embora. Quando me aproximei da mesa, a mulher de cabelos brancos levantou os olhos do jornal e os arregalou.

Agora, de mais perto, posso ver seu rosto melhor. Posso ver tudo. Eu fico imóvel, paralisada.

A mulher diante de mim não é a mesma que eu esperava ver.

CAPÍTULO 1

Sadie

Cracóvia, Polônia
Março de 1942

Tudo mudou no dia em que vieram buscar as crianças.

Eu deveria estar no pequeno sótão do prédio de três andares que dividíamos com uma dúzia de outras famílias no gueto. Mamãe me ajudava a me esconder ali todas as manhãs, antes de sair e se juntar ao destacamento do trabalho na fábrica, deixando-me com um balde limpo para usar como banheiro e ordens expressas de não sair dali. Eu sentia frio e ficava impaciente, sozinha no espaço minúsculo e gelado onde não podia correr, me mexer ou mesmo ficar em pé direito. Os minutos se arrastavam silenciosamente, interrompidos apenas pelo barulho de um arranhão — crianças invisíveis, anos mais novas que eu, encolhidas do outro lado da parede. Elas ficavam separadas umas das outras, sem espaço para correr e brincar. Trocavam mensagens batendo e arranhando as paredes, como uma espécie de código Morse improvisado. Às vezes, entediada, eu também participava.

— A liberdade está dentro de você — dizia meu pai quando eu reclamava. Papai tinha um jeito de ver o mundo exatamente como queria ver. — A maior prisão está em nossa mente.

Para ele, falar era fácil. Embora o trabalho manual no gueto estivesse longe de se comparar ao seu trabalho como contador antes da guerra, pelo menos ele saía de casa todos os dias e via outras pessoas. Não vivia confinado como eu. Eu mal saíra do nosso prédio desde que fomos forçados a nos mudar, seis meses atrás, de nosso apartamento no bairro judeu, próximo ao centro da cidade, para o bairro de Podgórze, onde, na margem sul do rio, foi estabelecido o gueto. Eu queria uma vida normal, a minha vida, livre para correr além das paredes do gueto para todos os lugares que um dia eu conhecera e não dera valor. Eu me imaginava pegando o bonde para as lojas no Rynek ou indo ao *kino* para assistir a um filme, explorando os antigos montes cobertos de grama nos arredores da cidade. Eu desejava que pelo menos minha melhor amiga, Stefania, também estivesse escondida nas proximidades. Em vez disso, ela morava em um apartamento do outro lado do gueto, designado para as famílias da polícia judaica.

Não foi o tédio e a solidão que me tiraram do esconderijo dessa vez, mas a fome. Sempre tive um apetite voraz e o racionamento do café da manhã se resumia a meia fatia de pão, ainda menos do que o normal. Mamãe me ofereceu sua porção, mas eu sabia que ela precisava de forças para o longo dia de trabalho que tinha pela frente.

À medida que a manhã avançava e eu continuava em meu esconderijo, minha barriga vazia começou a doer. Visões dos alimentos que costumávamos comer antes da guerra invadiram minha mente: sopa de cogumelos, um delicioso *borscht* e uma porção de *pierogi*, os bolinhos gostosos e bem recheados que minha avó fazia. No meio da manhã, eu estava tão fraca de fome que me aventurei a sair do esconderijo e descer até a cozinha compartilhada no térreo, que na verdade não passava de um fogão solitário e uma pia que pingava água morna e marrom. Não fui buscar comida — mesmo que houvesse alguma, eu jamais roubaria. Em vez disso, queria ver se ainda havia migalhas no armário e se conseguia encher a barriga com um copo d'água.

Fiquei na cozinha mais tempo do que deveria, lendo o exemplar amassado do livro que levara comigo. O que eu mais detestava no esconderijo do sótão é que era escuro demais para ler. Sempre gostei de ler e papai levara o máximo de livros que conseguiu carregar de nosso apartamento para o gueto, apesar dos protestos de minha mãe, alegando que o espaço nas malas era para roupas e comida. Foi papai quem nutriu meu amor pelo conhecimento e incentivou meu sonho de estudar medicina na Universidade Jaguelônica antes que as leis alemãs tornassem isso impossível — primeiro proibindo os judeus e, depois, fechando totalmente a universidade. Mesmo no gueto, no final de seus longos e difíceis dias de trabalho, papai adorava ensinar e debater ideias comigo.

De alguma forma, ele havia me arranjado um novo livro alguns dias antes, *O conde de Monte Cristo*. No entanto, o esconderijo no sótão era escuro demais para ler e mal havia tempo antes do toque de recolher e do apagar das luzes. *Só mais um pouquinho*, prometi a mim mesma, virando a página na cozinha. Alguns minutos não fariam diferença.

Eu tinha acabado de lamber a faca de pão suja quando ouvi pneus pesados cantando, seguidos de vozes altas. Congelei imediatamente, quase deixando o livro cair. A SS e a Gestapo estavam do lado de fora, acompanhadas pela vil Jüdischer Ordnungsdienst, a polícia dos guetos judeus, que cumpria suas ordens. Era uma *aktion* — o aprisionamento repentino e sem aviso prévio de grandes grupos de judeus, que depois eram levados do gueto para os campos. Aquele era o exato motivo pelo qual eu deveria estar escondida. Corri da cozinha, atravessei o corredor e subi as escadas. Lá embaixo, a porta da frente do prédio se estilhaçou com um grande estrondo e a polícia entrou. Era impossível voltar para o sótão a tempo.

Em vez disso, corri para nosso apartamento no terceiro andar. Meu coração martelava e eu olhava em volta desesperadamente, desejando um armário ou outro móvel adequado onde pudesse me esconder no minúsculo quarto, que estava quase vazio exceto por uma cômoda e a cama. Havia outros lugares, eu sabia, como a parede de gesso falso que uma das outras famílias havia construído no prédio adjacente menos de uma semana antes, mas ficava muito longe, impossível de alcançar. Olhei para o grande baú de navio ao pé da cama de meus pais. Mamãe me mostrou como me esconder lá uma vez, logo depois que nos mudamos para o gueto. Ensaiamos aquilo como se fosse um jogo, minha mãe abrindo o baú para eu entrar antes que ela fechasse a tampa.

Era um esconderijo terrível, exposto e bem no meio do cômodo, mas simplesmente não havia outro lugar. Eu precisava tentar. Corri até a cama e entrei no baú, fechando a tampa com dificuldade. Agradeci aos céus por ser pequena como mamãe. Sempre odiei ser tão pequena, o que me fazia parecer dois anos mais jovem do que eu realmente era. Agora, porém, parecia uma bênção, assim como o triste fato de que os meses do racionamento escasso no gueto me tornaram mais magra. Eu ainda cabia no baú.

Quando ensaiamos, imaginamos mamãe colocando um cobertor ou algumas roupas por cima do baú. Eu não tinha como fazer isso sozinha, portanto, o baú estava em plena vista para que qualquer um que entrasse no cômodo o notasse e abrisse. Enrolei-me em posição fetal e passei os braços em volta do corpo, sentindo a braçadeira branca com a estrela azul que todos os judeus eram obrigados a usar.

Um grande estrondo veio do prédio vizinho, o som de gesso sendo quebrado por um martelo ou machado. A polícia encontrara o esconderijo atrás da parede, denunciado pela mão de tinta fresca demais. Um grito desconhecido ecoou quando uma criança foi encontrada e arrastada de onde estava. Se eu tivesse ido para lá, também teria sido pega.

Alguém se aproximou da porta do apartamento e a abriu. Meu coração parou. Eu podia ouvir a respiração, sentir os olhos varrendo a sala. *Sinto muito, mamãe*, pensei, certa de sua reprovação por minha escapulida do sótão. Eu me preparei para a descoberta. Será que seriam menos duros comigo se eu saísse e me entregasse? Os passos ficavam mais baixos conforme o alemão atravessava o corredor, parando diante de cada porta, procurando.

A guerra havia chegado à Cracóvia em um dia quente de outono, dois anos e meio atrás, quando as sirenes de ataque aéreo soaram pela primeira vez e fizeram com que as crianças que estavam brincando saíssem correndo da rua. A vida tornou-se difícil e depois piorou ainda mais. A comida desapareceu e precisávamos aguentar longas filas a fim de receber os suprimentos mais básicos. Certa vez, não houve pão por uma semana inteira.

Então, há cerca de um ano, por ordem do Governo Geral, os judeus lotaram Cracóvia aos milhares, vindos de pequenas cidades e aldeias, atordoados, carregando seus pertences nas costas. No começo eu me perguntei como eles encontrariam um lugar para ficar em Kazimierz, o já abarrotado Bairro Judeu. Mas os recém-chegados foram forçados por decreto a viver em uma área lotada do distrito industrial de Podgórze, na outra margem do rio, que havia sido isolada por um muro alto. Mamãe trabalhou com a Gmina, a organização da comunidade judaica local, para ajudá-los a se instalar e, com frequência, recebíamos amigos de amigos que haviam acabado de chegar para uma refeição antes que partissem definitivamente para o gueto. Eles contavam histórias horríveis demais para ser verdade sobre suas cidades natais. Mamãe me enxotava da sala para que eu não as ouvisse.

Meses depois da criação do gueto, recebemos ordens de nos mudarmos para lá também. Quando papai contou, não pude acreditar. Não éramos refugiados, nós éramos cidadãos da Cracóvia; tínhamos morado em nosso apartamento na rua Meiselsa minha vida inteira. Era a localização perfeita: perto do Bairro Judeu, mas a uma curta distância a pé dos pontos mais importantes e dos sons do centro da cidade. Também era perto o bastante do escritório de papai na rua Stradomska, fato que lhe permitia almoçar em casa. Nosso apartamento ficava em cima de um café onde um pianista tocava todas as noites. Às vezes, a música nos alcançava e papai rodopiava mamãe pela cozinha ao som dos acordes suaves. No entanto, de acordo com as ordens, judeus eram judeus. Um dia. Uma mala para cada. E o mundo que conheci durante toda a minha vida desapareceu para sempre.

Espiei pela abertura estreita do baú, tentando ver o minúsculo quarto que dividia com meus pais. Eu sabia que era uma sorte ter um quarto inteiro só para nós três, um privilégio por meu pai ocupar um cargo de supervisão no trabalho. Muitos outros eram forçados a dividir um apartamento, geralmente duas ou três famílias juntas. Ainda assim, comparado à nossa casa de verdade, o espaço era apertado. Estávamos sempre um em cima do outro, as imagens, os sons e cheiros da vida diária ampliados.

— *Kinder, raus!* — chamavam os policiais repetidas vezes enquanto patrulhavam os corredores.

Crianças, fora! Não era a primeira vez que os alemães vinham buscar crianças durante o dia, sabendo que seus pais estariam no trabalho.

Mas eu não era mais criança. Estava com dezoito anos e poderia ter ingressado no destacamento de trabalho como outros da minha idade e até alguns bem mais jovens. Eu os via fazendo fila para a chamada todas as manhãs antes de marchar para uma das fábricas. E eu *queria* trabalhar, embora o caminhar lento e doloroso de meu pai, agora curvado como um velho, assim como as mãos rachadas e sempre sangrando de minha mãe deixassem claro que devia ser difícil e horrível. Trabalhar significava uma chance de sair, ver pessoas, conversar. Meu esconderijo foi motivo de intenso debate entre meus pais. Papai achava que eu deveria trabalhar — carteiras de trabalho eram muito apreciadas no gueto. Trabalhadores eram valorizados e menos propensos a uma deportação para um dos campos. Mas mamãe, que raramente brigava com meu pai, havia vetado a ideia.

— Ela não parece ter a idade que tem. O trabalho é muito difícil. Ela ficará mais segura escondida.

Agora, escondida mas prestes a ser descoberta a qualquer momento, indaguei-me se mamãe ainda julgaria ter razão.

O prédio finalmente ficou em silêncio, os últimos horríveis passos diminuindo. Ainda assim, não me mexi. Aquela era uma das táticas para prender quem se escondia — fingir ir embora mas continuar à espreita para quando os alvos saíssem. Continuei imóvel, não ousando deixar meu esconderijo. Minhas pernas e braços começaram a doer e formigar. Eu não tinha ideia de quanto tempo havia passado. Pela fresta, podia ver que o quarto estava mais escuro, como se o sol tivesse baixado no céu.

Algum tempo depois, ouvi passos novamente, desta vez um som arrastado enquanto os trabalhadores marchavam de volta, calados e exaustos. Tentei escapar do baú, mas meus músculos estavam rígidos e doloridos, meus movimentos lentos. Antes que eu pudesse sair, alguém abriu a porta do apartamento e entrou correndo no quarto com passos leves e agitados.

— Sadie!

Era mamãe, histérica.

— *Jestem tutaj* — chamei. *Estou aqui.*

Agora que ela estava em casa, poderia me ajudar a me desenroscar e sair, mas minha voz foi abafada pelo baú. Quando tentei abrir a trava, ela não cedeu.

Mamãe saiu correndo do quarto para o corredor. Eu a ouvi abrir a porta do sótão, depois subir correndo as escadas, ainda procurando por mim.

— Sadie! Minha filha, minha filha — repetia enquanto me procurava, sua voz ficando mais alta e aguda. Ela achou que eu tinha sido levada.

— Mamãe! — gritei.

Ela estava longe para ouvir e seus próprios gritos eram altos demais. Desesperada, lutei mais uma vez para sair do baú, sem sucesso. Mamãe correu de volta para o quarto, ainda chorando. Ouvi o som de uma janela se abrindo e, por fim, me joguei contra a tampa do baú, batendo com tanta força no ombro que ele começou a latejar. A trava se abriu.

Eu abri a tampa e me levantei rapidamente.

— Mamãe?

Ela estava parada numa posição estranha, com um pé no parapeito da janela, sua silhueta esguia contra o céu frio do crepúsculo.

— O que está fazendo?

Por um segundo, pensei que ela estava me procurando lá fora, mas seu rosto estava contorcido de tristeza e dor. Então entendi por que mamãe estava no parapeito da janela. Ela presumiu que eu tivesse sido levada com as outras crianças e decidiu que não queria mais viver. Se eu não tivesse saído do baú a tempo, ela teria pulado. Eu era sua única filha, seu mundo. Minha mãe preferia se matar do que continuar sem mim.

Um arrepio percorreu meu corpo e corri na direção dela.

— Estou aqui, estou aqui.

Mamãe cambaleou no parapeito da janela e eu agarrei seu braço para impedi-la de cair. O remorso acabou comigo. Eu sempre tentava agradá-la, ver em seu lindo rosto aquele sorriso difícil de arrancar. Agora, eu havia lhe causado tanta dor que ela quase fizera o impensável.

— Fiquei tão preocupada — explicou mamãe depois que a ajudei a descer e fechei a janela. Como se isso explicasse tudo. — Você não estava no sótão.

— Mas, mãe, eu me escondi onde você me ensinou. — Fiz um gesto para o baú. — O outro lugar, lembra? Por que não me procurou ali?

Ela parecia confusa.

— Eu achei que você não caberia mais.

Seguiu-se uma pausa e então nós duas começamos a rir, o som áspero e deslocado naquele quartinho lamentável. Por alguns segundos, foi como se estivéssemos de novo em nosso antigo apartamento na rua Meiselsa e nada tivesse acontecido. Se ainda conseguíamos rir, com certeza tudo ficaria bem. Agarrei-me a esse último pensamento improvável como a uma boia salva-vidas no mar.

Contudo, um grito ecoou pelo prédio, depois outro, silenciando nossas risadas. Eram as mães das crianças que foram levadas pela polícia. Ouvimos um baque do lado de fora. Fui para a janela, mas minha mãe me impediu.

— Não olhe — ordenou.

Era tarde demais. Vi Helga Kolberg, que morava no final do corredor, deitada imóvel na neve tingida de carvão na calçada abaixo, seus braços e pernas em ângulos estranhos e a saia aberta como um leque ao redor do corpo. Helga percebeu que seus filhos haviam sido levados e, como mamãe, resolveu que não queria viver sem eles. Eu me perguntei se pular era um instinto compartilhado ou se elas já teriam conversado sobre o assunto, uma espécie de pacto suicida no caso de seus piores pesadelos se tornarem realidade.

Foi quando meu pai entrou correndo no quarto. Mamãe e eu não dissemos uma palavra, mas percebi, por seu semblante estranhamente sombrio, que ele já sabia sobre a *aktion* e o que havia acontecido com as outras famílias. Ele simplesmente se aproximou e nos envolveu com seus braços enormes, de um modo mais forte do que o normal.

Enquanto estávamos sentados ali, em silêncio e sem me mexer, olhei para meus pais. Mamãe tinha uma beleza impressionante — magra e graciosa, seus cabelos loiro-claros como os de uma princesa nórdica. Ela não se parecia em nada com as outras judias e mais de uma vez eu ouvira sussurros de que ela não era daqui. Se não fosse por nós, mamãe poderia ter ido embora do gueto e vivido como não judia. Eu, no entanto, tinha puxado ao meu pai, com a pele e os cabelos mais escuros, os fios encaracolados, que tornavam inegável o fato de sermos judeus. Papai tornara-se o trabalhador exigido pelos alemães: ombros largos e sempre pronto para levantar grandes canos ou placas de concreto. Na verdade, ele era contador — ou havia sido até sua contratação se tornar ilegal para a empresa onde trabalhava. Eu sempre tentava agradar minha mãe, mas papai era meu aliado, guardião de segredos e tecelão de sonhos, era quem ficava acordado até tarde sussurrando confidências no escuro e vagava pela cidade comigo atrás de tesouros. Aproximei-me deles, tentando mergulhar na segurança de seu abraço.

Ainda assim, os braços de papai não podiam oferecer proteção contra o fato de que tudo estava mudando. Apesar de suas condições terríveis, o gueto parecia relativamente seguro. Vivíamos entre judeus e os alemães tinham até nomeado um conselho judaico, o Judenrat, para cuidar de nossos assuntos cotidianos. Talvez, se ficássemos quietos e fizéssemos o que mandassem, dissera papai em mais de uma ocasião, os alemães nos deixariam em paz dentro dessas muralhas até a guerra acabar. Aquela tinha sido a esperança. Contudo, depois de hoje, eu já não tinha tanta certeza. Fitei o apartamento, sentindo ao mesmo tempo desgosto e medo. No começo, eu não queria estar aqui; agora estava morrendo de medo de sermos forçados a partir.

— Precisamos fazer alguma coisa — explodiu mamãe, sua voz um tom mais alto que o normal, verbalizando meus pensamentos.

— Vou levá-la amanhã e registrá-la para uma autorização de trabalho.

Desta vez, mamãe não discutiu. Antes da guerra, ser criança era algo bom. Agora, ser útil e capaz de trabalhar era a única coisa que poderia nos salvar.

No entanto, ela estava se referindo a mais do que um visto de trabalho.

— Eles vão voltar, e, da próxima vez, não teremos tanta sorte.

Mamãe não se deu ao trabalho de medir suas palavras pelo meu bem. Eu assenti. As coisas estavam mudando, dizia uma voz dentro de mim. Não poderíamos ficar aqui para sempre.

— Vai ficar tudo bem, *kochana* — falou papai para acalmá-la.

Como ele poderia dizer isso? Mamãe, porém, deitou a cabeça em seu ombro, parecendo, como sempre, confiar nele. Eu também queria acreditar.

— Vou pensar em alguma coisa. Pelo menos ainda estamos todos juntos — acrescentou ele enquanto nos aconchegávamos.

As palavras ecoaram pelo cômodo, soando ao mesmo tempo como uma promessa e uma prece.

CAPÍTULO 2

Ella

Cracóvia, Polônia
Junho de 1942

Era uma noite quente de início de verão quando atravessei a praça, contornando as barracas de flores perfumadas que ficavam na sombra do mercado de tecidos, exibindo plantas frescas de cores vibrantes que poucos tinham dinheiro ou predisposição para comprar. Os cafés ao ar livre, não mais tão movimentados como costumavam ser em uma noite agradável como essa, ainda estavam abertos servindo cerveja aos soldados alemães e aos poucos insensatos que ousavam se juntar a eles. Se você não olhasse com atenção, poderia achar que nada havia mudado.

Mas tudo mudara. Cracóvia era uma cidade ocupada há quase três anos. Bandeiras vermelhas com suásticas pretas pendiam do Sukiennice, o longo corredor amarelo do mercado de tecidos que ficava no centro da praça, bem como a torre de tijolos do Ratusz, ou prefeitura. O Rynek foi renomeado Adolf-Hitler-Platz e os nomes das centenárias ruas polonesas modificados para Reichsstrasse e Wehrmachtstrasse, e assim por diante. Hitler designou Cracóvia como a sede do Governo Geral, e a cidade estava abarrotada de SS e outros soldados alemães, bandidos de coturnos que caminhavam pela calçada em fileiras de três e quatro, forçando todos os outros pedestres a saírem do caminho e assediando poloneses comuns a seu bel-prazer. Na esquina, um menino de calça com barras curtas vendia o *Krakauer Zeitung*, o jornal da propaganda alemã que substituiu o nosso. *Para ler no banheiro*, cochichavam as pessoas de forma irreverente, insinuando que aquilo só servia para limpar o traseiro.

Apesar do horror das mudanças, ainda era bom sair, sentir o sol no rosto e esticar as pernas num fim de tarde tão lindo. Até os meus dezenove anos, eu caminhara pelas ruas da Cidade Velha todos os dias — primeiro com meu pai, quando criança, depois sozinha. Suas características eram a topografia da minha vida, desde a fortaleza medieval Barbican e o portão no final da rua Floriańska até o Castelo de Wawel, situado no alto de uma colina com vista para o rio Vístula. Caminhar parecia ser a única coisa que nem o tempo nem a guerra podiam tirar de mim.

Mas não parei nos cafés. No passado, eu poderia ter me sentado em um deles com meus amigos, rindo e conversando enquanto o sol se punha e as luzes se acendiam para receber o cair da noite, criando poças amarelas em cascata pelo concreto. Só que não havia luzes noturnas agora — tudo ficava apagado por um decreto alemão a fim de esconder a cidade de um possível ataque aéreo. Além disso, nenhum conhecido estava marcando encontros com outras pessoas. Todos saíam cada vez menos, eu percebia à medida que os convites antes abundantes se reduziam a nada. Com os cartões de racionamento, também eram poucos os que podiam comprar comida suficiente para receber visitas em casa. Estavam todos preocupados demais com a própria sobrevivência, e companhia era um luxo que não podíamos nos permitir.

Apesar disso, senti uma pontada de solidão. Minha vida era tão quieta com Krys longe, e eu gostaria de me sentar e conversar com amigos da minha idade. Deixando o sentimento de lado, circulei pela praça mais uma vez, admirando as vitrines que exibiam roupas e outras mercadorias que quase ninguém podia comprar. Qualquer coisa para adiar a volta para a casa que eu dividia com minha madrasta.

Mas seria tolice ficar na rua por muito mais tempo. Os alemães eram famosos por interceptar pessoas para interrogatórios e inspeções cada vez mais frequentes à medida que a noite caía e o toque de recolher se aproximava. Saí da praça e comecei a descer a grande rua Grodzka em direção à casa, a poucos passos do centro da cidade onde morei a vida inteira. Depois, virei na rua Kanonicza, um caminho antigo e sinuoso pavimentado com paralelepípedos polidos pelo tempo. Apesar do temor de encontrar minha madrasta, Ana Lucia, a espaçosa casa que dividíamos ainda era uma visão bem-vinda. Com sua fachada amarela e as floreiras bem cuidadas nas janelas, era mais agradável do que qualquer coisa que os alemães julgavam que um polonês merecia. Em outras circunstâncias, o lugar certamente teria sido confiscado para um oficial nazista.

Parada na frente da propriedade, recordações de minha família dançavam diante de meus olhos. As visões de minha mãe, que morreu de gripe quando eu era criança, eram as menos claras. Eu era a caçula de quatro filhos e tinha ciúmes dos meus irmãos por terem passado tantos anos com nossa mãe, enquanto eu mal a conheci. Minhas irmãs já eram casadas, uma com um advogado em Varsóvia e outra com um capitão de barco em Gdańsk.

Era do meu irmão, Maciej, mais próximo de mim em idade, que eu sentia muita falta. Embora fosse oito anos mais velho, sempre tirava um tempo para brincar e conversar comigo. Ele era diferente dos outros. Não tinha o menor interesse em casamento, nem nas opções de carreira que meu pai desejava que seguisse. Então, aos dezessete anos, ele fugiu para Paris, onde agora morava com um homem chamado Phillipe. Naturalmente, Maciej não escapou do longo alcance dos nazistas. Eles controlavam Paris também, apagando o que ele um dia chamara de Cidade Luz. Ainda assim, suas cartas continuavam otimistas, e eu esperava que as coisas estivessem pelo menos um pouco melhores lá.

Por anos, após meus irmãos partirem, foi apenas eu e meu pai, a quem sempre chamei de Tata. Então ele começou a viajar com mais frequência do que o usual para Viena, por causa de sua gráfica. E um belo dia voltou com Ana Lucia, com quem casou-se sem me avisar. Assim que a conheci, soube que a odiaria. Ela estava usando um casaco de pele grosso com a cabeça do animal ainda presa na gola. Os olhos do pobrezinho me encararam com tristeza, cheios de recriminação. Uma lufada de seu perfume forte de jasmim invadiu minhas narinas quando ela beijou o ar perto da minha bochecha, sua respiração quase um sibilo. Pude notar, pela maneira fria de me avaliar naquele primeiro encontro, que eu não era desejada, como a mobília que outra pessoa escolheu e que Ana Lucia teria que tolerar porque vinha com a casa.

Quando a guerra estourou, Tata resolveu renovar seu alistamento militar. Na idade dele, aquilo certamente não era necessário, mas ele serviu mesmo assim por um senso de dever — não apenas para com o país, mas para com os jovens soldados, pouco mais que meninos, alguns dos quais nem eram nascidos da última vez em que a Polônia estivera em guerra.

O telegrama não tardou a chegar: ele estava desaparecido, e fora dado como morto na Frente Oriental. Meus olhos ardiam ao pensar em meu Tata, a dor tão recente quanto no dia em que recebemos a notícia. Às vezes, eu sonhava que ele havia sido capturado e voltaria para nós depois da guerra. Em outros momentos, ficava com raiva: como ele pôde me deixar sozinha com Ana Lucia? Ela era como a madrasta malvada de um conto de fadas, só que pior, porque era real.

Cheguei à porta arqueada de carvalho e comecei a girar a maçaneta de latão. Ao ouvir vozes altas dentro da casa, parei. Ana Lucia estava recebendo visitas novamente.

As festas da minha madrasta eram sempre barulhentas. *Soirées*, chamava ela, fazendo-as soar mais grandiosas do que realmente eram. Os eventos pareciam consistir em qualquer comida decente que pudesse se encontrar atualmente, combinada com várias garrafas de vinho da adega cada vez mais vazia do meu pai e um pouco de vodca do congelador, um tanto aguada para render. Antes da guerra, eu poderia ter me juntado a suas festas cheias de artistas, músicos e intelectuais. Eu adorava ouvir as conversas animadas, debatendo ideias noite adentro. Mas todas aquelas pessoas haviam partido, tendo fugido para a Suíça ou para a Inglaterra. Os menos sortudos acabaram presos e mandados para longe. Eles foram substituídos por convidados da pior espécie — alemães, quanto mais alta a patente, melhor. Ana Lucia era muito pragmática. Ela compreendera, no início da guerra, a necessidade de tornar os captores nossos amigos. Agora, todo final de semana a mesa ficava repleta de brutamontes arrogantes que enchiam nossa casa de fumaça de charuto e sujavam nossos tapetes com coturnos manchados de lama, que eles não se importavam em limpar no capacho.

A princípio, Ana Lucia alegou que estava confraternizando com os alemães para obter informações sobre meu pai. Isso foi nos primeiros dias, quando ainda esperávamos que ele estivesse preso ou desaparecido em combate. Então recebemos a notícia de que ele havia sido morto e ela passou a socializar com os alemães ainda mais. Era como se, livre do pretexto do casamento, ela pudesse ser tão horrível quanto queria ser.

Naturalmente, não ousei confrontar minha madrasta sobre aquele comportamento vergonhoso. Como meu pai foi declarado morto e não havia preparado um testamento, a casa e todo o dinheiro legalmente seriam dela. Ela ficaria feliz em me expulsar se eu criasse problemas — substituir os móveis que nunca quis. Eu ficaria sem nada. Sendo assim, preferia ser prudente. Ana Lucia gostava de me lembrar com frequência que foi graças ao seu bom relacionamento com os alemães que pudemos continuar em nossa bela casa com comida suficiente e os selos adequados em nosso *Kennkarten*, que nos permitiam circular livremente pela cidade.

Afastei-me da porta de entrada. Da calçada, olhei com tristeza pela janela da frente da casa e observei as familiares taças de cristal e a porcelana, mas não vi os estranhos horríveis que agora desfrutavam das nossas coisas. Em vez disso, as visões em minha mente eram da minha família: eu querendo brincar de boneca com minhas irmãs mais velhas, minha mãe advertindo Maciej para não quebrar as coisas enquanto me perseguia ao redor da mesa. Quando você é jovem, espera que a família em que nasceu seja sua para sempre. O tempo e a guerra fizeram com que não fosse assim.

Temendo mais a companhia de Ana Lucia do que o toque de recolher, me afastei de casa e retomei minha caminhada, sem saber ao certo para onde estava indo. Estava quase escuro e os parques eram proibidos para poloneses comuns, assim como a maioria dos melhores cafés, restaurantes e cinemas. Aquela indecisão momentânea parecia refletir minha vida de forma mais ampla, presa em uma espécie de terra de ninguém. Eu não tinha para onde ir e ninguém para me fazer companhia. Morando na Cracóvia ocupada, eu me sentia como um pássaro de estimação, capaz de voar apenas um pouquinho, mas sempre consciente de estar em uma gaiola.

Se Krys ainda estivesse aqui, as coisas talvez não fossem assim, refleti enquanto voltava na direção do Rynek. Imaginei um mundo diferente, no qual a guerra não o forçara a partir. Estaríamos planejando um casamento, talvez até já estivéssemos casados.

Krys e eu nos conhecemos por acaso quase dois anos antes do início da guerra, quando meus amigos e eu paramos para tomar café em um lugar aberto onde ele estava fazendo uma entrega. Alto e de ombros largos, Krys me pareceu elegante, caminhando com uma grande caixa. Ele tinha traços fortes, como se talhados em pedra, e um olhar majestoso que dominava todo o lugar. Quando ele passou por nossa mesa, uma cebola caiu da caixa que carregava e rolou até mim. Krys se ajoelhou para pegá-la, olhou para mim e sorriu.

— Estou aos seus pés.

Às vezes me pergunto se ele deixou a cebola cair de propósito ou se foi o destino que a fez vir rolando na minha direção.

Krys me convidou para sair naquela mesma noite. Eu deveria ter recusado; não era apropriado aceitar um encontro em tão pouco tempo. Mas fiquei intrigada e, depois de algumas horas de jantar, encantada. Não foi apenas sua aparência que me atraiu. Krys era diferente de todas as pessoas que eu conhecia. Ele tinha uma energia que parecia encher o ambiente e fazer todos desaparecerem. Embora viesse de uma família de classe trabalhadora e não tivesse concluído o ensino médio, muito menos ido para a faculdade, ele era autodidata. Tinha ideias ousadas sobre o futuro e como o mundo deveria ser, o que o fez parecer muito maior do que tudo ao nosso redor. Krys era a pessoa mais inteligente que já conheci, e ouvia minhas opiniões com uma atenção que ninguém jamais me dera.

Começamos a passar todo o nosso tempo livre juntos. Éramos um casal improvável. Eu era sociável e gostava de festas e amigos. Ele era um solitário que evitava multidões e preferia conversas profundas durante longas caminhadas. Krys amava a natureza e me mostrou lugares de rara beleza fora da cidade: florestas antigas e ruínas de castelos enterradas nas profundezas da mata que eu nem sabia que existiam.

Certa noite, algumas semanas depois de nos conhecermos, estávamos caminhando no cume da St. Bronisława, uma colina nos arredores da cidade, debatendo acaloradamente uma questão sobre os filósofos franceses, quando percebi que ele me observava com intensidade.

— O que foi?

— Quando nos conhecemos, achei que você seria como as outras garotas. Interessada em coisas superficiais.

Embora eu pudesse ter ficado ofendida, entendi o que ele quis dizer. Minhas amigas pareciam mesmo interessadas apenas em festas, peças e as últimas novidades da moda.

— Em vez disso, descobri que você é totalmente diferente.

Logo estávamos passando todo o nosso tempo juntos, planejando nos casar, viajar e conhecer o mundo.

A guerra, claro, mudou tudo. Krys não foi recrutado, mas, como meu pai, se alistou para lutar desde o início. Ele sempre se importou demais com tudo e a guerra não era exceção. Observei que, se ele apenas esperasse, aquela história terminaria antes que precisasse ir, mas Krys não se deixou persuadir. Pior ainda, terminou comigo antes de ir embora.

— Não sabemos quanto tempo ficarei longe antes de voltar.

Se você voltar, pensei, a ideia terrível que nenhum de nós conseguia verbalizar.

— Você precisa estar livre para conhecer outra pessoa.

Era uma piada. Mesmo que houvesse rapazes em Cracóvia, eu não me interessaria por nenhum. Argumentei, com mais empenho do que meu orgulho hoje gostaria de admitir, que não devíamos terminar, e sim ficarmos noivos ou até nos casarmos antes de sua partida, como tantos outros haviam feito. Eu queria pelo menos aquele pedaço dele, queria ter compartilhado aquele vínculo se algo viesse a acontecer. Krys, porém, queria esperar e, quando ele tomava uma decisão, nada no mundo poderia convencê-lo do contrário. Passamos a última noite juntos, tornando-nos mais íntimos do que deveríamos, porque talvez não houvesse outra chance por um longo tempo, ou até nunca mais. Deixei-o de madrugada, chorando e entrando sorrateiramente em casa antes que minha madrasta notasse minha ausência.

Mesmo que Krys e eu não estivéssemos mais juntos, eu ainda o amava. Ele havia terminado comigo apenas porque achava que seria o melhor para mim. Eu tinha certeza de que, quando a guerra acabasse e ele voltasse em segurança, nos encontraríamos e as coisas voltariam a ser como antes. Então o exército polonês foi rapidamente derrotado, dominado pelos tanques e artilharia alemães. Muitos dos que haviam partido para lutar voltaram feridos e massacrados. Presumi que Krys faria o mesmo. Mas ele não voltou. Suas cartas, que já tinham se tornado menos frequentes e mais distantes no tom, pararam de chegar. Eu me perguntava constantemente onde ele estava. Na certa, se tivesse sido preso ou o pior tivesse acontecido, seus pais teriam me avisado. Não, Krys ainda estava por aí, eu repetia, obstinada. A guerra apenas interrompeu o envio das correspondências. Assim que ele pudesse, voltaria para mim.

Ao longe, os sinos da igreja Mariacki tocaram, sinalizando dezenove horas. Instintivamente, esperei o trompetista tocar o Hejnał como fazia a cada hora durante a maior parte da minha vida. Mas a música do trompetista, um grito de guerra medieval que lembrava como a Polônia um dia repeliu hordas invasoras, foi em maior parte silenciada pelos alemães, que agora só permitiam que fosse tocada duas vezes por dia. Atravessei novamente a praça do mercado, pensando se valia a pena parar e tomar um café a fim de passar o tempo. Quando me aproximei de um dos estabelecimentos, um soldado alemão sentado com outros dois olhou para mim com interesse, sua intenção inconfundível. Nada de bom poderia acontecer se eu me sentasse ali, então me afastei rapidamente.

Ao me aproximar do Sukiennice, avistei duas silhuetas familiares andando de braços dados e olhando para a vitrine de uma loja. Disparei na direção delas.

— Boa noite.

— Ah, olá.

Magda, a morena, espiava por baixo de um chapéu de palha que há dois anos já saíra de moda. Ela era uma das minhas amigas mais próximas antes da guerra, mas eu não a via ou tinha notícias dela há meses. Magda não me olhou nos olhos.

Ao seu lado estava Klara, uma garota superficial de quem nunca gostei muito. Ela usava os cabelos loiros em um corte de pajem e tinha sobrancelhas muito arqueadas, o que lhe conferia uma expressão permanente de surpresa.

— Estávamos só fazendo compras e agora vamos comer alguma coisa — informou ela, com presunção.

Elas não me convidaram.

— Eu teria gostado desse passeio — aventurei-me cuidadosamente, olhando para Magda.

Embora não tivéssemos nos falado nos últimos tempos, eu ainda nutria uma pequena esperança de que aquela velha amiga tivesse pensado em mim e me convidado para acompanhá-la.

Magda não respondeu. Mas Klara, que sempre teve ciúme da minha proximidade com Magda, não mediu as palavras.

— Nós não ligamos para convidar você pois achamos que estaria ocupada com os novos amigos da sua madrasta.

Minhas bochechas arderam como se eu tivesse levado um tapa. Durante meses, tentei me convencer de que meus amigos não estavam mais se reunindo. A verdade é que eles não estavam mais se reunindo *comigo*. Naquele instante, eu soube que o desaparecimento deles não tinha a ver com as adversidades da guerra. Meus amigos estavam me evitando porque Ana Lucia era aliada do inimigo — talvez eles até acreditassem que eu também era.

— Eu não me associo com as mesmas pessoas que minha madrasta — respondi lentamente, lutando para manter a voz calma.

Klara e Magda não disseram mais nada, e um estranho momento de silêncio se prolongou entre nós.

Ergui o queixo e afirmei, tentando ignorar a rejeição:

— Não importa. Estive ocupada. Tenho muito a fazer antes de Krys voltar.

Eu não contara a minhas amigas sobre o término com Krys. Não apenas porque raramente nos víamos ou por vergonha. Na verdade, dizer aquilo em voz alta me forçaria a admitir o fato para mim mesma, torná-lo real.

— Ele vai voltar em breve, assim poderemos planejar o casamento.

— Sim, claro que vai — comentou Magda.

Senti uma pontada de culpa ao me lembrar do noivo dela, Albert, que fora levado pelos alemães quando invadiram a universidade e prenderam todos os professores. Ele nunca mais voltou.

— Bem, precisamos ir — disse Klara. — Temos uma reserva às sete e meia.

Por uma fração de segundo, desejei que, apesar de toda a grosseria, elas ainda me convidassem para acompanhá-las. Uma parte patética minha teria engolido o orgulho e aceitado o convite em troca de algumas horas de companhia.

Mas elas não o fizeram.

— Então adeus — despediu-se Klara friamente.

Ela puxou o braço de Magda e foi embora, suas risadas ecoando pela praça com o vento. Elas aproximaram a cabeça uma da outra em cumplicidade e eu tive certeza de que estavam falando de mim.

Não importa, convenci-me, afastando a rejeição. Apertei o suéter em volta do corpo para me proteger da brisa de verão, agora acompanhada por um frio sinistro. Krys voltaria em breve e depois ficaríamos noivos. Continuaríamos de onde paramos e seria como se esse terrível intervalo nunca tivesse acontecido.

CAPÍTULO 3

Sadie

Março de 1943

Um som alto de raspagem vindo de baixo me acordou do sono.

Não era a primeira noite em que eu era incomodada por barulhos no gueto. As paredes do nosso prédio, construídas às pressas para dividir as residências originais em unidades menores, eram finas como papel, e os sons normalmente abafados da vida diária as atravessavam com facilidade. Dentro do nosso apartamento, os barulhos noturnos também eram constantes, a respiração pesada e os roncos de meu pai, os gemidos baixos de minha mãe tentando encontrar uma posição confortável para descansar sua barriga agora mais redonda. Muitas vezes eu ouvia meus pais cochichando naquele minúsculo espaço compartilhado enquanto pensavam que eu estava dormindo.

Não que ainda tentassem esconder muito de mim. Desde que quase fui pega e levada na *aktion*, tornara-se impossível ignorar o horror de nossa situação, que piorava cada vez mais. Depois de um inverno exaustivo, sem aquecimento e com pouca comida, as enfermidades e a morte estavam por toda parte. Pessoas jovens e idosas morriam de fome e de doenças, ou eram baleadas por não obedecerem às ordens da polícia do gueto com rapidez suficiente ou qualquer outra coisa interpretada como infração na fila para os postos de trabalho todas as manhãs.

Nós nunca falávamos do dia em que quase fui levada, mas as coisas mudaram depois daquilo. Por um lado, eu agora tinha um emprego, trabalhava com mamãe em uma fábrica de sapatos. Papai havia usado toda a sua influência para nos manter juntas e garantir que não fôssemos designadas para tarefas pesadas. Ainda assim, minhas mãos ficavam cheias de calos e sangravam por manusear o couro áspero doze horas por dia. Já meus ossos doíam como os de uma velha por estar continuamente curvada realizando aquele trabalho repetitivo.

Havia algo diferente em mamãe também — com quase quarenta anos, ela estava grávida. Durante toda a minha vida, eu sabia que meus pais desejavam muito ter mais um filho. Agora, de maneira improvável e no pior momento possível, as orações deles foram atendidas.

— Fim do verão — disse papai a respeito de quando o bebê nasceria.

A gravidez já estava se tornando visível, a barriga arredondada de mamãe projetando-se de seu corpo magro.

Eu queria estar tão feliz quanto meus pais estavam com o bebê. Antigamente, eu sonhava com um irmão mais novo, alguém mais próximo da minha idade. Agora, no entanto, eu já tinha dezenove anos e poderia estar começando minha própria família. Um bebê parecia tão inútil — mais uma boca para alimentar no pior dos momentos. Por muito tempo fomos apenas nós três, mas havia uma criança chegando, gostasse eu ou não. E eu não sabia se gostava.

O barulho de raspagem se repetiu, dessa vez mais alto — alguém estava cavando o concreto. O encanamento antigo deve ter entupido novamente, especulei. Talvez alguém estivesse finalmente consertando o banheiro do térreo, que vivia transbordando. Ainda assim era estranho estarem trabalhando nisso no meio da noite.

Sentei-me na cama, irritada com a intrusão. Eu tinha dormido mal. Não podíamos manter as janelas abertas e, mesmo ainda sendo março, o quarto estava abafado, o ar denso e fedorento. Procurei meus pais e fiquei surpresa ao descobrir que não estavam ali. Às vezes, depois que eu me deitava, papai desafiava as regras do gueto e ia se sentar no degrau da entrada para fumar com alguns dos outros homens que moravam embaixo, a fim de escapar do confinamento do quarto, mas ele já deveria ter voltado. Mamãe raramente saía, exceto para trabalhar. Havia algo errado.

Gritos irromperam na rua, alemães ladrando suas ordens. Eu fiquei tensa. Fazia um ano desde que me escondera no baú e, embora tivéssemos ouvido falar de *aktions* em grande escala em outras partes do gueto ("extermínios", como papai chamou uma vez), os alemães não entravam em nosso prédio desde então. Apesar disso, eu nunca deixei de sentir um medo intenso daquilo e algum instinto me avisou que, com certeza absoluta, eles estavam de volta.

Levantei, vesti meu roupão e chinelos e corri do apartamento em busca de meus pais. Sem saber para onde ir, desci as escadas. O corredor estava escuro, exceto pela luz fraca que vinha do banheiro, então comecei a ir na direção dela. Quando pisei na porta, pisquei, não apenas pela claridade inesperada, mas também de surpresa. O vaso sanitário havia sido retirado completamente de onde ficava e arrastado para o lado, revelando um buraco irregular no chão. Eu não sabia que o vaso se movia. Meu pai estava de joelhos no chão, arranhando o buraco, literalmente lascando as bordas de concreto e alargando-o com as mãos.

— Papai?

— Vista-se, depressa! — ordenou meu pai sem nem levantar a cabeça, com uma rispidez que eu jamais ouvira dele.

Pensei em fazer mais uma das dezenas de perguntas que se atropelavam na minha cabeça, mas fui criada como filha única entre adultos e era esperta o suficiente para saber quando a melhor escolha era apenas obedecer. Voltei para o quarto no andar de cima e abri o armário de madeira apodrecida que guardava nossas roupas. Eu hesitei, sem fazer ideia do que vestir, mas também não sabia onde mamãe estava e não ousei incomodar meu pai novamente para perguntar. De todo modo, havíamos chegado ao gueto com apenas algumas malas; não era como se eu tivesse muitas opções. Tirei uma saia e blusa de um cabide e comecei a me vestir.

Mamãe apareceu na porta e balançou a cabeça.

— Algo mais quente — instruiu.

— Mas, mamãe, não está tão frio.

Ela não respondeu. Em vez disso, puxou o suéter azul grosso que minha avó tricotara para mim no inverno passado e minha única calça de lã. Fiquei surpresa; eu preferia calças a saias, mas minha mãe as achava pouco femininas e, antes da guerra, me deixava usá-las apenas no final de semana, quando não saíamos. Assim que terminei de me trocar, ela apontou para meus pés.

— As botas — decretou.

Minhas botas eram de dois invernos anteriores e estavam apertadas.

— Estão muito pequenas.

Tínhamos planejado comprar um par novo no outono passado, mas as restrições para os judeus entrarem em lojas nos impediram.

Mamãe começou a dizer alguma coisa e eu tinha certeza de que ela me mandaria calçá-las mesmo assim. Então ela revirou na última gaveta do armário e puxou as próprias botas.

— E o que você vai usar?

— Apenas calce-as.

Ouvindo a firmeza em seu tom de voz, obedeci, sem mais perguntas. Os pés de mamãe eram como os de um pássaro, estreitos e pequenos, e suas botas eram apenas um tamanho maior do que as minhas. Percebi então que, apesar de me vestir para um clima mais frio, minha mãe ainda estava de saia — ela não tinha calças, e mesmo se tivesse, não caberiam ao redor de sua barriga, que parecia ficar mais redonda a cada dia.

Quando ela terminou de enfiar alguns pertences em uma bolsa, olhei a rua pela janela. À luz fraca da madrugada, pude ver homens uniformizados, não apenas a polícia, mas também a SS, montando mesas. As extremidades da rua haviam sido bloqueadas. Os judeus estavam sendo forçados a se reunir na Plac Zgody como faziam todas as manhãs, só que não havia nem sinal da ordem de comando de quando fazíamos fila para ir trabalhar nas fábricas. A polícia estava retirando as pessoas dos prédios e tentando encurralar a multidão com cassetetes e chicotes, conduzindo-a para uma dúzia de caminhões aguardando na esquina. Pelo visto, estavam levando todos do gueto. Eu deixei as cortinas caírem desconfortavelmente.

Uma rajada de tiros veio de muito perto do nosso prédio, o mais perto que eu já tinha ouvido. Mamãe me puxou para longe da janela e me jogou no chão — se para evitar que eu visse alguma coisa ou fosse atingida, eu não sabia.

Quando o tiroteio cessou por alguns segundos, ela se levantou e me colocou de pé, me tirou de perto da janela e me vestiu com meu casaco.

— Venha, anda!

Mamãe nos encaminhou para a porta, carregando uma pequena bolsa.

Eu olhei para trás. Por muito tempo, odiei morar naquele espaço sujo e apertado. Mas o apartamento, que agora parecia tão sombrio, ainda era um santuário, o único lugar seguro que eu conhecia. Eu teria dado qualquer coisa para ficar.

Cogitei recusar. Deixar o apartamento naquele momento com tantos policiais na rua parecia tolo e perigoso. Então vi a expressão no rosto da minha mãe, não apenas de raiva, mas de medo. Não era um passeio que podíamos escolher se faríamos ou não. Era nossa única escolha.

Segui mamãe escada abaixo, ainda sem entender. Achei que íamos sair e nos juntar aos outros para não chamar atenção ou evitar que os alemães viessem e nos mandassem sair. Quando chegamos ao térreo, comecei a me dirigir para a porta da frente, mas mamãe me virou pelos ombros, me fazendo avançar pelo corredor.

— Venha.

— Para onde? — perguntei.

Ela não respondeu, mas me levou de volta ao banheiro, como se me orientando a usá-lo uma última vez antes de uma viagem longa.

Ao nos reaproximarmos do banheiro, ouvi meu pai discutindo com um homem cuja voz não reconheci.

— As coisas não estão prontas — disse papai.

— Precisamos ir agora — insistiu o estranho.

Ir a qualquer lugar seria impossível, pensei, lembrando do bloqueio na rua. Entrei no banheiro. O vaso sanitário ainda estava empurrado para o lado, revelando um buraco no chão. Fiquei surpresa ao ver a cabeça de um homem saindo dele. Parecia desmembrado, como uma aberração em um show de horrores ou festival. O sujeito tinha um rosto largo, bochechas redondas de pele áspera e em carne viva pelo trabalho ao ar livre no frio inverno polonês. Ao me ver, ele sorriu.

— *Dzień dobry* — disse ele educadamente, cumprimentando-me como se tudo aquilo fosse perfeitamente normal. Então olhou para meu pai e sua expressão ficou sombria mais uma vez. — Precisam vir agora.

— Ir para onde? — deixei escapar.

As ruas estavam abarrotadas de agentes da SS, da Gestapo e da Polícia dos Guetos Judeus, que, por Deus, eram quase tão cruéis quanto os das outras duas. Então olhei para o buraco no chão, entendendo.

— Certamente você não quer dizer…

Eu me virei para mamãe, esperando que ela protestasse. Na certa, minha elegante e refinada mãe não estaria disposta a entrar pelo buraco do vaso sanitário. Mas ela parecia decidida, pronta para fazer o que papai pedisse.

Eu, no entanto, não estava pronta, e dei um passo para trás.

— E quanto a *Babcia*? — perguntei.

Era minha avó, que estava em uma casa de repouso do outro lado da cidade, tendo de alguma forma escapado da deportação para o gueto.

Minha mãe vacilou, depois balançou a cabeça.

— Não há tempo. A casa de repouso dela não é judia. Ela vai ficar bem.

Através da janela acima da pia, vi mais um grande grupo de pessoas sendo levado dos edifícios para os caminhões. Avistei minha amiga Stefania. Fiquei surpresa ao vê-la tão longe de seu próprio apartamento, localizado no outro lado do gueto. Eu havia imaginado que, como seu pai era integrante da Polícia dos Guetos Judeus, ela poderia, de alguma forma, ser poupada. Só que ela também estava sendo levada, como todos os outros. Quase desejei poder ir com ela, mas seu rosto perdera toda a cor de tanto medo. *Venha com a gente*, eu queria gritar. Assisti, impotente, enquanto Stefania era empurrada e desaparecia em meio à multidão.

Mamãe passou por mim.

— Eu vou primeiro.

Vendo sua barriga, o homem no buraco pareceu surpreso.

— Eu não sabia... — murmurou ele, franzindo o rosto de consternação.

Dava para vê-lo calculando as dificuldades adicionais que um parto e um recém-nascido trariam. Por um segundo, perguntei-me se ele se recusaria a levar minha mãe. Prendi a respiração, esperando que dissesse que não era possível e que teríamos que encontrar outra solução.

Mas o homem desapareceu dentro do buraco para abrir caminho e minha mãe deu um passo à frente. Ela entregou a sacola para papai e sentou-se no chão com dificuldade, enfiando as pernas pelo espaço vazio que antes ficava o vaso. Em outras circunstâncias, ela teria passado facilmente. "Passarinho", como meu pai a chamava. O apelido era adequado, pois ela era magra e parecia uma menina, mesmo já se aproximando dos quarenta. No entanto, mamãe estava maior agora, a barriga arredondada no corpo esguio como se tivesse engolido um melão. A cintura de sua saia deslizou embaraçosamente, revelando uma faixa de barriga branca. Pensei, como sempre, que ela estava muito velha para ter mais um filho. Mamãe soltou um gritinho baixo quando papai a empurrou pelo buraco, e depois desapareceu na escuridão.

— Sua vez — disse ele, olhando para mim.

Olhei ao redor, ganhando tempo. Qualquer coisa para evitar ir para o esgoto. Os alemães estavam na porta do prédio, batendo com força. Em pouco tempo, arrombariam a porta e aí seria tarde demais.

— Sadie, rápido! — insistiu ele, e eu detectei a súplica em sua voz.

Seja lá o que papai estivesse me pedindo para fazer, era para salvar nossas vidas. Sentei-me no chão, assim como mamãe, e olhei para o buraco, escuro e sinistro. O fedor invadiu minhas narinas, resultando em ânsia de vômito. Alguma coisa rebelde e teimosa tomou conta de mim, vencendo minha obediência normal.

— Eu não posso.

O buraco era escuro e assustador, tornando impossível enxergar o outro lado. Foi como quando tentei pular de um galho alto em um lago, só que mil vezes pior. Eu não conseguiria.

— Você precisa.

Meu pai não esperou mais protestos e me empurrou com força. O volume das minhas roupas fez com que eu ficasse na metade do caminho e ele teve que me empurrar de novo, com mais impulso. As bordas sujas do concreto arranharam minhas bochechas, cortando-as, e então eu me vi deslizando pela escuridão.

Caí de joelhos com força. Uma água fria e fétida espirrou do chão ao meu redor, encharcando minhas meias. Evitei cair ainda mais agarrando-me a uma parede viscosa. Enquanto me levantava, tentei não pensar muito no que poderia estar tocando. Papai desceu pelo buraco e aterrissou ao meu lado. Lá em cima, alguém tapou o buraco no chão. Eu não tinha visto ninguém atrás de nós e me perguntei quem seria — um vizinho a quem papai talvez tenha pagado, alguém fazendo uma boa ação ou com medo demais de se jogar no esgoto também. Nossa última fonte de luz foi eclipsada. Estávamos presos na completa escuridão.

E não estávamos sós. Naquele breu, eu ouvia a movimentação de outras pessoas à nossa volta, embora fosse impossível adivinhar quem ou quantas eram. Fiquei surpresa em haver mais gente ali. Será que tinham passado por um buraco no banheiro também? Pisquei, tentando enxergar, sem sucesso.

— O que está acontecendo? — perguntou uma mulher em iídiche.

Ninguém respondeu.

Eu inspirei e comecei a ter mais ânsias. O cheiro estava por toda parte. Era o fedor da água cheia de fezes e urina, assim como lixo e podridão, empesteando o ar.

— Respire pela boca — instruiu minha mãe baixinho.

Fazer aquilo parecia pior, como se eu estivesse comendo a sujeira. Ela continuou:

— Respirações rasas.

Essa última instrução também não ajudou muito. A água do esgoto batia na altura do tornozelo, encharcando minhas botas e meias, e a umidade gelada na minha pele me fazia tremer.

O homem estranho acendeu uma lâmpada de carbureto e a luz lambeu as paredes arredondadas, iluminando meia dúzia de rostos desconhecidos e assustados ao meu redor. Os mais próximos eram dois homens, um da idade do meu pai e o segundo, que parecia ser seu filho, talvez tivesse uns vinte anos. Eles estavam usando solidéus e as roupas pretas dos judeus ortodoxos. "Yids", papai os teria chamado antes de a guerra começar e estarmos todos juntos. Ele não dizia aquilo de maneira grosseira, mas como uma espécie de abreviação para se referir aos judeus mais religiosos. Eles sempre me pareceram tão estranhos com seus costumes próprios e práticas rigorosas. De certa forma, eu sentia ter mais em comum com os poloneses gentios do que com esses judeus.

Havia outra família, um jovem casal com um filho de dois ou três anos dormindo nos braços do pai, todos apenas de pijama por baixo dos casacos. Vi também uma senhora idosa curvada, embora ela estivesse distante e eu não conseguisse identificar à qual família pertencia. Talvez a nenhuma das duas. Não vi nenhuma outra menina da minha idade.

Quando meus olhos se ajustaram à escuridão, olhei ao redor. Eu imaginava o esgoto, se é que o imaginava, como uma série de canos correndo no subsolo. Porém, estávamos em uma passagem imensa e cavernosa com um teto arredondado de pelo menos seis metros de largura, como um túnel por onde poderia passar um trem de carga. O centro do túnel era preenchido por uma rápida corrente de água negra, ampla e profunda o suficiente para ser um rio. Eu jamais imaginaria que um volume de água tão abundante corria sem parar sob nossos pés. O som ecoando nas paredes altas era quase ensurdecedor.

Estávamos sobre uma saliência fina de concreto com no máximo sessenta centímetros de largura, margeando um dos lados, e era possível ver uma segunda saliência do outro. A correnteza era forte e tentava me puxar enquanto eu me agarrava ao caminho estreito. Uma vez, li um livro de mitologia grega sobre Hades, senhor do submundo. Agora, eu me encontrava em um lugar assim, uma espécie de mundo subterrâneo estranho no qual nunca pensara ou imaginara existir. Fiquei olhando atordoada para a água, meu medo aumentando. Eu não sabia nadar. Por mais que papai tivesse tentado me ensinar diversas vezes, eu não suportava colocar a cabeça debaixo d'água, mesmo no lago mais calmo em pleno verão. Eu jamais sobreviveria se caísse aqui.

— Venha — instruiu o homem que aparecera do chão de nosso banheiro.

Agora que era possível vê-lo por inteiro, notei que ele tinha ombros largos e era atarracado, e que usava um chapéu de pano simples e botas de cano alto.

— Não podemos ficar aqui.

Sua voz ecoou alto demais na câmara arredondada.

Ele começou a caminhar pela saliência, levantando a lâmpada à frente. Apesar de sua estrutura larga, ele se movia pelo caminho estreito com a facilidade de quem trabalhava ali, de quem passava seus dias naquele lugar.

— Quem é ele, papai? — sussurrei.

— Funcionário do esgoto.

Seguimos o homem em fila única, nos apoiando na parede viscosa e arredondada. O túnel se estendia infinitamente na escuridão. Eu me perguntei por que aquele estranho teria escolhido nos ajudar, para onde estávamos indo e como ele nos tiraria desse lugar miserável. Exceto pelo barulho da água, o esgoto era silencioso e quieto. Os grunhidos horríveis dos alemães lá em cima foram abafados, quase desaparecendo.

Chegamos a um ponto onde a parede do túnel parecia se curvar para o lado oposto da água, formando uma pequena alcova. O funcionário do esgoto fez um sinal para que entrássemos no espaço mais amplo.

— Descansem um pouco antes de continuarmos.

Olhei desconfiada para as pequenas pedras pretas que cobriam o chão, me perguntando onde deveríamos descansar. Algo pareceu se mexer em cima delas. Ao espiar de perto, vi que eram milhares de vermes amarelos minúsculos e tive que conter um grito.

Meu pai, que pelo visto não se importava, se sentou nas pedras. Suas costas se moviam com respirações profundas de exaustão. Ele olhou para cima por um segundo e notei uma coisa estampada em seu rosto, talvez preocupação ou medo, em uma intensidade que eu nunca presenciara. Ao me ver, ele esticou os braços.

— Venha.

A MULHER COM A ESTRELA AZUL

Sentei em seu colo, permitindo que ele me protegesse do solo imundo e infestado de vermes.

— Voltarei para buscá-los quando for seguro — prometeu o funcionário do esgoto.

Seguro para quê? Tive vontade de perguntar. Mas sabia que não devia questionar a pessoa que estava tentando nos salvar. Ele saiu da alcova, levando a lâmpada de carbureto e nos deixando no breu. Os outros se acomodaram no chão. Ninguém falava nada. Ainda estávamos sob o gueto, percebi, ouvindo os alemães mais uma vez. As prisões pareciam encerradas agora, mas ainda estavam vasculhando os prédios, procurando alguém que pudesse ter se escondido, revirando como abutres os poucos pertences deixados para trás. Eu os imaginei inspecionando nosso minúsculo apartamento. No final, não tínhamos quase nada; tudo havia sido vendido ou deixado na mudança para o gueto. Mesmo assim, a ideia de que aquelas pessoas poderiam mexer nas nossas coisas, de que não tínhamos mais direito a nada nosso, fazia com que eu me sentisse violada, menos humana.

Todos os meus medos e tristezas vieram à tona.

— Papai, acho que não consigo — confessei em um sussurro.

Meu pai passou os braços em volta de mim e a sensação foi tão quente e reconfortante que era como se estivéssemos outra vez em casa. Afundei o rosto em seu peito, me acalmando com o cheiro familiar de menta e tabaco e tentando ignorar o fedor de esgoto. Mamãe se acomodou ao nosso lado e apoiou a cabeça em seu ombro. Minhas pálpebras ficaram pesadas.

Algum tempo depois, papai se mexeu, despertando-me do sono. Abri os olhos e encarei as outras famílias em meio à semiescuridão. Elas estavam espalhadas ao nosso redor e também dormiam, mas o rapaz da família religiosa estava acordado. Sob o chapéu preto, dava para ver que tinha feições delicadas e uma barba pequena e rente. Seus olhos castanhos brilharam no escuro. Afastei-me cuidadosamente de papai e rastejei com cautela pelo chão escorregadio na direção dele.

— É tão esquisito dormir entre estranhos — falei. — Isto é, acabar aqui, neste lugar. Quem poderia imaginar?

Ele não respondeu, mas me olhou com cautela.

— Eu me chamo Sadie, a propósito.

— Saul — respondeu com firmeza.

Esperei que ele dissesse mais alguma coisa. Quando não continuou, recuei até meus pais. Saul era o único da minha faixa etária ali, mas não parecia interessado em fazer amizade.

Pouco depois, o funcionário do esgoto voltou, iluminando a alcova com sua lamparina e acordando os demais. Ele gesticulou em silêncio para continuarmos, então nos levantamos, o corpo rígido, e formamos uma fila única para seguir pelo rio.

Alguns minutos depois, chegamos a uma encruzilhada. O homem nos conduziu para fora do canal principal, virando à direita em um túnel mais estreito que nos afastava do violento fluxo de esgoto. Esse caminho logo terminou em uma parede de concreto. Um beco sem saída. Teria ele nos atraído deliberadamente para algum tipo de armadilha? Eu ouvira histórias de gentios traindo seus vizinhos judeus e entregando-os à polícia, mas essa parecia uma maneira estranha de fazer isso.

O funcionário ajoelhou-se com sua lâmpada e então eu vi: um pequeno círculo de metal, uma espécie de tampa mais abaixo na parede. Ele a abriu, revelando um cano horizontal, e deu um passo para trás. A entrada do cano tinha apenas cerca de cinquenta centímetros de diâmetro. Ele não podia esperar que coubéssemos ali. Mas ficou parado, aguardando com expectativa.

— É a única maneira — explicou, um tom de desculpas em sua voz que parecia ser dirigido, principalmente, à minha mãe. — Precisam ir de barriga para baixo. Se passar a cabeça e os ombros, o restante vai junto.

Ele entregou algo à mamãe e entrou, mas parecia impossível que seu corpo robusto se encaixasse. No entanto, ele já tinha feito aquilo antes. O homem deslizou para dentro do cano e, um instante depois, desapareceu.

A família de ortodoxos foi a primeira. Pude ouvi-los grunhindo e se esforçando para passar. Então, a família com a criança pequena entrou. Faltavam apenas mamãe, papai e eu. Quando chegou a minha vez, ajoelhei-me diante do cano, que me lembrou o espaço empoeirado do sótão onde Stefania e eu brincávamos em nosso antigo apartamento antes da guerra. Sim, eu conseguia passar ali de barriga para baixo, mas e minha mãe?

— Você é a próxima — disse ela.

Hesitei, duvidando que ela pudesse me seguir.

— Estarei bem atrás de você — prometeu.

Eu não tinha escolha a não ser acreditar.

A MULHER COM A ESTRELA AZUL

Papai me empurrou levemente e eu comecei a me remexer e escorregar, tentando ignorar o filete de água no fundo que escorria desagradavelmente pela frente da minha roupa. O cano me apertava de todos os lados como uma prensa, encapsulando-me em uma tumba úmida. Parei, subitamente paralisada de medo, incapaz de me mover ou respirar.

— Venha, venha — chamava o estranho do outro lado.

Eu sabia que precisava continuar ou morreria ali. O cano tinha mais ou menos dez metros de comprimento e, quando cheguei ao outro lado e saí na nova saliência, me virei e fiquei escutando. Certamente papai era grande demais para passar, assim como mamãe em seu estado atual. Fui tomada pelo medo de ser deixada sozinha, sem os dois.

Cinco minutos se passaram e ninguém mais apareceu pela abertura. O funcionário do esgoto pegou uma corda do chão e a passou pelo cano, rastejando parcialmente por dentro para fazê-la passar. Ele começou a puxar com suavidade, parando a cada poucos segundos. Através do cano, eu ouvia os gemidos baixos de mamãe. Quando ela finalmente apareceu com a corda amarrada em volta do corpo, estava coberta por algum tipo de graxa, que o funcionário deve ter lhe entregado para ajudá-la a deslizar. Eficaz, com certeza, mas humilhante. Com o vestido enegrecido e os cabelos desgrenhados, não restara nenhum vestígio de sua aparência normalmente elegante, e ela manteve a cabeça baixa enquanto o estranho a ajudava a sair. Papai veio em seguida, empurrando a si mesmo com pura força de vontade. Nunca fiquei tão feliz em vê-lo.

Mas meu alívio durou pouco. No mesmo lugar onde havíamos saído do cano, havia uma grade de esgoto logo acima. Ainda estávamos embaixo do gueto, concluí, ouvindo sotaques alemães como os que nos acordaram de nossas camas apenas algumas horas antes, gritando ordens mais uma vez. O feixe de uma lanterna lambeu a borda da tampa do bueiro e transbordou.

— Precisamos continuar — sussurrou o funcionário.

Nós o seguimos do túnel menor, por onde tínhamos saído do cano, de volta para o principal, com as águas impetuosas do rio de sujeira. A saliência de concreto desapareceu e fomos forçados a caminhar pela margem pedregosa do esgoto, nossos pés mergulhando vários centímetros dentro d'água. As rochas eram escorregadias e inclinadas e, a cada passo, eu temia cair no rio. Algo afiado cortou minha bota e atingiu minha pele. Apertei o pé, lutando contra a vontade de gritar. Eu queria parar e olhar o ferimento, mas o homem estava avançando

39

cada vez mais rápido, e eu senti que, se não acompanhássemos o ritmo, seríamos deixados para trás.

Chegamos a um cruzamento onde o rio de esgoto que estávamos seguindo se encontrava com mais uma torrente, igualmente ampla e violenta. O barulho da água aumentou, tornando-se um rugido.

— Cuidado — advertiu o homem. — Precisamos atravessar por aqui.

Ele gesticulou para uma série de placas conectadas frouxamente para formar uma ponte sobre a água corrente.

Parei de respirar com medo da ideia de cruzar o rio. Atrás de mim, papai pôs a mão em meu ombro.

— Calma, Sadie. Lembra-se de quando percorremos o Lago Kryspinów? Aqueles degraus de pedra? É a mesma coisa.

Eu quis salientar que as águas do Kryspinów, onde fazíamos piqueniques no verão, eram calmas, brandas e gentis, cheias de girinos e peixinhos — não de dejetos da cidade toda.

Papai me empurrou levemente para a frente e não tive escolha a não ser seguir minha mãe, que, apesar da barriga arredondada, começou a atravessar as tábuas com sua graça costumeira, como se pulando amarelinha. Comecei a avançar. Meu pé escorregou de uma das tábuas e papai esticou o braço para me firmar.

Eu me virei para voltar.

— Papai, isso é loucura! Tem que existir outra maneira.

— Querida, este é o caminho.

Sua voz estava calma, a expressão determinada. Papai, que sempre me protegeu, acreditava que eu era capaz de fazer aquilo.

Respirei fundo, me virei de volta e comecei a avançar mais uma vez. Atravessei uma placa, depois outra. Já havia alcançado o meio do rio agora, longe de ambas as margens. Era impossível voltar atrás. Dei mais um passo. A prancha sob meu pé cedeu e começou a deslizar para o lado.

— Socorro! — gritei, minha voz ecoando pelo túnel.

Papai deu um salto para me firmar de novo. Ao fazê-lo, ele soltou a pequena bolsa que mamãe tinha arrumado e que estava carregando para ela. A bolsa, contendo o pouco que nos restava no mundo, pareceu voar em câmera lenta, pairando sobre a água. Mas antes que ela pudesse cair, papai havia tentado alcançá-la. Ele a puxou e a jogou de volta para mim, tentando se aprumar, mas havia se esticado demais. Meu pai perdeu o equilíbrio.

— Papai! — gritei ao vê-lo cair na água escura do esgoto com um forte respingo.

O funcionário deu meia-volta e correu rapidamente para as tábuas, puxando-me para um lugar seguro. Então tentou alcançar meu pai. Contudo, quando ele aproximou a mão da de papai, a corrente forte puxou meu pai para baixo. Da margem, minha mãe gritou.

Papai levantou a cabeça na superfície. Ele emergiu como uma fênix, o torso e grande parte das pernas subindo, desafiando a água. Senti uma onda de esperança: ele ia conseguir. Foi quando a água pareceu dominá-lo, dedos gigantes esticando-se para puxá-lo para baixo. A água o sugou, cobrindo sua cabeça e todo o resto em um único golpe para dentro da escuridão gelada. Prendi a respiração, esperando que ele reaparecesse, que lutasse e emergisse mais uma vez, mas a superfície permaneceu intacta. As bolhas de ar que papai deixara para trás desapareceram na corrente e ele se foi.

CAPÍTULO 4

Sadie

Atordoados, olhamos para a superfície intacta do rio de esgoto.

— Papai! — gritei de novo.

Minha mãe emitiu um som gutural e tentou se jogar na água atrás dele, mas o funcionário do esgoto a segurou.

— Espere aqui — instruiu ele, correndo pelo caminho e seguindo a corrente.

Segurei a mão de mamãe para que ela não tentasse pular de novo.

— Ele é um homem forte — disse Saul.

Embora quisesse nos confortar, minha raiva aumentou: como ele poderia saber?

— E um bom nadador — concordou mamãe desesperadamente. — Ele pode ter sobrevivido.

Eu queria me agarrar a essa esperança tanto quanto ela, mas, ao me lembrar de como a corrente o atirara de um lado para outro como uma boneca de pano, eu sabia que nem mesmo suas braçadas fortes seriam páreo para o rio.

Mamãe e eu ficamos abraçadas por vários minutos, em silêncio, entorpecidas pela descrença. O funcionário do esgoto voltou, seu rosto estava sério.

— Ele ficou preso em alguns destroços. Tentei soltá-lo, mas era tarde demais. Sinto muito, mas infelizmente não há nada a ser feito.

— Não! — berrei, minha voz ecoando perigosamente pelo túnel cavernoso.

Minha mãe cobriu minha boca com força antes que eu pudesse gritar mais, sua pele era uma mistura da água de esgoto vil e lágrimas salgadas em meus lábios. Chorei contra o fedor quente de sua palma. Papai estava aqui minutos antes, evitando que eu escorregasse. Se ele não tivesse tentado me segurar, ainda estaria vivo.

Um pouco depois, minha mãe me soltou.

— Ele se foi — constatei.

Eu me inclinei junto dela, sentindo-me uma criancinha. Papai havia sido um gigante gentil, meu protetor, meu confidente e melhor amigo. Meu mundo. Mas o esgoto o havia puxado para baixo e para longe como se fosse lixo.

— Eu sei, eu sei — murmurou mamãe em meio às lágrimas. — Mas se não fizermos silêncio será nosso fim também.

O barulho poderia chamar a atenção da polícia acima de nós, e ninguém queria correr esse risco. Mamãe se apoiou na parede do esgoto, parecendo vulnerável e indefesa. Toda essa fuga havia sido planejada pelo papai — como conseguiríamos viver sem ele?

Saul deu um passo na minha direção, seus olhos castanhos solenes.

— Sinto muito pelo seu pai.

Sua voz era mais amigável agora do que quando tentei conversar com ele antes, mas isso não importava. Ele baixou levemente a aba do chapéu e voltou para perto do pai.

— Precisamos continuar — disse o funcionário do esgoto.

Teimosa, eu fiquei onde estava, recusando-me a ir.

— Não podemos deixá-lo.

Eu sabia que papai tinha sido puxado rio abaixo, mas parte de mim acreditava que se eu ficasse bem ali, no exato lugar em que ele desapareceu, papai ressurgiria e seria como se nada tivesse acontecido. Estiquei o braço, desejando que o tempo parasse. Num instante, meu pai estava aqui, real e firme ao meu lado, e agora ele não estava mais, o ar vazio e parado.

— Papai morreu — falei, me dando conta da dolorosa realidade.

— Mas eu continuo aqui — disse mamãe, segurando meu rosto entre as mãos, forçando-me a olhar em seus olhos. — Eu estou aqui e nunca vou deixar você.

O homem que trabalhava no esgoto se aproximou e se ajoelhou na minha frente.

— Meu nome é Pawel — disse ele gentilmente. — Eu conhecia seu pai. Ele era um bom homem. Ele confiou a segurança de vocês a mim e sei que gostaria que seguíssemos em frente.

Ele se levantou, deu meia-volta e continuou, levando os outros pelo caminho.

Mamãe se endireitou, parecendo ganhar força com aquelas palavras. Sua barriga arredondada se projetava ainda mais.

— Nós vamos superar isso.

Eu a encarei sem acreditar. Como ela poderia pensar — muito menos acreditar — nisso agora, quando tínhamos perdido tudo? Por um segundo, me perguntei se minha mãe tinha enlouquecido. Mas havia uma certeza tranquila em suas palavras que, de algum jeito, eu precisava ouvir. Ela começou a me puxar para continuar.

— Nós vamos ficar bem. Venha.

Mamãe sempre foi enganosamente forte para seu tamanho, e agora me puxava com tanta força que eu temia escorregar dentro d'água e me afogar também, caso resistisse.

— Precisamos nos apressar.

Ela estava certa. Os outros tinham seguido sem nós e agora estavam vários metros à frente. Tínhamos que seguir em frente ou então seríamos deixadas ali, perdidas e sozinhas naquele túnel estranho e escuro.

No entanto, hesitei mais uma vez, olhando com medo para o rio turvo e turbulento que corria ao longo do caminho. Sempre tive medo de água, e agora esse temor parecia validado. Se meu pai, forte nadador, não conseguiu vencer a corrente de sujeira, que chance eu teria?

Eu olhei para o caminho escuro à frente. Não havia como fazer isso.

— Venha — repetiu mamãe, a voz mais branda agora. — Imagine que você é uma princesa guerreira e eu, sua mãe, a grande rainha. Vamos viajar dos corredores do Castelo de Wawel até a masmorra para matar o dragão Smok.

Ela estava se referindo a uma brincadeira de faz de conta de quando eu era pequena. Só que eu estava velha demais para essas coisas infantis, e a lembrança do jogo, que eu costumava brincar com meu pai, intensificou minha tristeza. Ao mesmo tempo, a capacidade que minha mãe tinha de encarar da melhor forma qualquer situação era uma das coisas que eu mais amava nela, e sua disposição de fingir, mesmo agora, me lembrava que estávamos nisso juntas.

Alcançamos os outros e continuamos pelo esgoto, que parecia não ter fim. Pawel ia na frente, seguido pelo jovem casal e depois pela família religiosa com a velha, que, apesar de parecer ter quase noventa anos, caminhava com uma velocidade surpreendente. Na certa já devíamos estar próximos dos limites da cidade, ponderei. Talvez houvesse alguma passagem para a liberdade mais adiante, de repente para a floresta nos arredores da cidade, onde ouvi falar que judeus se escondiam. Eu mal podia esperar para respirar ar fresco novamente. Pawel nos levou para a direita em uma ramificação menor do túnel principal e o caminho agora se inclinava para cima, como se estivéssemos nos aproximando do lado de fora. Meu coração se encheu de esperança ao imaginar o calor do sol matinal no rosto, deixando o esgoto para trás para sempre.

Pawel virou novamente, desta vez à esquerda, e nos levou a uma câmara de concreto, sem janelas nem qualquer outra fonte de luz. Medindo aproximadamente dezesseis metros quadrados, era um pouco menor do que o apartamento de um quarto que dividi com meus pais no gueto. As águas do esgoto batiam na entrada inclinada, como ondas do mar na areia da praia. Alguém havia colocado tábuas estreitas em blocos de concreto para formar bancos improvisados e havia um fogão a lenha enferrujado no canto. Era quase como se esperassem nossa chegada.

— É aqui que vão se esconder — confirmou.

Ele gesticulou para a câmara. Percebi então que Pawel não estava nos conduzindo pelos canos de esgoto para chegar a outro lugar. O esgoto era o lugar.

— Aqui? — repeti, esquecendo o aviso prévio de mamãe para falar baixo.

Todos os olhares se voltaram para mim. Pawel concordou com a cabeça.

— Por quanto tempo?

Eu não conseguia me imaginar passando nem mais uma hora no esgoto.

— Não entendi — disse Pawel.

Mamãe pigarreou.

— Acho que o que minha filha está perguntando é: para onde vamos depois daqui?

— Tolas — vociferou a velha. Foi a primeira vez que a ouvi falar. — Nós *ficaremos* aqui.

Eu olhei para minha mãe sem acreditar.

— Nós vamos morar aqui?

Minha mente estava a mil. Poderíamos sobreviver algumas horas ali, talvez uma noite. Quando papai me mandou passar pelo buraco do banheiro e entrar no esgoto, entendi que era transitório, uma passagem para um lugar seguro. Conforme caminhávamos em meio à sujeira e ao desespero, tentei me convencer de que era apenas para escaparmos. Em vez disso, este era o destino. Nem nos meus piores pesadelos eu imaginaria ficar no esgoto.

— Para sempre? — perguntei.

— Não, não para sempre, mas...

Pawel olhou para mamãe com incerteza. Não existia maneira fácil de falar sobre o futuro para pessoas vivendo uma guerra. Então ele me olhou nos olhos mais uma vez e continuou:

— Quando traçamos o plano, presumimos que tiraríamos vocês pelo túnel que dá no rio. — Percebi, pelo tom de sua voz, que o "presumimos" de que ele falava incluía meu pai. — Só que agora os alemães estão vigiando aquela saída. Se avançarmos, seremos fuzilados.

E se voltarmos para o gueto também, pensei. Estávamos presos, sem lugar para ir.

— Esta é a opção mais segura para todos vocês. A única esperança. — Havia um tom de súplica em sua voz. — Não há outra saída do esgoto e, mesmo que houvesse, as ruas estão perigosas demais agora. Tudo bem? — perguntou ele, como se precisasse que eu concordasse. Como se eu tivesse escolha.

Eu não respondi, incapaz de me imaginar aceitando uma coisa dessas. Ainda assim, papai não teria nos trazido aqui a menos que acreditasse ser a única opção, a melhor chance de sobrevivência. Por fim, concordei.

— Não podemos ficar aqui — disse alguém atrás de mim.

Eu me virei e, do outro lado da câmara, a jovem com a criança falava com o marido, renovando meu protesto.

— Prometeram-nos uma saída. Não podemos ficar aqui.

— É impossível ir embora — reforçou Pawel pacientemente, como se não tivesse acabado de me explicar a mesma coisa. — Os alemães estão vigiando o final do túnel.

— Não temos escolha — concordou o marido.

Mas a mulher tirou o filho dos braços do marido e se dirigiu para a entrada da câmara.

— Há uma saída pela frente, eu sei que há — insistiu ela, teimosa, empurrando Pawel e indo na direção oposta de onde tínhamos vindo.

— Por favor — disse Pawel. — Você não deve ir. Não é seguro. Pense em seu filho.

Mas a mulher não parou e o marido a seguiu. A distância, eu ainda podia ouvi-los discutindo.

— Esperem! — chamou Pawel da entrada da câmara.

Mas não foi atrás deles. Ele tinha a nós — e a si mesmo — para proteger.

— O que será deles? — perguntei.

Ninguém respondeu. O som do casal discutindo desapareceu ao longe. Eu os imaginei caminhando para o local onde o esgoto encontrava o rio. Parte de mim desejou ter fugido também.

Poucos minutos depois, ouvimos um som semelhante ao de fogos de artifício. Pulei de susto. Embora já tivesse escutado vários tiros no gueto, nunca me acostumei com o som. Eu me virei para Pawel.

— Você acha que...?

Ele deu de ombros, incapaz de dizer se os tiros tinham sido dirigidos à família que fugiu ou disparados na rua acima. Entretanto, as vozes no corredor silenciaram.

Aproximei-me de mamãe.

— Vai ficar tudo bem — disse ela para me acalmar.

— Como pode dizer isso? — contestei.

"Bem" seria a última palavra que eu usaria para descrever o inferno em que entramos.

— Ficaremos aqui por alguns dias, uma semana no máximo.

Eu queria acreditar.

Um rato passou pela entrada da câmara e nos olhou não com medo, mas com desprezo. Quando gritei, os outros me olharam feio por causa do barulho.

— Sussurre — advertiu minha mãe baixinho.

Como ela poderia estar tão calma com papai morto e ratos que nos encaravam com desprezo?

— Mamãe, tem ratos aqui. Não podemos ficar!

A ideia de ficar entre roedores era demais para suportar.

— Precisamos sair daqui agora! — Eu estava quase histérica.

Pawel marchou até mim.

— Não há volta. Não há saída. Este é o seu mundo agora. Aceite isso por você, por sua mãe e pela criança que ela está carregando. — Ele me encarou e completou: — Entendeu?

Sua voz era gentil, mas firme. Eu concordei.

— Este é o único jeito.

Atrás dele, o rato ainda estava no túnel, parado além da entrada e olhando para nós desafiadoramente, de alguma forma sabendo que tinha vencido. Nunca gostei de gatos, mas, ah, como desejei que aquele velho gato malhado que rondava o beco atrás do apartamento enfrentasse essa criatura agora!

Mamãe se virou para Pawel.

— Vamos precisar de muito carboneto e de fósforos, é claro.

Ela declarou aquilo com calma, como se aceitasse nosso destino e estivesse tentando tirar o melhor proveito dele. Parecia-me que mamãe devia estar pedindo e dizendo por favor, mas ela falou naquele tom de voz firme que usava de vez em quando e que sempre convencia as pessoas a fazerem o que ela desejava.

— Vocês terão. Há também um cano vazando no caminho que podemos usar para obter água.

Pawel falava gentilmente de novo, como se para nos tranquilizar. Então ele alternou o peso de um pé para o outro, sem jeito.

— Está com o dinheiro?

Mamãe vacilou. Ela não sabia que papai concordara em pagar a ele, nem quanto. Além disso, a maior parte do dinheiro que trouxemos certamente afundara no rio de esgoto com meu pai. Ela enfiou a mão no vestido e ofereceu uma nota amassada. Uma expressão cruzou o rosto de Pawel e ficou nítido que aquela não era a quantia que lhe havia sido prometida. O que aconteceria se não pudéssemos pagar?

— Eu sei que não é muito.

Mamãe implorou com os olhos para que ele aceitasse a quantia como pagamento.

Por fim, Pawel aceitou a nota. O judeu ortodoxo, que estava parado em um canto com sua família, entregou algum dinheiro a Pawel também.

— Vou trazer comida para vocês sempre que eu puder — prometeu Pawel.

— Obrigada.

Mamãe olhou para a outra família atrás dele.

— Acredito que não fomos oficialmente apresentados. — Ela atravessou a câmara e continuou: — Danuta Gault — disse, oferecendo a mão ao patriarca.

Ele não aceitou, mas assentiu formalmente, como se num encontro casual na rua.

— Meyer Rosenberg.

Sua barba grisalha estava amarelada ao redor da boca por causa do tabaco, mas seus olhos eram gentis e sua voz melódica e afetuosa.

— Esta é minha mãe, Esther, e meu filho Saul.

Eu olhei para Saul e ele sorriu.

— Todo mundo me chama de Bubbe — interrompeu a mulher idosa, com a voz rouca.

Parecia-me estranho usar um nome tão familiar para chamar uma mulher que havia acabado de conhecer.

— É um prazer conhecê-la, Bubbe — disse minha mãe, respeitando o desejo da idosa. — E você também, Pan Rosenberg — acrescentou ela, dirigindo-se a ele com o termo polonês mais formal para senhor.

Mamãe se virou para mim.

— Estou aqui com meu marido... Isto é...

Por um segundo, ela pareceu ter esquecido que papai não estava mais conosco.

— Quer dizer, eu estava. Esta é minha filha, Sadie.

— Aquela outra família... — comecei a perguntar, sem conseguir me conter. — A que estava com o menininho. O que aconteceu com eles?

Parte de mim gostaria de não ter perguntado. Eu queria acreditar que eles tinham alcançado a rua e encontrado um lugar para se esconder, mas nunca fui boa em fingir ou ignorar. Eu precisava saber.

Incerto, Pawel olhou por cima da minha cabeça para minha mãe, como se perguntando a ela se deveria mentir para mim.

— Não tenho certeza, mas é provável que tenham sido mortos na entrada do rio — disse ele finalmente.

Baleados, pensei, lembrando-me dos tiros. Nós também teríamos sido se tivéssemos ido naquela direção.

— Agora entende por que é tão importante que fiquem aqui, escondidos e em silêncio?

— Mas como podemos ficar aqui? — quis saber Bubbe Rosenberg. — Com certeza, agora que os outros foram pegos, os alemães saberão que há mais gente aqui embaixo e devem vir procurar.

Saul se aproximou de sua avó e pôs a mão em seu ombro como se para tranquilizá-la.

— Talvez — cedeu Pawel, não querendo mentir para nos consolar. — Vi alguns alemães em uma das grades quando deixei vocês mais cedo e subi de volta para a rua. Falei a eles que havia ratos aqui e que não era para descer. Eles queriam enviar a polícia polonesa para fazer uma busca, mas eu aleguei que é impossível alguém sobreviver aqui.

Perguntei-me se talvez aquilo não fosse verdade.

— Mesmo assim, em algum momento eles devem patrulhar os esgotos — advertiu Saul solenemente, falando pela primeira vez, a testa franzida de preocupação.

Pawel assentiu gravemente.

— E quando o fizerem, terei de guiá-los.

O grupo todo arfou de surpresa. Pawel nos trairia no final?

— Vou levá-los para outros túneis de modo que não encontrem vocês. Se eles insistirem em vir para cá, vou girar minha lanterna em um amplo círculo à minha frente para dar a vocês tempo de se esconderem.

Olhando ao redor da câmara, era impossível imaginar um bom esconderijo.

— Agora preciso ir. Se eu não aparecer para trabalhar, meu capataz fará perguntas.

Já deve ter amanhecido, constatei, embora a luz não tenha nos alcançado aqui. Pawel mexeu no bolso e tirou um pacote embrulhado em papel. Ele o abriu e mostrou algum tipo de carne, que partiu em dois pedaços, entregando um para minha mãe e outro para Pan Rosenberg, dividindo o parco racionamento igualmente entre nossas famílias.

— É *golonka* — sussurrou minha mãe. — Junta de porco. Coma.

Embora eu nunca tivesse comido aquilo antes, meu estômago roncou.

Pan Rosenberg olhou para a carne que Pawel ofereceu e torceu o nariz com desdém.

— É *tref* — disse ele, enojado com a ideia de comer algo que não fosse *kosher*. — Não podemos comer isso.

— Eu sinto muito. Foi tudo o que consegui tão em cima da hora — justificou Pawel, parecendo verdadeiramente arrependido.

Ele ofereceu a carne mais uma vez, mas Pan Rosenberg recusou com um gesto.

— Para sua mãe e seu filho, pelo menos? — Pawel tentou novamente. — Temo que não haverá mais nada por um ou dois dias.

— De forma alguma.

Pawel deu de ombros e ofereceu a carne extra para minha mãe. Ela hesitou, dividida entre querer nos alimentar e não querer aceitar mais do que sua parte.

— Se tem certeza...

— Nada deve ser desperdiçado — disse ele.

A MULHER COM A ESTRELA AZUL

Mamãe pegou um pedacinho para si e deu o resto para mim. Comi rapidamente antes que Pan Rosenberg mudasse de ideia, tentando ignorar o olhar nefasto de seu filho. A senhora idosa ficou atrás da família, sem reclamar, mas me perguntei, com culpa, se ela gostaria de um pouco. Olhei para os Rosenberg em suas estranhas roupas escuras. O que eles teriam feito pelas graças salvadoras do funcionário do esgoto? Eram tão diferentes de nós. De todo modo, agora íamos morar juntos aqui. Fomos poupados da indignidade de dividir um apartamento no gueto, mas agora, se esconder neste pequeno espaço com esses estranhos era nossa única esperança.

Então Pawel partiu, deixando-nos sozinhos na câmara.

— Aqui — disse mamãe, apontando para um dos bancos.

Ela indicou um ponto sujo e molhado onde, um dia antes, teria me repreendido se me sentasse nele.

Meu pé estava latejando quando me sentei, e então me lembrei do ferimento de mais cedo.

— Cortei meu pé — confessei, embora parecesse bobo mencionar aquilo à luz de tudo o que havia acontecido desde então.

Mamãe se ajoelhou ao meu lado, a bainha já suja da saia mergulhando na água horrível. Ela ergueu meu pé direito e o livrou do sapato encharcado, dando um tapinha nele com um pedaço seco do vestido.

— Precisamos manter os pés secos.

Eu não entendia como mamãe era capaz de pensar nessas coisas em um momento como este.

Ela pegou a bolsa que havia arrumado, a mesma que papai jogou de volta para mim pouco antes de cair na água. O que havia naquela sacola pela qual meu pai pagou com a vida? Mamãe a abriu. Remédios e bandagens, um cobertor de bebê azul e branco e um par de meias sobressalentes para mim. Eu me encolhi toda, a tristeza me assolando mais uma vez.

— Meias — falei lentamente, minha voz carregada de descrença. — Papai morreu por um par de meias.

— Não. Ele morreu para salvar você. — Mamãe me puxou para perto. — Eu sei que é difícil — sussurrou, seus olhos brilhando com as lágrimas —, mas precisamos fazer o que for preciso para sobreviver. É o que seu pai gostaria. Consegue entender?

Mamãe tinha uma expressão firme e determinada que eu nunca vira antes. Ela encostou a cabeça na minha e seus cachos macios na altura da orelha ainda

51

cheiravam à água com canela que ela borrifara depois do banho no dia anterior. Eu me perguntei quanto tempo levaria para que aquele perfume glorioso se dissipasse.

— Eu entendo.

Deixei que ela passasse pomada no meu pé, depois coloquei as meias limpas que ela me entregou. Quando me abaixei, vislumbrei na minha manga a braçadeira com a estrela azul que os alemães nos faziam usar para nos identificar como judeus.

— Pelo menos não precisamos mais disto.

Arranquei a braçadeira e o tecido rasgou com um som satisfatório.

Mamãe sorriu.

— Essa é minha garota, sempre vendo o lado bom das coisas.

Então ela seguiu o exemplo e arrancou sua própria braçadeira com uma risada satisfeita.

Quando minha mãe foi fechar a bolsa, uma coisa pequena e metálica caiu dela e rolou no chão do esgoto. Apressei-me para pegar — era a corrente de ouro que meu pai sempre usava sob a camisa, com um pingente com a palavra hebraica *chai*, que significava vida. Joias não eram muito comuns entre os homens, mas o cordão tinha sido um presente dos pais dele em seu bar mitzvah. Achei que ele o estava usando quando se afogou, que também havia sido perdido para o rio de esgoto, mas papai deve ter tirado antes de fugirmos. Agora a corrente estava aqui conosco.

Eu a ofereci de volta para minha mãe, mas ela balançou a cabeça.

— Ele gostaria que ficasse com você.

Mamãe a colocou em volta do meu pescoço, prendendo o fecho, e o *chai* repousou em meu peito, perto do coração.

Foi quando ouvimos um barulho fora da câmara e nos levantamos, assustados. Será que os alemães já estavam vindo? Mas era Pawel mais uma vez.

— Essa luz — disse ele, apontando para a lâmpada solitária pendurada em um gancho. — Está soltando um pouco de vapor na rua. Precisam apagá-la.

Relutantemente, abandonamos a única fonte de luz que tínhamos e o esgoto ficou frio e escuro outra vez.

CAPÍTULO 5

Ella

Abril de 1943

A primavera sempre demorava a chegar em Cracóvia, como uma criança sonolenta que não quer sair da cama numa manhã de aula. Este ano, porém, parecia que não aconteceria. Enquanto eu caminhava do centro da cidade para Dębniki, o bairro da classe trabalhadora na margem sul do Vístula, a base da ponte continuava coberta de neve suja. O ar estava gélido, o vento cortante. Era como se a Mãe Natureza estivesse protestando contra a ocupação nazista enquanto esta se arrastava pelo quarto ano.

Eu não esperava ter o que fazer nesta parte remota da cidade em uma manhã de sábado. Uma hora antes, estava em meu quarto, escrevendo para meu irmão, Maciej. Ele morava em Paris há quase uma década e, embora eu não tivesse tido a chance de visitá-lo, a cidade ganhava vida por meio de suas descrições animadas e detalhadas e do humor malicioso nas cartas. Eu respondia de maneira mais genérica, sempre ciente de que nossas correspondências poderiam ser lidas. *O falcão tem caçado*, escrevi. O animal era nosso código para Ana Lucia e seu amor por usar carcaças de animais como roupa, "caçado" uma referência a épocas em que ela estava sendo particularmente deplorável. *Venha para Paris*, insistira ele em sua última carta. Eu sorri ao ouvir seu sotaque francês adquirido saltar da página com as palavras: *Phillipe e eu ficaríamos muito felizes em receber você.* Como se fosse tão simples. Era impossível viajar agora, mas, talvez quando a guerra acabasse, ele pudesse mandar alguém vir me bus-

53

car. Minha madrasta não se importaria nem um pouco se eu fosse embora, desde que a viagem não custasse nada para ela.

Eu tinha acabado de lacrar a carta com um pouco de cera quando ouvi a comoção na cozinha. Ana Lucia estava gritando com nossa empregada, Hanna. A pobre moça era alvo frequente da ira de minha madrasta. No passado, a casa tinha quatro funcionários em tempo integral. A guerra, no entanto, exigiu sacrifícios de todos, e no mundo da minha madrasta isso significava se virar com um empregado só. Hanna era nossa empregada doméstica, uma órfã do campo — e a única disposta a assumir o trabalho dos outros funcionários. Sendo assim, ela foi a responsável por administrar corajosamente as tarefas de governanta, mordomo, jardineiro e cozinheira, até porque ela não tinha outro lugar para ir.

Tentei adivinhar qual seria o motivo por trás da ira da minha madrasta desta vez. Cerejas, descobri.

— Prometi ao Hauptsturmführer Kraus a melhor torta de cereja da Cracóvia esta noite. Só que não temos cerejas!

As bochechas de Ana Lucia estavam vermelhas de raiva, como se ela tivesse acabado de sair do banho.

— Sinto muito, senhora — disse Hanna. Seu rosto marcado de catapora tinha uma expressão confusa. — Não estão na época.

— E daí?

Ana Lucia não entendia os aspectos práticos de uma situação; ela queria o que queria e pronto.

— Talvez cerejas secas — sugeri, tentando ser útil. — Ou enlatadas.

Ana Lucia me olhou e esperei que ela rejeitasse a sugestão de cara, como sempre fazia.

— Sim, isso — concordou ela lentamente, como se surpresa por eu ter uma boa ideia.

— Eu tentei. Não há nenhuma no mercado.

— Então você vai a outros mercados! — explodiu Ana Lucia.

Temi que minha sugestão, embora bem-intencionada, tivesse apenas piorado a situação da pobrezinha.

— Mas preciso preparar o assado…

Hanna parecia impotente, apavorada.

— Eu vou — interrompi.

A MULHER COM A ESTRELA AZUL

As duas me olharam com surpresa. Não que eu quisesse ajudar minha madrasta a saciar o apetite de um porco nazista. Pelo contrário, eu preferia enfiar as cerejas em sua garganta, com os caroços e tudo. Mas eu estava entediada e também queria enviar minha carta para Maciej; dessa forma, poderia fazer as duas coisas em uma viagem só.

Eu esperava que minha madrasta protestasse, mas ela não o fez. Em vez disso, me passou um punhado de moedas, os *reichsmarks* vis que haviam substituído o *zloty* polonês.

— Ouvi dizer que pode haver cerejas em Dębniki — sugeriu Hanna, a voz cheia de gratidão.

— Do outro lado do rio? — perguntei.

Hanna assentiu, implorando com os olhos para que eu não mudasse de ideia. Dębniki, um distrito do outro lado do Vístula, ficava a pelo menos trinta minutos de bonde, e levava ainda mais tempo para chegar a pé. Eu não tinha planejado ir tão longe, mas eu prometera ir e não poderia deixar Hanna à mercê da ira de Ana Lucia uma segunda vez.

— A torta precisa estar no forno às três — decretou minha madrasta com altivez, em vez de me agradecer.

Vesti o casaco e peguei a pequena cesta que usava para fazer compras antes de sair de casa. Eu poderia ter ido de bonde, mas resolvi aproveitar o ar fresco e tingido de carvão, bem como a chance de esticar as pernas. Segui a rua Grodzka no sentido sul até chegar ao Planty, cruzando a faixa agora murcha de verde que circundava o centro da cidade.

Minha rota além do parque rumo ao rio me levou pela orla de Kazimierz, o bairro a sudeste do centro da cidade que um dia fora o Bairro Judeu. Eu raramente tinha motivos para visitar Kazimierz, mas sempre me pareceu um lugar exótico e estrangeiro com seus homens de chapéus altos e escuros e letreiros em hebraico nas vitrines. Passei pelo que um dia fora uma padaria e quase senti o cheiro da chalá que costumavam assar ali. Porém, desde que os alemães expulsaram os judeus para o gueto em Podgórze, tudo aquilo chegara ao fim. As lojas estavam abandonadas, as janelas de vidro quebradas ou fechadas. As sinagogas, que durante séculos ficavam repletas de fiéis nas manhãs de sábado, estavam vazias e silenciosas.

Passei pela cidade fantasma apressada e inquieta e já estava na base da ponte que cruzava o largo trecho do Vístula. O rio separava o centro da cidade e Kazimierz dos bairros de Dębniki e Podgórze ao sul. Olhei para trás na direção do enorme Castelo de Wawel. Outrora sede da monarquia polonesa, ele presidiu a cidade por quase mil anos. Como todo o resto, a construção agora fazia parte do Governo Geral, ocupada pelos alemães que a usavam como sede de sua administração.

Ao olhar para o castelo, lembrei-me de uma noite, não muito depois da invasão, em que fui dar um passeio. Do alto dique sobre o rio, eu notara barcos agrupados ao redor da construção. Grandes caixotes estavam sendo retirados de dentro e carregados por uma rampa até um barco, os mais pesados com rodas. *Um roubo*, pensara, minha imaginação de criança trabalhando. Eu me imaginei chamando a polícia, sendo saudada como heroína por frustrar a trama. No entanto, as pessoas que levavam aquelas coisas não pareciam criminosas. Eram funcionários do museu, retirando furtivamente do castelo nossos tesouros nacionais a fim de salvá-los. Mas de quê? Saques? Ataques aéreos? As pinturas estavam sendo resgatadas, enquanto nós éramos deixados para trás para enfrentar seja lá qual destino nos aguardava sob o comando dos alemães. Foi quando eu soube que nada mais seria como antes.

Do lado oposto da ponte ficava Dębniki, o bairro onde Hanna julgava haver cerejas para comprar. Seu horizonte era uma mistura de fábricas e armazéns, um outro mundo comparado às elegantes igrejas e torres do centro da cidade. Parei em Zamkowa, uma rua perto da beira do rio, para me orientar. Eu nunca estivera sozinha em Dębniki antes e não me ocorreu, até agora, que poderia me perder. Hesitei, olhando para o prédio baixo na esquina. Ele parecia ser um local de carregamento de caixotes para uma barcaça atracada na beira do rio. Não era o tipo de lugar em que me sentia confortável pedindo informações, mas também não havia ninguém passando a quem eu pudesse recorrer, então parecia a melhor opção para chegar ao mercado a tempo de comprar as cerejas e salvar a pele de Hanna. Eu me preparei e comecei a avançar até um grupo de homens fumando perto de uma plataforma de carga.

— Com licença — falei, e vi no rosto de cada um como eu estava deslocada ali.

— Ella?

Fiquei surpresa ao ouvir meu nome. Quando me virei, me deparei com um rosto familiar: o pai de Krys. Sua testa bem definida e olhos fundos eram idênticos aos do filho. Krys havia crescido no bairro operário de Dębniki. Seu pai era estivador e sua família totalmente inadequada à nossa, observara Ana Lucia mais de uma vez. Eu estivera na casa de Krys poucas vezes para visitar seus pais.

Embora Krys nunca admitisse que tais coisas importavam para ele, eu suspeitava que ele em parte tinha vergonha de me mostrar a pequena casa na rua simples onde havia crescido. Eu, no entanto, me encantara com a humildade afetuosa de sua família, sobretudo a maneira como sua mãe falava de seu "bebê" — embora ele fosse um rapaz de vinte anos forte, sadio e quase trinta centímetros mais alto que ela. Eu adorava passar tempo na casa deles, tão acolhedora quanto a minha agora era fria.

Naturalmente, a casa deles também estava quieta atualmente. Os pais de Krys enviaram três filhos para a guerra. Os dois mais velhos foram mortos e um ainda estava desaparecido. Seu pai parecia mais velho do que eu me lembrava, as rugas em seu rosto mais profundas, os ombros largos curvados, os cabelos quase inteiramente grisalhos. Fui tomada de culpa. Mesmo que eu não fosse próxima dos pais de Krys, deveria ter ido visitá-los e ver como estavam desde a partida dele.

Mas seu pai não mostrou nenhum sinal de recriminação ao dar um passo na minha direção, os olhos calorosos, mas perplexos.

— Ella, o que está fazendo aqui?

Comecei a explicar que precisava de informações.

— Se está procurando o Krys, ele estará de volta em breve — acrescentou ele.

— De volta? — repeti, certa de ter ouvido errado. Será que ele tinha recebido notícias de Krys? Meu coração quase parou de bater. — Da guerra?

— Não, do almoço. Ele deve estar aqui dentro de uma hora.

— Desculpe, mas eu não entendi. Krys ainda está na guerra.

Eu me perguntei se o homem estava confuso, se a dor e a perda haviam atormentado sua mente.

— Não, ele voltou há duas semanas. Está trabalhando aqui comigo.

Sua voz era firme e resoluta, sem margem para dúvidas. Eu congelei, emudecida de surpresa. Krys havia voltado.

— Sinto muito — disse o pai de Krys. — Pensei que você soubesse.

Não, eu não sabia.

— Sabe onde posso encontrá-lo?

— Ele disse que tinha alguma coisa para resolver. Acho que foi naquele café em Barska, aquele que frequentava com frequência antes da guerra.

Ele apontou para a rua que saía do rio.

— Segunda rua à direita. Pode ser que o encontre lá.

— Obrigada.

Parti na direção do café com a cabeça a mil. Krys havia voltado. Parte de mim estava radiante. Ele estava a poucos passos de distância e, em questão de minutos, eu poderia vê-lo. Mas o homem com quem eu ia me casar voltou da guerra e não se deu ao trabalho de me avisar. Suponho que fizesse sentido; afinal, ele havia terminado o relacionamento antes de partir. Eu era apenas uma mulher do seu passado, uma lembrança distante. Mesmo assim, não avisar que estava de volta e bem, deixando-me preocupada e imaginando o que teria acontecido, era ultrajante. Ele me devia mais. Pensei em minhas opções: ir atrás dele ou não fazer nada. Se Krys não foi me ver, eu não me rebaixaria indo atrás dele. Só que eu precisava saber o que havia acontecido, saber por que ele não voltou para mim. Dane-se o apropriado. Disparei em direção ao café.

A rua Barska, para onde o pai de Krys me mandou, ficava perto do centro de Dębniki. Enquanto eu caminhava pela vizinhança, percebi que os prédios ali eram muito próximos, suas fachadas manchadas de fuligem e esburacadas. Logo cheguei ao café. Não era um restaurante elegante na praça do mercado, mas um lugar simples onde as pessoas pegavam uma xícara de café preto *ersatz*, um punhado de sementes de papoula ou um pãozinho doce com queijo antes de voltar ao trabalho. Observei os clientes sentados às poucas mesas altas do outro lado da janela. Nos últimos anos, fantasiei sobre meu reencontro com Krys incontáveis vezes. Ocasionalmente, cheguei até a pensar que o vira em um bonde que passava ou em uma multidão movimentada. Nunca era ele, claro. Eu também não estava vendo Krys agora e fiquei pensando se seu pai estaria enganado. Ou talvez Krys tivesse passado aqui e ido embora antes de eu chegar.

Quando entrei, o cheiro quente de café e fumaça de cigarro invadiu minhas narinas. Abri caminho entre as mesas quase coladas umas nas outras. Por fim, vi uma silhueta familiar sentada no fundo, de costas para mim. Era Krys. Meu coração disparou, quase saindo pela boca. Sentada em frente a ele estava uma mulher deslumbrante de cabelos escuros, alguns anos mais velha que eu, observando-o falar com uma expressão extasiada.

Eu o encarei, como se diante de uma aparição. Como isso podia estar acontecendo? Eu havia sonhado e pensado nele sem parar. No começo, o imaginava lutando. À medida que a frequência de suas cartas diminuía, o imaginava morto ou ferido. Todavia, ali estava ele, sentado em um café, uma xícara cheia à sua frente e outra mulher ao seu lado, como se nada tivesse acontecido. Como se *nós* não tivéssemos acontecido.

Por um segundo, fiquei aliviada, até mesmo feliz por vê-lo de volta e bem. Quando me dei conta da realidade da situação, porém, minha raiva explodiu. Atravessei o café a passos largos e parei, hesitando momentaneamente, sem saber o que dizer. A companhia de Krys percebeu que eu me aproximava e sua expressão se transformou em confusão. Krys se virou e nossos olhos se encontraram. Todo o lugar pareceu parar. Krys sussurrou algo para a mulher e se levantou, vindo na minha direção. Comecei a me afastar e saí, sentindo falta de ar. Continuei andando.

Krys se aproximava rapidamente.

— Ella, espere!

Eu queria correr, mas ele logo me alcançou com suas pernas compridas, esticando o braço para mim antes que eu pudesse me esquivar. Seus dedos quentes apertaram meu antebraço, fazendo-me parar com seus modos firmes, mas gentis. Seu toque encheu meu coração e o partiu novamente, tudo ao mesmo tempo. Olhei para cima, tomada de raiva, mágoa e felicidade. Encontrando-me tão perto dele, minha vontade era abraçá-lo, deitar a cabeça em seu peito e fazer o mundo inteiro desaparecer, como antes. Então, por cima do ombro de Krys, vi a mulher com quem ele estava sentado nos observando com curiosidade pela janela do café. Meus sentimentos calorosos desapareceram.

— Ella — repetiu Krys.

Ele se inclinou na minha direção, mas o beijo que tentou dar foi direcionado à minha bochecha, a mundos de distância do abraço apaixonado que compartilhamos quando o vi pela última vez. Eu me afastei. Um leve toque de seu cheiro familiar passou por meu nariz e ondas de lembranças dolorosas me assolaram. Uma hora atrás, o homem que eu amava ainda era meu, pelo menos em minhas lembranças. Agora ele estava bem diante de mim, mas parecia um estranho.

— Quando você voltou?

— Apenas alguns dias atrás.

Eu me perguntei se era verdade. O pai dele dissera duas semanas. Krys não era de mentir, mas também nunca pensei que esconderia seu retorno de mim.

— Eu ia visitar você — acrescentou ele.

— Depois do seu encontro no café? — esbravejei.

— Não é o que você está pensando. Eu quero explicar, mas não posso fazer isso aqui. Pode me encontrar mais tarde?

— Para quê? Está tudo acabado entre nós, não está?

Ele me encarou nos olhos, incapaz de mentir.

— Sim. As coisas não são como você imagina, mas é verdade. Não podemos mais ficar juntos. Eu sinto muito. Eu disse isso antes da guerra.

Ele dissera, admiti silenciosamente. Lembrei-me de nossa última conversa antes de Krys partir; eu mais certa do que nunca de que deveríamos ficar juntos, ele se afastando. Na época eu não quis ouvir.

— Precisa acreditar que eu nunca faria nada para machucar você. — Ele estava me implorando com o olhar. — Que é melhor assim.

Como ele poderia dizer isso? Pensei em discutir. Queria lembrá-lo de tudo que significamos um para o outro e de tudo o que ainda poderia haver entre nós. No entanto, meu orgulho foi mais forte, me impedindo. Eu não imploraria por alguém que não me queria mais.

— Adeus, então — falei, conseguindo impedir minha voz de tremer.

Sem dizer mais nada, dei meia-volta e comecei a me afastar, quase colidindo com um homem que descarregava caixotes de uma carroça puxada por cavalos.

— Ella, espere! — chamou Krys, mas continuei correndo, ansiosa para me distanciar da dor de revê-lo, percebendo que não poderíamos ficar juntos.

Quando já estava a vários quarteirões de distância, olhei para trás, em parte torcendo para que ele tivesse me seguido, mas não seguiu. Continuei em frente, caminhando mais devagar agora, deixando as lágrimas caírem. Meu relacionamento acabou. Meu futuro estava morto. Eu não conseguia entender. Quando olhei nos olhos de Krys, senti o mesmo de sempre, mas ele me olhou com frieza, como se fôssemos estranhos. Como ele poderia não se lembrar? Mesmo enquanto pensava nele com raiva, recordações calorosas inundavam a minha mente. Quando a guerra estourou, houve uma espécie de desespero, uma sensação de que cada vez que estávamos juntos poderia ser a última. Aquilo me fazia sentir inebriada, viva, mas também me levou a fazer coisas que, em outras circunstâncias, não teria feito. Eu tinha dormido com Krys apenas uma vez antes de ele partir, em vez de esperar até nosso casamento ou mesmo até que estivéssemos formalmente noivos, uma tentativa desesperada de fazer o que tínhamos perdurar um pouco mais. Achei que significava tanto para ele quanto para mim. Só que agora ele me deixara para sempre.

A MULHER COM A ESTRELA AZUL

Poucos minutos depois, levantei o rosto e vi meu reflexo na vitrine de um açougue. Meus olhos estavam vermelhos e dilatados de tanto chorar, meu rosto inchado. Patética, censurei-me, enxugando as lágrimas. Mesmo assim, não conseguia parar de pensar em Krys. Eu o imaginei voltando para a mulher no café e retomando a conversa como se nada tivesse acontecido. Quem era ela? Será que ele a conheceu enquanto estava fora? Apesar de tudo, eu sabia que Krys era um homem honrado e não conseguia imaginar outra mulher na vida dele enquanto estávamos juntos. Mas ele parecia um estranho agora, e os pedaços do que costumava ser antes da partida para a guerra estavam atrás de um vidro embaçado, obscuro.

Eu não poderia ficar em Cracóvia, resolvi. Não havia mais futuro para mim aqui. Meus amigos e eu costumávamos brincar que morávamos na maior cidade pequena do mundo — estávamos sempre esbarrando uns com os outros. Eu acabaria reencontrando Krys, e, mesmo se isso não acontecesse, a cidade ainda estaria carregada de lembranças dolorosas. *Paris*, pensei de repente, visualizando o rosto de meu irmão. Em suas cartas, Maciej me incentivou mais de uma vez a ir. Eu reescreveria minha carta para ele, pedindo-lhe que mandasse alguém me buscar assim que pudesse. A guerra poderia tornar a tarefa difícil, até mesmo impossível, mas eu sabia que Maciej tentaria. Peguei a carta que planejava enviar para ele de minha cesta e joguei-a em uma lixeira próxima, determinada a escrever uma nova após terminar minha tarefa.

Olhei para o céu — o sol estava alto agora, sinalizando que era quase meio-dia, e eu ainda não tinha providenciado as cerejas de que Hanna precisava. Parti na direção do Rynek Dębniki, o principal mercado de rua do bairro, ao qual os vendedores levavam seus produtos para vender em barracas de madeira simples aos sábados. Ao me aproximar, fiquei surpresa por ainda estar aberto — não havia quase nada à venda depois de anos de racionamento e privação. Nenhuma carne e quase nenhum pão, e os poucos produtos restantes já começavam a apodrecer. Isolada em meu mundo de privilégios e proteção, eu não via as dificuldades que pessoas comuns estavam enfrentando durante a guerra. Agora, observando os moradores correndo entre as barracas para ver o que estava disponível e se podiam pagar, nossas diferenças se tornavam gritantes. Os clientes ali eram magros e suas bochechas estavam encovadas. Eles não pareciam surpresos com a falta de comida disponível para compra, mas pegavam o que podiam e saíam com suas cestas e sacolas quase vazias.

Fui até o vendedor de frutas e legumes mais próximo e examinei as poucas ofertas na barraca, em sua maior parte batatas e um pouco de repolho podre.

— Tem cerejas secas ou enlatadas? — perguntei, já sabendo a resposta.

No início do verão, as cerejas cresciam abundantemente no entorno da cidade. Quando devidamente preservadas no ano anterior, não haveria escassez. Todavia, os alemães tinham arrancado da Polônia grande parte de sua abundância natural, de plantações a rebanhos de gado e ovelhas. Certamente levaram as cerejas também. Mesmo assim, perguntei se o homem tinha itens que não estavam à venda dos quais poderia se desfazer por algum valor. Por um lado, eu queria que ele dissesse que não tinha mesmo cerejas, assim Ana Lucia não poderia fazer sua sobremesa especial para o alemão. Mas isso só daria a ela mais abertura para se vangloriar de minhas falhas.

Ele balançou a cabeça, a boina larga cobrindo parcialmente o rosto enrugado.

— Faz meses que não tenho — respondeu ele, mostrando os dentes manchados de tabaco.

Fiquei irritada por ter vindo até aqui à toa e por Hanna estar errada. O homem parecia triste por ter perdido a venda. Impulsivamente, apontei para um monte de crisântemos que ele estava vendendo. Seu rosto se iluminou.

— Pode tentar o *czarny rynek* na esquina da rua Pułaskiego — acrescentou ele, pegando as flores num tom forte de vermelho e embrulhando-as em papel pardo.

Ele me entregou as flores e deixei uma moeda em sua mão.

Fiquei surpresa por haver dois mercados tão próximos, mas, quando virei a esquina, descobri que o local para o qual ele havia me enviado não era um mercado estabelecido, e sim um beco estreito nos fundos de uma igreja onde uma dúzia ou mais de pessoas estavam agrupadas. Então eu entendi. *Czarny rynek* significava mercado clandestino, um local sem licença onde as pessoas vendiam produtos proibidos ou escassos por um preço mais alto. Eu tinha ouvido falar de tais lugares, mas, até agora, não sabia que realmente existiam. Os poucos vendedores ali não tinham barracas e espalhavam seus produtos em cobertores velhos ou lonas no chão, de modo que pudessem ser recolhidos em segundos numa eventual batida da polícia. Havia uma mistura de tudo, desde alimentos difíceis de conseguir, como chocolate e queijo, a um rádio contrabandeado e uma arma antiga tão velha que me perguntei se ainda funcionava.

A MULHER COM A ESTRELA AZUL

Pensei em me afastar. Aquele tipo de comércio era ilegal e pessoas podiam ser presas por comprar ou vender nele. Foi quando vi um vendedor de frutas no meio do beco com muito mais produtos do que o mercado oficial. Fui até lá. Havia cerejas secas, pelo menos algumas, espalhadas sobre uma lona suja no chão. Peguei todas e paguei ao vendedor desdentado, usando a maior parte do restante de moedas da minha madrasta. Coloquei uma das cerejas na boca para garantir que estavam boas, tentando não pensar nas unhas sujas do comerciante que acabara de entregá-las a mim. A doçura azeda fez minha mandíbula formigar. Chupei o caroço enquanto caminhava, depois cuspi em uma grade de esgoto próxima.

Passei por cima da grade, tomando cuidado para não prender o salto do sapato. Do subsolo, subiu um farfalhar que me assustou e me fez pular. Provavelmente era apenas um rato, tranquilizei-me, como os que saem à noite para se banquetear com o que conseguem encontrar. Mas era dia e um horário não muito comum para roedores vis perambularem por aí.

O barulho se repetiu, alto demais para ser um rato. Olhei para baixo e vi dois olhos me encarando. Não eram os olhos redondos de um animal, mas olheiras envolvendo olhos brancos. Humanos. Havia uma pessoa no esgoto. Não apenas uma pessoa — uma garota. No começo, pensei ter imaginado. Pisquei algumas vezes, esperando que aquilo desaparecesse, como uma espécie de miragem. Não obstante, quando olhei de novo, a garota ainda estava lá. Ela era magra, estava suja e molhada, e olhava para cima. A garota recuou um pouco, como se temendo ser vista, mas ainda era possível ver seus olhos na escuridão, procurando. Observando.

Comecei a falar sobre sua presença, mas algo me parou, um punho que pareceu apertar meu pescoço, silenciando-me de modo que nenhum som saísse. Seja lá o que a tivesse levado àquele lugar horrível, significava que ela não queria ser encontrada. Eu não deveria — não poderia — dizer nada. Engasguei em busca de ar, desejando que o aperto diminuísse, e olhei em volta, curiosa para saber se mais alguém havia notado, se tinha visto o que eu acabara de ver. Os outros passantes continuavam caminhando distraídos. Eu me virei de novo, imaginando quem seria aquela garota e como ela tinha ido parar ali.

Quando voltei a olhar para o esgoto, ela não estava mais lá.

CAPÍTULO 6

Sadie

Estávamos de volta ao nosso apartamento na rua Meiselsa, papai rodopiando mamãe pela cozinha ao som da melodia levemente metálica do piano do andar debaixo como se estivessem num dos grandes salões de baile de Viena. Quando terminaram de dançar, mamãe, sem fôlego, me chamou para a mesa onde uma *babka* fresquinha e deliciosa esfriava. Peguei uma faca e cortei a massa úmida. De repente, um estrondo fez o chão começar a rachar. Papai esticou o braço sobre a mesa, mas sua mão escorregou da minha. Gritei quando o chão cedeu e caímos no esgoto lá embaixo.

— Sadele. — Uma voz me despertou do sono. — Precisa ficar quieta.

Era mamãe, me lembrando, suave, mas firmemente, que não podíamos gritar nem em sonhos, que devíamos ficar em silêncio total.

Abri os olhos e olhei ao redor da câmara úmida e fedorenta. O pesadelo de cair no esgoto era realidade, mas meu pai não estava mais aqui.

Papai. Vi seu rosto tão nitidamente como no sonho. Ele parecia tão perto, mas, agora que eu acordara, era impossível alcançá-lo. Mesmo depois de um mês, sua morte ainda era uma dor constante. Sempre que eu acordava e me lembrava de que ele havia morrido, era como se uma faca atravessasse meu peito de novo.

Fechei os olhos mais uma vez, desejando voltar a dormir, voltar para o sonho com meu lar e meu pai. Mas aquilo não existia mais. Em vez disso, fingi que papai estava deitado ao nosso lado, que eu ainda ouvia o ronco do qual eu costumava reclamar.

A MULHER COM A ESTRELA AZUL

Minha mãe me deu um leve aperto reconfortante, se levantou e seguiu até a cozinha improvisada no canto para ajudar Bubbe Rosenberg, que estava descascando feijão. Embora a penumbra da câmara permanecesse inalterada, eu sabia, pelos sons vindo da rua lá em cima, que estava quase amanhecendo.

Alguns dias, dissera mamãe. *Uma semana no máximo*. E já havia passado mais de um mês. Antes, eu não poderia imaginar ficar tanto tempo no esgoto, mas simplesmente não havia para onde ir. O gueto fora esvaziado, todos os judeus que moravam lá foram assassinados ou levados para os campos. Se fôssemos para a rua, seríamos alvejados ou presos. O esgoto, que percorria toda a extensão da cidade, dava no rio Vístula, mas a entrada estava sendo vigiada por alemães armados. Tive certeza de que papai não pretendia que vivêssemos no esgoto assim, mas ele levara quaisquer planos que tivesse traçado para nossa fuga para seu túmulo aquoso. Estávamos, literalmente, encurraladas.

Olhei para o espaço onde dormíamos. Tínhamos escolhido um lado da câmara e a família Rosenberg, o outro, deixando a área intermediária como uma espécie de cozinha improvisada. Pan Rosenberg estava sentado do outro lado da câmara, lendo. Procurei Saul, mas ele não estava lá.

Sentei-me nas pranchas de madeira a alguns centímetros acima do solo que eu agora chamava de cama, os ossos doendo de uma maneira que me lembrava das dores de que minha avó reclamava. Pensei com saudade no edredom que cobria o colchão em nosso apartamento, muito diferente do pedaço fino de estopa que mamãe providenciara para mim. Peguei meus sapatos ao pé da cama. Mamãe ainda insistia, assim como no dia em que chegamos, que mantivéssemos os pés secos, instruindo-me a alternar diariamente os dois pares de meias disponíveis. Passei a entender o motivo: os outros, que eram menos cuidadosos, desenvolveram infecções, feridas e dores por causa da água suja constantemente escorrendo pelos sapatos.

Escovei os dentes usando um pouco da água limpa do balde, desejando ter bicarbonato de sódio para refrescá-los. Depois, fui até mamãe, que preparava o café da manhã. No dia seguinte à partida de Pawel, os outros ficaram sentados, como se esperando que ele voltasse e nos levasse embora, mas mamãe começou a tornar a câmara o mais habitável possível. Era como se, apesar de sua promessa de que seriam apenas alguns dias, ela soubesse que ficaríamos ali por muito, muito tempo.

Mamãe deu um beijo no topo da minha cabeça. Havíamos nos aproximado ainda mais nas semanas seguintes à chegada ao esgoto. Eu sempre fui a filhinha

65

do papai, a "pequena Michal", brincava ela, referindo-se a como eu era parecida com papai. Agora, éramos só nós duas. Ela ajeitou meus cabelos. Mesmo no esgoto, ela fazia questão de escovar nossos cabelos todas as noites. *Precisamos manter as aparências*, dizia com determinação, e o brilho em seus olhos revelava esperança em relação à vida que teríamos depois. Quando criança, sempre fui moleca, resistia a estar arrumada e bonita. Aqui, no entanto, eu não lutava contra ela. Apesar de seus esforços, ficar limpa era uma batalha constante. O esgoto sujava minhas roupas e cabelos a um ponto que nem eu aguentava. Fiquei grata por não termos um espelho.

Quando mamãe se afastou de mim, sua barriga redonda roçou meu braço. Imaginei o bebê (ainda muito irreal para chamar de irmão ou irmã) que nasceria sem pai, que nunca conheceria o homem maravilhoso que era papai.

— Depois do café da manhã, nós vamos ler — decretou mamãe, referindo-se às aulas que insistia em me dar todas as manhãs.

Minha mãe tentava manter certa rotina em nossas vidas: café da manhã, depois a limpeza e, então, as aulas em um pequeno quadro-negro que Pawel lhe dera como se eu não tivesse dezenove anos, e sim fosse uma criança na escola. Tirávamos longos cochilos à tarde, tentando fazer o dia passar mais rápido.

O café da manhã hoje foi cereal seco, menos do que o normal porque estávamos esperando Pawel fazer uma de suas duas visitas semanais com mais comida. Mamãe o dividira igualmente em cinco partes, três para os Rosenberg e duas para nós. Bubbe pegou suas tigelas sem dizer uma palavra e se retirou para o canto da câmara. Os Rosenberg também tinham a própria rotina, que parecia girar em torno das orações diárias.

Todas as sextas-feiras à noite, os Rosenberg nos convidavam para nos juntar a eles no Shabat. Bubbe acendia dois tocos de velas e distribuía um pouco de vinho em uma taça que trouxera para o *kidush*. No início, pensei que manter aquelas tradições era teimosia, talvez até tolice. Depois, percebi que esses rituais lhes davam estrutura e propósito, como os horários de mamãe, só que mais significativos. Surpreendi-me desejando ter um pouco mais de tradição para marcar os dias. Eles improvisaram até uma mezuzá na entrada da câmara para marcá-la como um lar judeu. No início, Pawel havia recusado. *Se alguém vir, saberá que vocês estão aqui.* Mas a verdade era que, se alguém chegasse perto o suficiente da entrada da câmara, estaríamos perdidos de qualquer maneira — não havia onde se esconder. Já estávamos em abril e faltavam poucos dias para a Páscoa. Fiquei imaginando como os Rosenberg conseguiam não comer pão ou alimentos fermentados quando às vezes isso era tudo que Pawel nos trazia.

Alcancei a saliência acima do fogão, procurando o pedaço extra de pão que havia guardado do dia anterior para adicionar ao nosso escasso café da manhã. No início, eu tentara guardar comida debaixo da cama, mas quando fui recuperá-la, algo beliscou minha mão. Recuei e olhei para baixo, deparando-me com dois olhinhos redondos. Era um rato, seu olhar desafiador, a barriga cheia. Depois daquilo, nunca mais deixei comida em um lugar baixo.

Ofereci o pão para minha mãe.

— Não estou com fome — menti.

Embora meu estômago roncasse, eu sabia que mamãe, magra como papel exceto pela barriga, deveria comer por dois e precisava das calorias. Observei seu rosto, certa de que mamãe nunca acreditaria em mim, mas ela pegou o pão e deu uma mordida, me devolvendo o resto. Ultimamente, parecia ter perdido o interesse em comer.

— Para o bebê — insisti, levando-o até seus lábios e a persuadindo a dar mais uma mordida.

Agora que papai se fora, eu precisava cuidar de minha mãe. Ela era a única família que me restava.

Mamãe vomitou, cuspindo na palma da mão o pedaço de pão que havia conseguido engolir. Ela balançou a cabeça. A gravidez não estava sendo fácil para ela, mesmo antes do esgoto.

— Você se arrepende? — soltei. — Quer dizer, de ter mais um bebê assim…

O questionamento saiu sem jeito e me perguntei se mamãe ficaria com raiva.

Mas ela sorriu.

— Nunca. Se eu gostaria que ele ou ela nascesse em circunstâncias diferentes? Claro, mas este bebê será um pedaço de seu pai, como você, mais uma parte dele que ainda estará viva.

— Já está acabando — ofereci, querendo tranquilizá-la de que a gravidez e seus sintomas terminariam em alguns meses.

Entretanto, o semblante de mamãe pareceu ficar mais sombrio. Eu imaginara que ela já estava farta daquele volume todo, que parecia tão desconfortável.

— O que foi? — perguntei.

— No meu útero, posso proteger essa criança.

Aqui fora, ela não podia. Estremeci, em parte desejando poder estar lá também.

— Você vai entender um dia, quando tiver filhos — acrescentou.

Embora eu soubesse que ela não queria me magoar, as palavras doeram um pouco.

— Se não fosse pela guerra, eu poderia estar começando uma família agora — assinalei.

Não que eu estivesse ansiosa para me casar. Pelo contrário, sempre sonhei em fazer faculdade de medicina e construir uma carreira. Marido e filhos teriam tornado esses planos impossíveis. A guerra, contudo, me deixou presa, primeiro no gueto e agora aqui, em uma espécie de terra de ninguém entre a infância e a idade adulta. Eu ansiava por uma vida própria.

— Ah, Sadele, sua hora vai chegar. Não se apresse, mesmo aqui.

Houve um barulho fora da entrada da câmara, seguido por um som de respingos, resultado de botas grossas caminhando na água. Todos se sobressaltaram instintivamente, preparando-se para o pior. Quando Pawel entrou com um saco de comida, relaxamos.

— Olá! — cumprimentou ele alegremente, como se estivéssemos nos encontrando por acaso na rua.

Pawel nos visitava duas vezes por semana nos dias de mercado: terças e sábados.

— *Dzień dobry* — respondi, realmente feliz em vê-lo.

Não muito tempo atrás, não tínhamos certeza se Pawel voltaria, visto que o dinheiro de mamãe acabara.

Antes, mamãe o pagava pela comida que ele traria na próxima vez. No entanto, há algumas semanas, eu a vi revirando a bolsa desesperadamente.

— O que foi? — perguntei.

— O dinheiro acabou. Não temos como pagar a Pawel.

Fiquei surpresa com sua franqueza. Ela costumava esconder quaisquer problemas de mim, protegendo-me como se eu fosse uma criança e não tivesse dezenove anos. Logo entendi por que ela havia me contado.

— Precisamos dar o cordão a ele — explicou ela. — Para que ele possa trocá-lo por dinheiro ou derreter o ouro.

— Nunca!

Levei a mão automaticamente ao pescoço. O cordão era o último pedaço de meu pai que eu tinha, meu último vínculo com ele. Eu preferia morrer de fome.

No entanto, logo percebi que aquele sentimento era infantil. Papai teria desistido do cordão em um piscar de olhos se aquilo significasse nos alimentar. Levei a mão à parte de trás do pescoço e abri o fecho, entregando a joia para mamãe.

Quando Pawel apareceu naquele dia, ela lhe ofereceu o cordão.

— Pegue isso para a comida.

Mas Pawel recusou.

— Era do seu marido.

— Eu não tenho mais nada — admitiu ela.

Pawel a encarou por alguns segundos, avaliando a notícia. Então ele deu meia-volta e saiu.

— Por que disse isso a ele? — indagou Bubbe.

Pelo visto, os Rosenberg também estavam sem dinheiro.

— Porque não há como esconder a falta de dinheiro — respondeu mamãe, devolvendo o cordão para mim.

Coloquei-o de volta no pescoço. Todas as noites, eu ficava acordada com o estômago roncando, com medo de que Pawel tivesse nos deixado para sempre.

No primeiro sábado após mamãe confessar que não tínhamos dinheiro, ele não apareceu em seu horário normal. Uma hora se passou, depois outra, os Rosenberg terminando suas orações do Shabat.

— Ele não vem — declarou Bubbe.

Ela não era má, apenas uma velha rabugenta que não se dava ao trabalho de omitir suas opiniões — ou aturar as dos outros quando as considerava tolas.

— Nós vamos morrer de fome.

A ideia era assustadora.

Mas Pawel apareceu, embora atrasado, trazendo comida. Desde então, nunca mais voltamos a mencionar a falta de dinheiro. Éramos sua responsabilidade e ele não nos abandonou, ainda arranjando comida. Agora, ele entregava a sacola para mamãe e ela desempacotava, colocando o pão e outros itens em uma vasilha que conseguira pendurar no teto da câmara para manter os alimentos secos e longe dos ratos.

— Lamento o atraso — disse ele arrependido, como um entregador. — Precisei ir a outro mercado para conseguir comida suficiente.

Alimentar todos nós com o suprimento limitado de alimentos nas ruas e cartões de racionamento insuficientes era um desafio constante para Pawel. Ele precisava correr de mercado em mercado pela cidade, comprando pequenas porções em cada um para não chamar muita atenção.

— Lamento por não haver mais.

— Está maravilhoso — garantiu mamãe rapidamente. — Ficamos muito gratos.

Antes da guerra, Pawel teria sido um trabalhador de rua, quase imperceptível. Aqui, ele era nosso salvador. Enquanto mamãe tirava um pão e algumas batatas da sacola, pude vê-la calculando como fazer as provisões alimentarem tantas bocas até Pawel trazer mais.

Às vezes, Pawel ficava um pouco para conversar conosco e dar notícias do mundo exterior. Hoje, ele foi embora rapidamente, dizendo que tinha demorado muito fazendo as compras e que precisava voltar para casa. Suas visitas eram sempre uma espécie de luz em nossos dias sombrios e miseráveis. Fiquei triste por vê-lo partir.

— Precisamos de água — disse mamãe assim que Pawel partiu.

— Eu vou — ofereci, embora não fosse minha vez.

Eu estava louca para sair daquela câmara apertada, mesmo que por alguns minutos. Antes da guerra, eu estava sempre em movimento. "*Shpilkes*", dizia minha avó em iídiche, o carinho em seu tom de voz transformando minha inquietação em elogio, considerando que aquilo dito de outra forma certamente não seria. Quando eu era criança, adorava brincar ao ar livre com meus amigos, perseguindo cães vira-latas pela rua. Conforme fui crescendo, canalizei aquela energia para caminhar pela cidade e encontrar novos cantos para explorar. Aqui, era forçada a apenas ficar sentada. Minhas pernas doíam com frequência devido à falta de movimento.

Achei que mamãe diria não. Ela me proibiu de sair a menos que fosse absolutamente necessário, com medo de que as passagens estreitas além dessas paredes significassem uma condenação certa para mim, como acontecera com papai.

— Eu posso ir — insisti, ansiando por um pouco de espaço e privacidade, alguns minutos longe dos olhares atentos dos outros.

— Leve o lixo também — pediu mamãe distraidamente, me surpreendendo.

Ela ergueu uma sacolinha que deveria ser afundada com pedras na base do leito do rio. Sempre achei estranho não poder deixar lixo no esgoto, mas não podíamos deixar vestígios de que estávamos aqui.

Fora da câmara, olhei pelo túnel na direção em que a água fluía, para longe de nosso esconderijo. Eu queria desesperadamente escapar do esgoto, fantasiava minha fuga todos os dias. Claro que eu não deixaria minha mãe, e a verdade é que por mais terríveis que as coisas fossem aqui, estavam um milhão de vezes piores lá em cima. Frequentemente ouvíamos com horror os gritos ecoando nas ruas, e depois os tiros seguidos de silêncio. A morte pairava lá em cima, esperando por todos nós, caso fôssemos capturados. Não queríamos ficar presos ali embaixo — mas nossa salvação dependia de conseguirmos ficar.

Seguindo mais adiante pelo túnel, ouvi um barulho e, instintivamente, pulei para trás. Nenhum agente da SS ou da polícia entrara no esgoto desde que chegamos, mas a ameaça da descoberta estava sempre presente. Aguardei o som de passos se aproximando e, ao não ouvir nenhum, aventurei-me mais uma vez. Enquanto contornava o ponto onde o túnel fazia a curva, vi Saul agachado no chão.

Eu me aproximei. No começo, quando chegamos ao esgoto, fiquei curiosa sobre Saul. Ele era o único mais ou menos da minha idade e esperei que nos tornássemos amigos. Inicialmente, ele tinha sido reservado. Embora fosse gentil e tranquilo, não falava muito e quase sempre seu nariz estava enfiado em um livro. Eu não podia culpá-lo — Saul também não queria estar ali. *É a religião dele*, comentara mamãe baixinho depois de testemunhar minha tentativa fracassada de puxar uma conversa. *Meninos e meninas ficam separados entre os judeus mais praticantes.* Com o passar das semanas no esgoto, porém, Saul tornou-se um pouco mais amigável, oferecendo uma ou duas palavras quando o momento se apresentava. Mais de uma vez, ele olhou para o outro lado da câmara com seus olhos gentis e inquietos e sorriu para mim, como se lamentando o horror e o ridículo de nossa situação.

Saul desaparecia com frequência da câmara. Era comum acordar no meio da noite e perceber que ele não estava lá. Algumas semanas antes, quando o vi se esgueirando, resolvi segui-lo.

— Aonde está indo? — perguntei.

Eu esperava que ele ficasse irritado com a pergunta.

— Só explorando — disse ele simplesmente. — Pode vir comigo se quiser.

Fiquei surpresa com o convite. Ele começou a descer o túnel sem esperar para ver se eu aceitaria. Saul caminhava à minha frente em passos largos, e tive que me esforçar para acompanhá-lo enquanto ele virava para um lado e para outro por um caminho vertiginoso através de túneis que eu nunca havia explorado. Eu não seria capaz de encontrar o caminho de volta sozinha. As águas tinham baixado até um gotejar, e um silêncio assustador nos acompanhava enquanto percorríamos os canos.

Finalmente, chegamos a uma alcova elevada, muito menor do que aquela onde morávamos. Saul me deu um empurrãozinho desajeitado para eu entrar no espaço, grande o suficiente para nós dois. O luar fluía por uma grade larga, iluminando a alcova. Era alto e perto da rua. Vir aqui à luz do dia teria sido incrivelmente perigoso. Saul enfiou a mão em uma fenda na parede, procurando alguma coisa, e eu me perguntei o que ele teria escondido. Ele puxou um livro.

— Você já esteve aqui antes.

— Sim — admitiu ele timidamente, como se eu tivesse descoberto um segredo obscuro. — Às vezes não consigo dormir. Quando o luar está forte o suficiente, venho ler aqui.

Ele pegou um segundo livro, *A ferro e fogo*, e o entregou para mim. Era um romance histórico polonês e não um livro que eu teria escolhido. Aqui, porém, era como ter um tesouro nas mãos. Sentamos no chão, lado a lado, lendo em silêncio, com os ombros a poucos centímetros de distância.

Depois daquela noite, voltei à alcova com Saul muitas vezes. Eu não sabia se ele queria minha companhia, mas ele nunca reclamou. Nossa intenção era sempre ler, mas, quando estava nublado ou a lua estava baixa demais para iluminar a câmara, nós conversávamos. Descobri que a família de Saul era de Będzin, um pequeno vilarejo perto de Katowice, a oeste. Saul e seu pai decidiram fugir para Cracóvia após a ocupação, pensando que as coisas seriam melhores aqui. O irmão mais velho de Saul, Micah, um rabino, ficou para trás para acompanhar os judeus que permaneceram na aldeia e todos foram forçados a morar no gueto menor criado pelos alemães em Będzin.

Saul tinha uma noiva.

— O nome dela é Shifra. Vamos nos casar depois da guerra. Quando meu pai e eu tivemos a chance de partir, implorei para que ela viesse comigo. Mas a mãe dela estava doente demais para viajar e ela se recusou a deixar a família. Depois que partimos, soube por uma carta de Micah que ela também foi forçada a ir para o gueto. Não recebo notícias dela há algum tempo, mas tenho esperanças...

Ao ouvir o calor em sua voz enquanto falava sobre Shifra, senti uma pontada inesperada de ciúme. Imaginei uma mulher linda com longos cabelos escuros. Uma mulher do povo dele. Saul e eu éramos amigos; eu não tinha o direito de esperar nada além disso. Naquele momento percebi que gostava dele, mas que meus sentimentos eram não correspondidos.

Em seu vilarejo, Saul estudara para ser alfaiate, mas ele queria ser escritor e me contou histórias que escrevera e guardara na memória, os olhos reluzindo sob o chapéu preto. Eu adorava ouvir todas as ideias para os livros que ele queria publicar depois da guerra. Embora antes eu planejasse estudar medicina, havia deixado esse sonho de lado há muito tempo. Eu não sabia que pessoas como nós podiam ter ambições tão grandes, especialmente agora.

Saul se tornou a coisa mais próxima de um amigo que encontrei no esgoto. No entanto, agora, enquanto o olhava agachado junto à parede do túnel, ele não sorriu. Seu rosto estava sério, os olhos tristes.

— Olá — arrisquei, aproximando-me.

Fiquei surpresa em vê-lo ali; ele e sua família raramente saíam da câmara no Shabat. Saul não respondeu.

— O que houve?

Ele ergueu a perna e, quando me aproximei, pude ver abaixo da barra enrolada da calça um corte profundo na parte de trás, escorrendo sangue.

— Eu estava caminhando e algo afiado na parede do túnel me cortou.

— A mesma coisa aconteceu comigo quando chegamos. — Só que meu ferimento não foi tão ruim. — Espere aqui — pedi.

Corri de volta para a câmara e peguei a bolsa de pomadas de mamãe, saindo novamente antes que ela pudesse me ver. Quando voltei para onde Saul estava sentado, destampei um dos tubos e espremi um pouco de pomada. Ajoelhei-me e alcancei sua perna, mas ele recuou.

— Não pode deixar infeccionar.

— Eu posso fazer isso sozinho — insistiu Saul, mas o ferimento era na parte de trás de sua panturrilha, difícil de alcançar.

Eu entendi sua hesitação. A religião dele não o permitia tocar em mulheres que não fossem da família.

— Você não vai conseguir ver o local ou alcançá-lo corretamente — argumentei.

— Eu dou um jeito.

— Pelo menos me deixe ajudá-lo a encontrar o lugar certo.

Desajeitadamente, ele estendeu a mão para trás da panturrilha com a pomada no dedo.

— Um pouco para a direita — orientei. — Esfregue um pouco mais.

Saul tentou colocar o curativo sobre o ferimento, mas uma das pontas escorregou. Antes que ele pudesse protestar, avancei para grudá-lo no lugar, então puxei a mão de volta depressa.

— Obrigado — agradeceu ele, parecendo perturbado. Ele estudou o curativo antes de desenrolar a perna da calça. — Você fez um bom trabalho.

— Eu quero estudar medicina — confessei, imediatamente envergonhada. A ideia era grandiosa demais, tola demais. Mas Saul sorriu.

— Vai se sair bem nisso.

A certeza em sua voz me lembrou de papai, que nunca esperou que eu fosse menos do que meus sonhos. Senti-me quente por dentro.

— Você não devia usar isso — disse Saul, apontando para o cordão *chai* de meu pai em volta do meu pescoço, que balançou quando me levantei.

— Olha quem fala!

Como alguém que usava quipá e *tzistzis*, alguém cuja família colocou uma mezuzá na entrada da câmara, poderia me dizer que não era seguro usar um simples cordão que me identificava como judia? A verdade é que, se fôssemos apanhados, teríamos problemas piores do que o que estávamos usando.

— No meu caso é um requisito da fé. No seu, é uma joia.

— Como pode dizer isso? — retruquei, magoada. — A corrente era do meu pai.

O cordão de papai era muito mais do que uma joia, era uma conexão com ele e minha última esperança. Dei as costas para Saul.

— Sadie, sinto muito. Eu não quis dizer isso. Eu não queria magoá-la. É que me preocupo com você.

Ele virou o rosto, uma nota de constrangimento na voz.

— Posso cuidar de mim mesma, não sou criança.

— Eu sei.

Nossos olhos se encontraram, e nos encaramos por vários segundos. Um choque elétrico me atravessou. Eu gostava mesmo dele, percebi de repente. Antes da guerra, eu não pensava muito em meninos, de modo que aquela ideia distante e estranha me pegava de surpresa agora, especialmente dadas as circunstâncias. Era apenas uma paixão passageira, é claro. Saul tinha Shifra esperando por ele, e qualquer outra coisa seria obra da minha imaginação. Eu me virei abruptamente.

Peguei o saco de lixo e o jarro d'água e comecei a descer o túnel a fim de cumprir meu objetivo original. Água e lixo eram tarefas que sempre ficavam

A MULHER COM A ESTRELA AZUL

para mim ou para Saul, especialmente o lixo, pois envolvia escalar um cano de um metro de diâmetro, estreito e desconfortável demais para os mais velhos. Precisávamos colocar o lixo em um local onde a sacola afundasse sem ser vista, Pawel explicou logo no início, de modo a não ser levada pela água até a entrada do esgoto e denunciar nossa presença. Peguei o saco imundo, segurei o jarro d'água entre os dentes e comecei a rastejar pelo cano, empurrando o saco e o jarro à frente.

Quando saí do cano, continuei ao longo do túnel, tateando a parede na penumbra e me abaixando para não bater a cabeça. Cheguei à junção com o cano maior e coloquei o saco de lixo na água, tentando não pensar no rio abaixo que poderia me levar tão facilmente quanto levara meu pai. Eu via aquela cena repetidas vezes. Se eu apenas tivesse esticado o braço. O que havia acontecido com seu corpo? Papai merecia um enterro adequado.

Afastando-me do rio, comecei a seguir na outra direção e rastejei de volta pelo cano. Passei pela entrada da câmara e comecei a ir para o outro lado, onde pegávamos água limpa de um cano vazando. A poucos metros da câmara, parei mais uma vez sob uma grade de esgoto. Nosso esconderijo não ficava longe da praça do mercado principal em Dębniki, um bairro da classe trabalhadora na margem sul do rio, poucos quilômetros a oeste de Podgórze, onde ficava o gueto. Era sábado, dia de mercado, e eu ouvia o som dos vendedores anunciando seus produtos. Fiquei escutando os clientes fazendo seus pedidos, cheirando as carnes assadas e os peixes salgados e me lembrando de uma época em que eu fazia parte de tudo aquilo.

Continuei um pouco mais e parei embaixo do cano com vazamento, que percorria a parede do esgoto acima da minha cabeça. Dobrei um pano como minha mãe havia me mostrado a fim de que a água pingasse na jarra. Enquanto a jarra se enchia, eu escutava os sons do mercado. Eu conhecia os ritmos da cidade por seus sons de uma maneira que não poderia ter imaginado quando morava acima do solo: a raspagem das carroças antes do amanhecer, o caminhar dos pedestres quando a manhã se tornava meio-dia. À noite, as ruas ficavam silenciosas e todos voltavam para casa antes do toque de recolher. Nosso aposento ficava logo abaixo da Igreja do Santo Estanislau Kostka e, aos domingos, ouvíamos os paroquianos cantando, o coro da igreja infiltrando-se pela grade.

Tampei a jarra e comecei a voltar. Um pouco mais adiante, cheguei à grade de esgoto mais uma vez. A luz do sol brilhava através das ripas, criando barras de luz no solo úmido do esgoto. Elas me lembravam dos dias perto do riacho com papai, não muitos anos atrás. Aos domingos, quando anoitecia, escalávamos o monte Krakus, a colina alta fora da cidade. No começo, ele me carregava nos ombros. Depois, quando fiquei mais velha e minhas pernas tornaram-se fortes o suficiente, caminhávamos de mãos dadas. Os telhados vermelhos da cidade pareciam brilhar em meio às cúpulas e torres cinza-claro. No outono, as folhas que caíam davam à colina uma tonalidade cobre e tentávamos empilhá--las para nos jogar nelas antes que as chuvas ou alguém as varressem dali.

Desde que vim para o esgoto, tentei mais de uma vez compartilhar minhas recordações com mamãe, mas ela me impedia.

— Somos a única família que temos agora — dizia, puxando-me para perto de seu ventre redondo. — Precisamos nos concentrar em sobreviver e permanecer juntas, não no passado.

Era como se aquelas lembranças fossem dolorosas demais para ela suportar.

Sentindo que poderia me afogar no passado tão facilmente quanto na água do esgoto, forcei-me a deixar aquelas cenas de lado e olhei para a grade, imaginando a rua. Muitas vezes fingi que, quando fugimos para o esgoto, o tempo lá em cima havia parado. Mas eu o sentia correr agora, a maneira como as pessoas ainda caminhavam e cozinhavam e comiam, as crianças ainda iam para a escola e brincavam. A cidade inteira continuou sem nós, parecendo não notar nossa ausência. As pessoas lá em cima passavam por mim despreocupadamente. Elas não podiam imaginar que, sob seus pés, respirávamos, comíamos e dormíamos. Eu não podia culpá-las; eu certamente não tinha pensado muito no mundo subterrâneo quando morava no alto. Agora me perguntei se existiriam outros mundos invisíveis, na terra ou nas paredes ou no céu, que eu também não havia considerado.

Eu sabia que não podia ser vista, mas, mesmo assim, fiquei na ponta dos pés, querendo espiar mais do mundo lá em cima. A grade dava em uma rua lateral ou beco. Além da borda, pude distinguir o alto muro de pedra de uma igreja. Embora o trecho diretamente acima da grade não fosse o mercado principal, ainda dava para ouvir as pessoas lá em cima, barganhando e negociando.

Um fio d'água desceu pela grade do esgoto. Aproximei-me, curiosa. Era diferente da água que sugávamos do cano, mais quente e com cheiro de sabonete. Olhei pela grade. Havia uma lavanderia por perto, deduzi, a água escorrendo dela. Há muitos meses eu sonhava em tomar banho. No meu sonho, entretanto, a água sempre ficava marrom e ameaçava me levar embora. Agora, a água quente com sabão me chamava. Sem pensar, tirei a camisa e me movi para ficar sob o filete d'água. Foi tão bom lavar a sujeira da minha pele.

Então um barulho acima me assustou — alguém estava se aproximando. Vesti a camisa de volta às pressas, não querendo ser pega seminua. Ouvi o barulho novamente, o tilintar de algo pequeno caindo pela abertura e atingindo o chão do esgoto. Curiosa, cheguei mais perto da grade, embora soubesse que não deveria. Vi uma jovem, quase da minha idade, talvez um ano mais velha, sozinha. Meu coração disparou de agitação. A garota era tão elegante e limpa que não podia ser real. Sob o chapéu, seus cabelos eram de uma cor que eu nunca tinha visto, vermelho-vivo, escovados até ficarem lustrosos, presos por um único laço com cachos perfeitos fluindo em um rabo de cavalo baixo. Baixei a cabeça ligeiramente, sentindo os nós em meus cabelos, apesar dos cuidados de mamãe, e me lembrando de quando não viviam emaranhados e sujos. A garota usava um casaco azul-claro impecável. O que mais invejei foi a faixa do casaco, branca como a neve. Eu não sabia que tal pureza ainda existia.

Percebi que a garota segurava algo na mão direita. Flores. Ela estava comprando flores no mercado, crisântemos vermelhos, do tipo que os vendedores sempre pareciam ter, embora não estivessem na época. Fui tomada de inveja. Aqui embaixo, mal conseguimos comer e sobreviver. No entanto, ainda havia um lugar no mundo onde existiam coisas belas, como flores, e outras garotas podiam tê-las. O que havia de errado comigo para eu não merecer o mesmo?

Por um segundo, achei a garota familiar. Ela lembrava um pouco minha amiga Stefania, percebi com uma pontada de saudosismo, exceto que Stefania tinha cabelos escuros, não ruivos. Eu nunca vira essa garota. Era apenas uma garota comum. No entanto, eu queria desesperadamente conhecê-la.

Alguém pôs a mão em meu ombro. Dei um salto, assustada. Eu me virei, esperando ver Saul novamente. Desta vez, era mamãe.

— O que está fazendo aqui? — perguntei.

Ela quase não saía mais da câmara.

— Você demorou muito. Fiquei preocupada.

Ela havia se levantado de seu lugar de descanso com esforço e estava apoiando as costas em uma das mãos, estendendo a outra para mim. Esperei ser repreendida por ficar ao ar livre sob a grade do esgoto e arriscar ser descoberta, mas mamãe ficou ao meu lado, escondida nas sombras, sem se mexer. Seus olhos viajaram para a garota lá em cima.

— Um dia — sussurrou ela —, haverá flores.

Eu queria perguntar como ela poderia saber. A ideia de uma vida fora do esgoto, com coisas boas e normais, às vezes parecia um sonho quase esquecido. Mas mamãe já havia recomeçado sua lenta caminhada de volta para a câmara. Comecei a segui-la. Ela parou e me virou com firmeza pelos ombros.

— Fique aí e sinta o sol no rosto — instruiu, parecendo conhecer minhas necessidades mais do que eu mesma. — Apenas não seja vista.

Ela desapareceu na escuridão.

Voltei para a grade, mas fiquei mais afastada agora, obedecendo ao aviso de mamãe. De repente, percebi como eu era vulnerável, como poderia ser pega facilmente. Seria tolice chegar mais perto. A menina não era judia, me lembrei. Apesar de termos vivido entre os poloneses por séculos, muitos ficaram contentes em se livrar dos judeus e os entregarem aos alemães. Havia até histórias de criancinhas polonesas contando aos alemães onde judeus fugitivos estavam escondidos, apontando-os enquanto tentavam correr, tudo em troca de um doce ou um simples elogio. Não, nem mesmo uma moça bonita da minha idade era confiável. Eu ainda podia vê-la, no entanto, e fiquei curiosa a seu respeito.

Ela olhou para baixo. No início, pareceu não me ver na escuridão sob a grade. Era como se o breu do esgoto tivesse de alguma forma me tornado invisível para ela. Então, quando seus olhos semicerrados se ajustaram à ausência de luz, ela me encontrou. Tentei me afastar, mas era tarde demais — a surpresa estava estampada em seu rosto quando nossos olhares se cruzaram. Ela abriu a boca, preparando-se para dizer alguma coisa sobre minha presença. Comecei a voltar para as sombras, mas parei. Eu já havia passado muito tempo correndo no escuro, como um rato de esgoto. Eu não faria isso novamente. Em vez disso, fechei os olhos, preparando-me para certamente ser descoberta e imaginando tudo o que viria depois. Quando os reabri, a garota havia desviado o olhar. Ela não dissera nada sobre mim, afinal.

Eu respirei com alívio, ainda paralisada. Alguns segundos depois, a garota olhou para trás e sorriu. Foi o primeiro sorriso sincero que vi desde que vim para o esgoto.

Nossos olhos se encontraram novamente e, embora não tivéssemos nos falado, a garota pareceu enxergar claramente toda a minha tristeza e perda. Enquanto eu a observava, um profundo anseio me invadiu. Ela me lembrou de amigos, da luz do sol, de tudo que um dia tive e que agora se fora. Eu queria desesperadamente ficar ao seu lado. Levantei a mão. Ela não se aproximou, mas olhou para mim com uma estranha mistura de pena e tristeza.

Houve mais um som atrás dela, passos acompanhados por botas barulhentas. A garota podia não contar a ninguém sobre mim, mas certamente outros poderiam. Apavorada, voltei para a escuridão e corri da grade para a segurança da câmara mais uma vez.

CAPÍTULO 7

Ella

inda bem, pensei assim que a garota sob a grade desapareceu, e segui o caminho para casa com as cerejas. Se alguém estava se escondendo no esgoto, não podia ser por um bom motivo. A última coisa que eu precisava era me envolver nos problemas de outra pessoa.

Enquanto atravessava a ponte de volta ao centro da cidade, no entanto, pensei em Miriam, uma garota de cabelos escuros que conheci no Liceu, colégio que eu frequentava antes da guerra estourar. Miriam era quieta e estudiosa, a saia pregueada do uniforme sempre meticulosamente passada, as meias curtas perfeitamente brancas. Eu não a conhecia antes do colégio; ela era de um bairro diferente e não fazia parte do meu círculo de amigas. Às vezes, ela me emprestava a borracha ou me ajudava com matemática no recreio, de modo que nos aproximamos durante nossos quatro anos na mesma escola. Almoçamos juntas diversas vezes, seu temperamento calmo e atencioso propiciando um bem-vindo respiro da algazarra e da fofoca das outras meninas.

Um dia, não muito depois do início da guerra, a professora chamou Miriam para a frente da classe de repente e a instruiu a ir à diretoria. Miriam arregalou os olhos de medo e olhou para mim com preocupação. Houve uma agitação na sala de aula. Ser chamada pela diretoria significava estar com problemas. Eu não conseguia imaginar o que a solene e taciturna Miriam poderia ter feito.

Depois que ela saiu, pedi um passe para ir ao banheiro. Havia alguns alunos saindo das salas de aula para o corredor — outros alunos sendo chamados à diretoria. Eram todos judeus. Vi Miriam caminhando com a cabeça baixa, sozinha e assustada. Eu queria dizer alguma coisa ou estender a mão para ela, protestar contra a injustiça com pessoas que só queriam aprender como todo mundo e estavam sendo levadas. No entanto, voltei calada para a aula.

Depois daquele dia, os alunos judeus não voltaram mais para a escola. Quando contei a Krys o que acontecera, ele cerrou os punhos com raiva, mas não pareceu surpreso.

— Estão tirando os direitos e privilégios dos judeus — revelou ele. — Se não os impedirmos, quem sabe o que podem fazer depois?

Para mim, não se tratava de política, mas da amiga que eu havia perdido. A partida de Miriam deixou um vazio muito maior do que eu poderia ter imaginado. Pensei nela muitas vezes desde então, curiosa para saber o que havia acontecido depois. Às vezes, eu repassava aquele dia na cabeça. E se eu tivesse protestado, tentado ajudá-la? Provavelmente não teria mudado nada. Eu só teria me encrencado e eles expulsariam os estudantes judeus da mesma forma. Entretanto, Miriam saberia que alguém se importava o suficiente para defendê-la. Em vez disso, não fiz nada.

A garota no esgoto era judia como Miriam, compreendi. Ela devia estar se escondendo dos alemães. Perguntei-me se havia algo que eu poderia ter feito para socorrê-la — e se teria ajudado ou não, se houvesse.

A verdade é que eu não era uma pessoa corajosa. Eu nunca colaboraria com os alemães, disso eu tinha certeza, mas não havia sido corajosa o suficiente para impedi-los de expulsar Miriam e estava com medo de tentar ajudar aquela garota desconhecida agora. Mantenha a cabeça baixa, foi essa a lição que aprendi na guerra. Tata lutou por seu país e isso o matou. Fique fora do caminho dos outros e talvez tenha uma chance de sair ilesa.

No entanto, conforme eu me aproximava da casa de Ana Lucia (há muito tempo parei de considerá-la meu lar), continuava pensando na garota sob a grade. Minha madrasta não estava quando entrei, então entreguei as cerejas para Hanna.

— Tem apenas a metade — constatou ela, não com ingratidão, somente medo da terrível ira de Ana Lucia.

— Vou continuar procurando — prometi.

Claro que quando eu finalmente encontrasse mais cerejas, seria tarde demais para a sobremesa daquela noite.

Hanna agradeceu, o que já era mais do que minha madrasta teria feito, e começou a preparar a torta. Pensei no que fazer com o resto do dia. Era sábado e eu poderia ter ido às lojas ou mesmo assistir a um filme no único cinema que ainda permitia a entrada de poloneses. Eu não queria encontrar meus velhos amigos, ou pior ainda, Krys. Sendo assim, subi as escadas até o minúsculo sótão no quarto andar, que pertencia a Maciej. Era um espaço estreito de teto inclinado que exigia que eu me abaixasse para não bater com a cabeça. Mas era a parte mais silenciosa da casa e o quarto mais distante do de Ana Lucia, com vista para as torres da catedral da Cidade Velha logo atrás dos telhados desgastados da nossa rua. Depois que meu irmão partiu, reivindiquei o espaço como meu quarto, e passava um bocado de tempo lá, pintando. Minha técnica favorita era pintura a óleo, e meu professor, Pan Łysiński, comentou mais de uma vez que eu poderia estudar na Academia de Belas Artes. Agora, é claro, isso parecia um sonho esquecido.

Eu estava distraída demais para pintar. Olhei para o outro lado do rio na direção de Dębniki, pensando novamente na garota no esgoto. Me perguntei há quanto tempo ela estava lá embaixo e se estava sozinha. Mais tarde, quando a noite caiu e os sons do jantar de Ana Lucia continuaram, me encolhi na antiga espreguiçadeira, que ocupava a maior parte do sótão, embrulhada numa colcha velha que meu irmão havia deixado lá. Eu estava cansada da longa caminhada de ida e volta pelo rio e meus olhos estavam pesados. Conforme adormecia, pensei na garota. Como ela dormia naquele esgoto? Será que sentia frio? Minha casa, que sempre tive como garantida, de repente parecia um palácio. Eu dormia em uma cama quentinha, tinha comida suficiente. Essas coisas básicas agora eram tesouros. Naquele momento, eu soube que, apesar de meus medos e hesitações em me envolver, eu a procuraria novamente.

Ou pelo menos tentaria, resolvi na manhã seguinte, espreguiçando rigidamente na espreguiçadeira, onde havia passado a noite inteira. Eu voltaria até a grade do esgoto, embora não houvesse certeza de que ela estaria lá. Vesti minhas roupas e desci para o café, planejando meu retorno secreto ao lugar onde a vira. Pensei em meia dúzia de desculpas que poderia dar a Ana Lucia, caso ela perguntasse para onde eu estava indo, mas sua festa durou até tarde da noite e ela não se juntou a mim à mesa.

Coloquei meu casaco e chapéu, me preparei para sair, então parei novamente. Era melhor levar alguma coisa para a garota. Comida, decidi, pensando em sua aparência pálida e magra. Fui até a cozinha. Lembrando do cheiro da suntuosa torta de cereja de Hanna, torci para que tivesse sobrado um pouco da noite anterior. Mas Hanna mantinha a cozinha impecável por insistência da minha madrasta e não havia restos de comida ou sobras espalhadas. Enfiei a mão na cesta de pão e abri um que estava bem embrulhado, arrancando o maior pedaço que ousei e enfiando-o no bolso antes de sair de casa.

Lá fora, o céu estava pesado e cinza, encoberto por nuvens, o ar de abril ainda mais para invernal do que primaveril. Desta vez, peguei o bonde; eu não tinha desculpa para ficar tanto tempo fora como no dia anterior com as cerejas, e não queria que Ana Lucia descobrisse minha saída e começasse a fazer perguntas. Enquanto o bonde estalava pela ponte sobre o Vístula, olhei para o bairro industrial desconhecido na margem oposta. Minhas dúvidas ressurgiram: por que voltar para ver aquela garota, afinal? Eu nem a conhecia e estaria me arriscando. Se eu fosse pega, seria presa ou coisa pior. No entanto, por algum motivo, eu não conseguia ignorá-la.

Cheguei ao mercado Dębniki pouco antes das dez. Alguns parcos moradores ainda ousavam ir à igreja. Era mais cedo do que eu viera no dia anterior, depois do encontro com Krys. Eu deveria ter esperado um pouco mais, censurei-me. Ir até a grade no mesmo horário garantiria mais chances de ver a garota novamente. Caminhei pela praça do mercado, olhando os produtos sem pressa para ganhar tempo, embora fosse domingo e a maioria das barracas estivesse fechada. Eu não podia ficar fora muito tempo, então, quinze minutos depois, comecei a dobrar a esquina na direção da grade de esgoto.

Olhei para baixo e só vi escuridão, mas esperei mesmo assim, torcendo para que a garota aparecesse em breve. Alguns frequentadores da igreja espiaram com curiosidade o beco ao passarem, notando-me. Fui ficando mais nervosa. Para evitar que alguém presenciasse meu comportamento incomum e fizesse perguntas ou me denunciasse para a polícia, que parecia estar em cada esquina, não ousei ficar ali olhando para baixo por tempo demais.

Vários minutos se passaram e os sinos da igreja tocaram, sinalizando o início da missa de domingo. O espaço sob a grade continuava vazio. Desanimada, preparei-me para partir, mas, um instante depois, um círculo brilhante apareceu na escuridão abaixo da grade. A garota estava ali. Minha euforia aumentou. Aquela imagem que ficara na minha cabeça e na qual eu não parava de pensar desde o dia anterior, subitamente tornou-se real.

Ela me encarou por alguns segundos, dois olhos escuros piscando como um animal assustado e acuado. Dava para vê-la mais de perto agora. Tinha um punhado de sardas no nariz e um dos dentes da frente da arcada inferior estava lascado. Sua pele era tão pálida que quase chegava a ser translúcida, e suas veias pareciam formar os contornos de um mapa. Ela era como uma boneca de porcelana que poderia quebrar a qualquer momento.

— O que está fazendo aí embaixo?

A garota abriu a boca, como se fosse responder. Então, parecendo pensar melhor, desviou o olhar. Eu tentei de novo:

— Precisa de ajuda?

Eu não tinha certeza do que mais poderia dizer. Ela não parecia querer falar, mas permaneceu ali, olhando para mim. *Dê o pão a ela e vá embora*, pensei. Enfiei a mão no bolso e o tirei, depois me ajoelhei.

Quando estava alcançando a grade, hesitei. Lembrei-me de alguns anos antes, quando encontrei um vira-lata na rua. Eu o levara para casa cheia de orgulho, mas Ana Lucia fez uma careta. Minha madrasta odiava animais e bagunça, então tive certeza de que ela me censuraria mais uma vez. Para minha surpresa, ela não o fez.

— Você o pegou, agora terá que cuidar dele.

Por mais terrível que fosse minha madrasta, ela sentia que tinha uma obrigação comigo e me fez alimentar e levar o cão para passear até que, meses depois, ele morreu.

Era horrível comparar aquela pobre garota a um animal, mas eu sabia que se eu a ajudasse agora ela se tornaria de alguma forma minha responsabilidade — e isso me aterrorizava.

Mesmo assim, passei o pão pela grade.

— Aqui!

A garota estava vários metros abaixo, e como o pão caiu muito para a esquerda dela, temi que não conseguisse alcançá-lo. Mas ela avançou com velocidade surpreendente e se esforçou para pegá-lo sem deixar cair. Percebendo que era comida, seus olhos se arregalaram de prazer.

— *Dziękuję bardzo.*

Muito obrigada. Ela sorriu com todo o rosto. Sua alegria com aquele pequeno pedaço de pão partiu meu coração.

Eu esperava que ela o devorasse de imediato, mas não.

— Preciso dividir — explicou, guardando-o no bolso.

Não havia me ocorrido antes que pudesse haver mais pessoas no subterrâneo.

— Quantos vocês são?

A MULHER COM A ESTRELA AZUL

Ela hesitou, como se não soubesse se devia responder.

— Cinco. Minha mãe, eu e mais uma família.

Percebi então o rasgo em sua manga, uma linha uniforme pela circunferência de onde os pontos do tecido haviam sido arrancados. Prendi a respiração: ela já havia usado a braçadeira com uma estrela azul, assim como minha colega Miriam.

— Vocês são judeus.

Ela baixou o queixo em confirmação. E em parte eu já sabia. Por que outro motivo alguém se esconderia no esgoto, afinal?

— Você veio do gueto?

— Não! — retrucou ela, ofendida. — O gueto foi apenas um lugar onde moramos por alguns terríveis meses; eu não vim de lá. Eu sou de Cracóvia, assim como você. Morávamos em um apartamento na rua Meiselsa antes da guerra.

— Claro — respondi rapidamente, envergonhada. — Eu quis dizer se era no gueto que você estava antes.

— Sim — respondeu suavemente.

Meu olhar percorreu o beco na direção leste. Alguns anos antes, os alemães construíram um gueto de muros altos em Podgórze — um bairro a poucos quilômetros a leste da margem do rio — e forçaram todos os judeus de Cracóvia, bem como das aldeias vizinhas, a se mudarem para lá. Então, com a mesma imprevisibilidade, eles esvaziaram o gueto e mandaram todos os judeus embora.

— Quando os alemães liquidaram o gueto, escapamos para o esgoto.

— Mas isso aconteceu há mais de um mês.

Lembro-me de ouvir que os alemães haviam levado o último dos judeus do gueto de Podgórze. Eu não sabia para onde eles tinham sido enviados, mas entendi que era por isso que a garota estava escondida ali.

— Você está no esgoto desde então?

Ela assentiu. Um arrepio percorreu meu corpo. Morar no esgoto parecia horrível. Seja lá para onde estavam levando os judeus, porém, devia ser ainda pior. Ir para o subterrâneo sem dúvida a poupou desse destino.

— Quanto tempo vai ficar aí?

— Até a guerra acabar.

— Mas isso pode levar anos!

— Não temos outro lugar para ir.

85

Seu tom de voz era calmo, de aceitação. Admirei sua coragem, imaginando, caso a situação se revertesse, como eu não conseguiria ficar uma hora no esgoto. Minha pena aumentou. Eu queria fazer mais para ajudá-la, mas não sabia o quê. Tirei uma moeda do bolso e a deslizei pela grade. Ela caiu no chão e a moça correu para tirá-la da lama.

— É muita gentileza, mas não tenho como usar aqui embaixo.

— Não, claro que não — respondi, me sentindo uma tola. — Desculpe, não tenho mais comida.

— Você consegue ver o céu da sua janela? — perguntou ela abruptamente.

— Sim, claro.

Que pergunta estranha.

— E todas as estrelas?

Eu afirmei que sim.

— Como sinto falta disso! Daqui de baixo só vejo um pedacinho do céu.

— E?

Eu não quis dizer aquilo de maneira desagradável, mas, dada a situação dela, não parecia algo com que se preocupar.

— As estrelas não são todas iguais? — continuei.

— De forma alguma! Cada uma é de um jeito. Há a Cassiopeia, a Ursa Maior...

Ela era inteligente de um jeito que lembrava minha amiga Miriam.

— Como você sabe tanto sobre as estrelas?

— Eu amo todas as ciências, e a astronomia é uma das minhas favoritas. Meu pai e eu subíamos até o telhado do nosso prédio só para observá-las.

Havia uma expressão de tristeza em seus olhos. Ela teve uma vida inteira antes do esgoto que agora não existia mais.

— Seu pai não está com você aí embaixo?

Ela balançou a cabeça.

— Ele morreu logo depois que escapamos do gueto, afogado nas águas aqui embaixo.

— Ah!

Eu jamais imaginara que a água sob o solo fosse abundante ou profunda o suficiente para alguém se afogar.

— Que horror. O meu morreu durante a guerra também. Sinto muito sobre o seu pai.

— Obrigada. Sinto muito pelo seu.

— Ella? — chamou alguém atrás de mim.

Comecei a me virar, tropeçando na pressa para ficar de pé. Eu não esperava ouvir meu nome nesta parte distante da cidade e congelei, rezando para que a garota tivesse se escondido.

— Krys.

Fui pega de surpresa pelo encontro inesperado. Dezenas de emoções pareceram cair em cascata sobre mim. A felicidade e o calor que sempre senti ao vê-lo. A raiva e a tristeza quando me lembrei de como ele havia terminado comigo, por tudo que não existia mais entre nós. Por fim, o espanto: como ele me encontrou aqui?

Krys me ajudou a levantar. Estava mais bonito do que nunca: um pouco de barba por fazer cobrindo seu maxilar forte, os olhos azuis brilhando sob um boné de aba baixa. Ele continuou segurando minha mão desajeitadamente, enviando uma corrente elétrica pelo meu corpo. Não temos mais nada, lembrei. Ao experimentar aquela rejeição novamente, dei um passo para trás. Eu havia saído de casa às pressas para cumprir minha missão. Meus cabelos não estavam como deveriam, a bainha do meu vestido havia sujado quando me ajoelhei. Eu virei o rosto, sem querer olhá-lo nos olhos.

— Você não é de vir para esses lados — comentou ele. — Que diabo está fazendo aqui?

— Eu poderia perguntar a mesma coisa a você — retruquei, ganhando tempo, mas me lembrei da minha incumbência do dia anterior. — Vim buscar algumas cerejas que minha madrasta precisava.

A desculpa era implausível, já que era domingo, mas foi o melhor que pude fazer.

— Cumprindo as ordens de Ana Lucia? — Ele sorriu. — Que estranho.

A antipatia que eu nutria por minha madrasta havia sido motivo de piada entre nós muitas vezes. Agora, aquilo parecia pessoal demais, como se não fosse da conta dele.

— Eu só estava tentando ser útil — justifiquei friamente, não querendo mais rir com ele.

— Posso ajudá-la a encontrar algumas.

— Não precisa. Eu vou dar um jeito — respondi, orgulhosa. — Obrigada.

Antigamente, eu teria aceitado ajuda. Agora, aquilo parecia ter sido em outra vida.

Krys olhou para baixo e arrastou os pés.

— Ella, sobre ontem... Eu gostaria que me deixasse explicar.

— Tudo bem — interrompi rapidamente. — Prefiro que não explique.

A última coisa que eu queria era uma longa lista de desculpas sobre por que sua nova vida não me incluía. Krys não mudara de ideia. Ele queria apenas justificar sua decisão de não estar mais comigo. Discutir isso seria um sofrimento do qual eu não precisava.

Nos encaramos por vários segundos, nenhum dos dois dizendo nada. Ele olhou por cima do meu ombro. Seguindo a direção de seu olhar, vi um policial polonês na esquina, nos observando.

— Precisa tomar cuidado, Ella. As coisas estão perigosas nas ruas, e só têm piorado.

Ele ainda se preocupava comigo; isso estava claro. Apenas não o bastante para querer estar ao meu lado.

— Preciso ir — falei.

— Ella... — recomeçou ele.

O que mais haveria para dizer?

— Adeus, Krys.

Afastei-me dele, não queria vê-lo me deixar para trás mais uma vez.

CAPÍTULO 8

Sadie

Quando o homem apareceu acima da grade e começou a falar com a garota na rua, pulei de volta para as sombras. *Ella*, o rapaz chamou. O nome se desenrolou da minha língua como uma nota musical. Não consegui ouvir o resto da conversa, mas dava para ver, pela expressão dela e a maneira como eles ficavam perto um do outro, que ela o conhecia bem e gostava dele — ou pelo menos havia conhecido e gostado.

Enquanto eu os observava, meus olhos se fixaram na cruz em volta do pescoço dela, que a marcava como uma polonesa católica e ampliava as diferenças entre nós. Lembrei-me então do exato momento, quando criança, em que percebi que não éramos como todo mundo. Eu tinha cinco anos e estava fazendo compras com minha mãe na Plac Nowy, a feira ao ar livre que recebia tanto residentes judeus como não judeus de Kazimierz. Era final de abril e terceiro dia de Páscoa. Tínhamos tirado da nossa cozinha o *hametz* e outros alimentos fermentados proibidos durante os oito dias do feriado. Quando passamos pela padaria, porém, vi o *bułeczki* fresco disposto tentadoramente na janela.

— Mas é Pessach — comentei olhando para o pãozinho, confusa.

Mamãe me explicou que apenas uma pequena porcentagem do povo polonês era judeu.

— Os outros têm feriados e costumes próprios. Isso é bom — acrescentou ela. — Imagine como o mundo seria enfadonho se fôssemos todos iguais.

Mas eu desejava ser como as outras crianças da minha idade para poder comer pães e doces sempre que quisesse, mesmo durante a Páscoa. Foi quando compreendi, pela primeira vez, como nós, judeus, éramos diferentes do resto do mundo, uma prévia da lição que aprenderia muito bem quando os alemães chegassem. Agora, no esgoto, olhando para aquela moça bonita e sua cruz no pescoço, senti aquela alteridade mais do que nunca, inclusive durante a perseguição e o sofrimento da guerra.

Finalmente, o homem foi embora. Alguns minutos depois, após olhar ao redor com cautela, Ella olhou para baixo mais uma vez, procurando por mim. Aproximei-me da grade e da luz para que me visse.

Ela sorriu e disse:

— Aí está você. Pensei que tivesse ido embora.

Ela também poderia ter se afastado após encerrar a conversa com o homem na rua. Teria sido mais seguro partir e fingir que nunca me viu. Mas não.

— Meu nome é Sadie.

Parte de mim sabia que era melhor não dizer meu nome, mas não pude me conter.

— Ella.

Sua voz era lírica, me lembrando da canção de um pardal. Sua pronúncia era diferente da minha, a forma como concluía cada palavra soava mais refinada. Era mais do que apenas o modo de falar — seu sotaque remetia a uma boa educação, uma grande casa, talvez férias no exterior e outras maravilhas que eu nem poderia começar a imaginar. Isso, mais do que o vestido sofisticado ou a cruz, confirmava que ela não era como eu.

— Eu sei. Ouvi aquele homem dizer seu nome. Quem era ele?

Imediatamente me repreendi pela pergunta, intrometida e pessoal demais para alguém que eu mal conhecia.

Ela engoliu em seco.

— Só um garoto que eu conhecia.

Havia uma nota de dor em sua voz. Claramente, o rapaz significara mais para ela.

— Como é aí embaixo? — perguntou ela, mudando de assunto.

Como eu poderia explicar o mundo estranho e escuro abaixo do solo, agora o único que eu conhecia? Tentei encontrar palavras para descrevê-lo, mas não consegui.

— É horrível — respondi finalmente.

— Como você sobrevive aí embaixo? Tem comida?

Ela fazia as perguntas todas de uma vez, de uma forma que lembrava eu mesma.

Fiz uma pausa, novamente me esforçando para encontrar uma resposta. Não havia como mencionar Pawel sem arriscar sua segurança. Ele teria sérios problemas se os alemães descobrissem que estava escondendo judeus.

— Nós damos um jeito.

— Mas como suporta? — desabafou ela, e vi, pela primeira vez, um pequeno deslize em seus modos refinados.

Eu nunca havia pensado na questão.

— Eu não tenho escolha — admiti lentamente. — No começo, achei que não aguentaria um minuto. Então um minuto se passou e achei que não duraria uma hora. Depois, um dia e uma semana e assim por diante. É incrível como somos capazes de nos acostumar. E não estou sozinha. Tenho minha mãe e em breve terei um irmão ou irmã mais nova.

Por um segundo, pensei em mencionar Saul também, mas me senti uma boba em cogitar aquilo.

— Sua mãe está grávida?

— Sim, a criança deve nascer em alguns meses.

Ella parecia não acreditar.

— Como ela vai ter um bebê no esgoto?

— Tudo é administrável quando se pode ficar com quem você ama — respondi, tentando convencer mais eu mesma que ela.

Seu semblante entristeceu.

— O que foi?

Eu esperava não ter dito nada que a tivesse ofendido.

— Nada.

— Onde você mora? — perguntei, mudando de assunto.

— Na rua Kanonicza — respondeu ela, um tom de constrangimento na voz ao dar o endereço chique. — É fora de Grodzka.

— Eu sei onde fica — afirmei, um pouco irritada por ela pensar que eu não conheceria as ruas antigas do centro da cidade.

Eu já havia caminhado pelo bairro sofisticado diversas vezes. Mesmo antes da guerra, a respeitada rua, com suas grandes e bem cuidadas casas geminadas perto da praça do mercado, era como um país estrangeiro, a mundos de distância das minhas origens modestas. Agora que eu estava no esgoto, um lugar daqueles parecia algo de um livro de ficção, quase impensável. Imaginei uma biblioteca com prateleiras transbordando de livros, uma cozinha limpa repleta dos melhores alimentos.

— Deve ser adorável.

Não consegui esconder o saudosismo da minha voz.

— Na verdade, não é — disse Ella, me surpreendendo. — Meus pais morreram e meu irmão e minhas irmãs se mudaram. Só sobrou minha madrasta, Ana Lucia. Ela é horrível. E meu ex-noivo, Krys.

— O homem que acabou encontrar?

— Sim. Na verdade, meu ex-namorado, visto que nunca estivemos formalmente noivos. Ele terminou comigo antes de ir para a guerra. Eu tinha certeza de que retomaríamos o namoro, mas ele nem me avisou que tinha voltado. Também não tenho mais amigos.

Compreendi, então, o motivo de sua expressão triste poucos minutos antes, quando falei em poder sobreviver a qualquer coisa quando se está com quem você ama. Apesar de suas boas condições de vida, Ella estava completamente sozinha.

— Podia ser pior. Você podia estar morando no esgoto.

Por um segundo, temi que a piada fosse de mau gosto, mas ela abriu um largo sorriso e nós duas rimos.

— Sinto muito. Foi mesquinho da minha parte reclamar diante de tudo que você está passando. Não tenho ninguém com quem conversar.

— Tudo bem.

O esgoto era sujo e horrível, mas pelo menos eu tinha minha mãe para me amar e Saul como companhia. Ella não tinha ninguém. Dava para ver que também estava em uma espécie de prisão.

— Sempre pode vir conversar comigo — ofereci. — Sei que não é muito, visitar uma garota suja no esgoto.

— É bastante.

Ella passou a mão pela grade. Fiquei na ponta dos pés, tentando tocar seus dedos, mas o espaço entre nós duas era grande demais, os centímetros como um oceano, e nossos dedos se agitaram separadamente no ar.

— Posso ajudar você — disse ela.

Por um segundo meu coração acelerou.

— Talvez tentar encontrar um jeito de tirar você daí, perguntar a alguém...

— Não! — exclamei, petrificada com a ideia de Ella revelar que vivíamos no subsolo. — Você nunca pode falar de mim — acrescentei severamente, tentando soar muito mais velha e autoritária do que éramos. — Se fizer isso, nunca mais vai me ver.

A ameaça soou vazia. Certamente não importava para ela.

Mas Ella concordou com a cabeça.

— Eu juro — prometeu a garota solenemente.

Naquele instante, vi que ela queria voltar e me ver de novo também.

— Mas você não quer fugir?

— Não... Quer dizer, sim. — Tentei pensar em como explicar. — É horrível aqui embaixo, mas o esgoto é mais seguro para nós agora. Realmente não temos outro lugar para ir.

Embora às vezes eu me perguntasse se isso era verdade, era preciso confiar em Pawel, que nos protegeu, e em meu pai, que nos trouxe para cá.

— Só posso ficar mais um pouquinho hoje — acrescentou ela. — Minha madrasta está me esperando.

— Eu entendo.

Tentei esconder a decepção. Eu sabia, é claro, que em algum momento ela teria que ir embora. No entanto, algo na conversa com Ella me dava a sensação de estar reencontrando uma velha amiga, mesmo que tivéssemos acabado de nos conhecer.

— Espere aqui — instruiu ela, levantando-se e desaparecendo.

Um minuto depois, ela se ajoelhou novamente e empurrou mais uma coisa pela grade. Pulei para pegar seja lá o que fosse antes que caísse na água do esgoto. Era um *obwarzanek*, o anel de pretzel coberto de papoula que os poloneses vendiam na rua.

— Um pouco mais de comida.

— Obrigada.

Coloquei-o no bolso também para dividir com minha mãe.

— Preciso ir — disse Ella um pouco depois.

Não pude evitar ficar desapontada por sua partida.

— Você vai voltar?

— Sim, se eu conseguir escapar. Vou tentar vir no próximo sábado com mais comida.

Eu queria dizer que ela não precisava me trazer coisas; eu só queria as visitas. As palavras, no entanto, ficaram presas na minha garganta e depois já era tarde demais. Ella já havia ido embora.

Fiquei sozinha no frio e na escuridão mais uma vez. Era como se eu a tivesse imaginado. Contudo, o pedaço de pão e o pretzel estavam bem ali no meu bolso, assim como a moeda na palma da minha mão, garantindo-me que havia sido real. Rezei para que ela conseguisse voltar.

— Sadie! — sussurrou alguém com urgência atrás de mim.

Era Saul, que devia estar caminhando. Ou talvez ele tivesse vindo me procurar. Normalmente eu teria ficado feliz em vê-lo, mas agora fiquei surpresa. Ele olhou para a grade e depois de volta para mim. Será que tinha visto Ella?

— Sadie, não!

Saul me pegou pelo braço e me puxou de volta para as sombras, seu rosto preocupado.

— Não pode deixar ninguém ver você. Eu sei que se sente sozinha, mas os poloneses são traiçoeiros — acrescentou ele com vigor.

— Nem todos os poloneses.

— Todos.

Seu rosto estava determinado e, pela resolução em sua voz, percebi os horrores das histórias que ele vivera e não havia compartilhado comigo.

— E Pawel? — desafiei. — Ele é polonês e nos ajudou.

Saul não respondeu.

— Prometa que não virá aqui de novo.

Havia certo afeto em sua voz.

— Eu prometo.

Mas eu sabia, antes de terminar a frase, que era mentira. Eu viria até a grade novamente. Havia algo em Ella que me inspirava confiança, mesmo que Saul não entendesse.

Ele pegou o jarro d'água e começamos a percorrer o túnel. Ao nos aproximarmos da câmara, Bubbe se levantou, bloqueando nosso caminho.

— O que é isso? — gritou ela, apontando para meu bolso, onde a ponta do pretzel saltara para fora.

Nosso relacionamento com os Rosenberg havia se aprofundado ao longo de tantas semanas no esgoto e, apesar da dificuldade de morarmos juntos em ambientes tão próximos, os momentos de discórdia entre nossas famílias eram raros. A idosa Bubbe, porém, parecia estar ficando mais rabugenta e irracional com o tempo, como se o estresse de viver aqui a estivesse desgastando.

— É meu — respondi, tentando contorná-la pela entrada.

Bubbe mudou de posição, indo na mesma direção que eu, não querendo ser dissuadida.

— Ladra! — gritou ela, parecendo pensar que eu tinha roubado o pretzel de nosso estoque de comida.

Abri a boca para dizer que tal coisa era impossível. Nós nem tínhamos *obwarzanki* aqui; Pawel nunca trouxera um; como eu poderia ter roubado?

Antes que eu pudesse rebater, minha mãe apareceu atrás dela na entrada da câmara.

— Como ousa? — perguntou mamãe ao ouvir a conversa no túnel.

Nas últimas semanas, à medida que a gravidez e os dias no esgoto se arrastavam, mamãe parecia mais taciturna e desanimada. Agora, no entanto, ela pareceu encontrar forças para me defender.

— Ela está com comida a mais — acusou Bubbe, apontando o dedo nodoso perto do meu rosto. — Ou está roubando ou está indo para a rua sem que saibamos.

— Isso é ridículo! — vociferou mamãe.

Embora minha mãe geralmente fosse respeitosa e relevasse algumas atitudes da idosa, não toleraria que me acusassem. Mas seus olhos se voltaram para meu bolso e, ao ver o pedaço de pretzel, se arregalaram. Observei enquanto ela se lembrava de me ver espiando a garota na rua e se dava conta de que foi assim que consegui aquilo. Vi a preocupação e depois a raiva estamparem seu rosto.

Mesmo assim, mamãe me defendeu.

— Deixe minha filha em paz.

Ela se aproximou e se colocou entre Bubbe e eu, empurrando o dedo da velha para longe. A raiva de Bubbe cresceu e ela agarrou o pulso de mamãe com força.

— Pare com isso! — protestei alto demais, sem me importar com quem pudesse ouvir.

Como ela se atrevia a colocar as mãos daquele jeito na minha mãe grávida? Estiquei o braço e tentei soltar o pulso de mamãe do aperto de Bubbe, mas a idosa o comprimia com uma força surpreendente. Mamãe se soltou, deu um pulo para trás e pisou em falso, caindo no chão, ganindo como um animal ferido. Corri para ajudá-la a se levantar.

— Mamãe, você está bem?

Ela não respondeu, mas assentiu, o rosto pálido.

Saul se colocou entre mim e sua avó.

— Sadie não pegou nada. Volte para a câmara, Bubbe.

Sua voz era branda, mas firme. A velha resmungou alguma coisa e começou a voltar.

— Sinto muito por isso — disse Saul em voz baixa enquanto seguíamos sua avó em direção à câmara. — Ela não tem intenção de fazer mal, mas tem quase noventa anos e está ficando um pouco confusa. É duro ver as pessoas que você ama envelhecer.

— E é duro não ver — rebati, pensando em meu pai e me perguntando como ele teria sido mais velho, se tivesse tido tempo. Eu jamais saberia.

Comecei a seguir Saul para dentro da câmara, mas minha mãe, que vinha andando atrás de nós, me parou do lado de fora da entrada.

— Prometa-me — disse ela. Havia uma força em sua voz que eu nunca tinha ouvido. — Prometa-me que você nunca mais vai até lá.

Eu me virei para ela, surpresa. Mamãe não parecia zangada quando me encontrou na grade do esgoto, mas, agora, era como se houvesse desenroscado seu corpo minúsculo de volta para a altura original. Ela me olhava de cima, tão perto que sua barriga redonda pressionou a minha.

— Prometa-me que não vai encontrá-la de novo, que não vai se permitir ser vista ou falar com ela.

Suas palavras seguintes foram um eco das de Saul:

— Eu sei que se sente sozinha aqui, mas é perigoso demais.

Pensei em Ella e no sentimento de esperança que me trouxera, mas mamãe estava certa; seria irresponsável comprometer nossa segurança.

— Está bem — respondi finalmente, fustigada.

Quebrar uma promessa feita a Saul era uma coisa, quebrar uma feita à minha mãe era completamente diferente. Eu vi a imagem de minha nova amiga se dissipando até desaparecer.

Foi quando Pawel surgiu no túnel.

— Olá — cumprimentei, surpresa em vê-lo.

Ele não costumava nos visitar no domingo. Além disso, havia vindo no dia anterior, embora não tivesse trazido muita comida. Vendo sua mochila agora, tive esperança de que ele tivesse encontrado mais alimentos.

Pawel me cumprimentou só com a cabeça, não respondendo à saudação. Seu rosto normalmente alegre estava tenso e sombrio, o calor ausente de seus olhos. Perguntei-me se ele teria escutado a briga e se estava zangado. Ele nos seguiu em silêncio até a câmara e nos entregou a sacola de comida.

— O que foi? — perguntou mamãe, instintivamente sabendo que eram más notícias.

Pawel se afastou e se dirigiu a Pan Rosenberg.

— Receio ter notícias nada boas de Będzin — confessou ele.

À menção de sua aldeia, Pan Rosenberg enrijeceu.

— A pequena sinagoga no gueto... Os alemães a queimaram.

Meu estômago embrulhou de horror. Lembrei-me de Saul relatando com orgulho como seu irmão, que havia ficado para trás, criara uma sinagoga improvisada em uma pequena loja no gueto, de modo que as pessoas forçadas a morar ali tivessem um lugar para orar. Na época, ir tão longe apenas para rezar me pareceu incrivelmente tolo. Certamente Deus poderia ouvir as pessoas de qualquer lugar.

Olhei para Pan Rosenberg, cujo rosto havia ficado pálido como um fantasma sob a barba desgrenhada.

— A Torá — disse ele, horrorizado.

Uma sensação incômoda me dominou. A destruição de uma sinagoga era, é claro, uma coisa terrível, mas a escuridão nos olhos de Pawel implicava coisas muito piores do que apenas pergaminhos com orações. Senti Saul ficar tenso ao meu lado e peguei sua mão. Por um segundo, ele hesitou e começou a se afastar, preso entre as restrições de sua fé e a necessidade de conforto. Então ele a afrouxou e não protestou quando entrelacei meus dedos nos dele, nos preparando para o que viria a seguir.

Pawel continuou:

— Temo que seja mais do que isso. Um jovem rabino tentou impedir os alemães e atingiu um deles. Em represália, os alemães trancaram os judeus restantes na sinagoga e incendiaram-na.

— Micah — gritou Pan Rosenberg, cambaleando.

Bubbe soltou um gemido agudo. Saul se afastou de mim para segurar a avó antes que ela caísse. Ele conduziu Bubbe até seu pai, filho dela, e os três se abraçaram. Fiquei olhando a dor daquela família, incapaz de ajudar.

— Minha noiva... — constatou Saul, erguendo os olhos. — Ela também estava no gueto e frequentava a sinagoga do meu irmão.

Pawel baixou a cabeça.

— Sinto muito, mas, pelo que entendi, todos que estavam na sinagoga na hora foram mortos.

Os joelhos de Saul se dobraram e pensei que ele cairia como a avó, mas ele se forçou a permanecer de pé.

— Venham — disse mamãe baixinho para mim e Pawel. — Eles precisam de um tempo a sós com sua dor.

Eu hesitei, querendo ficar e consolar Saul. Relutante, segui minha mãe até o túnel.

— Eu não sabia se devia contar a eles — admitiu Pawel com tristeza.

— Você fez a coisa certa — assegurou mamãe.

Eu concordei. Mesmo no esgoto, a verdade só poderia ficar enterrada por certo tempo.

— Pawel... — comecei, hesitante.

Hoje em dia, era melhor não pedir muito, mas havia uma pergunta me incomodando e muitas respostas perdidas, agora que eu não tinha meu pai para perguntar. Senti que em breve não haveria mais tempo.

— Como foi que você acabou nos ajudando? Como meu pai conheceu você?

Pawel sorriu, a primeira luz que vi em seus olhos em qualquer uma de suas visitas recentes.

— Ele era um homem muito simpático. Eu costumava passar por ele na rua e, ao contrário dos outros cavalheiros, que ignoravam um simples encanador, ele sempre me cumprimentava.

Eu sorri de volta, entendendo o que ele queria dizer. Meu pai era bom com todos, independentemente de status.

— Às vezes jogávamos conversa fora. Um dia, ele me contou sobre um local de trabalho que precisava de funcionários e me deu uma referência. Outra vez, me deu um dinheiro para realizar uma tarefa. Ele estava me ajudando, entende, por nenhum outro motivo além de eu ser outro ser humano. Mas ele sempre fazia parecer que era eu quem o estava ajudando. Ele não queria ferir meu orgulho.

Pawel continuou:

— Então, um dia, percebi que ele usava a braçadeira e estava preocupado. Puxei conversa e ele começou a perguntar, não muito diretamente, sobre depósitos e outros espaços onde uma família poderia se esconder. Eu sabia que tais lugares jamais serviriam. Então contei sobre o esgoto. Depois, quando vocês foram para o gueto, começamos a construir a entrada.

— E os Rosenberg?

A MULHER COM A ESTRELA AZUL

— Enquanto o gueto estava sendo liquidado e eu corria para encontrar seu pai, eu os vi na rua. Era um dia especialmente ruim e outras pessoas vestidas como eles estavam sendo cercadas, espancadas, tendo seus cabelos e barbas raspados ou pior. — Ele parou, como se algumas coisas ainda fossem terríveis para meus ouvidos jovens. — Mandei que me acompanhassem e eles obedeceram.

Momentos de acaso que nos salvaram enquanto tantos outros sofreram e morreram.

— Então, pouco antes de chegarmos ao esgoto, vimos o casal com a criança fugindo. Achei que também poderia salvá-los.

Havia uma inconfundível nota de tristeza em sua voz.

— Você sempre trabalhou no esgoto?

— Sadie, chega de perguntas! — repreendeu mamãe.

Mas Pawel sorriu.

— Eu não me importo. Antes da guerra, eu era ladrão.

Fiquei surpresa. Ele parecia tão bom, mas havia sido um criminoso comum.

— Sei que é horrível, mas, por muito tempo, não havia trabalho para encanadores e eu precisava alimentar minha esposa e filha. Aí vocês apareceram e eu soube, depois de todas as gentilezas de seu pai, o que deveria fazer. Salvar vocês é o trabalho mais importante da minha vida.

Foi quando eu entendi. Salvar a nós tornou-se uma missão, sua chance de redenção.

Pouco tempo depois de Pawel ir embora, mamãe e eu voltamos para a câmara. Eu queria ver como Saul estava, tentar oferecer todo o conforto possível. No entanto, ele continuava perto da avó, que chorava inconsolavelmente, e do pai, que apenas orava. Mais tarde naquela noite, Saul se deitou ao lado do pai, apoiando uma das mãos nas costas de Pan Rosenberg. Tive certeza de que ele não faria seus passeios. Mas, depois que a respiração de seu pai se estabilizou, Saul se levantou e foi até a saída. Eu o segui.

— Você se importa se eu for junto? — perguntei, pois talvez ele preferisse ficar sozinho.

Saul balançou a cabeça. Caminhamos juntos, o silêncio entre nós mais pesado do que o normal.

— Sinto muito pelo seu irmão — falei alguns minutos depois. — E sobre Shifra.

Minha vontade era aliviar sua dor por ela também, mas eu não parecia ser a pessoa certa para isso.

Ele continuou andando, sem responder. Eu tentei de novo.

— Eu entendo. Quando meu pai...

Então minha voz sumiu. Desejei que minha própria tristeza e perda pudessem ter me acrescentado alguma sabedoria, me dado algo para dizer que diminuísse a dor de Saul. Contudo, quando se trata de luto, cada um está por conta própria, isolado e sozinho. Minha tristeza não o ajudaria mais do que a tristeza de mamãe me ajudou quando meu pai morreu.

Chegamos ao anexo. Saul não pegou um livro, mas olhou para longe.

— Conte-me uma história — pedi. — Sobre o seu irmão.

Ele me olhou confuso.

— Por quê?

— Acho que falar ajuda. Muitas vezes, desde a morte de meu pai, desejei compartilhar minhas lembranças. Minha mãe nunca fala dele, mas acho que ajudaria se ela falasse.

Eu não pude compartilhar essa parte da minha história depois que papai morreu, mas poderia fazer isso por Saul agora.

A princípio, ele não disse nada, e me perguntei se não queria ou não poderia falar sobre o irmão. Talvez fosse cedo demais.

— De todos nós, ele era o menos propenso a se tornar rabino — começou ele finalmente. — Estava sempre se metendo em alguma encrenca. Uma vez, quando éramos pequenos, ele resolveu que devíamos limpar as pedras com água sanitária. Na casa toda. Nossa mãe ficou louca com aquilo.

Saul não conseguiu conter um sorriso.

— Ele podia ter ido embora, sabe, ter vindo conosco. Mas ficou para ajudar os que não podiam partir, para estar com as mulheres e crianças e oferecer algum conforto religioso. E agora ele se foi.

As lágrimas que Saul não conseguiu derramar enquanto consolava o pai e a avó começaram a cair. Eu o abracei, esperando que ele não se importasse. Saul ficou tenso por um segundo, como se fosse se afastar, mas ficou parado. Eu o puxei para perto, tentando protegê-lo da tristeza e da dor que o assolavam, ou pelo menos compartilhar o fardo para que ele não precisasse carregá-lo sozinho. Eu não poderia passar pelo luto por ele, mas poderia ficar ao seu lado.

Saul continuou falando sem se importar com as lágrimas, contando histórias sobre o irmão, como se guardando as lembranças entre páginas de um livro para preservá-las, como flores secas. Escutei em silêncio, fazendo uma ou duas perguntas quando ele parava e apertando sua mão nas partes mais tristes. Normalmente, depois de um tempo, quando a lua descia e deixava de iluminar o anexo, parávamos de ler e voltávamos para a câmara.

— É melhor a gente voltar — observei.

Ele assentiu. Nossos parentes podiam acordar e ficar preocupados ao ver que não estávamos lá. No entanto, nenhum de nós dois se mexeu, não queríamos deixar aquele lugar tranquilo onde era possível se afastar do mundo.

— Teve uma vez que meu irmão caiu no riacho... — recomeçou Saul, lembrando-se de outra história.

Ele continuou, sua voz ficando rouca e embargada, derramando suas lembranças pela escuridão. Quando finalmente não havia mais nada a dizer, ele inclinou a cabeça e a apoiou na minha, então nós fechamos os olhos e adormecemos.

CAPÍTULO 9

Ella

Em uma manhã de domingo, duas semanas depois de conversar pela primeira vez com Sadie, saí de casa para revê-la. Respirei o ar fresco da rua com gratidão. Já era quase maio e a brisa estava quente e perfumada com a fragrância das tílias florescendo quando atravessei o Planty. Desde o início da guerra eu não via tanta gente na rua, pessoas cuidando de seus afazeres ou visitando amigos e parentes. Elas ainda caminhavam apressadamente e de cabeça baixa, sem se cumprimentar ou parar para conversar como antes. Havia, no entanto, uma espécie de desafio em seus passos e na maneira como erguiam o queixo para, mesmo que brevemente, admirar a luz do sol banhando de ouro o Castelo de Wawel. Era como dizer aos alemães: *Vocês não vão roubar de nós este lindo dia na nossa cidade.*

Eu havia ido ver Sadie no mesmo horário do sábado da semana anterior, conforme prometido, levando um pedaço de queijo de ovelha que consegui roubar da cozinha. Ela chegou atrasada, parecendo nervosa.

— Só posso ficar alguns minutos — avisou. — Eu não deveria estar aqui. Eu prometi que não viria.

Ela também tinha outras pessoas que poderiam notar e se aborrecer se ela desaparecesse.

— Se não puder mais vir, eu entendo — falei, sentindo uma inesperada pontada de decepção.

A primeira vez que voltei ao esgoto foi por curiosidade pela garota, a segunda porque me senti mal por ela e porque ela parecia precisar da minha ajuda. Se ela não pudesse me encontrar de novo, eu não deveria me importar. No entanto, de alguma forma, importava. Eu gostava de ajudar Sadie, e mesmo as pequenas coisas que eu tinha feito me davam a sensação de estar fazendo algo importante.

— Claro que eu voltarei — disse ela rapidamente. — Aos domingos seria melhor — acrescentou. — A outra família, os Rosenberg, fica na câmara onde moramos o sábado todo por causa do Shabat, então aos sábados fica mais óbvio que não estou lá.

— Domingo, então — concordei. — Vou tentar vir todas as semanas; até amanhã, se quiser.

— Eu gostaria — admitiu ela com um sorriso. — Encontrar você, mesmo que por pouco tempo... Bem, torna o resto das horas aqui um pouco mais fáceis de suportar. Acha isso bobagem?

— De jeito nenhum. Também gosto de vir aqui. Eu venho amanhã, então. É melhor você voltar agora.

Eu não queria que ela se metesse em problemas e não pudesse mais vir.

No entanto, na manhã seguinte, Ana Lucia inventou de fazer uma faxina na casa. Além de sobrecarregar Hanna até não poder mais, minha madrasta também me convocou, delegando mil pequenas tarefas que me impossibilitavam de escapar. Era como se ela soubesse de meus planos e tivesse arquitetado aquilo deliberadamente. Sendo assim, não pude ver Sadie naquele dia. Eu a imaginei esperando sob a grade, decepcionada e se perguntando por que não apareci.

Hoje, uma semana depois, eu estava determinada a voltar a Dębniki para vê-la. Acordei cedo e desci as escadas em silêncio, sem querer acordar Ana Lucia. Cheguei à base do rio e parti para a ponte. O trajeto estava lotado de pedestres e eu tentava abrir caminho entre as *babcias* andando lentamente e as mães carregando pacotes, seus filhos gritando a tiracolo. A oeste, o céu estava escuro, uma camada espessa de nuvens se aproximando e eclipsando o sol inesperadamente. Eu nunca teria pensado em levar um guarda-chuva em uma manhã tão agradável.

Quando cheguei no meio da ponte, o fluxo de pedestres se interrompeu de repente. O homem na minha frente parou de forma tão abrupta que esbarrei nele.

— *Przepraszam* — falei, me desculpando.

Ele não respondeu nem se mexeu, apenas continuou mastigando a ponta do charuto. A ponte não estava apenas cheia, percebi, mas também bloqueada.

A polícia havia barricado a passagem, impedindo qualquer pessoa de entrar ou sair de Dębniki.

— O que está acontecendo? — perguntei ao homem em quem havia topado.

Eu me perguntei se a polícia teria montado um posto de controle improvisado, como costumava fazer, a fim de inspecionar *Kennkartens*. Eles não questionariam os meus — com os selos especiais que Ana Lucia adquirira dos amigos alemães para transitarmos livremente pela cidade —, mas passar por esses pontos de verificação podia levar horas e eu não queria me atrasar para o encontro com Sadie. O céu estava cinza-escuro, mais para crepúsculo do que para meio-dia. De longe, veio o estrondo baixo de um trovão.

— Uma *aktion* — respondeu ele sem olhar para trás.

— Aqui?

Enrijeci de medo. Eu presumi que as prisões em massa a que o homem se referiu ocorriam apenas nos bairros judeus. Ele tirou o charuto da boca.

— Sim, o gueto ficava em Podgórze, um bairro próximo.

— Eu sei, mas o gueto foi esvaziado.

— Exatamente. — Ele parecia irritado, como se o motivo fosse óbvio. — Estão procurando os que podem ter escapado. Judeus escondidos.

Ao ouvir aquilo, fiquei preocupada com Sadie. A polícia isolou a vizinhança ao redor do esgoto procurando por judeus que fugiram quando o gueto foi esvaziado. Abri caminho até a frente da multidão. Descendo a rua, havia veículos militares e policiais alemães alinhados nos quatro lados do Rynek Dębniki. Havia também um caminhão solitário que, em circunstâncias normais, poderia transportar gado para o mercado. Estranhamente, o caminhão agora tinha bancos para as pessoas sentarem nos fundos. A polícia estava vasculhando a vizinhança, indo de casa em casa e de loja em loja com seus cães horríveis, tentando farejar pessoas escondidas. Um suor frio brotou em minha pele. Na certa, também vasculhariam o esgoto e encontrariam Sadie e os outros.

Olhei em volta desesperada, avaliando se havia uma forma diferente de cruzar o rio e chegar até Sadie para avisá-la. Mas eu estava bloqueada pela multidão.

Um grito repentino atravessou a ponte, ecoando bem acima dos alemães e berrando ordens, os cães latindo. Da rua, na entrada da ponte, a polícia arrastava uma mulher de vinte e poucos anos de um prédio. Sua antes elegante saia evasê tinha um rasgo na bainha e sua blusa branca estava suja. Na manga superior da blusa, ela usava uma braçadeira branca com a estrela azul de seis pontas. Era evidente, por suas roupas e cabelos emaranhados, que ela estava escondida em algum lugar sujo. Por um segundo, me perguntei se a mulher seria uma das pessoas que vivia com Sadie. Mas ela não estava molhada nem tão suja como estaria se tivesse vindo do esgoto.

A mulher carregava duas crianças, uma em cada braço. Ela não lutou contra a polícia enquanto a conduziam para a traseira do caminhão à sua espera. Porém, quando se aproximou do veículo, um dos alemães que esperava nele tentou tirar as crianças de seus braços. A mulher recuou, recusando-se a soltá-las. O alemão falou com ela baixo demais para eu ouvir, mas o imaginei explicando por que as crianças precisavam ir separadamente — uma explicação na qual nenhuma pessoa sensata acreditaria. Ele esticou o braço para pegar as crianças mais uma vez, mas a mulher balançou a cabeça e se afastou. O alemão subiu o tom de voz, agora ordenando que ela obedecesse.

— Não, por favor, não! — implorou a mulher, agarrando-se desesperadamente aos filhos.

Ela se afastou mais e começou a correr em direção à ponte.

Mas a passagem estava barricada pela polícia e apinhada de gente. Não havia para onde ir. Um dos alemães sacou uma pistola e apontou para ela.

— Pare!

À minha volta, os espectadores arfaram coletivamente.

— Não! — gritei.

Uma bala poderia matar não apenas a mulher, mas também seus filhos. Rezei para que ela parasse e fizesse o que o alemão estava mandando.

— Shhh — repreendeu-me o homem à minha frente.

Ele havia largado o charuto, agora pisoteado e ainda fumegante no chão da ponte.

— Você não pode ajudá-la. Vai fazer com que matem todos nós.

O homem não estava preocupado com a minha segurança, mas com a dele. As represálias alemãs contra a comunidade polonesa local eram ligeiras e severas, e dezenas de pessoas podiam ser mortas por um único ato de protesto ou desafio.

A mulher continuou correndo na direção da ponte, mas seus passos estavam lentos e desajeitados com o peso das crianças — como um animal já ferido, mas ainda tentando fugir. Um tiro foi disparado, e várias pessoas ao meu redor se abaixaram, como se o disparo tivesse sido dirigido a elas. A mulher não foi atingida. O alemão errara o alvo para adverti-la ou realmente se enganara? A multidão estava muda, como se hipnotizada pelo espetáculo macabro. A mulher começou a atravessar a ponte. Vendo que o caminho estava bloqueado por barricadas e pela multidão, ela se virou para a mureta da ponte e começou a escalar. O alemão mirou novamente e, pela intensidade em seu rosto, percebi que, desta vez, ele não pretendia errar.

A mulher não olhou para trás, lançando-se sem hesitação da beira da ponte com os filhos nos braços. A multidão arfou em uníssono e ouviu-se um baque nauseante quando os três atingiram a água, vários metros abaixo.

Por um minuto, especulei se os alemães ou a polícia entrariam no rio para resgatá-los. Aparentemente satisfeitos com o fato de a mulher e as crianças não terem sobrevivido ao salto, os oficiais deram meia-volta e a multidão começou a se dispersar. No entanto, as barricadas permaneceram, com os policiais remanescentes formando um posto de controle improvisado, tornando a ponte intransponível. Entendi que não veria Sadie hoje. Mesmo se eu conseguisse atravessar, não seria seguro ir até a grade. Voltei cabisbaixa para casa.

Conforme eu atravessava de volta o centro da cidade, pesadas gotas de chuva começaram a cair nos paralelepípedos, que exalavam um cheiro de terra. Os pedestres e compradores corriam para casa debaixo de seus guarda-chuvas, um mar de cogumelos pretos balançando. Meus cabelos e meu vestido ficaram ensopados, mas eu estava tão abalada com o que tinha visto que mal percebi. Pensei na mulher com os filhos saltando da ponte. Eles morreram com o impacto ou se afogaram? Parte de mim os imaginou nadando para um local seguro e saindo do rio mais adiante. A verdade, no entanto, é que, bem na minha frente e em plena luz do dia de uma manhã de primavera, uma mulher preferiu matar a si e aos filhos do que ser levada e separada deles pelos nazistas. E eu, junto com dezenas de outras pessoas, fiquei parada assistindo.

A viagem fracassada para ver Sadie levou mais tempo do que eu esperava. Era quase meio-dia quando voltei para casa. Ana Lucia estava recebendo visitas novamente, desta vez uma pequena reunião para o almoço de domingo. Na pressa de ver Sadie, eu tinha pulado o café da manhã, e a ideia do banquete de carnes e queijos me deu água na boca. Mas eu preferia comer terra a me juntar a eles.

Tentei passar rapidamente pelo saguão e subir para o meu quarto sem ser vista, para trocar minhas roupas molhadas. No entanto, quando me aproximei da escada, um oficial alemão saiu do banheiro e bloqueou meu caminho.

— *Dzień dobry, fräulein* — disse ele, saudando-me numa mistura desajeitada de polonês e alemão.

Eu o reconheci como Oberführer Maust. Ouvi Ana Lucia contar a uma de suas amigas, algumas semanas antes, que ele era um coronel de alto escalão da SS, transferido recentemente para Cracóvia. Atraída pelo poder e influência do homem, Ana Lucia rapidamente se insinuou para ele, que se tornou presença constante ao seu lado.

E não apenas em seus almoços e jantares. Na noite anterior, quando cheguei em casa, o jantar de Ana Lucia havia acabado, mas um convidado ficou. Eu o ouvi segui-la pela escada até seu quarto. Ele sussurrou palavras provavelmente bajuladoras, arrancando de minha madrasta uma risadinha, um som muito jovem e impróprio para alguém da idade dela. Minha reação foi de repulsa. Uma coisa era ela divertir os alemães, outra era levar um deles para a cama que dividira com meu pai. Naquele momento, eu a odiei mais que nunca. De manhã, ao passar pelo quarto de Ana Lucia, ouvi duas séries de roncos: o dela, forte e borbulhante, e outro, contínuo e profundo.

Seu novo amigo. Eu estudei o monstro: era como o restante, pescoço grosso e bochechas rosadas, exceto que mais alto, um pouco barrigudo, as mãos parecidas com as patas de um urso. Ele me olhava como uma cobra prestes a devorar um rato.

Antes que eu pudesse responder, Ana Lucia veio da sala de jantar.

— Fritz, eu estava me perguntando onde você...

Ao vê-lo falando comigo, ela parou e franziu o cenho.

— Ella, o que está fazendo aqui? — perguntou, como se eu morasse na rua e não tivesse simplesmente entrado na minha própria casa.

Seu vestido, a última moda em Milão, era apertado demais para seu corpo voluptuoso. As pérolas que um dia foram de minha mãe estavam em seu pescoço.

— Sua filha é muito charmosa — observou o alemão. — Você nunca a mencionou.

— Enteada — corrigiu Ana Lucia, querendo colocar o máximo de distância possível entre ela e eu. — Filha do meu falecido marido. E ela está encharcada.

— Ela deveria almoçar conosco — sugeriu ele.

Eu podia ver o conflito nos olhos de Ana Lucia, querendo muito ceder aos desejos de seu convidado nazista, mas desejando mais ainda que eu sumisse. O tom do coronel Maust, no entanto, deixou claro que minha presença não era um pedido.

— Tudo bem — concedeu ela finalmente, a conformidade vencendo o rancor.

— Sinto muito, mas realmente não posso — falei, tentando pensar em uma desculpa.

— Ella — disse minha madrasta com os dentes cerrados. — Se Oberführer Maust foi gentil o suficiente para convidá-la a se juntar a nós, é isso que você fará.

Pude ver em seus olhos que se eu a envergonhasse, as consequências seriam severas.

— Vá se trocar e venha se juntar a nós.

Dez minutos depois, usando um vestido azul limpo, mas com os cabelos ainda desafiadoramente molhados, entrei com relutância na sala de jantar. Havia mais quatro convidados, dois homens em uniformes militares alemães e um de terno, além de uma mulher da idade de Ana Lucia que não reconheci. Eles não interromperam suas conversas para me cumprimentar ou notar minha chegada. Ver esses estranhos sentados em volta do que havia sido a mesa da minha família, usando a porcelana e o cristal do casamento da minha mãe, me deixava enjoada. Ocupei a única cadeira vazia, ao lado do coronel Maust e perto de minha madrasta. Hanna me serviu um prato de *szarlotka*, uma torta de maçã quente, maior do que qualquer outra que eu vira desde o início da guerra. Mas a massa grossa ficou presa na minha garganta.

Larguei o garfo e disse:

— Vi uma mulher pular da ponte Dębniki hoje.

Já que eu era obrigada a estar aqui, poderia muito bem tornar as coisas mais interessantes. As outras conversas na mesa pararam e todos olharam na minha direção.

— A polícia estava tentando prendê-la e ela pulou com os filhos.

A mulher solitária ao lado de Ana Lucia cobriu a boca com o guardanapo, parecendo horrorizada.

— Ela devia ser judia — observou o coronel Maust com desdém. — Houve uma *aktion* para tentar erradicar os últimos escondidos.

Ele sabia sobre as prisões que estavam ocorrendo enquanto permanecia sentado em nossa sala de jantar, comendo bolo.

— Escondidos? — perguntou a outra mulher à mesa.

— Sim — respondeu o coronel Maust. — Alguns judeus conseguiram fugir quando o gueto foi liquidado, principalmente para os bairros ao longo do rio.

— Tão perto de onde eu moro! — exclamou a mulher.

Percebi então que seu olhar horrorizado não era de preocupação com os presos, mas sim com o próprio bem-estar.

— Que perigo!

Alguém poderia pensar, ouvindo o tom de voz da mulher, que ela estava falando sobre criminosos impiedosos.

Uma mãe com dois filhos, eu queria dizer. *Um perigo para a própria existência da nossa cidade.* Eu me contive, claro. Em vez disso, perguntei:

— O que vai acontecer com eles?

— Com a mulher que pulou? Presumo que ela e seus filhos vão alimentar os peixes.

O coronel Maust riu da própria piada cruel e os outros aderiram. Eu queria esticar o braço e dar um tapa em seu rosto gordo.

Eu engoli minha raiva.

— Com os judeus que estão presos, eu quis dizer. O gueto foi fechado. Então, para onde eles vão?

Ana Lucia me fuzilou com os olhos por continuar tocando no assunto, mas um dos alemães na extremidade oposta da mesa respondeu:

— Os saudáveis podem ir para Płaszów por um tempo — disse ele entre garfadas de torta de maçã. Era um homem magro e musculoso, com olhos escuros e redondos e um rosto de furão. — É um campo de trabalho fora da cidade.

— E os outros?

Ele fez uma pausa.

— Serão enviados para Auschwitz.

— O que é isso?

Eu conhecia a cidade de Oświęcim, uma hora a oeste de Cracóvia. Também já ouvira falar de um campo no local batizado com o nome germânico da cidade, bem como referências sussurradas a um lugar para judeus mais terrível do que todos os outros. Só que ninguém poderia confirmar os boatos, diziam, porque ninguém jamais voltou de lá. Olhei o alemão nos olhos, desafiando-o a admitir a verdade na frente de todos.

Ele não hesitou.

— Digamos apenas que eles não voltarão para sujar sua vizinhança novamente.

— Até as mulheres e crianças? — perguntei.

O homem deu de ombros com indiferença e declarou:

— São todos judeus para nós.

Ele fitou meus olhos sem piscar. Fitando a escuridão em seu olhar, vi tudo o que ele não havia dito, o aprisionamento e a morte que aguardava os judeus. A mulher na ponte preferira saltar do que permitir tal destino a si e aos filhos. Ana Lucia me olhou feio de novo.

— Chega de perguntas.

Ela pôs a mão no braço do coronel Maust.

— Querido, não vamos falar dessas coisas em companhia tão educada e estragar nosso almoço. Minha enteada já estava de saída.

— Eu também preciso ir — disse o coronel Maust, dobrando o guardanapo.

— Precisa mesmo? — perguntou Ana Lucia, parecendo murchar.

— Com licença.

Sem querer testemunhar os dois se despedindo, levantei-me abruptamente, empurrando a cadeira para trás com tanta força que as xícaras de café chacoalharam. Saí correndo da sala e subi as escadas até o sótão. Enquanto processava o que o alemão havia dito, meus ouvidos zumbiam. Os judeus estavam sendo levados para os campos — todos eles. O que eu esperava? Eu sabia que o gueto havia sido esvaziado. Ainda assim, era mais fácil tentar me convencer de que os ocupantes judeus simplesmente foram "realojados" para morar em outro lugar — ou simplesmente não pensar no assunto. Agora a verdade estava posta diante de mim, impossível de ignorar. Os judeus estavam sendo presos e usados para fazer trabalho escravo ou coisa pior.

Sadie me veio à mente. Ela fugira do extermínio alemão do gueto com a mesma determinação da mulher que eu vira pular da ponte. Se ela fosse pega, os horrores que o alemão descreveu a esperavam. Embora eu a tivesse conhecido apenas algumas semanas antes, senti como se nos conhecêssemos há anos e não queria que nada de ruim lhe acontecesse. Sadie já tinha passado por tanta coisa; eu não suportava pensar nela sendo capturada e levada embora.

Algum tempo depois, ouvi o grupo reunido para o almoço se acalmar, os miseráveis convidados que restavam indo embora. Mesmo assim, fiquei lá em cima pelo resto do dia, querendo evitar a ira de Ana Lucia. Olhando além dos

A MULHER COM A ESTRELA AZUL

telhados para a outra margem do rio, pensei em Sadie e rezei para que ela estivesse bem. Faltava uma semana para eu ir ao seu encontro novamente e ter certeza de que ela estava segura.

Na manhã seguinte, quando desci para o café, Ana Lucia já estava sentada à mesa. Era raro nos encontrarmos pela manhã; eu geralmente fazia questão de levantar e sair muito antes de ela descer. Isso não era difícil, visto que ela raramente acordava antes do meio-dia. Não nos desejamos bom-dia quando me sentei na outra extremidade da mesa.

— Ella — começou Ana Lucia, depois que Hanna me serviu café e torradas.

Pelo seu tom, ainda mais desaprovador do que o normal, eu já sabia que o assunto não era bom. Foi o fato de eu ter saído do almoço tão abruptamente no dia anterior ou por ter feito perguntas demais? Talvez fosse algo totalmente diferente. Eu me preparei para o discurso.

— O que estava fazendo no mercado Dębniki? — perguntou ela de repente.

Um nó se formou na minha garganta.

— Comprando cerejas para sua sobremesa, lembra?

— Não, eu quis dizer da segunda vez.

Eu enrijeci. Ana Lucia sabia que eu tinha ido a Dębniki mais de uma vez. Ela continuou:

— Meu jantar com a torta de cereja foi num sábado, semanas atrás. Alguém lhe viu lá depois disso.

Ana Lucia muitas vezes parecia avoada, mas agora sua memória estava afiada como uma navalha. Percebi que a havia subestimado. Seus olhos se fixaram em mim, exigindo respostas. Nossa pobre empregada, Hanna, saiu da sala com uma expressão apavorada no rosto.

— Bem, deve se lembrar de como não consegui o suficiente para a festa — comecei, lutando para manter a calma.

Ana Lucia sorriu quando me remexi na cadeira, apanhada em sua armadilha.

— Mas o vendedor disse que receberia mais cerejas em breve, então decidi voltar lá caso você quisesse que Hanna fizesse a torta de novo.

Minha voz soava hesitante, a desculpa implausível.

— Você precisa cuidar de seus modos — disse ela, uma inconfundível nota de ameaça na voz. — Não sei o que anda aprontando.

111

Por dentro, suspirei de alívio.

— Não vou tolerar nada que possa prejudicar nossa posição.

Ela estava em pé e me olhava de cima, os olhos flamejantes, o temperamento descontrolado.

— Você interrompeu minha festa ontem sem ser convidada.

Eu queria corrigi-la, dizendo que foi o amigo alemão dela que havia me convidado para a refeição, mas não ousei.

— E depois estragou tudo falando sobre os judeus.

— Como você aguenta? — explodi. — Olhe o que eles estão fazendo com aquelas pobres pessoas inocentes.

— A cidade está melhor sem elas.

Ana Lucia me olhou fixamente. Lembrei-me então de como a Áustria, sua terra natal, recebeu bem o Anschluss, sua anexação à Alemanha. Minha madrasta não estava apenas se associando aos alemães por uma questão de vida social ou para ganhar favores. Ela concordava com eles. Enojada, levantei-me da mesa. Ao sair da sala, minha mente disparou. Ana Lucia sabia que eu havia voltado para o outro lado do rio. Felizmente, parecia não saber por quê — pelo menos não ainda.

Do andar de cima, olhei para o horizonte chuvoso do bairro cinzento e monótono do outro lado da ponte. Eu não poderia voltar ao esgoto. Agora que estava desconfiada, Ana Lucia me vigiaria mais de perto do que nunca. Eu não conhecia Sadie muito bem. Conversara com ela apenas algumas vezes e não fazia sentido arriscar tudo por alguém que era praticamente uma estranha. No entanto, mesmo pensando naquilo, eu sabia que voltaria. Não pude ajudar aquela mulher na ponte — nada fiz enquanto ela tirava a própria vida e a dos filhos, assim como nada fiz quando Miriam e os outros alunos judeus foram expulsos da escola. Mas Sadie ainda estava segura e, de alguma forma, eu podia ajudá-la. Naquele momento, jurei para mim que eu não a decepcionaria.

C A P Í T U L O 10

Sadie

Era uma manhã de domingo e eu estava ouvindo as vozes em oração na Igreja Kostka, o padre entoando a missa que agora me era familiar e os paroquianos, aparentemente em menor número a cada semana, respondendo. Embora eu não tivesse relógio, sabia, pela parte da missa que cantavam, que eram 10h15, quase hora de ir ao encontro de Ella. Minha expectativa aumentou, mas tentei não nutrir esperanças demais. Ella prometera vir todos os domingos. Na maioria das vezes cumpria o compromisso, mas, em alguns domingos das seis semanas desde que nos conhecemos ela não conseguiu aparecer.

— Vou buscar água — anunciei, julgando ser pouco antes das onze.

Mamãe gesticulou para o jarro cheio.

— Saul já foi. Temos o suficiente.

Olhei pela câmara na esperança de encontrar algum lixo que precisasse ser descartado. Não encontrei nada.

— Vou dar um passeio, então — aleguei, esperando que mamãe se opusesse.

Ela não disse nada. Estudei seu rosto, me perguntando se ela estava desconfiada. Nas primeiras semanas depois de me fazer prometer que não veria mais Ella, mamãe me vigiara como um falcão. No entanto, ela parecia distraída agora, cansada da barriga cada dia maior e da luta para sobreviver no esgoto. Não protestou quando saí apressada da câmara. Aquela conversa me atrasara alguns minutos e, ao me aproximar da grade, torci para que Ella tivesse me esperado.

— Idiota! — sibilou uma voz atrás de mim assim que me aproximei da grade.

Quando olhei para trás, vi Bubbe Rosenberg, que devia ter me visto saindo da câmara e me seguiu. Ou talvez ela estivesse apenas perambulando sem rumo pelos túneis. Nos últimos tempos, ela parecia cada vez mais confusa e propensa a vagar por aí. Mais de uma vez Saul a viu saindo no meio da noite e foi atrás para trazê-la de volta. Ele frequentemente se deitava ao seu lado, segurando-a enquanto dormia para que ela não se perdesse ou caísse no rio de esgoto e se afogasse como meu pai.

— Vão acabar matando todos nós por sua causa — acusou ela.

Perguntei-me se Bubbe já me vira conversar com Ella antes ou se Saul contara a ela.

— Vá para a grade novamente e farei com que seja expulsa.

Eu não tinha certeza se Bubbe poderia fazer isso, ou mesmo do que ela realmente estava falando, mas também não queria descobrir.

— Chega — falei rudemente.

Minha mãe, se tivesse me ouvido, teria ficado envergonhada da minha grosseria, mas eu simplesmente não aguentava mais.

Bubbe murmurou algo ininteligível. Eu esperava que voltasse para a câmara, mas ela permaneceu no túnel, ainda falando sozinha. Continuei nas sombras, perto da grade, sem me atrever a violar sua ordem. Eu não queria que ela provocasse uma cena e alertasse os outros sobre o que eu estava fazendo. Imaginei Ella na rua, lá em cima, esperando por mim.

Quando a velha finalmente saiu, corri para a grade.

— Olá? — chamei baixinho.

Não havia nenhum sinal de Ella. Perguntei-me se ela havia estado lá e ido embora porque demorei, ou se não tinha vindo. Talvez tenha se esquecido de mim, mas parecia improvável; Ella sempre foi tão prestativa e gentil. No entanto, a rua estava estranhamente quieta e eu também não vi mais ninguém. Ao longe, ouvi o uivo de uma sirene da polícia — demorado e baixo. Algo estava errado, senti com aflição. Não era mais seguro esperar ali.

A chuva começou a cair, gotas grossas entrando pela grade formando uma poça no solo do esgoto já úmido. Triste, comecei a voltar.

Quando me aproximei da câmara, mamãe apareceu na entrada.

— Graças a Deus — disse ela em voz baixa.

A MULHER COM A ESTRELA AZUL

Seu rosto estava mais sombrio do que o normal. Perguntei-me se Bubbe tinha contado sobre minha ida à grade.

— Eu estava prestes a mandar Saul procurar você. Precisa vir agora mesmo.

— O que aconteceu?

Mamãe não respondeu, mas me levou de volta para a câmara. Ela ergueu o queixo. O som dos paroquianos havia silenciado, mas havia outro ruído, mais alto e mais sinistro, de portas abrindo e fechando, vozes masculinas falando alemão.

— Estão procurando judeus — sussurrou Pan Rosenberg do outro lado da câmara.

Claro que não era a primeira vez que eu ouvia falar dessas coisas. Ainda assim, meu pânico aumentou ao ver que estavam procurando tão perto do nosso esconderijo.

— Eles estão vindo atrás de nós? — perguntei.

Mamãe balançou a cabeça.

— Estão em busca de judeus escondidos nas ruas e nas casas. Não sabem sobre o esgoto, pelo menos não ainda.

Mamãe me puxou para perto e nos sentamos em nossa cama. Do outro lado da câmara, os olhos de Saul fitaram os meus, sua expressão uma mistura de afeto e preocupação. Havíamos nos aproximado mais nas semanas seguintes às notícias terríveis sobre seu irmão e Shifra. Morar juntos em um espaço tão apertado tornava tudo mais íntimo e familiar também. Eu sabia como ele comia e dormia, e conseguia dizer, pelo seu semblante, se estava zangado, triste ou preocupado.

Mamãe passou os braços pela minha cintura e tentamos nos encolher o máximo possível e ficar em silêncio, mas era inútil. Se os alemães revistassem os túneis e descobrissem a câmara, não teríamos onde nos esconder. *Precisamos fugir*, pensei — não pela primeira vez. Melhor ir embora do que ser capturada numa câmara como um animal encurralado. Mas sem Pawel para nos mostrar o caminho, simplesmente não tínhamos saída.

Ficamos sentados em silêncio pelo que pareceram horas, ouvindo os sons no alto, esperando pelos passos no túnel que significariam nossa destruição. A certa altura, ouvi o grito de uma mulher e me perguntei se alguém havia sido capturado. A chuva começou a cair mais forte, silenciando os sons da polícia à caça de suas presas.

115

Finalmente, as vozes enfraqueceram, embora eu não soubesse se os alemães foram dissuadidos pela chuva ou desistiram de procurar. Os sons de busca foram substituídos por um trovão rítmico, como o de coturnos marchando, e a chuva começou a cair ainda mais forte. Fora da câmara, a poça d'água começou a correr em um grande riacho.

— Inundações de primavera — constatou Bubbe sombriamente.

Olhei para cima e notei a preocupação no rosto de mamãe. Aquilo parecia quase tão assustador quanto a ideia dos alemães nos procurando. Sempre soubemos que quando as fortes chuvas de primavera finalmente chegassem, trariam problemas. Chovera muito nas últimas semanas e o rio estava transbordando, os diques cheios. Sempre que a chuva caía nas ruas acima, o esgoto no grande túnel subia, levando água para os canos mais estreitos e fazendo com que pequenas ondas lambessem a entrada da câmara. Normalmente, depois de um tempo a chuva parava e as águas baixavam.

Mas hoje não. Lençóis de água caíam. Imaginei uma torrente escorrendo pela grade do esgoto onde fui encontrar Ella naquela manhã e subindo nos encanamentos. Agora que os alemães pararam de procurar nas ruas, podíamos deixar nos amontoar. Tentamos continuar nosso dia, mamãe preparando um almoço tardio de sopa de batata reaquecida. A chuva continuou o dia todo e, ao cair da noite, a água começou a girar na entrada da câmara. Adormeci ao lado de minha mãe e sonhei com as águas subindo e levando nossa cama como um barco de brinquedo.

Não foi inteiramente um sonho, descobri na manhã seguinte.

— Sadie, acorde — chamou mamãe.

A água na câmara chegara à altura do tornozelo. Calçamos nossos sapatos encharcados, recolhemos nossos pertences apressadamente e os colocamos em um local mais alto. Mamãe atravessou a câmara para salvar nosso estoque de comida. Do outro lado da câmara, Saul fazia o mesmo. Eu queria chamar sua atenção, mas não consegui. A água do túnel entrou na câmara e começou a enchê-la. Logo, o turbilhão em torno de nossos tornozelos transformou-se em uma torrente, atingindo meus joelhos. Conforme a água subia, tudo ao redor começava a boiar: potes, garrafas e pratos, como num bizarro chá subaquático.

— O que vamos fazer se não parar? — perguntei.

— Vai parar — garantiu mamãe, sem responder à pergunta.

Ela me levou ao ponto mais alto da câmara, na tentativa de manter o máximo possível do corpo seco, mas não adiantou. A chuva continuava caindo e a água da enchente inundava nosso espaço como uma banheira gigante. A água logo havia passado da cintura e nossas roupas estavam encharcadas. Era como se estivéssemos nadando em uma piscina ou lago frio e imundo de onde jamais conseguiríamos sair.

Olhei para o outro lado da câmara e vi Saul ajudando a avó a chegar a um ponto mais alto sem escorregar. Seus olhos encontraram os meus. Por um segundo, achei que ele queria vir até mim tanto quanto eu queria ir até ele. Então voltou a se concentrar em ajudar sua família. Eu me perguntei se deveríamos ter deixado a câmara para encontrar um local mais alto. Mas agora era impossível, claro. Conforme o dilatado rio de esgoto subia, teria eclipsado a estreita saliência que usávamos para navegar em suas margens. Se ousássemos tentar aquilo, seríamos arrastados. Para completar, a mesma enchente e correnteza que nos impedia de sair impediria Pawel de vir nos resgatar.

O nível da água se aproximou perigosamente da minha boca. Estiquei ainda mais o pescoço, lutando para respirar. Meu pânico aumentou. Em alguns minutos não daria mais pé. Sempre fui como um animal assustado na água; meus braços e pernas desajeitados e ineficazes quando tentava nadar. Como eu conseguiria sobreviver se chegássemos a tal ponto?

Estiquei o braço junto à parede e encontrei a prateleira improvisada onde normalmente guardávamos o pão. Agarrando-me à saliência, me ergui para ficar alguns metros mais ao alto, minha cabeça perto do teto da câmara. Isso me deu alguns minutos e um pouco mais de ar, mas não resolveria o problema caso a água continuasse subindo. Mamãe estava ao meu lado, eu estendi a mão tentando ajudá-la. Ela sempre foi uma excelente nadadora e, mesmo agora com a circunferência maior, parecia se mover sem esforço na superfície. Do outro lado, Saul estava apoiando a avó em um braço e o pai no outro enquanto lutavam para se manter à tona.

A inundação parecia interminável. Meus braços começaram a queimar de tanto me segurar à saliência. Eu não aguentaria para sempre e, se tivesse que nadar, não teria nenhuma chance. Por fim, me soltei, preparada para me afogar e deixar que a água me levasse até meu pai. Minha mãe me puxou pela gola para me manter na superfície, mas meu peso era demais para ela, e nós duas começamos a afundar. Tentei me soltar, mas mamãe segurava firme, se recusando a me deixar. Seus cabelos loiros se espalhavam ao redor de sua cabeça como uma aoréola. Conforme a água subia, eu respirava fundo, planejando prender o máximo de ar possível antes de submergir.

De repente, houve um forte rangido em algum lugar um pouco distante dali e, embora a chuva continuasse a cair com a mesma intensidade, a água na câmara pareceu, lentamente, parar de subir.

— Um dique — disse alguém. — Devem ter aberto outro caminho para a água fluir.

Eu estava cansada demais para processar as boas novas ou me importar se a explicação era verdadeira. Levaria dias, senão semanas, para a água baixar. Eu não aguentaria tanto tempo.

— Segure-se — ouvi mamãe dizer, mas sua voz ficava mais distante conforme eu começava a afundar.

Eu me debatia, ofegando, mas afundei mais uma vez. A água enchia minha boca e meu nariz, fazendo-me tossir e quase vomitar. Minhas pálpebras estavam pesadas, como se eu estivesse adormecendo. A câmara ficou escura e não vi mais o que aconteceu.

Acordei no chão um tempo depois, a uma curta distância da parede onde estava apoiada.

— O que aconteceu?

As águas haviam baixado, recuado ainda mais rapidamente do que subiram, deixando o chão de lodo preto encharcado e coberto com nossos pertences molhados. Minha última lembrança era da câmara inundada e de lutar por alguns últimos sopros de vida.

— Sadele!

Mamãe se sentou no chão ao meu lado.

— Graças a Deus você está bem. Quando a água subiu demais, você desmaiou. Tentei te manter na superfície, mas não consegui. Saul segurou você até que as águas baixassem.

Saul. Olhei para o outro lado da câmara, onde seu pai e sua avó estavam sentados tentando se recuperar da inundação, mas não o vi.

— Estou aqui.

Quando me virei, vi Saul agachado a apenas alguns centímetros de onde eu estava. Nossos olhares se encontraram. Saber que ele havia me salvado pareceu nos aproximar ainda mais.

— Obrigada.

— Fico feliz que esteja bem.

Ele esticou a mão na direção da minha e, por um segundo, ponderei se ele poderia me tocar. Com os outros aqui, ele não o faria. Saul se levantou e começou a atravessar a câmara até sua família.

— Ele não quis sair do seu lado até ter certeza de que estava bem — contou mamãe em voz baixa, me aquecendo por dentro. — Agora vamos dar um jeito de nos secarmos.

Tentei me levantar, mas minhas roupas, pesadas e encharcadas pela água gelada do esgoto, pareciam me ancorar.

— Venha — continuou mamãe, ficando de pé antes de mim apesar do peso de seu ventre.

Ela estendeu a mão para me ajudar. Havia uma determinação de aço em seus olhos. Mamãe não ia deixar isso nos derrotar também. Lentamente, começamos a reconstruir a câmara.

Enquanto trabalhávamos, pensei em tudo o que acontecera na noite anterior. A inundação chegara de repente, sem aviso. Se as águas não tivessem baixado, teríamos nos afogado. E esse não era o único perigo: enquanto continuássemos naquela câmara, sem outro esconderijo ou saída, estaríamos vulneráveis, presos. Lembrei-me da noite em que chegamos ao esgoto e do labirinto de túneis pelo qual Pawel havia nos conduzido e por onde passamos. Devia haver outros esconderijos caso as coisas piorassem — talvez até uma saída.

Olhei para Saul, querendo compartilhar meus pensamentos. Ele havia caminhado pelos túneis mais do que eu e talvez tivesse visto outros lugares úteis. O problema era que, com nossas famílias sempre por perto, não sobravam oportunidades de ficarmos juntos durante o dia.

Naquela noite, enquanto os outros se preparavam para dormir em suas camas ainda úmidas, Saul fez um gesto para mim e assentiu na direção do túnel. Depois que minha mãe adormeceu, saí e o encontrei esperando por mim. Começamos a descer o túnel em silêncio.

— Saul, eu queria falar com você sobre uma coisa.

Eu hesitei, sem saber como tocar no assunto.

— As enchentes... Nós quase morremos.

— Foi aterrorizante — concordou ele.

— É mais do que isso. Precisamos encontrar uma forma de sair do esgoto caso precisemos escapar.

— Sair? — Ele me olhou como se eu estivesse louca. — Mas estamos seguros aqui.

Saul contraiu o maxilar. Ele ficara tão traumatizado pela perda do irmão e da noiva que não conseguia se imaginar sobrevivendo em qualquer lugar que não fosse o esgoto.

— Por enquanto, sim, mas e se as chuvas voltarem? Da próxima vez elas podem não parar. Ou se os alemães vasculharem os túneis.

Ele não respondeu.

— Estamos presos, esperando sentados. As coisas só estão piorando. Não podemos ficar aqui para sempre.

— Você quer que a gente saia?

— Não — admiti.

Na verdade, eu também não estava pronta para deixar nosso esconderijo, principalmente porque não conseguia imaginar nenhum outro lugar seguro.

— Não exatamente. Não agora. Mas precisamos saber como sair, saber para onde ir se algo pior acontecer.

Estávamos travando uma guerra contra a fome e as inundações, mas também uma batalha contra o tempo até sermos descobertos — e o esgoto estava vencendo.

— Deve haver uma saída e precisamos saber qual é. Assim, se precisarmos fugir, poderemos encontrar o caminho.

— E se perguntarmos a Pawel? — sugeriu Saul.

— Pawel já está fazendo o suficiente por nós. Ele não vai nos ajudar a sair.

Pawel havia dado quase tudo apenas para nos trazer aqui e nos manter escondidos. Ele acreditava que o esgoto era a única forma de ficarmos seguros, que se tentássemos sair, estragaríamos tudo e seríamos pegos como aquela família que fugiu na noite em que viemos para cá. Ele não nos mostraria maneiras de sair e arriscar nossas vidas — e a dele.

— E se Pawel não puder chegar até nós, como não conseguiu ontem na enchente? Precisamos saber quais são nossas opções nesse caso e precisamos descobrir sozinhos.

— Para onde iríamos se saíssemos?

Eu não respondi de imediato.

— Eu não sei — admiti finalmente. — Devíamos pelo menos procurar para que saibamos, se for o caso. Se o pior acontecer...

Tentei imaginar o que poderia ser o pior, mas descobri que não conseguia.

— Saul, sei que podemos fazer isso, mas preciso da sua ajuda.

Eu esperava que ele continuasse rebatendo, mas ele não o fez.

— Tudo bem — cedeu.

— Você vai me ajudar?

Ele assentiu com relutância, sem me olhar nos olhos.

— Eu acompanho você amanhã à noite e veremos se há uma saída.

Partir ia contra tudo que Saul queria e acreditava, mas ele estava disposto a procurar um caminho para mim.

— Mas só para verificar, se viermos a precisar de um lugar para ir em caso de emergência. Nós não vamos embora — completou ele, determinado.

Na noite seguinte, Saul me encontrou do lado de fora do túnel.

— E a grade acima do anexo onde costumamos ler? — perguntei.

Ele balançou a cabeça.

— Está soldada.

— Você já tentou abrir? Estou surpresa.

Ele sorriu.

— Há muitas coisas sobre mim que podem surpreendê-la, Sadie Gault. — Então ele ficou sério novamente antes de continuar. — Mas eu vi outro túnel uma vez, quando passei pelo anexo.

Ele começou a ir na direção do túnel e eu o segui, nossos braços esbarrando ocasionalmente enquanto seguíamos lado a lado pelo túnel estreito.

— Acho que pode haver um caminho aqui.

Saul me conduziu por um cano, mas era um beco sem saída, isolado.

— Precisamos seguir o fluxo da água — falei.

Tentamos um túnel diferente, mas era uma rota circular que nos levou de volta à câmara. Mais um fracasso. Finalmente, seguimos o túnel até onde ele se alargava, a água correndo mais forte. Pela primeira vez desde que chegamos, revi as tábuas de ripas de onde papai havia caído e se afogado. Eu parei, as lágrimas enchendo meus olhos.

Saul se aproximou e colocou a mão em meu ombro, parecendo sentir minha dor.

— Seu pai teria muito orgulho de você. Da maneira como lidou com o esgoto e cuidou da sua mãe.

Eu não respondi. Ficamos parados por alguns segundos, em silêncio.

— Venha — disse ele finalmente. — Acho que o rio é por aqui.

Por um segundo, pensei que ele se referia ao rio de esgoto, o que não fazia sentido, já que estávamos em suas margens. Mas conforme Saul me conduzia em uma direção desconhecida e a água começava a fluir mais forte e mais rápido, percebi que ele se referia ao rio Vístula e ao mundo exterior.

À medida que continuei, o caminho tornou-se familiar. Estávamos refazendo os passos percorridos na noite em que Pawel nos trouxera para cá, só que ao contrário. Vi o cano baixo e tampado que tivemos que passar e torci para não precisar fazer isso de novo agora. Felizmente, Saul me levou para outra direção.

— Olha, há mais uma maneira de chegar aqui.

Ele apontou para um caminho quase estreito demais para passar, parecendo mais uma rachadura na parede do que um túnel de verdade. Precisávamos atravessar um de cada vez. Eu fui primeiro, me espremendo no espaço apertado, que subia como se alcançasse a rua. Por fim, pudemos ver uma ampla abertura onde o cano de esgoto encontrava um braço do rio, o vasto céu além dele. A visão de tanto espaço aberto, o maior que eu via desde nossa chegada ao esgoto, era tentadora. Dei um passo à frente, ansiosa para ver as estrelas que pontilhavam o céu agora claro. Podíamos sair, percebi. Saul e eu poderíamos simplesmente continuar caminhando rumo à liberdade.

De repente, ouvimos um barulho alto à frente. Saul me segurou em seus braços e me puxou para longe da abertura. Ouvimos latidos de pastores-alemães na margem do rio, seguidos por vozes dando-lhes ordens severas para procurar. Eu congelei. Será que os alemães detectaram a nossa presença? Saul me puxou para uma fenda na parede do túnel, pressionando-me com tanta força contra ele que senti seu coração batendo através de nossas roupas. Ficamos imóveis, mal respirando.

Poucos minutos depois, os latidos diminuíram. Mesmo assim, Saul continuou me abraçando. Fui tomada por uma onda de calor. Eu gostava dele, percebi mais claramente do que antes, de uma forma que nunca gostei de nenhum menino. Por um segundo, sentindo seus batimentos, perguntei-me se era recíproco. Mesmo antes de formular a pergunta na cabeça, eu já tinha certeza de que era impossível. Saul não poderia estar atraído por mim no meio de toda aquela sujeira, imundície e medo. Não pude deixar de sentir, porém, que algo havia mudado entre nós com o dilúvio e agora isso, nos aproximando. Ele me soltou e começamos a voltar para a câmara em silêncio.

— Então, agora você entende — recomeçou ele quando já estávamos bem longe da abertura — que não há saída a não ser o rio, e que não podemos...

Levantei a mão, silenciando-o. Eu ouvi um eco à frente, vindo de um pequeno túnel à direita que eu não tinha notado antes.

— Por aqui.

Fiz sinal para Saul me seguir. O túnel levava a uma câmara profunda, mais parecida com uma bacia de concreto, o fundo a uns bons dois metros de profundidade. A bacia estava vazia agora, mas pela umidade dava para ver que era um reservatório que enchia quando a água nos canos transbordava. Na parede oposta, havia uma abertura alta para outro cano.

— Vamos — falei, correndo para a bacia.

— Sadie, espere. O que está fazendo? Nunca vai conseguir subir de volta.

Eu continuei a atravessar a bacia, sem lhe dar ouvidos.

— Eu preciso tentar.

— Claro que precisa.

Havia um tom de carinho em sua voz. Ele me seguiu.

— Preciso que me dê impulso até aquele cano na parede oposta para ver se há um lugar para nos escondermos ou escaparmos.

Saul olhou para mim como se eu estivesse louca. Pensei que ele ia recusar, mas ele me seguiu pela bacia.

— Ajude-me — pedi.

Saul hesitou. Então, relutante, colocou as mãos na minha cintura apenas o suficiente para me levantar até o cano alto do outro lado. Ele se afastou rapidamente, mas o calor de suas mãos permaneceu.

Olhei por dentro do cano. Havia uma passagem estreita e um túnel que conduzia para cima. No final, consegui ver a luz do dia. Não dava para distinguir nenhum prédio ou pessoa nos arredores, apenas céu aberto e um pedaço do castelo pairando sobre o rio.

— Há outro caminho lá fora — observei, sem fôlego. — É uma subida íngreme, mas podemos conseguir se for necessário.

Embora ainda fosse perigosamente visível, a abertura neste ponto não estaria tão cheia de gente quanto a que ficava perto do mercado, onde eu encontrava Ella.

— Vamos torcer para não precisar.

Saul se apegava obstinadamente à crença de que, se apenas permanecêssemos onde estávamos, tudo ficaria bem. Mas eu já tinha visto isso muitas vezes, a guerra levando tudo que conhecíamos, tirando nosso chão até que não restasse mais nada.

Ele me ajudou a descer da borda e ficamos na bacia próximos demais por um segundo, suas mãos se demorando em minha cintura. Então Saul se afastou abruptamente.

— Sinto muito. Tocar assim...

— Não é permitido. Eu entendo.

— Não é só isso. Shifra...

— Claro.

Eu ignorei minha mágoa. Seu coração ainda pertencia à noiva, morta há pouco mais de um mês. Eu não tinha direito de me importar com isso.

— É muito cedo.

— Não, você precisa entender. Shifra e eu éramos prometidos por nossos pais, isto é, estávamos comprometidos a nos casar desde muito jovens.

— Ah.

Eu já ouvira falar de tais tradições, mas não sabia que ainda existiam.

— Nós não sabíamos muito um do outro. Ela era uma pessoa adorável e eu presumi que nos conheceríamos melhor, que o afeto cresceria ao longo dos anos. Quando fui embora, ainda éramos basicamente estranhos. E agora, estar aqui com você... Eu gosto de você, Sadie, mas não deveria. O que sinto por você, o quanto nos aproximamos, isso simplesmente não é permitido, nem mesmo aqui. — Ele hesitou antes de continuar. — Shifra era minha noiva, e ela sofreu e morreu. Eu deveria ter ficado lá para protegê-la, em vez de me esconder como um covarde.

— Não, você deixou a aldeia para proteger seu pai. Você pensou que Shifra estava segura. Ninguém poderia imaginar que aquilo aconteceria com as mulheres e as crianças.

— Isso importa? — Ele balançou a cabeça com teimosia. — Não, no final das contas ela está morta e eu estou aqui com você. Mas não mereço felicidade, não depois de tudo o que aconteceu. Acho que agora entende por que não podemos ficar juntos.

Balancei a cabeça, dominada por dois sentimentos simultâneos: a alegria de saber que Saul sentia o mesmo que eu e a tristeza por não podermos ir além.

— Eu entendo — falei finalmente.

Ao recomeçarmos a caminhada rumo à entrada da câmara, eu disse:

— Pelo menos agora sabemos de um lugar para ir, se for preciso.

— Espero que não chegue a esse ponto. Sadie, prometa que não vai tentar fugir. — Sua voz estava carregada de preocupação. — Estamos seguros aqui.

Para Saul, o esgoto era nossa única esperança.

— Por enquanto — respondi.

No fundo, eu sabia que o esgoto não nos protegeria para sempre.

— Então, por enquanto, permita que isso seja o suficiente.

Apesar do que Saul dissera, ele pegou minha mão, entrelaçando os dedos nos meus. Caminhamos em silêncio de volta para a câmara, nossa prisão e nossa salvação.

CAPÍTULO 11

Ella

Acordei cedo em uma manhã de domingo, no final de junho, ansiosa para ver Sadie e saber se ela estava bem. Pela quietude do segundo andar enquanto eu descia as escadas após tomar banho e me vestir, concluí que minha madrasta não estava em casa. Ela tinha ido a uma festa na noite anterior com o coronel Maust e presumi que dormira no apartamento dele, mas não tinha certeza.

Comi apressadamente, peguei minha cesta e entrei na cozinha, procurando algo que pudesse oferecer à Sadie. Levar pedaços de comida toda semana parecia um gesto insuficiente; eu sentia que precisava fazer mais. No entanto, ela precisava de comida e demonstrava felicidade ao receber. Além disso, aquilo era tudo que eu podia fazer.

Procurei dentro da geladeira, onde havia um prato de salame e queijo recém-cortados, bem-arrumado, mas era impossível levar aquilo sem chamar atenção. Na prateleira abaixo estava o resto de uma quiche do almoço de Ana Lucia do dia anterior, típica da pretensiosa culinária francesa que ela adorava servir. Imaginei a alegria de Sadie em receber uma guloseima tão especial. Só uma fatia fina, decidi. Enfiei a mão e puxei o embrulho, que amassou ruidosamente. Cortei um pedaço da quiche, embrulhei em papel manteiga e coloquei na cesta. Enquanto recolocava o prato no lugar, ouvi passos. Fechei a geladeira e me virei. Hanna estava parada atrás de mim.

— Hanna, eu não ouvi você. Eu só estava... — Perdi a voz enquanto procurava uma explicação, mas não encontrei nenhuma. — Eu ainda estava com fome — terminei, sem jeito.

A MULHER COM A ESTRELA AZUL

Hanna olhou para a cesta onde eu guardara a comida. Meu coração disparou. Ela trabalhava para Ana Lucia e, apesar da maldade da minha madrasta, ainda era ela quem pagava seu salário. A jovem certamente comentaria alguma coisa.

Mas Hanna passou por mim sem dizer uma palavra e enfiou a mão na geladeira. Ela puxou a bandeja de queijo, tirou vários pedaços e embrulhou-os em papel de cera. Depois, reorganizou os queijos na bandeja para que não ficasse tão óbvio que alguns pedaços estavam faltando e guardou tudo de volta. Por fim, entregou o pacote embrulhado para mim.

Hesitei antes de aceitá-lo.

— Hanna, não.

Eu não tinha certeza se ela sabia o que eu estava fazendo e queria ajudar ou simplesmente achava que eu queria comida. Se Ana Lucia descobrisse, a colocaria na rua.

No entanto, pensando em Sadie, cedi.

— Obrigada. Vou levar e comer no almoço.

Hanna continuou a me encarar, sem acreditar. Depois deu meia-volta e saiu da cozinha.

Do lado de fora, na calçada, parei como sempre fazia antes de sair para encontrar Sadie. Embora já tivessem passado algumas semanas desde que Ana Lucia verbalizara suas suspeitas sobre minha ida para Dębniki, eu ainda temia ser descoberta. Mas ela não estava em casa e, mesmo que estivesse, não me seguiria até o distante bairro operário. Prometi a Sadie que voltaria e queria levar comida para ela, assim como ver se estava bem.

Quarenta minutos depois, saltei do bonde na esquina da Rynek Dębnicki e contornei a esquina da praça em direção à grade. Quando cheguei ao fundo do beco onde a grade ficava, congelei, parando no meio do caminho.

Perto da grade onde Sadie e eu nos encontrávamos estavam dois soldados alemães.

Eles a encontraram.

Paralisei, em pânico. Eu já havia imaginado aquilo, visualizando a grade arrastada para trás, soldados tirando Sadie e os outros com as mãos ao alto, prendendo-os como tentaram prender a mulher com as duas crianças que vi pular da ponte. Muitas vezes me perguntei o que eu faria se Sadie fosse pega. Teria coragem de interferir e tentar salvá-la ou ficaria em silêncio, como fizera com Miriam na escola e novamente com a mulher e seus filhos?

Calma, pensei, meu coração batendo forte. Olhando mais de perto, reparei que os dois estavam apenas parados no beco, conversando. A grade ainda estava intacta. Eles não sabiam que havia pessoas morando no esgoto. Um dos soldados estava chutando a grade enquanto falava, porém, levantando a ponta com o pé. Ele olhou para baixo e disse algo ao seu companheiro. Não consegui ouvir, mas imaginei que estivesse comentando sobre a grade estar solta.

Sadie na certa estava vindo me encontrar e a qualquer momento estaria ali embaixo. Os soldados estavam parados perto da grade e ela não fazia ideia. Se Sadie não tomasse cuidado, poderia ser vista. Eu precisava distraí-los.

Tomando coragem, entrei no beco, indo na direção dos alemães, obrigando-me a sorrir. O mais jovem, de cabelos loiros parcialmente cobertos pelo chapéu, percebeu e deu um passo na minha direção.

— *Dzień dobry, pani* — disse ele, mutilando o idioma em sua tentativa de falar polonês.

O rapaz me avaliou e sorriu, revelando um grande espaço entre os dentes da frente. Eu agi como Ana Lucia, piscando para o soldado e imediatamente me sentindo mal por fazê-lo.

— *Dzień dobry.*

Sorri na direção do outro alemão na esperança de que ele também se aproximasse, mas ele permaneceu firmemente plantado em cima da grade.

— *Ja*, o que você quer? — perguntou ele com grosseria, claramente sem humor para brincadeiras.

Pelas listras e medalhas em seu uniforme, se via que era o mais experiente dos dois.

— O dia está tão lindo — comecei, pensando em algo para dizer a esses monstros, tentando ganhar tempo. Comida e luta, ouvi Ana Lucia dizer a uma amiga uma vez, eram dessas coisas que os homens gostavam. — Estou procurando um bom lugar para um café e um doce.

— Não encontrará nenhum nesta parte da cidade — advertiu o soldado mais jovem.

— Não? — perguntei, fingindo desconhecer a cidade onde passei toda a minha vida.

— Precisa ir para a praça do mercado principal na Cidade Velha. O restaurante Wierzynek tem uma *sachertorte* quase tão deliciosa quanto a que temos em Heidelberg.

— Eu adoraria experimentar.

A essa altura, Sadie já devia estar perto da grade, então falei um pouco mais alto do que o normal, esperando que ela ouvisse minha voz e continuasse escondida.

— Talvez você possa me levar para tomar um café.

Eu não queria ir com ele, é claro, tampouco deixar Sadie, mas precisava tirar os dois de perto do esconderijo.

O soldado mais jovem sorriu, parecendo lisonjeado com a sugestão, enquanto o mais velho, ao seu lado, fechou a cara.

— Não temos tempo para isso, Kurt.

— Talvez mais tarde, então — falei.

Meus olhos dispararam para a grade. Sadie não aparecera. Rezei para que ela tivesse ouvido a conversa e continuasse escondida.

— É melhor eu ir.

Eu me afastei dos alemães. Ainda queria ver Sadie, mas, enquanto os soldados estivessem ali, seria impossível. A atenção do alemão mais velho pousou na minha cesta.

— O que está levando aí?

— Só um pouco de comida para minha família. Comprei nas lojas.

Imediatamente reconheci meu erro. Era domingo; as lojas estavam fechadas.

— Deixe-me ver — exigiu ele.

Quando ele estendeu a mão para a cesta, entrei em pânico.

— Querida! — alguém chamou atrás de mim.

Antes mesmo de me virar, reconheci a voz de Krys. Ele se aproximou e logo pegou a cesta da minha mão. Em seguida, sacou um cartão de identificação e uma caderneta de racionamento e mostrou ao policial mais velho.

— Estávamos preocupados. A mãe da minha noiva está doente e ela teve que buscar comida para nós enquanto eu cuidava dela — disse ele aos alemães, mentindo sem esforço.

Mesmo imersa em meu pânico, ouvir Krys me chamar de noiva fez meu coração apertar. Por um instante, parecia que as coisas entre nós eram como antes. No entanto, não passava de uma manobra para enganar os alemães.

— Minha mãe, Ana Lucia Stepanek, é uma boa amiga do Oberführer Maust — acrescentei, esperando que o nome do consorte da minha madrasta pudesse trazer alguma boa vontade.

E eu estava certa: o semblante dos dois mudou imediatamente.

— Claro, *fräulein* — disse o mais velho, agora arrependido. Ele devolveu a caderneta de racionamento para Krys. — Sinto muito.

Os homens recuaram para nos deixar passar. Quando comecei a contorná-los e ir embora, vislumbrei um rosto familiar no esgoto — Sadie. Ela veio me procurar e, sem querer, apareceu. Torci para que ela recuasse, mas ela ficou imóvel, o rosto congelado de horror. A qualquer segundo eles a veriam.

— Venha — insistiu Krys, sem entender por que eu não havia partido com ele.

Eu estava paralisada, sem saber o que fazer. Então ouvi um barulho abaixo, os passos de Sadie ecoando no esgoto enquanto ela fugia. Tossi alto para tentar mascarar o som.

Um dos alemães olhou para trás.

— O que foi isso?

— Perdão — falei. — Alergia.

Deixei Krys me levar embora, rezando para que os alemães não questionassem mais.

— Espere! — chamou o alemão mais velho.

Eu congelei. Será que ele suspeitou de alguma coisa? Eu me virei e reparei que ele olhava de forma estranha para Krys.

— Você não me parece estranho — disse ele.

— Eu faço entregas — alegou Krys, mantendo a voz neutra. — Já deve ter me visto pela cidade. — Ele se virou para mim. — Vamos! Sua mãe está esperando.

Enquanto Krys me levava, precisei me forçar a não olhar com relutância para a grade.

Meu coração batia forte enquanto caminhávamos. Eu ainda sentia a atenção dos alemães em nós conforme nos afastávamos, e em parte achei que viriam atrás e nos segurariam ali para um interrogatório, ou coisa pior.

Mas eles não o fizeram.

— Você de novo — falei quando já estávamos bem longe do beco. Tentei parecer irritada. — Está me seguindo?

— Não. Eu trabalho com meu pai no cais do bairro e um pouco no café em troca do apartamento do segundo andar, onde estou hospedado. É você que não está na sua parte da cidade. Cerejas de novo?

Ele estava tentando ser engraçado, mas eu não sorri.

— Quase isso. Às vezes venho ao mercado resolver alguns assuntos.

— Pois não deveria. É perigoso ficar perambulando por aí. Precisa ter mais cuidado — repreendeu Krys, como se estivesse falando com uma criança.

Parei de andar e me virei para encará-lo.

— Por que isso seria da sua conta?

Krys deu um passo para trás como se estivesse genuinamente surpreso com a minha explosão.

— Você me deixou. Você nem me avisou que estava de volta.

Eu não planejava confrontá-lo, mas, agora que as palavras saíram, eu queria respostas.

— Por quê?

— Shh. Aqui não.

Ele pegou meu braço e me levou pela rua movimentada, para longe das lojas e das casas, na direção dos prédios industriais e armazéns à beira do rio.

— Eu queria ver você — começou ele quando estávamos finalmente sozinhos nas margens do Vístula sem ninguém ouvindo. — Tentei explicar quando nos encontramos algumas semanas atrás, mas você fugiu.

Eu me virei para encará-lo e coloquei as mãos na cintura.

— Estou aqui agora. Então me conte.

Krys olhou para trás antes de falar, como se até aqui, na margem do rio deserta exceto por alguns patos desinteressados, alguém pudesse estar ouvindo.

— Ella, eu não fiquei fora todo esse tempo por causa do exército. Pelo menos não o exército que você conhece.

— Não entendi.

Será que ele tinha mentido sobre tudo?

— Eu realmente me alistei e fui lutar.

Visualizei Krys na estação ferroviária de Kraków Główny no dia em que partiu, tão orgulhoso e esperançoso em seu novo uniforme, piscando para mim antes de embarcar no trem.

— Então a Polônia foi derrotada e aconteceu outra coisa. Você já ouviu falar do Exército Nacional?

Eu assenti. No início da guerra, circulavam rumores de que um grupo de poloneses havia se organizado para lutar contra os alemães e, desde então, eu ouvia alegações de seu envolvimento em atos de sabotagem. À medida que a ocupação continuava inabalável, no entanto, a resistência parecia surreal, uma coisa de contos de fadas, uma lenda.

— Quando ficou claro que a Polônia perderia o combate, um soldado me contou sobre um exército clandestino que estava se formando — continuou Krys. — Ao compreender o trabalho que eles iam fazer, eu soube que precisava participar. Não havia mais nada a ser feito no campo de batalha; as operações secretas eram nossa única esperança. Então comecei a trabalhar com um pequeno grupo para lutar contra os alemães. Depois, juntamos forças com outras organizações semelhantes para formar o Exército Nacional Polonês.

Eu ainda não conseguia entender o que tudo aquilo significava nem como o impedira de voltar para mim.

— O que você faz exatamente?

— Não posso dizer, mas é terrivelmente perigoso lutar contra os alemães de diferentes maneiras. É por isso que precisei ficar longe de você, mesmo depois de voltar. A maioria das pessoas que participa disso não vive muito.

— Não... — falei, aflita com a ideia de que algo poderia acontecer com ele.

Aproximei-me de Krys e ele passou o braço pelos meus ombros.

— Eu não queria fazer você sofrer. E não queria colocar você em perigo. Não estou preocupado comigo, mas, se eu fosse pego, eles iriam atrás de todos que eu amo. Eu não voltei porque precisava protegê-la. Ainda me importo com você, mais do que com qualquer outra coisa, mas não posso vê-la se machucar. Agora entende por que não poderíamos ficar juntos?

— E por que ainda não podemos — falei, me endireitando e me afastando dele.

— É a única maneira.

— Você acha que pode derrotar os alemães? — perguntei, incrédula.

— Não. — Seu tom de voz era direto. — Não somos páreo para eles em armamento ou número.

— Então por que fazer isso?

Krys estava jogando fora seu futuro — e o nosso — por uma missão impossível. Como alguém poderia dedicar a vida a uma luta que, no final das contas, não faria diferença?

— Porque quando as pessoas olharem para a história dessa época, para o que aconteceu, precisam ver que tentamos fazer alguma coisa — disse ele com determinação.

Tentei imaginar aquele momento terrível como um instante no passado, depois que o mundo tiver restaurado a ordem, mas não consegui.

A MULHER COM A ESTRELA AZUL

— Não podemos ficar sentados aqui esperando que o mundo não faça nada enquanto milhares morrem. — Seus olhos ficaram sombrios e tempestuosos. — É muito pior do que pensam, Ella. Milhares e milhares de pessoas estão sendo presas e encarceradas em campos de trabalho forçado.

— Você está falando sobre os judeus.

O rosto de Sadie me veio à mente.

— Principalmente, mas não são apenas judeus. Eles aprisionaram padres e professores, Roms e homossexuais.

Meu coração disparou, pensando em Maciej. Certamente as coisas não poderiam estar tão ruins em Paris também. No entanto, depois de ter pensado o mesmo sobre a Cracóvia e ter testemunhado tantas coisas horríveis nos últimos meses, eu sabia que nenhum lugar era seguro. Krys continuou:

— Eles não estão apenas sendo enviados para campos de trabalhos forçados, como dizem os alemães. Estão sendo fuzilados em pedreiras e florestas, ou enviados para campos de extermínio bem aqui na Polônia, onde são mortos em grande número com gás.

Eu arfei bruscamente. Havia testemunhado aquela crueldade ao ver a mulher pulando da ponte com os próprios filhos, já ouvira um dos alemães no almoço de Ana Lucia falar sobre os campos, mas isso não me preparou para os horrores que Krys estava revelando.

— Mas os Aliados irão detê-los.

Por muito tempo, ouvimos sobre os exércitos avançando do leste e do sul, correndo em nosso auxílio. *Apenas esperem*; essa tinha sido a mensagem.

Krys balançou a cabeça.

— Eles estão tentando, mas precisamos de ajuda aqui com mais urgência do que eles podem nos oferecer. Enquanto esperamos, muitos estão morrendo. E se eles não conseguirem?

Aquela hipótese, que me ocorreu mais de uma vez na escuridão da noite, era demais para suportar. Eu não poderia imaginar viver assim para sempre.

— Temos que fazer alguma coisa — concluiu Krys.

Seus olhos azul-celeste estavam determinados. Pude ver que ele havia encontrado seu verdadeiro propósito, uma força recém-descoberta. Eu odiava como isso o arrancara de mim, mas sabia que ele estava fazendo o que deveria fazer. Olhei para Krys com admiração. Ele não teria permitido que Miriam e os outros alunos fossem retirados da sala de aula. Ele teria feito alguma coisa para

133

ajudar a mulher na ponte. E ele ajudaria Sadie agora. Eu queria contar sobre ela, mas as palavras pareciam presas na minha garganta.

— Agora vai me dizer o que está fazendo neste bairro de novo? — perguntou ele, mudando o assunto de volta para mim sem aviso prévio.

Eu hesitei. Ele me revelara tanto. Eu devia ser honesta da mesma forma, mas o segredo de Sadie não era meu para contar.

— Só estou resolvendo alguns assuntos — insisti.

Ele me olhou com ceticismo e pude sentir a distância aumentar entre nós mais uma vez.

— Agora que você conhece meu trabalho, pode nos ajudar.

— Eu? — perguntei, surpresa.

— Sim. As mulheres são muito úteis para o Exército Nacional. Elas podem atuar como mensageiras e ir a mais lugares sem levantar suspeitas. Há tarefas a fazer na cidade e fora dela. Ou então podemos usar a proximidade de Ana Lucia com os alemães a fim de obter informações. Você poderia fazer uma grande diferença, Ella.

Fiquei lisonjeada por Krys pensar em mim dessa maneira.

— Você falou que era muito perigoso.

— É perigoso. Por isso tentei ficar longe de você e não contar sobre meu trabalho, mas agora você já sabe. E o Exército Nacional precisa de mais ajuda que nunca. Talvez pudéssemos trabalhar juntos. O que me diz?

Eu queria desesperadamente dizer sim, estar em sua vida mais uma vez, mas algo me impediu. Eu não era corajosa como Krys. Uma parte de mim estava com medo. Contrabandear um pouco de comida para ajudar alguém a continuar escondido era uma coisa, mas arriscar minha vida pelo Exército Nacional era bem diferente. Eu não ousaria despertar a ira da minha madrasta, não mais do que já estava fazendo indo ao encontro de Sadie.

— Eu não posso — respondi finalmente. — Eu gostaria que fosse possível. Sinto muito.

Krys pareceu decepcionado.

— Eu também. Entendo como deve parecer aterrorizante, mas, mesmo assim, pensei que você aceitaria. Achei que você fosse diferente.

Eu *era* diferente agora, tive vontade de dizer, e eu tinha meus próprios segredos. Mas eu não poderia explicar aquilo sem trair Sadie. Senti a distância aumentar e se solidificar entre nós novamente, como um iceberg. Aquele momento de proximidade fora perdido.

— Tudo é perigoso, Ella.

Suas palavras foram tão diretas que me perguntei se ele sabia sobre Sadie, afinal.

— Podemos muito bem fazer alguma coisa e ajudar.

Eu não respondi.

— É melhor eu ir.

— Adeus, Krys.

Eu não queria que nos separássemos dessa forma mais uma vez, mas ele tinha seus motivos para o que estava fazendo e eu tinha os meus. Dei meia--volta e comecei a subir a margem do rio antes que Krys o fizesse, querendo ser a primeira a partir.

Só que não fui para casa. Fingi me dirigir para a ponte, mas, quando olhei para trás e vi que Krys não estava mais lá, escapuli e entrei em Dębniki mais uma vez. Enquanto caminhava em direção à praça, pensei em tudo o que ele me contara. Krys havia encontrado seu propósito, mas em um mundo que não nos permitiria ficar juntos. Dei uma longa volta pela vizinhança e depois retornei para o beco, verificando se ele não havia me seguido e se os alemães tinham ido embora. Em seguida, mesmo com tudo o que havia acontecido, fui até a grade.

Já passara mais de uma hora do horário em que Sadie e eu nos encontrávamos. No entanto, milagrosamente, ela estava lá, esperando por mim.

— Olá — falei, alegre.

Apesar de tudo o que acontecera naquele dia, eu ainda estava feliz em vê-la. Ao notar seu rosto solene, porém, fiquei preocupada.

— Você está bem?

— Eu estou bem, mas você não pode vir aqui de novo — disse ela, e eu soube que ela tinha visto os alemães e escutado a conversa. — É muito perigoso vir aqui no meio do dia com tantas pessoas por aí. Alguém vai acabar vendo você.

— Sim.

Sadie tinha razão. Ficar de pé sobre a grade do esgoto conversando com ela em plena luz do dia era arriscado demais para nós duas. Mesmo se eu não tivesse encontrado os alemães, outras pessoas poderiam reparar quando eu olhasse para baixo e talvez até ver Sadie se passassem perto de nós. Lembrei-me do que Krys dissera sobre as coisas terríveis que estavam fazendo com os judeus.

A sobrevivência de Sadie dependia de permanecer escondida, sem ser vista por ninguém.

Um lampejo de tristeza cruzou seu rosto.

— Suas visitas são uma luz tão grande.

— Eu sei. Eu também gosto de vir, mas se eu causar algum mal a você não vale a pena.

Ela parecia querer discordar, mas não conseguiu. Não, eu não podia mais vir, mas também não podia abandoná-la. Tinha que haver outra maneira. Pensei no esgoto, que Sadie certa vez descreveu como um labirinto de túneis. Ele corria por baixo de todos os bairros que ladeavam a margem sul do rio. Certamente deveria haver outro lugar onde pudéssemos nos encontrar.

— Precisamos encontrar outro lugar. Perto do rio, talvez?

O rosto de Sadie se iluminou e uma luz pareceu se acender em seus olhos.

— Existe um. Eu o encontrei durante uma caminhada com Saul.

Ela não havia mencionado Saul antes, levando-me a imaginar quem ele seria. Pela maneira como Sadie disse o nome, no entanto, dava para perceber que gostava dele.

— Existe uma saliência que posso escalar e que leva até a margem do rio. Não tenho certeza da localização específica, mas é em Podgórze, perto de onde ficava o gueto.

— Eu vou encontrar — prometi. — Vamos tentar nos encontrar lá da próxima vez.

Meu ânimo melhorou com a perspectiva de um ponto de encontro alternativo e uma maneira de não parar de ver Sadie. Ela não era mais apenas uma pobre moça que eu estava tentando ajudar. Em algum momento, nos tornamos amigas.

— Lá pode não ser seguro para você também — ponderou ela.

— Para mim? Meu medo é não ser seguro para você.

Rimos baixinho com a ironia daquilo.

— Você não tem medo? — perguntei, agora a sério. A quase descoberta da grade pela polícia tornara o perigo de sua situação ainda mais real. — Isto é, não só de vir até a grade, mas de tudo isso, viver no esgoto...

— E temer que, a qualquer momento, eu seja pega? — indagou ela, terminando a frase que eu não consegui. — Sim, claro, mas que escolha eu tenho? Viver constantemente com medo, tristeza ou qualquer emoção seria paralisante. Então eu ponho um pé na frente do outro, respiro e enfrento meus dias.

A MULHER COM A ESTRELA AZUL

Não é o suficiente — continuou Sadie, ganhando força por trás de suas palavras —, e eu queria mais para a minha vida, mas é minha realidade.

Seu rosto ficou triste.

— Por enquanto — acrescentei, admirando sua coragem.

Lamentando minha pergunta, que pareceu fazê-la se sentir pior, mudei rapidamente de assunto:

— Vamos tentar a outra grade da próxima vez.

— Não sei se é uma boa ideia — disse Sadie, franzindo a testa, parecendo questionar a própria sugestão. — Quando Saul e eu encontramos essa outra grade, vimos alemães com cachorros perto do rio. Ainda assim, é um local mais sossegado. Se esperarmos até que não haja ninguém por perto, pode ser possível.

— Eu vou dar um jeito — falei, mesmo sem saber como.

A margem do rio era aberta, exposta. Não poderíamos nos encontrar lá durante o dia, quando minhas ações poderiam ser vistas facilmente.

— Por que não tentamos nos encontrar à noite?

— Acha que será mais seguro? — perguntou Sadie, em dúvida.

— Pode ser.

Eu não tinha certeza; seria preciso sair escondida e desobedecer ao toque de recolher, mas eu precisava tentar.

— Terei que esperar até o próximo sábado — avisei, pensando em Ana Lucia.

Sair à noite não seria fácil e eu precisaria fazer aquilo quando ela estivesse fora ou recebendo convidados, dormindo pesado por causa do álcool.

— Dez horas? — sugeri.

— Acho que funciona.

— Eu estarei lá, acredite em mim.

— Eu acredito — afirmou Sadie solenemente. — Espere vinte minutos. Se não me vir, significa que não era seguro ir.

Nada naquela situação era seguro, percebi, nem para ela nem para mim. Meu medo aumentou. Tive vontade de dizer que era uma má ideia, que não poderíamos fazer aquilo.

Mas era tarde demais.

— Encontro você lá — disse Sadie, os olhos cheios de esperança.

— Tenha cuidado — acrescentei, minha preocupação com ela maior do que nunca.

Um instante depois, Sadie desapareceu no esgoto. Comecei a trilhar o caminho de volta para casa, assoberbada. Agora, ver Sadie significaria fugir à noite e desrespeitar o toque de recolher — sem mencionar o fato de quase ter sido pega hoje. Como isso aconteceu? Um dia, eu apenas mantinha a cabeça baixa e planejava passar pela guerra sem chamar atenção. Agora, a vida estava ficando mais arriscada a cada dia e não havia como voltar atrás. Eu não podia abandonar Sadie.

CAPÍTULO 12

Sadie

Depois de me despedir de Ella, comecei a voltar para a câmara. Mais cedo, após os alemães apareceram na rua, achei que ela não poderia mais me visitar, mas ela estava decidida a tentar o novo local. Ella não tinha desistido de mim — e eu estava grata por isso.

Ao virar numa passagem, ouvi um barulho repentino: alguém estava no túnel. Pulei para trás, mas quando reconheci a voz familiar de Pawel, relaxei um pouco. Era domingo, não o dia habitual de suas visitas, mas ele ocasionalmente vinha sem avisar, trazendo uma porção inesperada de maças ou de queijo que arranjara. Com quem ele estava falando? Ouvi uma voz desconhecida exigindo respostas, seguida por Pawel tentando dar explicações.

Olhei pela passagem. Pawel estava cercado por três policiais poloneses. Meu coração parou. Eles o encontraram entrando no esgoto para nos ajudar.

— Aonde vai com essa comida? — perguntou um dos oficiais.

— É só o meu almoço — insistiu Pawel, embora o tamanho da bolsa que ele carregava tornasse aquilo impossível.

Os policiais continuaram fazendo perguntas, mas Pawel se recusou a responder. Eu queria ajudá-lo, mas aquilo só pioraria as coisas. Ele me viu atrás dos policiais e arregalou os olhos antes de sinalizar discretamente para eu sair dali.

Saltei de volta para a passagem. Eu precisava correr até a câmara e avisar aos outros, mas seria impossível passar pela polícia e eu não podia correr o risco de ser detectada. Em vez disso, espremi o corpo em uma rachadura na parede, desejando me tornar invisível.

Os homens continuaram interrogando Pawel e, quando um deles o atingiu, ouvi um som nauseante. Pawel não nos entregaria, percebi. Fui tomada pelo desejo de correr até ele, de protegê-lo como ele fez conosco. Ouvi um som de luta, seguido pelo grito de protesto de Pawel quando a polícia começou a arrastá-lo para fora do túnel. Naquele momento, soube que nunca mais o veríamos. Mordi o lábio, lutando para não gritar.

Quando a polícia forçou Pawel a ir com eles, a sacola de comida que ele carregava caiu de suas mãos com um respingo. Eu não sabia se a polícia a havia arrancado dele ou se Pawel, em seu desespero para nos ajudar, largara a sacola, esperando que caísse perto de mim. Lá estava a bolsa agora, flutuando na corrente, o conteúdo se espalhando. Eu queria pegá-la, mas, mesmo que ousasse sair do meu esconderijo, já estava longe demais para alcançá-la. Observei com tristeza enquanto a última batata desaparecia ao dobrar uma passagem.

Mesmo depois de o túnel ficar quieto, continuei imóvel no meu esconderijo, tomada de tristeza. Eu queria gritar como na noite em que papai se afogou. Pawel, nosso salvador, havia sido preso. Depois, misturando-se à tristeza, veio o pavor. Pawel não apenas nos dera abrigo, mas também providenciava a comida que nos sustentava. Não sobreviveríamos sem ele.

Arrasada, voltei para a câmara. Pensei em não dar as notícias terríveis aos outros para evitar que mamãe perdesse ainda mais as esperanças, mas não podia esconder o fato de que Pawel não voltaria a trazer comida.

— Pawel foi preso! — gritei.

Bubbe, que estava cochilando no canto oposto da câmara, estremeceu.

Minha mãe parecia horrorizada.

— Você tem certeza?

— No túnel, agora há pouco. Eu vi com meus próprios olhos.

Pan Rosenberg levantou-se de onde estava sentado.

— Há alemães no túnel? — Seu rosto empalideceu.

— Na verdade, era a polícia, não os alemães.

Meu esclarecimento foi de pouco conforto.

— Eles vieram atrás de nós. Pawel avisou que isso poderia acontecer.

— Eles já foram embora — falei, tentando acalmá-lo apesar do meu próprio medo. — Eles não sabem sobre nós.

— Mas podem descobrir.

Pan Rosenberg entrou em pânico, os olhos indo em todas as direções.

— Temos que partir agora, antes que voltem. — Sua voz estava mais alta, quase falhando.

— Pawel não vai contar a ninguém sobre nós, papai — assegurou Saul, apesar da nítida dúvida em sua voz. Havia um medo em seus olhos que eu nunca vira.

— Tenho certeza de que não vai — concordou mamãe rapidamente.

— Ele não nos entregou — confirmei. — Estamos seguros aqui.

Todo o corpo de Pan Rosenberg pareceu relaxar de alívio. Por trás dele, porém, os olhos de Saul encontraram os meus, perguntando se era realmente verdade. Pawel era forte e leal a nós, mas como saber o que os nazistas poderiam fazer com ele e se Pawel confessaria tudo ou não?

— Não teremos comida — constatou Bubbe, que eu não sabia que estava ouvindo. Embora sua voz não estivesse em pânico como a do filho, seus olhos estavam arregalados de preocupação. — Como vamos sobreviver sem Pawel?

A pergunta ficou sem resposta, em suspenso.

A polícia não voltou, mas, à medida que os dias foram passando, nossa inquietação aumentou. Mesmo que ainda estivéssemos seguros aqui, nossa única fonte de comida se extinguira. Comíamos ainda menos do que de costume. Compartilhávamos as migalhas como se fossem um banquete, cada um tomando cuidado para não pegar mais que sua parte.

Apesar de nossos esforços para poupar, três dias depois da prisão de Pawel, a comida acabou.

— O que vamos fazer? — perguntei.

— Precisamos pensar em alguma coisa — disse mamãe, tentando disfarçar a preocupação na voz. — Encontrar outra maneira de nos alimentarmos.

— Mas como? — insisti.

Pan Rosenberg coçou a barba, refletindo.

— Quando estávamos no gueto, circulou um boato de que um homem em nosso prédio estocava batatas atrás de uma parede.

— Se me disser exatamente onde fica, posso ir procurar — ofereci sem pensar.

— Ir para a rua? — perguntou mamãe com descrença, aparentemente horrorizada.

— Precisamos de comida, mamãe. Eu posso ir.

— Nunca — respondeu ela com toda a força que conseguiu reunir. — Nenhum de nós, principalmente minha filha, sai do esgoto para procurar comida. Teremos que pensar em outra solução.

As horas foram passando e, no dia seguinte, ficamos com mais fome. Bebíamos algumas gotas de água para aliviar a dor de estômago. Eu até imaginei o pequeno bebê no ventre de mamãe, chorando silenciosamente enquanto esperava, em vão, por uma nutrição que não chegava.

Mais uma noite veio e nada de comida. Saul e eu saímos da câmara, embora eu estivesse quase fraca demais para ficar acordada lendo.

— Meu pai tem razão — começou ele quando nos aproximamos do anexo. — Há comida escondida no porão do gueto. Não apenas batatas, mas carnes curadas. Você se lembra de como no gueto às vezes nos davam carne-seca de porco?

Eu assenti; os alemães faziam aquilo como uma piada cruel, dando aos judeus comida que não era *kosher*.

— Não podíamos comer, mas eu guardava em caso de emergência. Também há alguns sacos de batatas que podem ser aproveitados. Fica no prédio onde morávamos na rua Lwowska, número 12, atrás da parede do porão. Se ao menos houvesse uma maneira de chegar lá.

— Talvez minha amiga Ella possa nos ajudar a encontrar — ofereci antes que pudesse pensar melhor ou me conter.

— A garota da rua? Você ainda fala com ela?

Ele parecia horrorizado. Eu não respondi.

— Mas, Sadie, você prometeu.

— Eu sei.

Procurei uma justificativa para o que havia feito, mas não encontrei.

— Desculpe-me. Se eu pedir, talvez ela possa buscar a comida.

— Não gosto nada disso. Não podemos confiar nela.

— Eu acho que podemos. Ela sabe a meu respeito há semanas e não contou a ninguém. Por que nos trairia agora?

Saul não respondeu. Eu sabia que ele acabaria concordando ou vendo Ella como uma amiga do mesmo modo que eu.

— De qualquer forma, não temos escolha.

— Tudo bem. Se eu disser exatamente onde a comida está, pode pedir para sua amiga ir até lá.

Eu considerei a ideia. Tentei imaginar Ella, que passara a maior parte da vida no elegante centro da cidade, tentando navegar pelas ruínas do gueto liquidado. Ela não conseguira.

— Ela chamaria atenção — constatei. — E não saberia se virar. Se eu pudesse sair, eu conseguiria ir sozinha.

Saul arregalou os olhos.

— Sadie, não pode estar falando sério.

O esgoto era nossa única esperança de sobrevivência. Pensar em ir para a rua era correr o risco de ser preso e morto.

— É a única maneira.

— Eu posso ir — ofereceu Saul.

No entanto, antes de ele terminar a frase, ambos sabíamos que era impossível. Com seu *yarmulke* e sua barba, ele seria notado imediatamente. Eu o amava por oferecer, mas ele não poderia ir. Eu era a nossa única esperança.

Mesmo assim, Saul não quis mais falar disso.

— Prometa-me que não vai — pediu ele, seu tom de voz metade ordem, metade apelo.

Perguntei-me por que ele confiaria na minha promessa quando eu já a quebrara uma vez ao continuar me encontrando com Ella. Saul franziu o cenho de preocupação.

— Não posso deixar nada acontecer com você.

Ele estendeu a mão e tocou minha bochecha. Eu vi então como seus sentimentos por mim haviam crescido, a intensidade do afeto em seus olhos. Nós nos conhecíamos há tão pouco tempo; parecia impossível termos nos aproximado tanto, mas era como se a vida avançasse em uma velocidade diferente durante a guerra, especialmente aqui, quando qualquer momento poderia ser o último. Tudo se tornava mais forte.

Eu concordei. Saul se recostou, aparentemente satisfeito com minha promessa, mas minha mente ainda estava a mil. Eu sabia perfeitamente como seria perigoso ir para a rua, mas, se não o fizesse, todos nós morreríamos — mamãe, meu irmão ainda em sua barriga, os Rosenberg e eu. Não havia escolha.

Na noite seguinte, esperei ansiosamente, planejando sair escondida da câmara. Não contei a Saul nem a ninguém que veria Ella. Mais cedo, o céu além da grade estava cinzento e torci para que estivesse ainda mais nublado, sem luz suficiente para Saul ir até o anexo para ler e me convidar para acompanhá-lo. Enquanto os outros se preparavam para dormir, ele se aproximou de mim.

— Quer vir comigo?

Ele me convidava com mais frequência agora, às vezes contando histórias de sua juventude enquanto caminhávamos pelos túneis, outras noites apenas vagando ao meu lado em um silêncio pensativo.

O convite, que eu normalmente teria aceitado, me encheu de pavor.

— Eu adoraria, mas estou exausta — aleguei, odiando ter que mentir para ele.

Não era de todo falso, no entanto; todos nós estávamos com menos energia por não comer.

Notei a surpresa seguida por decepção em seu rosto.

— Então eu também não vou.

Suspirei.

— Amanhã à noite?

— Com prazer.

Saul baixou levemente a aba do chapéu e se retirou para seu lado da câmara. Ao vê-lo se afastar, senti uma pontada de arrependimento. Eu ansiava por nossas caminhadas e doía dizer não e rejeitá-lo.

Esperei até que os outros estivessem dormindo. Mamãe revirava-se na cama, inquieta, incomodada com a gravidez, e temi que, quando ela adormecesse, já fosse tarde demais. Por fim, quando seus movimentos se acalmaram e a respiração tornou-se pesada e regular, saí sorrateiramente da câmara.

Desci o túnel, tateando pela escuridão. O trajeto até a saída que Saul e eu encontramos foi o mais longe que percorri pelos canos desde a noite em que chegamos. Enquanto eu seguia sozinha pela cripta subterrânea, silenciosa exceto pelo fluxo da água do esgoto, era como se pudesse ser apreendida a qualquer instante. Minha pele formigava. Vi o fantasma de meu pai, depois o de Pawel. Eles não me assombravam, na verdade, pareciam me guiar, criando uma luz fraca no túnel à frente.

Por fim, cheguei à bacia que Saul e eu havíamos encontrado. O cano que levava à rua ficava no alto, do outro lado. Não havia como me içar. Da última vez, Saul me ajudara, mas eu nem pensei em como subiria o muro alto do cano sem ele para me dar impulso. Desci para a bacia. Meus olhos já haviam se ajustado à falta de luz a essa altura e, na semiescuridão, identifiquei algumas tábuas no chão. Eu as peguei e fiz uma pilha contra a parede que precisava escalar, esperando que bastassem. Estiquei bem o braço para alcançar o cano, mas errei e caí, espalhando as tábuas. Eu olhei para cima. Era simplesmente impossível alcançar o cano sozinha, mas, se eu não subisse, não veria Ella nem obteria a comida de que precisávamos. Empilhei novamente as tábuas e tentei subir pela parede com garra e determinação. Meu corpo estava fraco de fome e a tarefa parecia impossível. Então respirei fundo e reuni cada gota de força que possuía enquanto pulava. Agarrei o cano e peguei impulso para cima, arranhando os joelhos na borda áspera de metal.

Arrastei-me pelo cano e, alguns segundos depois, cheguei ao fim. Olhei pela grade, que era retangular e maior do que a na rua em Dębniki. Quando não vi Ella por perto, me perguntei se ela não teria conseguido sair. Talvez nem aparecesse. Minha ansiedade aumentou. Quando planejamos nos encontrar aqui, eu simplesmente esperava vê-la. Agora, sem Pawel e nosso suprimento de comida, eu precisava de sua ajuda. Não podia sair do cano de esgoto sem ela. Sem os estoques de comida que Saul mencionou, nós morreríamos de fome.

Finalmente, ouvi passos acima da grade, cada vez mais altos. Escorreguei de volta para as sombras, caso fosse outra pessoa. Um minuto depois, Ella apareceu.

Através da grade, pude ver seu rosto, a expressão ansiosa e séria enquanto procurava por mim.

— Estou aqui — sussurrei.

Ella sorriu.

— Você conseguiu!

Eu me aproximei. O espaço sob a grade era raso e tive que ficar parcialmente deitada para caber nele.

— Deu certo — falei.

Minha satisfação diminuiu quando olhei para suas mãos em busca de comida, mas não vi nada.

— Precisei sair com pressa — disse ela, lendo meus pensamentos —, então não pude ir até a cozinha. Sinto muito.

— Não importa — respondi, embora meu estômago vazio queimasse.

— Como você está?

Não respondi de imediato, incerta. Muitas vezes eu temia que, se contasse a Ella meus problemas, ela me acharia chata e deixaria de me visitar. Porém, a fome pairava sobre mim, forte e ameaçadora demais para ignorar.

— Sinceramente, não muito bem. Não temos mais nada para comer. O funcionário do esgoto que estava nos ajudando foi preso.

Eu vi a preocupação em seu rosto, como se percebendo, pela primeira vez, os perigos que ela mesma poderia enfrentar por me ajudar.

— Eu preciso encontrar mais comida.

Eu odiava ter que pedir. Ela já tinha feito tanto por nós.

— Verei o que posso fazer para conseguir mais — respondeu Ella rapidamente.

— Não, não; não foi isso que eu quis dizer. Você me deu muita coisa e não quero parecer ingrata. Mas somos cinco no esgoto. Precisamos encontrar um estoque maior de comida para nos manter até…

Eu hesitei, sem ter certeza do que estávamos esperando: até Pawel voltar? Até a guerra acabar? Nenhuma das situações parecia muito provável no momento.

— Até que as coisas mudem — completei fracamente.

— Eu não tenho nada. Se puder me dar alguns dias, vou tentar alguns dos mercados fora da cidade.

Pensei em mamãe, que estava tão fraca de fome que quase desmaiara mais cedo.

— Sinto muito, mas não será rápido o suficiente — confessei, sem rodeios. — Isto é, eu realmente agradeço tudo o que você fez, mas se esperarmos mais para encontrar comida, pode ser tarde demais. Estamos sem tempo.

— O que você quer que eu faça?

— Eu sei de um lugar no gueto que tem um pouco de comida escondida. Preciso chegar lá.

— Se me disser onde fica, posso olhar — ofereceu sem hesitar.

Apesar do perigo do que eu estava propondo, Ella estava disposta a tentar

— Eu não posso simplesmente dizer a você. Será difícil encontrar e é perigoso ir sozinha.

Respirei fundo, preparando-me para a audácia do que estava prestes a dizer.

— Preciso procurar sozinha e preciso da sua ajuda para sair daqui e fazer isso.

— Quando?

Eu engoli em seco e admiti:

— Agora.

Ela fez uma pausa.

— Quando nos conhecemos, disse que era perigoso demais para você estar na rua.

— E é, mas realmente precisamos de comida, e se houver uma chance de conseguir, eu preciso tentar. Não tenho escolha.

O risco de ser presa era real, mas a ameaça da fome parecia muito pior agora.

— Por favor, me ajude a sair e fazer isso.

Eu esperava ouvir um não, mas Ella assentiu solenemente, disposta a fazer o que pedi. Um segundo depois, ela começou a puxar a grade do esgoto, que emperrou, aparentemente enferrujada. Meu coração apertou. Eu não conseguiria sair por ali. Comecei a empurrar enquanto ela puxava. Por fim, a grade se soltou. Ella a ergueu com dificuldade e estendeu a mão para mim, seus dedos se agitando no espaço escuro entre nós. Nossos dedos se encontraram, tocando-se pela primeira vez, e ela me puxou com mais força do que eu teria imaginado que possuía. Eu me desdobrei e me endireitei, livre de meu esconderijo.

De repente, eu estava fora do esgoto.

Inspirei profundamente, tomando grandes goles de ar, tão fresco e frio que queimava meus pulmões. Estávamos em uma encosta suave de grama que descia até o barranco junto ao rio. Olhei imediatamente para o céu noturno, um tapete de estrelas acima da Catedral de Wawel. Era a primeira vez em meses que eu via a paisagem que tanto compartilhei com meu pai em nossas caminhadas quando era criança, as caminhadas que nos permitiam ver muito mais do que poderíamos das janelas estreitas de nosso apartamento. Um dia eu dera como certo que as estrelas sempre estariam lá. Depois, elas foram roubadas de mim, como papai. Olhei para cima, admirando aquela cena mágica, ainda mais brilhante do que eu me lembrava.

Eu estava fora do esgoto. Queria dançar, correr, gritar, mas não fiz nada disso, claro. Estávamos paradas na margem do rio, perto do aterro de concreto que dava para a rua. Embora deserta, a margem do rio era muito exposta. Poderíamos ser vistas pelos alemães ou pela polícia a qualquer momento.

— Não podemos ficar aqui — observei.

— Certo.

Fiquei ereta ao lado dela, percebendo, pela primeira vez, como Ella era mais alta do que eu. Ela estava olhando para mim, e me perguntei se era pela minha aparência suja.

— O que foi?

— É tão estranho ver você na altura dos olhos — admitiu ela.

Nós duas rimos baixinho.

— É melhor você limpar a sujeira do rosto — acrescentou ela, mais séria agora.

Ella olhou em volta em busca de algo que eu pudesse usar e, não encontrando nada, tirou o lenço de seda fina que usava e me entregou. Eu podia sentir minha própria sujeira escorrendo e sujando o lenço, mas ela não reclamou. Eu o devolvi, desejando poder lavá-lo antes. Ela usou a ponta para limpar uma mancha que eu havia deixado na minha bochecha. Depois, enrolou o lenço frouxamente em volta da minha cabeça como um xale.

— Pronto.

Ela abriu um sorriso largo, como se aquilo tivesse consertado tudo.

— Obrigada.

Uma onda de gratidão tomou conta de mim e, sem pensar, a abracei. Achei que fosse recuar com repulsa pelo meu cheiro, mas não. Em vez disso, ela me abraçou de volta mais forte. Ficamos daquele jeito, sem nos mover, por vários segundos.

Quando nos separamos, meu cordão prendeu no botão superior de seu vestido. Eu o soltei com cuidado.

— O que é isso? — perguntou ela, apontando para o pingente.

— Era do meu pai.

— É lindo. O que significa?

Tracei meu dedo sobre as letras hebraicas douradas, que refletiam sob o luar. Quando eu era criança, meu pai tinha feito o mesmo gesto antes de me explicar o significado. Eu quase podia sentir sua mão na minha agora, me guiando.

— *Chai*. Significa vida.

— É muito bonito, mas precisa tirá-lo.

Lembrei-me de Saul me avisando sobre o cordão também. No esgoto, eu até poderia ignorar aquelas preocupações, mas usá-lo aqui na rua e revelar que sou judia poderia equivaler a ser descoberta e morta. Abri o fecho do cordão e guardei-o no bolso.

— Agora venha — disse Ella.

Começamos a caminhar pela margem do rio na direção leste, rumo a Podgórze, o bairro onde ficava o gueto. As ruas pareciam maiores do que eu me lembrava e tudo tinha uma aparência mais sinistra e ameaçadora. Eu não deveria estar aqui. Fui tomada pelo desejo de rastejar de volta para o subsolo.

Continuamos em direção ao gueto, pegando as vielas e caminhando sob a sombra dos prédios. Eu me encolhia com o som de nossos sapatos arranhando alto demais os paralelepípedos. Estar na rua àquela hora já era uma infração; se fôssemos vistas, seríamos detidas e interrogadas e eu nunca mais veria minha mãe. Eu andava com hesitação, temendo que cada passo fosse o último. Ella, porém, andava pelas ruas com uma certeza invejável. Sem aviso, senti um ressentimento crescer. Esta cidade era tanto minha quanto dela, ou pelo menos tinha sido. Agora eu era uma estranha, visitando apenas por bondade alheia. Afastei aquela ideia da cabeça: no momento, a única coisa que importava era encontrar comida. Pensei nos outros que estavam no esgoto e contavam comigo, bem como no que aconteceria com eles se eu não conseguisse encontrar alimento ou não voltasse.

Logo chegamos à Rynek Podgórski, a praça do principal mercado do bairro, que ficava pouco depois dos muros do gueto. Estava deserta, exceto por alguns ratos procurando restos de comida nas latas de lixo. Contornamos a orla da São José, a imensa igreja neogótica no início da praça, e alcançamos o muro do gueto. Embora não houvesse mais ninguém lá dentro, os portões continuavam fechados. Seguimos o perímetro do muro alto de tijolos até encontrar um trecho que havia sido derrubado e pisamos com cautela nas pedras e escombros para entrar. A devastação havia sido muito pior do que eu ouvi falar ou percebi lá debaixo. Todos os prédios queimados, janelas quebradas — meras cascas de onde as pessoas moravam. Olhei para Ella, que havia parado de andar. Eu conhecia o gueto muito bem, mas esta era sua primeira vez ali e ela parecia consternada ao ver as condições horríveis que enfrentamos, bem como tudo terminou.

— Venha — falei, incentivando-a a continuar.

Agora eu tinha que liderar nossa caminhada, serpenteando pelas ruas do gueto até a casa na rua Lwowska que Saul mencionara. O ar estava tingido de carvão e algo mais acre, talvez o cheiro de lixo queimando. Na esquina da rua Józefińska, parei, olhando para o prédio onde havíamos morado. O gueto não havia sido um lar para mim — fomos forçados a ir para lá e, antes do esgoto, representava o pior lugar que já conheci. Ainda assim, foi o último lugar onde meus pais e eu estivemos realmente juntos, e as lembranças e uma nostalgia inesperada me tomaram de assalto. Um grande pedaço meu queria ver nosso apartamento mais uma vez.

Mas não tínhamos tempo, e seguimos em frente. Em meio à destruição, várias casas haviam sido reformadas, com vidros novos nas janelas quebradas ou, em alguns casos, jornais presos com alcatrão para cobrir o espaço vazio. O gueto estava sendo habitado, percebi com surpresa. Não mais por judeus, mas provavelmente por poloneses de classe baixa que tinham sido designados a morar lá pelo Governo Geral ou que ocuparam as residências vagas por conta própria. Em parte, eu queria ter raiva deles. Não eram poloneses ricos explorando a propriedade dos judeus por ganância, mas pessoas que viam ali uma oportunidade para sustentar suas famílias. Ninguém com poder de escolha teria optado por morar naquele lugar.

De qualquer forma, se nos vissem, contariam à polícia. Pensei em voltar. Achávamos que o gueto estaria deserto — não era seguro ficar ali, embora ainda precisássemos de comida. O endereço que Saul mencionara também podia estar ocupado, pensei assim que viramos na rua Lwowska. Eu não sabia como procuraríamos a comida se fosse esse o caso.

Ao nos aproximarmos do número 12, vi que as janelas ainda estavam arrancadas e as paredes carbonizadas por um incêndio. Rezei para que não tivesse destruído os estoques de alimentos no porão. Segundo Saul, ele e o pai tinham vindo para o gueto brevemente depois de deixar sua aldeia, mas eu até agora não o imaginara morando ali, a poucos quarteirões de mim. Olhei para a casa, muito menor e mais degradada do que o prédio que meus pais e eu havíamos ocupado, imaginando como os Rosenberg tinham lidado com meia dúzia de outras famílias amontoadas em quartos compartilhados.

Tentei a porta da frente. Apesar do estado da casa, estava trancada. Tive medo de precisarmos passar pelo vidro quebrado de uma das janelas para entrar.

— Vamos dar a volta e procurar a porta do porão — sugeriu Ella.

Deslizamos para um beco entre as casas, nos agachando para não sermos vistas. Nos fundos, encontramos um alçapão para o porão e o abrimos. Eu desci primeiro, rezando para que os degraus apodrecidos aguentassem. Ella veio atrás. Então parei, surpresa pelo cheiro sujo do gueto, o odor da proximidade excessiva que ocupava meus pulmões durante todos os meses em que estivemos ali e que ainda perdurava. Depois de respirar o fedor do esgoto por tanto tempo, era quase agradável.

Caminhamos apressadas até a parede do porão sobre a qual Saul havia falado e procuramos o compartimento escondido. Um painel deslizou para trás, conforme ele prometera, revelando um espaço vazio cavernoso, destinado a esconder coisas. Só que o lugar descrito por Saul estava vazio.

A comida que ele prometera não estava lá.

CAPÍTULO 13

Ella

Parada ao lado de Sadie, olhando para o espaço vazio onde a comida deveria estar, meu coração apertou.

— Eu sinto muito — falei, sentindo o peso de sua decepção nos dominar.

Sadie não respondeu. Ela ficou parada, seus olhos tristes e vazios.

— Precisamos ir — observei após alguns minutos.

Não era seguro ficar no gueto.

Sadie balançou a cabeça.

— Tem que estar aqui. Não posso voltar sem comida.

E agora? Minha mente disparou.

— Podemos dar uma olhada — sugeri, embora eu realmente não fizesse ideia de onde.

Apesar da guerra, Ana Lucia não mantinha reservas de alimentos em casa por medo de atrair ratos. Ela confiava que seu dinheiro e seus contatos sempre nos permitiriam ter o suficiente para comer. Portanto, eu não poderia roubar dela o que Sadie precisava. De repente, pensei em Krys. Não tínhamos terminado bem e eu não sabia se ele me ajudaria, mas era minha única opção e, no fundo, eu sabia que ele não recusaria se houvesse algo que pudesse fazer.

— Tenho um amigo que pode ajudar.

Imediatamente me arrependi da oferta, sem motivos para acreditar que Krys encontraria comida em tão pouco tempo, mas eu precisava tentar.

Ele disse que estava hospedado em um apartamento em cima do café, me lembrei.

A MULHER COM A ESTRELA AZUL

— Venha comigo.

Saímos discretamente do porão do prédio, passando pelos escombros carbonizados. Enquanto caminhávamos entre as ruínas que um dia foram o gueto, apertei o passo, querendo afastar Sadie de suas lembranças dolorosas daquele lugar.

Eu a conduzi pela margem do rio para cada vez mais longe de Podgórze e perto de Dębniki. Embora não conhecesse bem os bairros que se misturavam sem uma fronteira clara, eu sabia que Dębniki ficava a poucos quilômetros a oeste de Podgórze, ao longo das margens industriais ao sul do Vístula. Ao nos aproximarmos de Dębniki, nos afastamos da margem do rio e subimos em direção à rua Barska e ao café. Olhei para os apartamentos acima do estabelecimento, perguntando-me como descobrir qual seria o de Krys. Já passava das onze e o café devia estar fechado há muito tempo para o toque de recolher. Por trás da janela de vidro manchado, no entanto, vi que alguns clientes ainda não tinham ido embora. Não vi Krys, mas talvez, se perguntasse, alguém pudesse saber onde encontrá-lo.

Comecei a me dirigir para a porta, mas, ao olhar para Sadie, parei novamente. Ela não podia entrar ali. Suas roupas sujas e sua pele pálida como a de um fantasma certamente chamariam atenção. Havia uma passagem em arco entre o café e o prédio adjacente que ia da rua ao beco nos fundos. Levei Sadie até lá e a escondi atrás de algumas latas de lixo.

— Precisa esperar aqui.

— Está me deixando?

Ela parecia apavorada. Eu acariciei sua mão.

— Vai ser rapidinho.

Antes que ela pudesse protestar, saí do beco e entrei no café, que estava deserto, exceto por uma mesa com homens mais velhos jogando cartas na parte de trás. Enquanto meus olhos se ajustavam à luz fraca, reconheci uma figura familiar atrás do balcão. Parei. Era a mulher com quem vi Krys no dia em que o reencontrei aqui. Meu estômago embrulhou e fui tomada pela vontade de dar meia-volta e ir embora, mas eu precisava encontrá-lo.

Caminhei em direção a ela com determinação.

— Olá, estou procurando Krys Lewakowski — informei sem rodeios, esperando por um sinal de reconhecimento, mas o semblante dela permaneceu inalterado. — Eu vi vocês juntos — acrescentei. — Sei que o conhece. Ele disse que está morando aqui.

— Ele não se encontra — respondeu ela friamente.

— Eu preciso falar com ele. É importante.

A mulher me encarou por um instante, depois se virou e desapareceu no fundo do café. Ele não estava aqui, concluí, desapontada. Ponderei o que fazer, me perguntando se deveria tentar a casa de seus pais àquela hora da noite.

— Ella?

Krys apareceu de repente pela porta atrás do bar. A mulher estava mentindo; ele estava aqui. Krys correu em minha direção.

— O que foi? Está tudo bem?

Eu temia que ele ainda estivesse zangado pelo nosso último encontro, mas seu rosto demonstrava uma mistura de surpresa e preocupação.

— Sim. Ou melhor, não. — Fiz uma pausa, tentando descobrir a melhor maneira de contar o segredo que estava guardando. Eu abaixei a voz. — Quando limparam o gueto, alguns judeus conseguiram escapar e se esconder.

— Ouvi boatos a respeito.

— Alguns fugiram pelo esgoto.

— Pelo esgoto? Mesmo se isso fosse possível, para onde teriam ido?

— Eles não foram a lugar algum. Ainda estão no esgoto, perto do mercado Dębniki. Tenho ajudado um deles, uma menina.

Krys arregalou os olhos.

— Então é por isso que agora você vive por lá?

— Sim, mas a principal fonte de alimento dela se foi. Preciso ajudá-la a encontrar um pouco de comida para levar para os outros.

Lembrando-me de como eu havia me recusado a ajudá-lo em seu trabalho para o Exército Nacional, pensei que Krys poderia dizer não.

— Quantas pessoas estão com ela?

— Quatro, eu acho.

Observei enquanto ele processava a informação.

— Lamento por não ter contado antes.

Eu esperava que ele estivesse com raiva de mim. Krys coçou a nuca, parecendo pensar.

— Para quando você precisa?

— Esta noite. Você pode ajudar?

— Eu não sei. Não há muita comida na cidade, Ella.

A MULHER COM A ESTRELA AZUL

Eu assenti, reconhecendo que era verdade. O rosto das pessoas no mercado parecia mais abatido a cada dia e elas saíam com suas cestas quase vazias.

— Certamente pode encontrar alimentos com seus contatos do exército.

— Vou tentar, mas é muito difícil. O Exército Nacional é complicado, grande, com muitas pessoas e objetivos diferentes. Há um comerciante do mercado clandestino, Korsarz, que às vezes ajuda o exército polonês a obter o que precisa.

— Korsarz — repeti o codinome, que em polonês significava pirata. — Acha que ele pode ajudar?

Krys balançou a cabeça de cara fechada.

— Não sei, mas prefiro não descobrir. Ele é um sujeito sem escrúpulos e, dependendo do preço, negocia com qualquer um, incluindo os alemães.

— Se for uma questão de dinheiro... — comecei, imaginando os pertences de Ana Lucia e me perguntando quais eu poderia roubar para serem mais facilmente penhorados em troca de dinheiro.

— Não é isso. Korsarz fez coisas terríveis e eu não quero lidar com ele, pelo menos não se puder evitar. Vou tentar encontrar outra maneira. Preciso falar com meus contatos e dar um jeito de arranjar a comida sem chamar atenção. Vai demorar alguns dias, uma semana no máximo.

Encolhi o corpo, mostrando meu desânimo.

— Não temos esse tempo. Eles precisam de comida agora e eu tenho que levar Sadie de volta para o esgoto.

Foi a primeira vez que compartilhei o nome dela. Aquilo parecia deixá-la, de alguma forma, vulnerável.

— Ela saiu de lá?

Quando afirmei com a cabeça, vi a apreensão no rosto de Krys.

— Onde ela está?

— Eu a escondi no beco.

— Você quer que eu a tire de Cracóvia?

Pensei na ideia. Sadie estava fora do esgoto agora e esta poderia ser sua única chance de liberdade. A oferta era ousada, eu sabia. Tirar um judeu de Cracóvia neste momento não seria fácil e fiquei grata pela sugestão de Krys, mas eu sabia que Sadie jamais aceitaria.

— Vou perguntar, mas duvido que ela queira. A mãe dela também está no esgoto. Sadie precisa voltar. De todo modo, ela não vai abandonar os outros, tampouco permitir que eles morram de fome. Só preciso conseguir comida para ela.

— Só? Eu adoraria que fosse tão simples assim.

— Se você não puder, eu entendo. — Lutei para esconder a decepção na voz. Krys não me devia mais nada. — Obrigada de qualquer maneira.

Comecei a me afastar, pensando em como contar a Sadie que havia falhado.

— Espere. Deixe-me ver o que posso fazer.

— Mesmo?

— Não posso prometer nada, mas vou dar o meu melhor.

Uma onda de esperança e gratidão tomou conta de mim. Apesar de nossas brigas e da escassez de comida, Krys estava disposto a tentar. Eu podia ver sua mente trabalhando, tentando descobrir como fazer o impossível acontecer.

— Me dê algumas horas.

Olhei para o céu noturno, tentando calcular quanto tempo tínhamos.

— Ela precisa voltar antes de amanhecer.

— Por onde ela desce?

— Há degraus de concreto até o rio perto de Podgórze. Cerca de seis metros a leste de lá, verá uma grade de esgoto. Quer que eu acompanhe você na busca por comida?

— Sim — ele aceitou sem rodeios, uma nota inconfundível de afeto na voz.

A mulher que o chamara para mim estava atrás do balcão novamente e, mesmo que estivéssemos longe demais para ela ouvir nossa conversa, eu podia senti-la nos observando.

— Embora eu não ache que seja a melhor ideia. Saia daqui com sua amiga e a esconda em algum lugar seguro. Encontro você na grade às cinco com tudo o que eu tiver, isso se eu arranjar alguma coisa.

Antes que eu pudesse agradecê-lo, Krys se virou e passou pela porta atrás do bar. Saí pela porta da frente para encontrar Sadie.

Quando ela me viu sair do café e entrar no beco, se endireitou por trás das latas de lixo.

— Alguma boa notícia?

Eu podia vê-la procurando em meus braços a comida de que precisava tão desesperadamente.

— Você não conseguiu — constatou ela, cabisbaixa.

A MULHER COM A ESTRELA AZUL

— Está chegando — prometi rapidamente, e seu rosto se iluminou. — Ou, pelo menos, meu amigo Krys vai tentar — corrigi, não querendo nutrir esperanças que poderiam ser frustradas.

— Você contou a ele sobre mim? Ella, você prometeu.

— Eu sei. Sinto muito. Era a única maneira. Ele é confiável.

O pânico em seu rosto não diminuiu com minha garantia.

— Ele pode contar a alguém. Preciso voltar e avisar aos outros.

Peguei suas mãos.

— Sadie, pare. Você confia em mim, não confia?

— Sim, claro — respondeu ela sem hesitar.

— Então pode acreditar no que eu digo. Krys não vai falar nada. Ele faz parte do Exército Nacional Polonês — acrescentei, agora traindo o segredo de Krys na tentativa de tranquilizá-la. — Ele está lutando contra os alemães. Juro que ele não vai contar. Além disso, ele pode conseguir o que você precisa.

Ou pelo menos, eu esperava que pudesse. A explicação pareceu tranquilizá-la.

— Quanto tempo?

— Ele precisa de algumas horas. Vou acompanhar você de volta ao esgoto e levar a comida assim que estiver com ela.

— Tudo bem — disse Sadie, parecendo concordar.

Começamos a sair do beco.

— Espere. — Ela parou novamente. — Se vai demorar apenas algumas horas, por que não posso ficar aqui fora enquanto esperamos?

— Hum, Sadie, não sei… — O pedido me pegou de surpresa. — Seria perigoso demais.

— Eu sei que não é uma boa ideia, mas faz meses que não venho à superfície. Eu só quero ficar aqui um pouco mais, respirar o ar puro. Vou tomar cuidado para não ser vista.

Eu hesitei, não respondendo de imediato. Dava para ver como ela aproveitava a liberdade e estava desesperada para ficar.

— É tão perigoso. Krys pode demorar mais que algumas horas.

— Vou voltar antes do amanhecer — prometeu ela, quase implorando. — Quer ele arranje comida ou não.

Sadie observou meu rosto enquanto eu pensava. Ficar na rua seria uma tolice. Ela poderia ser pega a qualquer momento, mas também era nítido como

157

ela precisava daquilo. Além disso, sua companhia me fazia feliz e eu não tinha pressa para que ela voltasse tão rapidamente.

— Tudo bem — cedi. — Mas não aqui.

O bairro Dębniki, onde o café ficava, não era longe do antigo gueto e estava repleto de patrulhas policiais.

Partimos em direção ao rio. As ruas estavam desertas e nossos passos ecoavam alto demais na calçada. Ao nos aproximarmos da ponte, avistei um carro da polícia estacionado perto da base.

— Esconda-se! — sussurrei, puxando Sadie para trás do muro de contenção baixo ao longo da margem.

Nós nos agachamos, sem ousar fazer nenhum movimento. Estávamos tão próximas que senti o coração dela batendo. Eu esperava que a polícia não estivesse montando um posto de controle na ponte, pois aquilo nos forçaria a atravessar o rio de outra forma. Ao meu lado, Sadie estava paralisada de medo. Ela não tinha documentos para mostrar caso fosse interceptada; seria presa imediatamente. Eu me perguntei então se não cometera um erro em ceder ao seu pedido, se não deveria ter insistido para que ela voltasse ao esgoto imediatamente. Tarde demais. Entrelacei meus dedos nos dela, determinada a mantê-la segura durante a noite.

Minutos depois, o carro da polícia foi embora. Quando nos levantamos do esconderijo, Sadie puxou meu braço.

— Para onde vamos?

— Para minha casa — falei, antes de me questionar.

Ir para lá significava uma longa caminhada pelas ruas da cidade após o toque de recolher, correndo o risco de ser detectada ou coisa pior. Ana Lucia estava fora esta noite, me lembrei. Ela tinha ido jantar com o coronel Maust em um restaurante do outro lado da cidade, perto do apartamento dele, e só voltaria pela manhã. Minha casa era a melhor opção para esconder Sadie. Não havia outro lugar.

Sadie olhou desanimada para mim.

— Como?

— É seguro — garanti, forçando um tom de certeza na voz. — Eu garanto.

Sadie parecia querer protestar, mas, se ela quisesse permanecer aqui fora enquanto Krys procurava comida, realmente não havia outra opção.

A MULHER COM A ESTRELA AZUL

Enquanto atravessávamos a ponte em direção ao centro da cidade e minha casa, Sadie olhou para cima, tão fixamente que esqueceu de prestar atenção por onde andava e quase tropeçou. Segurando seu braço para que ela não caísse, segui a direção de seu olhar. A princípio, pensei que ela estava tentando ver o Castelo de Wawel no alto da colina, parcialmente obscurecido pelo leito do rio. Mas ela estava olhando além, sua atenção no céu noturno.

— Elas parecem quase azuis esta noite — observou, soando maravilhada.

Lembrei-me então que, no dia em que nos conhecemos, uma das primeiras coisas que ela me perguntou foi sobre as estrelas.

— Quais constelações está vendo?

— Ali — disse ela ansiosamente, apontando para o norte. — Aquela é a Ursa Maior. Meu pai dizia que, desde que pudesse encontrá-la, você jamais estaria perdido.

Suas palavras se atropelavam. Ela se virou.

— E ali, aquele longo triângulo com cauda, é chamado Camaleão.

Tentei seguir seu dedo traçando linhas no ar, conectando as estrelas, mas eu não conseguia visualizar as imagens.

Caminhamos rapidamente da ponte em direção à Cidade Velha. Sadie não falava nada, mas, conforme nos aproximávamos do centro, pude vê-la admirando as ruas familiares que ela não via há meses.

Muitos minutos depois, viramos na rua Kanonicza.

— Você mora aqui? — perguntou Sadie, incrédula, enquanto eu a conduzia pelos fundos da casa.

— Sim.

Enxerguei nossa casa pelos olhos de Sadie, percebendo como devia parecer majestosa depois dos lugares horríveis em que ela esteve. Por um segundo, cogitei se ela poderia se ressentir de mim por isso, mas não havia tempo para me preocupar. Coloquei o dedo indicador sobre os lábios, sinalizando que devíamos fazer silêncio para que os vizinhos não nos ouvissem. Destranquei a porta dos fundos e a deixei entrar na minha frente.

Comecei a subir a escada dos empregados, mas, vindo atrás de mim, Sadie parou.

— Ella, não é seguro estar aqui — sussurrou ela, alto demais.

— Minha madrasta vai ficar fora a noite toda — tranquilizei-a, incitando Sadie a subir um lance de escada e depois mais dois para o sótão.

— Sente-se — falei.

159

Ela hesitou, olhando sem jeito pelo meu quarto. Percebi então que Sadie não queria manchar nada com suas roupas sujas. Coloquei um cobertor na poltrona macia onde eu gostava de desenhar e ler.

— Pronto. — Ali notei como Sadie parecia pálida e cansada. — Quando foi a última vez que você comeu?

Ela não respondeu e fiquei na dúvida se não se lembrava mais ou não queria dizer.

— Já volto.

Desci correndo até a cozinha e tirei um prato de carne e queijo da geladeira, apressada demais para me importar se Hanna daria falta deles, e o levei de volta para cima.

Sadie havia arrastado a poltrona para perto da janela e estava olhando para o céu mais uma vez.

— Seu quarto é adorável. O que mais gostei foi a vista. Você pinta? — perguntou ela, notando meu material de arte no canto.

Havia uma tela encostada na parede; um quadro do horizonte da cidade em que eu começara a trabalhar algum tempo atrás, mas ainda não tinha terminado.

— Um pouco.

Envergonhada, tentei esconder a tela com o corpo, mas Sadie se aproximou para vê-la melhor.

— Que maravilha, Ella. Você tem talento.

— É tão difícil pensar em arte com uma guerra acontecendo. Eu meio que desisti.

— Ah, mas você não pode! Agora é que devia pintar mais do que nunca. Não pode deixar a guerra roubar seus sonhos. — Um olhar triste cruzou seu rosto. — Mas quem sou eu para falar?

— O que você quer ser?

— Médica.

— Não astrônoma? — provoquei, lembrando de seu fascínio pelas estrelas.

— Gosto de astronomia; de todas as ciências, na verdade — respondeu ela, séria. — Mas o que mais me interessa é curar as pessoas. Por isso queria ser médica. Eu ainda quero. Isto é, se eu encontrar um lugar para estudar depois da guerra.

A MULHER COM A ESTRELA AZUL

Fiquei impressionada com o alcance de seus sonhos, inalterados por todos os acontecimentos.

— Você vai conseguir — garanti, querendo encorajar suas ambições tanto quanto ela tinha encorajado as minhas.

Coloquei o prato de comida na mesa baixa ao lado da poltrona.

— Para você.

Sadie não pegou, mas observou o prato.

— Essa porcelana é muito fina.

Prestei atenção no prato e na sua moldura florida pela primeira vez. Era um dos nossos pratos do dia a dia e eu nunca tinha pensado naquilo. Observando-o pelos olhos de Sadie, lembrei que aquela louça era parte de um conjunto que minha mãe ganhara dos pais de presente de casamento — uma conexão com um mundo perdido.

— Você precisa comer — insisti.

Ainda assim, Sadie não o fez.

— Os outros... Eu devia levar isso de volta para o esgoto e dividir — observou ela, cheia de culpa.

— Haverá mais para eles. Vai precisar de forças para levar a comida de volta. Coma.

Relutantemente, Sadie pegou um pedaço de queijo e o colocou na boca.

— Obrigada — disse ela, enquanto eu lhe oferecia mais.

Ela se virou para o retrato na minha mesinha de cabeceira, contendo uma foto de meus pais, irmãos e eu à beira-mar.

— Sua família?

Eu assenti e apontei para o bebê nos braços da minha mãe.

— Essa sou eu. E esse aqui — acrescentei, apontando para Maciej — é meu irmão, que mora em Paris. Espero ir morar com ele em breve.

— Você vai embora?

Sua voz tinha uma pontada de tristeza e surpresa.

— Não agora — esclareci rapidamente. — Talvez depois da guerra.

Sadie estendeu a mão e puxou uma foto que ficava atrás do retrato de família.

— E este é Krys, não é?

Confirmei. Pretendia tirar dali a foto de Krys em seu uniforme do exército, tirada pouco antes de ele partir para a guerra.

— Estávamos quase noivos antes da guerra. Ele partiu para lutar e, quando voltou, não me quis mais.

Embora Krys tivesse me explicado o verdadeiro motivo por ter se afastado, a rejeição ainda doía.

— Sinto muito — disse Sadie, cobrindo minha mão com a dela.

Parecia bobo, até patético, que fosse ela me confortando quando era quem mais estava sofrendo ali. No entanto, foi a primeira vez, desde que tudo aconteceu, que pude realmente dividir com alguém o que estava sentindo.

— Tenho certeza de que isso não pode ser verdade — acrescentou ela.

— Ele diz que não. — Eu funguei, parecendo amolecer. — Ele me falou que está trabalhando para lutar contra os alemães e que precisa ficar longe porque é perigoso.

— Viu? Ele só está tentando proteger você. Eu o ouvi na rua naquele dia e ele parecia muito preocupado. Quando a guerra acabar e o perigo passar, ele vai voltar para você e finalmente poderão ficar juntos.

Nós duas sabíamos que as promessas de vida após a guerra eram incertas demais para significar muita coisa, mas ela estava tentando oferecer todo o conforto que podia.

— Eu nunca tive namorado — admitiu Sadie.

— Não?

— Na verdade, sempre fui estranha e me senti mais confortável com meus livros do que com meninos.

— Certamente há alguém…

— Não há ninguém! — protestou ela, mas sua voz denunciava que era mentira.

— Saul? — sugeri, lembrando do nome que ela havia mencionado.

— Sim, mas não é tão simples.

— É exatamente assim. Dá para ver pelo seu rosto — provoquei, e nós duas rimos.

— Não mesmo. — Seu rosto ficou vermelho. — A família dele é mais religiosa e ele é alguns anos mais velho e não pensa em mim dessa forma. É só uma paixão platônica. Ele estava noivo antes da guerra. Sua noiva foi morta e ele está de luto. Não sou nada mais do que uma amiga. Nunca poderia acontecer.

— Nunca diga nunca.

— Tenho certeza de que ele não me vê assim.

A MULHER COM A ESTRELA AZUL

— Você deve se ver como deseja que os outros vejam você — falei, lembrando-me das palavras que ouvi de Ana Lucia quando eu era mais jovem. Foi uma das poucas coisas úteis que ela já me falou.

Fui até o armário e tirei um vestido recém-passado.

— Aqui, experimente.

— Agora? Ah, Ella, eu não poderia! Não quero sujá-lo.

— Então vá se limpar.

Ela pareceu surpresa com a sugestão.

— Por que não? Nós temos tempo. Venha, refresque-se.

Eu a levei até o banheiro no terceiro andar.

— Você pode se lavar ali. — Sadie olhou ansiosamente para a banheira com os pés em forma de garra. — Pode ir. Eu espero aqui fora. Há tempo para um banho rápido.

Fechei a porta para dar privacidade a ela. Um segundo depois, ouvi a água começar a correr da torneira.

Enquanto esperava do lado de fora, pensei em Krys. Eu me perguntei como ele arranjaria a comida, rezando para que realmente conseguisse. Também estava curiosa para saber por que ele passava tanto tempo no café. Teria algo a ver com seu trabalho ou era só porque estava morando em um quarto no andar de cima? Será que sempre estava lá por causa da mulher de cachos escuros?

Poucos minutos depois, Sadie saiu do banheiro, limpa e usando o vestido que eu lhe dera. Ficou grande demais e ela parecia um pouco desconfortável, como se estivesse usando algum tipo de fantasia.

— Você está linda — observei.

Ela realmente estava. Limpa daquela sujeira, sua pele pálida era luminescente. Seus olhos castanhos brilhavam de felicidade.

Sadie sorriu, esfregando as mãos no tecido.

— Eu me sinto maravilhosa. Obrigada.

Eu a levei de volta para o quarto.

— Deixe-me escovar seus cabelos — ofereci, e Sadie se sentou na cadeira de bom grado.

Ela permaneceu imóvel enquanto eu penteava seus cabelos escuros, prendendo-os em um coque alto. Em seguida, passei um pouco de pó de arroz em seu nariz.

— Pronta para uma noite na ópera.

163

Nós rimos.

— Você parece outra pessoa — continuei, mas as palavras não saíram como eu pretendia. — Não foi isso que eu quis dizer.

Sadie sorriu abertamente.

— Eu entendo. É tão bom estar limpa. Claro, não vai durar, uma vez que eu voltar.

— Não se preocupe em sujar o vestido. Fique com ele. É seu.

— Obrigada, mas não estou falando apenas sobre o vestido. Tudo isso, esta noite, é como um sonho. Um sonho que precisa acabar.

Seu tempo aqui era apenas um alívio momentâneo da tristeza e do sofrimento. Ela estendeu a mão para pegar a minha e a apertou.

— Estou feliz em fazer isso. É muito bom ter você aqui.

E era, mesmo que ela tivesse que ir embora em breve.

— Você ainda precisa de sapatos.

As botas de Sadie estavam quase se desintegrando devido à constante umidade.

— Estou usando essas botas desde que saímos do gueto. Estão pequenas demais — reconheceu ela —, mas eu consigo aguentar.

Enfiei a mão no armário mais uma vez, de repente consciente das dezenas de sapatos que guardei nele ao longo dos anos. Sem pensar duas vezes, peguei um par de sapatos pretos de couro envernizado.

— Talvez fiquem grandes demais. — Me preocupei.

— Eles são perfeitos — disse Sadie depois de colocá-los.

Se era verdade ou se ela estava dizendo aquilo apenas por educação, eu não sabia. Não obstante, os sapatos eram quentes e secos, e Sadie os olhava como se nunca tivesse calçado nada melhor.

— Obrigada — repetiu.

Então, uma comoção veio do andar de baixo, o som de uma porta se abrindo. Meu coração parou de bater.

— O que foi? — perguntou Sadie, notando minha reação.

Eu balancei a cabeça, mal conseguindo falar com o nó que se formara na minha garganta.

— Ana Lucia está em casa.

CAPÍTULO 14

Ella

— **M**inha madrasta — expliquei, em um sussurro apressado. — Ela voltou.

Ana Lucia devia ter mudado os planos. E ela não estava sozinha, julguei, ouvindo um segundo conjunto de passos mais pesados subindo as escadas. Eu não mencionei essa parte, não querendo apavorar Sadie.

Não adiantou: o rosto dela perdeu toda a cor.

— Você disse que não havia ninguém em casa, que ela passaria a noite fora.

— Era o que eu pensava. Precisa se esconder.

— Mas onde?

Abri um pouco a porta do meu quarto e esperei. Ao ouvir a voz do coronel Maust e também a de Ana Lucia, fechei-a novamente com rapidez.

— Precisa mesmo ficar quieta. Minha madrasta está acompanhada.

Não havia como esconder a verdade por mais tempo.

— Ella, a companhia da sua madrasta é alemã? — sussurrou Sadie.

Eu queria mentir, mas o sotaque do coronel Maust era inconfundível.

— Sim. — Meu coração parou. — Precisa entender que eu não sou como Ana Lucia. Eu odeio que ela socialize com os alemães, ainda mais na casa do meu pai. Eu certamente não esperava que eles estivessem aqui esta noite. E eu não tinha outro esconderijo para você.

Minha explicação pouco adiantou.

— Você não devia ter me trazido aqui.

Havia uma nota de acusação na voz de Sadie.

— Eu sinto muito. Foi errado. Eu estava tentando ajudar. Nunca quis colocar você em perigo.

Procurei desesperadamente um lugar para escondê-la.

— Ali — falei, apontando para o armário.

Sadie estava paralisada.

— É a única maneira. Só até eles dormirem. Depois posso tirar você daqui.

Sadie entrou no armário, e então eu a cobri com algumas roupas.

Nesse momento, alguém bateu na porta.

— Ella, é você? — chamou uma voz arrastada no corredor.

Fui inundada de medo; Ana Lucia nunca se aventurava até o quarto andar.

— Sim, Ana Lucia. — Tentei fazer minha voz soar normal.

— Pensei ter ouvido vozes.

— Eu estava apenas tocando o gramofone. Vou parar agora.

Sem se despedir, Ana Lucia se afastou e desceu os dois lances de escada aos tropeções, quase caindo. Ouvi a porta de seu quarto se fechar. Mesmo assim, não ousei abrir o armário. Comecei a ouvir pelos canos os sons horríveis de Ana Lucia e do coronel na cama. Morrendo de vergonha, rezei para que Sadie não estivesse escutando de dentro do armário fechado.

Depois de um tempo, o quarto abaixo do meu ficou em silêncio. Esperei até ter certeza de que eles estavam dormindo, abri a porta do armário e ajudei Sadie a sair. Ela estava zangada e assustada, e pareceu se preparar para falar algo, mas eu cobri sua boca com a mão para não acordar Ana Lucia ou seu maldito convidado.

— Shh. Agora não.

Conduzi Sadie rapidamente pelo quarto e começamos a descer os degraus dos fundos. As tábuas do assoalho rangiam, ameaçando nos trair a cada passo.

Por fim, chegamos ao térreo.

— Já está na hora de voltar? — perguntou Sadie quando saímos do beco atrás da minha casa, voltando à rua Kanonicza.

— Temos pelo menos mais duas horas.

Era madrugada e eu não conhecia outro lugar onde pudéssemos esperar ou nos esconder.

— Podemos caminhar um pouco? Eu gostaria de ver a cidade mais uma vez.

Eu disse que não. Precisávamos ir direto para o rio e encontrar um esconderijo perto da grade do esgoto. Não era seguro estar na rua; estávamos desobedecendo ao toque de recolher e seríamos presas se alguém nos visse. Sadie sabia disso.

— Por favor, Ella. Só tenho mais algumas horas de liberdade. Quem sabe quando terei uma chance como esta novamente?

Encarei a situação pelo ponto de vista dela. Eram momentos de liberdade pelos quais ela ficaria grata, talvez os últimos que teria na vida. Parti em direção às ruas sombrias abaixo do Rynek, presumindo que ela queria ver a Cidade Velha, planejando conduzi-la como antes. Mas Sadie segurou meu braço, puxando em uma direção diferente, assumindo a liderança e me guiando para o sul rumo a Kazimierz, onde havia sido o Bairro Judeu de Cracóvia — e sua casa.

Embora eu já tivesse passado pelos arredores de Kazimierz diversas vezes no caminho para a ponte, não andava pela vizinhança desde o início da guerra. Era um aglomerado de ruas estreitas, ocupadas por mais de uma dúzia de sinagogas. Antigamente, aquela área fervilhava de lojas e mercadores judeus e ouvia-se mais iídiche nas ruas do que polonês. Agora todos os judeus haviam partido, os prédios tinham sido queimados e as janelas quebradas. As reminiscências, porém, ainda estavam aqui, palavras judaicas gravadas em um caco de vidro, o contorno tênue de uma mezuzá que um dia estivera pendurada em uma porta.

Caminhamos pelas ruas desertas sem dizer nada, o silêncio perturbado apenas pelos cacos de vidro estalando sob nossos pés. Observei Sadie pelo canto do olho. Ela parecia mais triste a cada quarteirão que passava, vendo pela primeira vez o que restara de sua vizinhança. Eu me perguntei se ela havia se arrependido de ter vindo.

— Podemos voltar — ofereci. — Pegar outro caminho.

Ver o que deixara de existir certamente só lhe traria mais dor. No entanto, Sadie continuou andando, taciturna, mas determinada.

Ela entrou em uma rua menor e parou diante de uma fileira de casas que não pareciam tão destruídas quanto algumas pelas quais passamos. Elas ainda podiam ser habitadas. Sadie não falava nada enquanto olhava para a construção, perdida em recordações.

— Sua casa? — perguntei.

— Nosso apartamento ficava no terceiro andar.

Eles moravam apenas numa parte do edifício, percebi, não na casa inteira, como eu. A casa de Sadie era simples, mas, pelo brilho em seus olhos ao se lembrar dos dias que viveu lá, era nítido que seu lar era repleto de calor e amor.

— Você vai voltar para cá — falei, pegando sua mão e entrelaçando os dedos nos dela. — Depois da guerra.

Embora eu tivesse dito aquilo com a melhor das intenções, nós duas sabíamos que era mentira. A guerra havia quebrado sua vida em pedaços demais para serem remontados da mesma maneira. Seja lá o que a vida lhe reservava para depois da guerra, não estava aqui.

Sadie ficou imóvel por tanto tempo que temi que não quisesse mais ir embora. Eu me preparei para persuadi-la a se afastar, mas ela deu uma última olhada na casa e se virou para mim.

— Estou pronta.

Juntas, caminhamos lentamente de volta ao rio para Podgórze.

Ao nos aproximarmos da ponte, procurei Krys na margem oposta. Ele não estava lá, é claro. Ainda era cedo, mais de uma hora antes do nosso combinado. Mesmo assim, fiquei preocupada imaginando todas as coisas ruins que poderiam ter acontecido — como ele não ter arranjado comida ou ter sido preso.

— Krys ainda não chegou — observei.

— Você ainda está apaixonada. Dá para perceber só pelo jeito como diz o nome dele.

— Talvez, mas nunca poderemos ficar juntos, então não importa.

— Nunca diga nunca — respondeu ela, usando minhas palavras contra mim.

Nós duas rimos por alguns instantes, o som viajando longe demais com o vento.

— O amor sempre importa — acrescentou ela, seu tom de voz sério agora.

Viramos a esquina perto da ponte. Foi quando ouvimos o motor de um carro à frente. Era um veículo da polícia, como o que tínhamos visto antes, agora patrulhando a margem do rio. Nós saltamos de volta na esquina, nos espremendo contra um dos prédios para não sermos vistas.

Ao meu lado, Sadie tremia. Eu me preparei para nossa descoberta, tentando pensar em uma desculpa para explicar o que estávamos fazendo na rua numa hora daquelas. O carro da polícia serpenteava lentamente pela estrada que acompanhava o rio.

A MULHER COM A ESTRELA AZUL

— Não podemos esperar aqui — observei assim que o carro da polícia passou.

— O que devemos fazer então? — perguntou Sadie, ainda tremendo de medo.

Não podíamos voltar para minha casa, mas também não era seguro ficar na rua.

— Precisamos encontrar um lugar onde não seremos vistas.

— Onde?

Não respondi, mas estudei a fileira de casas que corriam ao longo do rio, procurando desesperadamente algum tipo de esconderijo. Meu olhar se deteve em uma casa que parecia abandonada, com uma série de degraus que levavam até a porta da frente.

— Lá — sugeri, apontando para um espaço vazio embaixo da escada exceto por um punhado de caixotes.

Sadie me seguiu até a casa. Quando começamos a tirar os caixotes do caminho, um odor rançoso veio do espaço por onde íamos rastejar. Respirei superficialmente e tentei não engasgar de nojo, mas Sadie entrou no pequeno espaço sem hesitar, parecendo não notar o cheiro. Eu não sabia se havia pessoas morando nas casas vizinhas, se nos notariam sob as escadas ou se elas se importariam, mas era o que tínhamos e teria de servir.

Eu me arrastei com cuidado, depois Sadie bloqueou a entrada com os caixotes para nos esconder, embora aquilo não impedisse ninguém de entrar. Ficamos encolhidas em silêncio.

— Hoje é meu aniversário — observei subitamente.

Com tudo o que estava acontecendo e a maneira como os dias se misturavam, eu quase me esquecera.

Sadie se endireitou.

— Feliz aniversário, Ella!

Era difícil acreditar que eu havia esquecido meu próprio aniversário. Era a mais nova da família e meus pais sempre fizeram um grande alarido, com festas, presentes e balões — até uma ida ao zoológico quando o tempo estava bom. Agora simplesmente não havia ninguém para lembrar.

— Quando é seu aniversário? — perguntei.

— Em 8 de setembro. Talvez tudo isso tenha terminado até lá e possamos comemorar juntas.

— Nós vamos — afirmei, querendo me agarrar à visão improvável do futuro que ela oferecia.

Aparentemente exausta, Sadie encostou a cabeça no meu ombro. Ela começou a tremer, e não tive certeza se era de frio, medo ou outra coisa. Aproximei-me para me aquecer, tirei meu suéter e o coloquei em volta dela, puxando-a para perto. Então o calor me envolveu e, naquele lugar tão improvável, adormecemos.

Algum tempo depois, acordei. Sadie se afastara de mim e estava enroscada em posição fetal.

— Sadie, acorde!

Eu me repreendi por ser tola a ponto de me deixar cochilar. À distância, um sino tocou, indicando cinco da manhã.

— Estamos atrasadas! Precisamos ir!

Saímos apressadas do esconderijo, rastejando por baixo da escada e correndo de volta para o rio. A luz do dia estava começando a surgir a leste quando cruzamos a ponte, as finas rachaduras de luz que dividiam as nuvens escuras se alargando e brilhando. Procurei Krys na margem oposta, em nosso ponto de encontro. Ele não estava lá. Perguntei-me se ele já teria aparecido e ido embora. Já era quase manhã; em breve, trabalhadores apareceriam na margem do rio e não haveria mais chance de levar Sadie de volta para o subterrâneo sem sermos vistas. Eu me preparei para dizer que ela teria que voltar sem a comida. Eu poderia levar para ela depois, mas não seria a mesma coisa. Sadie precisava de comida agora.

Finalmente, vi Krys vindo da outra ponta, acelerando na nossa direção, cruzando a margem do rio com passos largos.

— Depressa — falei, correndo para encontrá-lo.

Ele carregava um saco nos braços, muito maior do que eu esperava.

— Apenas batatas — avisou ele, sem fôlego de tanto correr. — Foi tudo que eu consegui.

Havia um tom de desculpas em sua voz.

— Está ótimo.

Por causa do tempo que duravam, batatas eram como ouro, Sadie comentou uma vez.

— É tudo que posso conseguir por agora. Vou tentar arranjar mais.

— Obrigada — agradeci.

Krys e eu ficamos nos olhando por vários segundos, sentindo novamente a conexão que um dia havíamos compartilhado.

Eu me virei para Sadie, que ficara alguns metros de distância para trás.

— Está tudo bem — falei. — Este é o meu amigo.

— Krys — apresentou-se ele, caminhando até Sadie e estendendo a mão. Ela não aceitou.

— Prazer em conhecê-la.

Pelo rosto de Krys, vi como ele ficou surpreso com a aparência magra e pálida dela. Eu já tinha me acostumado, mas vê-la pela primeira vez deve ter sido um choque.

— Sadie — respondeu ela, e pude ver o quanto demorou para confiar nele o suficiente para dizer seu nome. — Obrigada pela comida.

— Agora tenho que ir — avisou Krys.

Eu não sabia se era verdade ou ele estava apenas nos dando um último momento a sós. Krys me passou o saco de batatas e nossos dedos se tocaram levemente. Ele me olhou nos olhos.

— Obrigada — repeti.

— Ella, eu queria dizer a você que... — Ele hesitou.

Então ouvimos um barulho debaixo da ponte. Virei na direção do som, temendo que fosse a polícia mais uma vez, mas era apenas um estivador descarregando mercadorias de seu caminhão.

— Preciso ajudar Sadie a voltar — expliquei, me desculpando.

— Claro. — Ele parecia decepcionado. — Pode me encontrar mais tarde? — perguntou. — Há um quarto acima do café em Barska onde estou hospedado, no último andar.

Eu devia recusar, ponderei. Não era apropriado encontrar Krys no apartamento dele. Eu não sabia se ele queria apenas conversar ou algo mais. As coisas entre nós pertenciam a um passado distante demais para ser retomado agora.

Mas alguma coisa me impediu de recusar.

— Vou tentar — respondi, não querendo prometer mais.

Aparentemente satisfeito, ele começou a se afastar.

— Krys! — chamei, fazendo-o dar meia-volta. — Tudo o que você fez... por mim... pela Sadie... Estou realmente grata.

Eu queria dizer muito mais, mas não era o momento. Krys abaixou levemente a aba do chapéu e foi embora.

Entreguei o saco de batatas para Sadie.

— É, ele realmente não gosta de você — observou Sadie, a voz transbordando de sarcasmo.

Decidi ignorar a provocação.

— Tem tudo de que precisa?

— Sim.

Sadie passou a mão no saco de batatas. Era uma solução temporária e podia dar a ela e aos outros no máximo algumas semanas. Aquilo não iria salvá-los da fome, mas pareceu lhe dar esperança.

— Graças a você.

— E ao Krys — acrescentei.

— Sim, claro. Também estou muito grata pelo que ele fez. É que confiar nos outros não é fácil nessa situação.

— Eu entendo.

Quando chegamos à grade do esgoto, pedi para que ela esperasse. Sadie olhou para mim com expectativa.

— Se não quiser voltar, existem outras maneiras...

Ela balançou a cabeça.

— Os outros precisam de mim. Eu nunca poderia abandoná-los.

— Eu sei — respondi, admirando sua lealdade. — Acho que ainda não estou pronta para deixá-la partir.

Tentei tornar minhas palavras leves, mas não consegui. Sadie era minha amiga e eu odiava mandá-la de volta para o esgoto.

— Está tudo bem — garantiu ela, confortando-me, quando deveria ser o contrário. — Nos vemos semana que vem.

— Sim, claro.

Parecia, porém, que algo estava mudando irrevogavelmente.

— Domingo de manhã, se estiver tudo bem por você. Assim eu não preciso burlar o toque de recolher.

— Estarei aqui — respondeu ela.

À distância, vi mais trabalhadores se dirigindo para a margem do rio. Não era seguro para Sadie continuar aqui. Abri a grade do esgoto.

— Você tem que ir agora.

— Obrigada. Eu realmente não queria voltar lá para baixo.

— Vou tirar você daí de novo, eu juro.

Sadie fez uma pausa e puxou o cordão com o pingente escrito *chai* do bolso.

— É melhor esperar até descer para colocar isso de volta — adverti.

Porém, ela o ofereceu para mim.

— Não estou entendendo.

— Isso pertencia ao meu pai. É o único pedaço de nossa família que restou, e se eu não conseguir...

— Não diga isso — interrompi.

Eu sabia, é claro, que a vida de Sadie no esgoto era perigosa e que a qualquer momento poderia ser pega, mas éramos amigas, e eu não suportava a ideia de algo terrível acontecer com ela.

Ela balançou a cabeça, não querendo negar a provável verdade.

— Se eu não conseguir sair, ele precisa ser protegido.

— Você vai conseguir — prometi, embora não pudesse ter certeza. — Vou guardá-lo até você sair.

Aceitei o cordão com relutância. Ele parecia mais pesado do que deveria na minha mão. Manter objetos de valor dos judeus era uma atitude ilícita, e eles deveriam ser entregues às autoridades. Se eu fosse descoberta com aquilo, pagaria com a minha vida. Mas fiquei com o colar.

— Prometo guardá-lo num lugar seguro.

Aparentemente satisfeita, Sadie começou a descer para sua prisão aquosa, carregando o saco de batatas.

— Tenha cuidado — alertei.

Abracei-a o mais forte que pude e quase fui puxada para o subsolo também. Então, quando não consegui mais segurar, eu a soltei. Sadie virou o rosto para mim uma última vez.

— Obrigada, Ella.

E então ela se foi.

CAPÍTULO 15

Sadie

Triste, desci até o esgoto, Ella me observando de cima. Ela recolocou a grade e a barreira formada entre nós mais uma vez. Ao cair na escuridão de terra, eu parecia estar revivendo a noite em que chegamos ao esgoto. Só que papai não estava aqui para me pegar desta vez.

Abri caminho pela bacia. A água escura respingava em volta dos meus pés, sujando a bainha do vestido que Ella me deu. Comecei a descer o túnel, carregando o saco de batatas. Enquanto eu caminhava, imaginei-a voltando para aquela casa, mais grandiosa do que qualquer coisa que eu já tinha visto. Um dia, após o início da ocupação, papai e eu passamos por um belo prédio de apartamentos (nem de longe tão bonito quanto a casa de Ella) com vista para o Planty, o parque que separava Kazimierz do centro da cidade. Fiquei surpresa ao ver uma mulher bem-vestida sair de um elegante carro preto e entrar no prédio carregando diversas sacolas de compras.

— Como eles ainda vivem assim? — admirei-me.

Papai explicou depois que as únicas pessoas que ainda viviam assim eram as que colaboravam com os alemães. A família de Ella era esse tipo de gente. Sua madrasta estava saindo com um nazista. A família dela permanecida intocada enquanto nós éramos levados e talvez até lucrassem com isso. *Eu deveria odiá-la*, pensei com raiva.

Mas eu também estava confusa: Ella era a mesma jovem que ia fielmente ao esgoto quase todos os domingos; levava comida e presentes e, o mais importante, conversava comigo. Ela arriscara a própria segurança para me esconder e ajudar a mim, minha mãe e os Rosenberg. Sem ela, teríamos morrido de fome.

Apesar de sua família e das diferenças entre nós, ela era uma boa pessoa — e minha amiga.

Conforme me aproximava da câmara, comecei a apertar o passo, o saco de batatas batendo desajeitadamente na minha perna. Não era apenas ansiedade em compartilhar os frutos da minha missão com os outros: já amanhecera e, em poucos minutos, mamãe poderia acordar e não me encontrar.

Ao me aproximar da entrada da câmara, Saul apareceu.

— Sadie! — gritou ele, alto demais.

Meu coração se aqueceu. Senti saudades dele durante a curta ausência e achei que ele pudesse ter sentido o mesmo. Enquanto corria até mim, no entanto, a expressão em seu rosto era de preocupação.

— Que bom ver você! Quando descobri que não estava aqui, fui procurá-la, mas não consegui encontrar você. Fiquei preocupado.

Em meio ao alívio, as palavras de Saul se apressavam e atropelavam umas às outras.

— Eu preciso te contar uma...

Ele parou de falar abruptamente, claramente reparando em minhas roupas novas.

— O que andou fazendo?

Mostrei o saco de batatas, cheia de orgulho.

— Arranjando isto.

Entreguei o saco a Saul, que o pôs no chão.

— Que bom que você está bem — disse ele, aliviado. — E é maravilhoso que tenha encontrado comida, mas precisa vir imediatamente. Aconteceu uma coisa.

— O quê? — perguntei, apreensiva.

— Aí está você! — ralhou uma voz, nos interrompendo antes que Saul pudesse responder.

Quando nos viramos, a avó de Saul estava parada atrás de nós com as mãos na cintura. Esperei que ela me repreendesse por ter saído.

— Sua mãe — continuou Bubbe. — Ela está em trabalho de parto.

— O quê? — Meu estômago se revirou. — Mas ainda falta um mês para o neném nascer.

— Eu já ia te contar — disse Saul. — Ela escorregou e caiu.

— Enquanto procurava por você — acrescentou Bubbe, sem medir as palavras. — Ela caiu no túnel e entrou em trabalho de parto. O bebê vai nascer.

O bebê vai nascer.

Rezei para ter ouvido errado. Ainda faltava um mês para o bebê nascer. Não tínhamos nada preparado para ele ou ela — não que houvesse algo a preparar para o nascimento de um bebê neste lugar horrível.

A culpa e o pânico tomaram conta de mim a caminho da câmara. Mamãe estava no chão ao lado da cama, como se tivesse caído. Ajoelhei-me rapidamente ao seu lado e tentei ajudá-la a se levantar, mas ela continuou encolhida.

— Mamãe, você está bem?

Ela não respondeu. Passei os braços em volta dela mais uma vez e tentei colocá-la na cama, mas ela estava pesada por causa da gravidez e não consegui.

— Mamãe, por favor. Não pode ficar aqui. Precisa se levantar.

Ela pareceu mais desperta, então passei o braço em volta de sua cintura, ajudando-a a se erguer. Ela levantou a cabeça, parecendo me ver pela primeira vez.

— Sadele?

— Estou aqui.

Seu rosto estava pálido e coberto por uma leve camada de suor, sua respiração difícil. Ela contorceu o rosto e imaginei que estivesse tendo uma contração.

— Foi ver aquela garota de novo, não foi? — ofegou ela, a raiva misturada à dor.

Hesitei, não querendo responder e causar-lhe mais angústia.

— Eu arranjei comida, mamãe. Lamento ter quebrado minha promessa. Pode ficar com raiva de mim mais tarde, mas agora me deixe ajudar.

Ela parecia querer me repreender ainda mais, mas seu rosto se contorceu de dor e ela caiu de lado em cima de mim.

— O bebê está nascendo.

Ajudei-a a se deitar em nossa cama e percebi então que suas pernas estavam molhadas, não da água do esgoto, mas de outra coisa, escura e grossa. Sangue. Eu ouvira detalhes sobre dezenas de partos no gueto e tinha certeza de que não deveria haver sangue, ou pelo menos não naquela quantidade. Procurei freneticamente por Bubbe, mas ela havia desaparecido. Antes da guerra, havia um hospital perto de nosso apartamento no qual mamãe poderia ter ido para dar à luz. Já no gueto, vizinhos médicos ou parteiras ajudavam as mulheres em trabalho de parto. Aqui, no entanto, não tínhamos sequer um lençol ou

A MULHER COM A ESTRELA AZUL

toalhas limpas. Desejei que meu pai, ou pelo menos Pawel, estivesse aqui para me dizer o que fazer. Olhei para Saul e Pan Rosenberg, mas eles seriam inúteis. Por fim, Bubbe reapareceu. Embora fosse mal-humorada e geralmente estivesse zangada comigo, ela era minha única esperança. Sem que eu precisasse pedir, ela se aproximou e arregaçou as mangas.

— Sangue — avisei, minha voz quase falhando.

Bubbe assentiu secamente, mas não explicou o que aquilo poderia significar.

— Deite-a. Rápido! — ladrou ela quando não obedeci. — Precisamos elevar suas pernas acima da altura do coração para diminuir o sangramento. Você quer perdê-la?

Um calafrio percorreu meu corpo. Eu tinha ouvido falar de mulheres que morriam no parto, mas, até agora, não havia me ocorrido que ter esse bebê poderia matar mamãe.

Toquei o ombro de minha mãe.

— Mamãe, deite-se, por favor.

Ainda dobrada, ela me afastou.

— O bebê. É cedo demais.

Bubbe expulsou o filho e o neto da câmara para nos dar privacidade e voltou com nosso único jarro de água potável e uma toalha que certamente não estava tão limpa quanto deveria.

— Ajudei a parteira em nosso bairro algumas vezes — disse ela, orientando mamãe a se deitar. — Posso fazer isso. Você fica perto da cabeça dela e segura sua mão.

Eu não sabia se a experiência de Bubbe bastaria, mas não havia escolha.

Minha mãe soltou um gemido que ricocheteou pela câmara.

— Shh! — advertiu a idosa.

Eu sabia que partos eram dolorosos. Havia ouvido os gritos e lamentos que acompanhavam a chegada de uma nova vida ao mundo através das paredes finas do gueto. Aqui, porém, seria impossível gritar sem nos entregar aos alemães lá em cima. A velha encontrou um pedaço de madeira e colocou-o entre os dentes de mamãe. Ela o mordeu com força, seu rosto ficando vermelho, e em seguida pálido.

Um instante depois, mamãe se deitou, parecendo exausta.

— Você está bem? — perguntei, debruçando-me sobre ela e enxugando sua testa com um pano.

— Deixe-a descansar — instruiu Bubbe. — Ela precisa ganhar força entre as contrações. Antes que piorem.

Eu a encarei sem acreditar, achando que aquela tinha sido a parte ruim. Eu não poderia imaginar aquilo piorando.

Mas piorou. O padrão continuou, cada explosão de empurrões e dor aparentemente mais longa e intensa que a anterior. Entre uma e outra, mamãe descansava, quase inconsciente. Uma hora se passou, depois outra. As contrações ficaram mais próximas e a agonia de minha mãe se intensificou.

Depois de uma luta particularmente terrível, Bubbe examinou mamãe e se endireitou, com uma expressão sombria.

— É melhor você sair — disse ela, tentando me enxotar de repente.

— Por quê? O que houve?

Bubbe balançou a cabeça.

— Ela perdeu muito sangue. Se o bebê não nascer logo...

Ela não terminou. O terror me atravessou como uma faca.

— Não!

Mamãe estava imóvel, os olhos fechados. Coloquei o dedo sob seu nariz para ter certeza de que ainda estava respirando. Então aproximei meu rosto do dela e peguei sua mão.

— Você vai conseguir, mamãe. Por favor. Precisamos de você.

Eu estava falando por mim e por meu irmão ou irmã que ainda não havia nascido.

Mamãe pareceu tirar forças da minha voz, abrindo os olhos e voltando a empurrar. Desta vez, ela soltou um grito tão alto que certamente foi ouvido na rua acima. Suas unhas cravaram com força a palma da minha mão, tirando sangue, mas eu aguentei firme. Eu não a deixaria.

O bebê veio ao mundo decidido e com um choro forte que não deixou dúvidas quanto à sua boa saúde. Enquanto seu berro atravessava o esgoto desafiadoramente, uma expressão sombria cruzou o rosto de Bubbe.

— Dê o bebê para mim — disse mamãe, com a voz rouca.

Bubbe passou o bebê para ela, que apoiou a cabeça da criança no seio na tentativa de silenciar a tempestade. Mas seu leite ainda não havia descido, e o rosto do recém-nascido começou a ficar roxo de frustração. Mamãe o puxou para perto do peito, quase sufocando a criança para abafar o choro.

— É uma menina — anunciou Bubbe.

Eu me perguntei se minha mãe teria preferido um filho para lembrá-la de papai. Corri até nossas coisas para buscar o cobertor de bebê que trouxemos na fuga. Embora tivesse sido encharcado na enchente com o resto de nossos pertences, ainda se via que era branco com duas listras azuis em cada extremidade. Passei-o para minha mãe.

A cabeça dela caiu para trás de repente e seus braços afrouxaram, quase deixando a criança cair. A idosa se moveu com velocidade surpreendente para alcançá-la.

— Segure-a — ordenou, passando a bebê para mim repentinamente.

Eu nunca tinha segurado um bebê antes. Minhas mãos se atrapalharam em torno do pacote estranho e ondulante.

— Mamãe! — gritei, alto demais. — O que está acontecendo?

Bubbe não respondeu, mas se concentrou em reanimá-la. Prendi a respiração. Mamãe era o último pedaço do meu mundo. Eu não poderia perdê-la.

Logo depois, minha mãe reabriu os olhos. Ela piscou por alguns segundos antes de se concentrar em mim, segurando minha irmã mais nova, e sorriu, sem forças.

— Ela vai ficar bem — declarou Bubbe. — Está fraca, mas pelo menos o sangramento parou.

Olhei para baixo, examinando a bebê. Eu não sabia como ia me sentir ao ter um irmão ou irmã mais nova. Carecas e redondos: bebês sempre me pareceram iguais. Olhando agora para a criança com o mesmo narizinho arrebitado que o meu, no entanto, senti uma onda de amor me invadir. Eu faria tudo o que pudesse para proteger minha irmã.

— Como ela vai se chamar? — perguntei, esperando que mamãe escolhesse uma versão feminina do nome de papai, Michal.

Minha mãe balançou a cabeça. Eu me perguntei se ela estava fraca demais para decidir. Talvez dar um nome a um bebê nascido em circunstâncias tão desesperadoras fosse algo mais esperançoso do que ela poderia suportar.

Pouco depois, Bubbe tirou a recém-nascida de mim e a entregou à mamãe para tentar fazê-la mamar novamente. Saí da câmara para dar notícias aos outros.

— É uma menina — contei.

— Mazel tov — ofereceu Pan Rosenberg sem emoção.

— Uma criança é um sinal de vida, de esperança — disse Saul, dando um passo na minha direção. Por um segundo, pensei que ele ia pegar minha mão, mas é claro que não.

— Sua mãe está bem?

— Sim, parece que sim, obrigada.

A bebê começou a chorar mais alto, o som espalhando-se da câmara para o túnel. As rugas na testa de Pan Rosenberg pareciam mais fundas de preocupação.

— Como vão evitar que a criança chore? — perguntou ele.

Eu não sabia o que responder. Eu havia concentrado minha preocupação em como mamãe daria à luz no esgoto, certificando-me de que ela e a bebê passariam pelo parto com segurança. Mas agora que minha irmã estava aqui, percebi o tamanho do problema. O esgoto exigia que ficássemos em silêncio, especialmente durante as longas horas do dia, quando as pessoas caminhavam pelas ruas lá em cima a caminho da catedral. Um choro de bebê certamente seria ouvido. Como evitar isso?

Voltei para a câmara, meu estômago pesado como chumbo. Havíamos enfrentado inúmeros obstáculos morando ali: nos esconder dos alemães, obter comida suficiente, nos manter saudáveis mesmo em condições tão terríveis, enfrentar inundações perigosas. Agora, no entanto, parecia que um bebezinho se tornaria o maior problema de todos.

CAPÍTULO **16**

Ella

Assim que Sadie voltou para o esgoto, saí correndo da margem do rio, disparando na direção de Dębniki. A luz do dia já havia irrompido totalmente, e os garis já varriam o lixo das calçadas. Quando cheguei ao café na rua Barska, não entrei. Em vez disso, passei pela porta ao lado e subi as escadas que levavam aos apartamentos nos andares superiores. O prédio era velho e úmido. Ninguém se preocupara em trocar as lâmpadas queimadas da escada e o lugar cheirava a fumaça de cachimbo.

Quando cheguei ao último andar, bati na única porta. Não houve resposta.

— Krys? — chamei baixinho.

Mais silêncio. Esperei alguns segundos, confusa. Ele me pediu para ir vê-lo depois que Sadie voltasse ao esgoto e eu sabia que aquele era o apartamento certo. Virei a maçaneta, empurrei a porta alguns centímetros e olhei lá dentro. Era um sótão vazio, não muito maior que o de Maciej, mas com o teto reto em vez de inclinado. Pesadas cortinas estavam fechadas para impedir a entrada do sol. Quando meus olhos se ajustaram à escuridão, encontrei Krys sentado em um colchão vazio do outro lado do cômodo. Ele estava imóvel, apoiado na parede com a cabeça caída para trás.

— Krys?

Ele não respondeu. Por um segundo, temi que algo tivesse acontecido depois de ele me deixar na margem do rio. Será que Krys tinha se machucado ou algo pior? Porém, quando me aproximei, notei que seu peito subia e descia com respirações longas e regulares. Ele estava apenas dormindo. Ao observá-lo, senti uma pontada de saudade. Me perguntei quando fora a última vez que ele descansara em uma cama confortável ou tivera uma noite inteira de sono.

Eu também não tinha dormido, exceto por aquele breve tempo escondida embaixo da escada com Sadie. De repente, também me senti exausta da longa noite escondendo minha amiga e caminhando pela cidade com ela. Eu me sentei com cuidado ao lado de Krys, tentando não acordá-lo. Enquanto o observava, senti surgir uma mistura de afeto e desejo. Desejei, mais do que nunca, que as coisas entre nós pudessem ser como antes da guerra, que não fosse tudo tão complicado agora. Ele estremeceu, ainda dormindo. Mesmo sendo primavera, o frio da brisa noturna permanecia no cômodo sem aquecimento. Krys não tinha cobertor, mas havia um casaco largado no chão, não muito longe do colchão, que peguei para cobrir nós dois. Por fim, apoiei a cabeça delicadamente em seu ombro.

Ele pareceu sentir minha presença e abriu os olhos.

— Ella, você chegou. Que bom.

Krys passou o braço em volta de mim e eu me aproximei, sentindo como se tudo o que havia acontecido desde que ele partira para a guerra não tivesse passado de um pesadelo.

— Eu entrei quando você não respondeu. Devia trancar a porta.

— Deixei aberta para você. De qualquer forma, se quiserem vir atrás de mim, não será uma tranca que vai impedi-los.

Ele estava falando dos alemães, percebi, estremecendo por dentro. O trabalho de Krys para o Exército Nacional fazia dele um homem procurado. De repente, parecia que soldados poderiam irromper pela porta a qualquer segundo. Até aquele nosso simples momento juntos era frágil, repleto de perigo.

Krys esticou o braço até o outro lado do colchão, puxando um pequeno pacote embrulhado, que me entregou.

— Feliz aniversário.

— Obrigada — respondi, comovida.

Eu não esperava que ele se lembrasse do meu aniversário; eu mesma quase tinha esquecido. Dentro do pacote, encontrei um pedaço de bolo de mel polonês, polvilhado com açúcar de confeiteiro.

— Não é muito, mas, até a noite passada, eu não sabia que te veria hoje. É o melhor que consegui tão em cima da hora.

— É perfeito.

Não tínhamos garfos, então parti o pedaço de bolo e passei metade para ele. Comer a sobremesa com as mãos de manhã cedo assim era estranho, mas, de alguma forma, também parecia perfeito.

— Uma nova tradição — acrescentei.

Então senti meu rosto arder. Não tive a intenção de sugerir que continuássemos juntos.

— Uma nova tradição — repetiu Krys, fitando fixamente meus olhos.

Ele estendeu a mão para limpar uma mancha de açúcar da minha boca.

— Está morando aqui?

— Não exatamente. Esta é uma casa segura e um bom lugar para descansar quando estou trabalhando.

— E seus pais? — perguntei, intrigada.

— Estão por perto. Ainda deixo minhas coisas com eles e vou lá tomar banho, mas tento ficar longe o máximo possível para protegê-los. Não posso colocá-los em perigo, nem você.

Percebi então que manter distância de mim nos últimos meses não era uma desculpa. Ele realmente estava tentando me proteger dos riscos que seu trabalho trazia. Eu me aproximei um pouco mais.

— Bem, eu não vou mais ficar longe de você. Eu não quero.

— Que bom. — Krys voltou a passar os braços à minha volta. — Eu estava tentando proteger você ao me manter longe, mas agora vejo que foi um erro. Ninguém está seguro, Ella. A melhor maneira de protegê-la é tendo você por perto.

Ele virou o rosto para mim e seus lábios encontraram os meus com mais intensidade do que antes. Algo estava diferente, a distância entre nós eliminada. Caímos nos braços um do outro. Beijei-o e deixei que suas mãos viajassem até os lugares que tinham percorrido apenas na noite anterior à sua partida para a guerra.

— Senti tanto sua falta — confessou Krys, pairando acima de mim.

Pude ver, por seu desejo reprimido, que não houvera mais ninguém em sua vida no tempo em que estivemos separados. Então me deixei levar, abafando a voz que dizia que aquilo era errado porque Krys havia me deixado e não estávamos mais juntos oficialmente. Havíamos nos reencontrado. Era um momento de rara alegria em um mar de perigo e escuridão e eu o aceitei avidamente.

Depois, deitamos nos braços um do outro, deixando nossa respiração desacelerar sem dizer nada. Permiti-me descansar a cabeça em seu peito.

— Sadie voltou para o subterrâneo em segurança? — perguntou ele finalmente.

— Sim — respondi, agradecida por falar sobre um assunto que não fosse nós dois e o que tinha acabado de acontecer.

Lembrei-me da expressão no rosto de minha amiga enquanto descia.

— Ela parecia triste em ter que voltar, mas grata pela comida. Como arranjou aquilo?

Ele sorriu e afastou uma mecha que estava tapando meus olhos.

— Eu tenho meus métodos. — Então ele continuou, mais sério: — Alguém me devia um favor.

Krys apertou os lábios e entendi que não diria mais nada sobre o assunto.

— Bom, estou mais do que agradecida. Se houver algo a fazer para recompensá-lo...

— Existe — devolveu ele rapidamente, me surpreendendo.

Krys não disse mais nada por um tempo, como se estivesse pensando na ideia, e eu não conseguia imaginar o que ele poderia querer. Será que estava planejando me pedir ajuda com seu trabalho mais uma vez?

— Existem suprimentos, armas essenciais para o nosso trabalho. Preciso encontrar um lugar para escondê-los por um tempo.

— Onde? Certamente não quer que eu os armazene lá em casa com Ana Lucia recebendo seus amigos alemães.

— Não, claro que não. Mas você tem o lugar perfeito: o esgoto.

Eu me sentei, cobrindo o corpo.

— Não pode estar falando sério.

Os olhos solenes de Krys, contudo, me diziam o contrário.

— Não, eu não posso fazer isso.

— Apenas pergunte para Sadie. Depois de tudo que você fez por ela, tenho certeza de que ela diria sim.

Claro que ela diria sim, e esse era o problema. Por gratidão, Sadie estaria mais do que disposta a ajudar, mas ela mal sobrevivia ali. Eu não poderia pedir que fizesse algo que a colocasse ainda mais em risco. Olhei para Krys, deitado ao meu lado, e de repente o que havia acabado de acontecer entre nós ganhara outro significado.

— É por isso que me pediu para vir aqui? Porque precisava de ajuda?

Peguei meu vestido.

— Não, não é nada disso. Eu queria estar com você, Ella, como sempre quis. Mas estamos em um momento crítico na luta contra os alemães e precisamos atacar com todas as armas que temos. O esconderijo no esgoto é perfeito.

— Eu sinto muito.

Isso era pedir demais, mesmo que o trabalho de Krys fosse importante.

— Por que Sadie significa tanto para você?

Eu hesitei. Krys tinha razão. Eu conhecia Sadie há pouco tempo. Ela não era ninguém para mim. Eu não deveria me preocupar tanto com ela, mas, de alguma forma, no curto tempo desde que a conhecera, viramos amigas. Eu queria ajudá-la e protegê-la, e sabia que ela faria o mesmo por mim.

Mas Krys não entendia nada disso. Tudo o que viu foi uma garota estranha que eu mal conhecia e que morava no esgoto — e eu a estava priorizando.

— Eu não sei explicar — confessei. — Apenas posso dizer que há uma conexão entre nós. Eu me importo com ela. Ela é minha amiga.

— E quanto a mim?

— Você sabe o que significa para mim — respondi rapidamente, não querendo deixá-lo tornar meus sentimentos por ele um ponto a seu favor. — Só que você tem outras opções para esconder as munições.

— Não — discordou Krys bruscamente. — Eu não tenho.

Eu não fazia ideia se era verdade.

— Se eu tivesse, não estaria pedindo.

— O esgoto é a última esperança de Sadie — expliquei, desesperada para fazê-lo entender. — Se ela for pega, será presa ou morta.

— Acha que eu não sei disso? — explodiu Krys.

Sua voz saiu tão alta que eu tinha certeza de que foi ouvida no apartamento de baixo.

— É por isso que estamos fazendo tudo isso.

— Não é verdade — rebati. — O Exército Nacional está lutando para libertar a Polônia. A maioria dos poloneses não se importa com os judeus.

Para Krys, tratava-se de uma luta maior, não de uma judia solitária e sua família. Para mim, Sadie importava.

— Então não vai ajudar?

— Não desta forma. Sinto muito.

Virei o rosto, incapaz de olhar para ele. Seu único pedido era justamente o que eu não poderia dar.

— Eu também.

Krys se afastou de mim e se levantou, continuando:

— Achei que você entendia.

— Eu poderia dizer a mesma coisa.

— Estamos numa guerra — declarou ele laconicamente enquanto vestia a camisa. — Todos nós precisamos fazer concessões.

Percebi então como Krys havia voltado diferente. Agora ele pertencia à causa, ao seu trabalho. Não a mim.

Eu queria dizer que o ajudaria a esconder as munições, mas não podia trair a segurança de Sadie.

— Eu quero ajudar. Posso transportar pacotes ou o que mais precisar que eu faça. Podemos guardar as munições na casa de Ana Lucia, se necessário.

Eu sabia, mesmo enquanto sugeria, que a ideia era ridícula.

— Mas não me peça para arriscar a segurança de Sadie de novo — pedi, agora quase implorando. — Posso ajudá-lo a encontrar outro lugar.

Krys balançou a cabeça teimosamente.

— Não há tempo e não há lugar melhor. Eu não preciso da sua permissão, Ella. Eu posso pedir diretamente para ela, ou até entrar no esgoto eu mesmo.

Foi um blefe calculado, destinado a me fazer concordar.

Ficamos sentados em silêncio, sem dizer nada.

— É melhor você ir — disse ele um pouco depois.

Eu me levantei, ferida por sua frieza. Procurei as palavras certas para fazer as pazes. Eu não queria me despedir zangada, mas agora havia um abismo entre nós, grande demais para ser diminuído.

— Preciso fazer isso — insistiu Krys, tentando me persuadir uma última vez.

Ele era obstinado, desacostumado a ouvir não.

Mas eu também era.

— Se chegar perto do esgoto, nunca mais falo com você.

Dei meia-volta e saí do quarto.

De volta à rua, segui o caminho de casa, abalada. A manhã estava clara e ensolarada, as calçadas cheias de pessoas que já haviam começado seu dia. Parecia que tudo estava desabando sobre mim, e minha cabeça rodava, confusa. Krys e eu tínhamos voltado, tudo tão perfeito que poderia ter sido um sonho. Agora que o momento entre nós desapareceu e a distância voltou, era como se nunca tivesse acontecido. Eu confiei em Krys, contei a ele a verdade sobre Sa-

A MULHER COM A ESTRELA AZUL

die e os outros escondidos no esgoto, e ele estava ameaçando arriscar a segurança deles para alcançar seus próprios objetivos. Eu me perguntei com pesar se o preço para obter a comida de que Sadie precisava teria sido alto demais.

Quando cheguei à rua Kanonicza, já passava das nove e não havia chance de entrar furtivamente em casa. Ajeitando meus cabelos, passei pela porta da frente. Ana Lucia estava sentada na outra extremidade da mesa do café da manhã. Enquanto ela observava o vestido sujo e amassado que eu estava usando desde o dia anterior, preparei-me para o interrogatório. Mas ela não me perguntou nada.

— Tem *kiełbasa* — comentou brandamente.

Hanna me trouxe um prato e, embora eu não estivesse com tanta fome, peguei uma salsicha. Ana Lucia não mencionara meu aniversário, claro. Ela nunca se lembrava dele. Um segundo depois, ela começou:

— Então, Ella.

Levantei os olhos do prato e a vi me observando, os olhos estreitos como os de um gato. Prendi a respiração. Será que ela sabia sobre a presença de Sadie na casa ontem à noite?

— Achei que gostaria de saber que estou me sentindo melhor.

— Você estava doente?

Sua pele estava corada, os olhos claros. Ela não me parecia indisposta.

— Eu não fazia ideia.

— Não foi isso que disse aos alemães em Dębniki.

Eu congelei, me lembrando dos soldados que encontrei quando tentei visitar Sadie na semana anterior e da desculpa que dei pela minha cesta de comida.

— Você disse que sua mãe estava doente e que estava trazendo comida para casa. Eles contaram ao coronel Maust.

Claro que contaram.

— Você usou meu nome, Ella. Mentiu sobre mim e me fez parecer uma idiota. Por quê?

Tentei pensar em uma explicação, mas não encontrei nenhuma.

— Os alemães me pararam e eu não consegui encontrar meu *Kennkarte* — menti. — Eles queriam saber o que eu estava fazendo. Fiquei com medo e inventei uma desculpa, sinto muito.

— O que estava fazendo lá? — insistiu ela.

Eu tinha caído direitinho em sua armadilha.

— Você não tinha nada que ir para Dębniki novamente. E Fritz disse que, segundo os policiais, você estava com um jovem. — Ela fez uma pausa, pensando. — É aquele menino horrível de novo, não é?

Ana Lucia torceu o nariz de desgosto. Ela nunca tinha gostado de Krys e considerava a família dele inferior. Isso sempre me enfureceu.

Agora, porém, aproveitei com gratidão a desculpa que ela me deu.

— Sim.

— Precisa parar de correr atrás dele por aquele bairro imundo. Você não deve voltar lá.

— Sim, Ana Lucia — respondi, tentando soar devidamente envergonhada.

Ao concordar rápido demais, entretanto, eu exagerara. Ela arregalou os olhos.

— Você está aprontando alguma coisa — constatou Ana Lucia devagar, o predador rondando sua presa.

— Não sei do que está falando — menti, desejando que minha voz não tremesse.

— Cuidado, garotinha. Está jogando um jogo perigoso e vai perder. Esta casa agora é minha e você só está nela pelas minhas boas graças. Sabe disso, não sabe?

Não respondi, terminando minha salsicha em silêncio e me levantando da mesa em seguida. Sentindo os olhos dela ainda em mim, tentei caminhar normalmente e forcei-me a manter a respiração equilibrada enquanto deixava a sala. Ana Lucia estava desconfiada, mas não sabia sobre Sadie — pelo menos não ainda. Eu precisava ser mais cuidadosa.

Quando comecei a subir as escadas, vi um envelope sobre a mesa do saguão. Estava endereçado a mim e me perguntei quando chegara, bem como se Ana Lucia o esquecera ou deliberadamente deixara de entregá-lo. Uma carta de Paris, percebi ao ver os selos franceses. Talvez uma saudação de aniversário do meu irmão. Mas a letra não era a alongada e familiar caligrafia de Maciej. Rasguei o envelope.

Querida Ella,

Ainda não nos conhecemos, mas Maciej já me contou tanto sobre você que sinto que a conheço. Eu sou o amigo do seu irmão, Phillipe.

Amigo, reli a palavra. Era um eufemismo, um código cuidadosamente censurado para muito mais. Pelas cartas anteriores de Maciej, eu sabia que ele e Phillipe se gostavam muito e achava lamentável que a sociedade não permitisse que os dois reconhecessem seus sentimentos e chamassem o relacionamento pelo nome que merecia. Rapidamente, continuei lendo.

> *Receio escrever com a terrível notícia de que Maciej foi levado pela polícia durante uma invasão a um cabaré que às vezes frequentamos.*

Meu coração parou. Meu amado irmão foi preso.

> *Já circulavam boatos de que a polícia poderia fazer uma batida no cabaré e eu implorei para que ele não saísse, mas ele não se deixou dissuadir.*

Claro que não. Maciej sempre foi teimoso e desafiador. Foi aquilo, em parte, que destruiu seu relacionamento com meu pai e o fez fugir para Paris.

> *Falei com todos os meus contatos na tentativa de obter informações sobre o bem-estar dele e garantir sua liberdade. Disseram-me que ele está bem e que logo será solto.*

Eu suspirei de alívio. Ainda assim, meu coração doía por meu gentil irmão, forçado a suportar tais circunstâncias.

Terminei de ler a carta.

> *Antes de ser preso, Maciej solicitou um visto para você, que chegou recentemente. Estou anexando-o aqui. Por favor, venha quando puder. Gostaríamos muito que morasse conosco.*

Atenciosamente,
Phillipe

Olhei dentro do envelope, de onde tirei um segundo pedaço de papel: um visto para a França.

Segurei o visto, contemplando-o. Aquilo equivalia a um passe para a liberdade. Muitas pessoas matariam para obtê-lo. Um tempo atrás, era tudo o que eu queria. Agora, aquele sonho que eu nutrira com tanto carinho parecia uma relíquia de outra vida. Ainda assim, eu deveria aproveitá-lo, ir para Paris e garantir que Maciej estava bem.

Então pensei em Sadie. Ela precisava de mim de uma forma que poucas pessoas já precisaram; ela contava comigo para sobreviver. Pensei nas vezes em que me senti impotente, primeiro com Miriam e depois quando aquela mulher saltou da ponte com os filhos. Na época, quer por circunstância ou por escolha, eu não fiz nada. Desta vez, eu poderia fazer a diferença. O mais fácil seria ir embora, mas o mais corajoso seria ficar. Eu não poderia ir, pelo menos não agora. Dobrei o envelope e guardei-o no bolso.

CAPÍTULO 17

Sadie

Mamãe se aninhou no canto da câmara, tentando amamentar a bebê. Eu sabia que havia alguns dias que seu leite não saía, mas hoje seus seios felizmente estavam inchados e cheios. Enquanto eu me posicionava para escondê-la dos outros na câmara, reparei em como ela estava magra e esgotada. Uma mulher amamentando precisava se alimentar com uma comida boa e nutritiva, mas tínhamos apenas as batatas que Ella me ajudara a encontrar e que não durariam para sempre. O que íamos comer depois?

Deixando aquelas preocupações de lado, olhei para a criança, que, três dias após o nascimento, ainda não tinha nome. Ela afastou a cabeça do seio onde mamava e olhou para mim com seus olhos claros e atentos. Bebês não enxergam direito nos primeiros meses, contara mamãe. No entanto, sempre que eu me aproximava, os olhos da minha irmã encontravam os meus e me fitavam. Tivemos uma conexão imediata. Eu era a única que conseguia acalmá-la quando estava cansada e mal-humorada, ou quando mamãe tentava amamentá-la, mas não vinha leite.

Observei minha mãe. Apesar do parto difícil, ela pareceu extrair forças da bebê depois do nascimento, e estava determinada a cuidar dela. Seguia a rotina de alimentar e trocar a criança como se estivéssemos em casa, não em um esgoto onde era preciso lavar os mesmos dois panos de prato que serviam de fralda repetidas vezes.

Enquanto mamãe terminava de amamentar, saí da câmara. Saul tinha ido buscar água um pouco antes e eu esperava vê-lo voltando, mas o túnel ecoava com o vazio. Chovera muito na noite anterior, mas a tempestade foi misericordiosamente curta, então não precisamos temer uma nova enchente. Eu não conseguia imaginar como sobreviver a tal provação de novo, ainda mais com um bebê para manter seguro. A chuva havia parado por completo e as nuvens da manhã se dissipado. O sol entrava pelas frestas da grade do esgoto, tornando as pedras que ladeavam o túnel brilhantes como a praia na maré baixa que eu vira apenas uma vez, quando papai nos levou para o litoral de Gdańsk nas férias. Não era o dia da visita de Ella, então me perguntei o que minha amiga estaria fazendo e se estava feliz por se ver livre de sua obrigação hoje.

Dentro da câmara, a bebê começou a chorar, seus gritos ecoando pelo túnel. Corri de volta para ajudar. Mamãe caminhava, balançando-a de um lado para outro, tentando acalmar minha irmã e suas cólicas depois de mamar. Eu a tirei dos braços dela e a abracei. Mesmo com o fedor do esgoto, seu doce cheirinho de bebê perdurava. Seu peso preenchia meus braços. Ela olhou para mim, aparentemente tranquilizada. Pensei em como ela poderia ter sido minha filha; eu tinha idade suficiente. Puxei-a para perto e sussurrei em seu ouvido. Contei sobre nossa antiga vida e sobre as coisas que faríamos depois da guerra. Eu a levaria aos lugares que papai e eu tínhamos visitado e mostraria a cidade para ela como ele fizera comigo. A bebê ficou escutando, parecendo entender tudo.

Embalando seu pescoço suavemente, como mamãe havia me mostrado, eu a apoiei no outro ombro. Quando o fiz, o cobertor em que a enrolamos quando nasceu escorregou e caiu no chão.

— Não! — gritei ao vê-lo pousar em uma poça d'água perto da entrada da câmara.

Peguei-o de volta depressa, mas era tarde demais. A água suja e marrom já pingava do tecido. A ponta do cobertor estava manchada. Mamãe o pegou e tentou torcê-lo, mas estava manchado para sempre. Esperei que ela me repreendesse, mas não. Em vez disso, apenas ficou olhando para o cobertor, resignada. Então começou a chorar, soluços fortes e altos enquanto toda a dor de perder papai e dar à luz e tudo mais transbordava de uma vez. Eu me senti mais culpada por sujar aquele cobertor do que por qualquer coisa em toda a minha vida.

Não havia, porém, tempo para se preocupar com o cobertor. A bebê abriu a boca como se estivesse tentando me dizer alguma coisa. Então soltou um gemido de gelar o sangue e seus gritos atravessaram o esgoto, parecendo reverberar contra as paredes.

— Venha, passe ela para mim — disse mamãe, tirando minha irmã de meus braços.

Senti como se tivesse feito algo errado e feito a bebê chorar.

— Shhh — acalmou mamãe, uma nota de urgência em sua voz.

Do outro lado da câmara, Pan Rosenberg nos observava com uma expressão séria. Lembrei-me de seu humor sombrio na noite em que minha irmã nasceu. Um bebê chorando, especialmente em momentos como este, quando mais precisávamos ficar em silêncio, aumentava a chance de sermos descobertos e colocava todos nós em perigo.

Querendo ajudar, estendi a mão para acariciar a cabeça da bebê e acalmá-la. Ela costumava adorar meu toque. Desta vez, porém, seu rosto ficou roxo e ela começou a gritar.

— Não — disse mamãe rapidamente, puxando a bebê para longe de mim.

Eu recuei, ferida pela repreensão, mesmo sabendo que minha mãe não estava com raiva de mim, apenas cansada, frustrada e assustada. Ela afundou na beira da cama, ainda tentando acalmar a bebê. Minha irmã chorava com indiferença, ignorando qualquer necessidade além das dela. Mamãe e eu estávamos tão ocupadas tentando acalmá-la que não ouvimos os passos até que estivessem ao nosso lado. Olhei para cima e vi Bubbe nos olhando. Ela se ajoelhou e pegou a mão de mamãe.

— Ela não pode ficar — disse Bubbe gravemente. As palavras ecoaram pela câmara. — A bebê precisa ir embora.

— Embora?

Eu a encarei confusa, certa de que a velha, que parecia cada dia mais senil, finalmente perdera o juízo. Minha irmã tinha três dias. Para onde esperavam que ela fosse?

Pan Rosenberg se aproximou e pensei que ele argumentaria com a mãe, ou pelo menos a acalmaria.

— Está arriscando a segurança de todos nós — declarou ele, concordando com a mãe. — As coisas não podem continuar assim.

Eu não conseguia acreditar que os Rosenberg, que haviam se tornado nossos aliados próximos e, eu pensava, amigos, estivessem sugerindo aquilo. Procurei Saul, mas ele não estava ali.

— Não há para onde ir — protestou mamãe, afastando a mão de Bubbe. — Vocês não podem esperar simplesmente deixemos o esgoto.

— Não estamos pedindo que vocês vão embora — disse Pan Rosenberg.

Por um instante tive esperança de que tudo não passasse de um mal-entendido.

— Mas uma criança no esgoto? Certamente não achou que poderia mantê-la aqui.

Estava claro que Bubbe e ele já haviam conversado sobre o assunto. Eu enrijeci. Ele queria que a mandássemos para algum lugar? Quando estávamos no gueto, circulavam boatos de famílias judias escondendo seus filhos com poloneses católicos. Mas mamãe nunca abandonaria minha irmã, nem por um segundo. Os gemidos da bebê aumentaram, como se ela mesma estivesse protestando.

— Algo precisa ser feito — insistiu Bubbe.

Foi quando Saul apareceu na porta da câmara carregando o jarro d'água cheio. Eu corri até ele.

— Saul, precisa fazer alguma coisa! Sua família, eles estão tentando nos fazer ir embora.

Por um segundo me perguntei se ele concordava com sua família. Contudo, por sua expressão, vi que ele estava verdadeiramente consternado.

— O quê?

Então sua expressão mudou de surpresa para raiva. Ele correu pela câmara em direção aos outros.

— Como podem pedir uma coisa dessas? — perguntou Saul.

Ele também havia sido surpreendido pela ideia.

— Essa criança é uma maldição — cuspiu Bubbe, sem qualquer pretensão de civilidade. — Vamos todos morrer por causa dela.

Horrorizado, Saul olhou para mim.

— Ela não quis dizer isso.

Mas sua avó ouviu.

— Eu quis dizer sim. Perdi um neto e não vou perder outro porque você não consegue manter um bebê quieto. Precisa ser prática e fazer o que é melhor para todos nós. Não é por mim que digo isso — acrescentou Bubbe, sua voz suavizando enquanto ela se virava para mamãe. — Já sou uma velha e meu tempo está acabando, mas tenho um neto em quem pensar, e você tem sua filha.

Ela gesticulou na minha direção.

— O que eu devo fazer? — perguntou mamãe, sua voz falhando de desespero. — Talvez fosse mais misericordioso...

Ela levou a mão até a boca da minha irmã e percebi que estava pensando nos Klein, uma família do gueto que, durante uma *aktion*, se escondeu em uma

A MULHER COM A ESTRELA AZUL

parede quando o filho começou a chorar. A mãe cobriu a boca do bebê para abafar o choro e não ser descoberta, mas o fez por tempo demais e a criança morreu sufocada.

— Mãe, não!

Segurei sua mão e ela a afastou da boca da minha irmã. Minha mãe mal sobrevivera ao dia no gueto em que pensou que eu tinha sido levada. Ela jamais machucaria um filho.

— Então não há escolha a não ser irem embora — reforçou Bubbe.

— Não — recusou mamãe com firmeza, ficando de pé e encarando Bubbe diretamente. — Nós não vamos embora.

Estávamos todos ali desde o início. Que direito ela tinha de nos mandar embora? Mamãe endireitou a coluna e eu vi aquele lampejo de sua força de outros tempos. Rezei para que ela recuperasse tudo enquanto enfrentava essa mulher.

— Pelo menos pense na sua outra filha — devolveu Bubbe, gesticulando para mim. — Quer que ela seja morta?

Mamãe não respondeu por alguns segundos, parecendo pensar nas palavras da velha.

— Ela tem razão — disse-me em voz baixa. — Não podemos manter um bebê quieto aqui.

Minha irmã, que finalmente se acalmara nos braços de mamãe, arrulhou, parecendo concordar.

— Que escolha nós temos? — perguntei.

— Não vou arriscar a sua segurança — afirmou mamãe, sem ouvir nem ignorar minha pergunta. — Não depois de tudo que passamos.

Ela olhou por cima do meu ombro para os outros.

— Eu vou embora — declarou de repente. — Vou tirar a bebê daqui, mas minha filha fica.

Eu a encarei sem acreditar. Ela realmente queria me deixar para trás?

— Mamãe, não!

— Vamos deixar vocês duas conversarem — disse Pan Rosenberg, puxando a mãe pelo braço.

Ele e a família se retiraram para o lado deles da câmara. Saul me observava com olhos tristes, como se estivesse se desculpando.

— Você não pode ir — falei para minha mãe quando estávamos sozinhas. Minha voz falhou e saiu quase como um soluço. — Como pode pensar em me deixar?

Minha irmã, exausta do choro, agora dormia pacificamente nos braços da mãe.

— Por favor. Eu já perdi papai. Não posso perder você também.

— Mas que escolha temos? — perguntou ela, desesperada. — Você os ouviu: não podemos deixar um bebê chorando aqui.

— Vamos sair daqui juntas — implorei.

Eu não tinha ideia de para onde ir. Talvez eu pudesse pedir ajuda para Ella, mas, mesmo enquanto cogitava aquilo, sabia que seria pedir demais. Ela mal conseguiu me esconder por uma noite. Seria impossível encontrar um lugar permanente para nós três.

— Há um tempo, Pawel mencionou um lugar para onde poderíamos levar a criança — disse mamãe inesperadamente, me pegando de surpresa. — Ele falou comigo a respeito semanas atrás, antes de a bebê nascer. Ele mencionou um médico do Hospital Bonifratrów que pega crianças judias e as esconde com outras famílias.

O Hospital Bonifratrów era um hospital católico na periferia de Kazimierz, administrado por uma ordem monástica. Eu jamais imaginaria que eles acolhiam crianças judias — ou que Pawel e mamãe tivessem pensado em tal coisa.

Fiquei chocada. Por que ela não mencionou aquilo antes?

— Mamãe, não! — protestei.

Ela não podia querer mandar minha irmãzinha embora.

— É a única maneira — respondeu baixinho, a resignação nítida em sua voz.

Observei seu rosto, me perguntando se foi o estresse do parto que de alguma forma embaralhou sua mente, mas minha mãe parecia decidida.

— Se eu a levar até lá, posso voltar para você.

Ela estaria abandonando minha irmã para voltar para mim.

— Não pode desistir da bebê — protestei.

A ideia era quase tão terrível quanto perder minha mãe.

— Seria apenas por um tempo — garantiu ela, seus olhos ficando sombrios.

Mesmo assim, algo me dizia que, se ela fosse, nunca mais nos reuniríamos.

— Nós três temos que ficar juntas — insisti. — É a única maneira.

— Por favor. — Ela ergueu a mão. — Não vamos mais falar sobre isso agora.

Mamãe gesticulou para minha irmã, que dormia em paz nos seus braços. Eu queria pressioná-la, fazê-la jurar que não iria embora. Contudo, seu rosto estava pálido, e percebi como aquela provação a havia exaurido.

Minha irmãzinha ficou quieta e calma pelo resto do dia e, para meu alívio, ninguém falou mais em mandá-la embora. Ainda assim, a ideia se repetia em minha mente, dolorosa e atordoante: mamãe poderia levar a bebê embora. Não era possível que estivesse falando sério. Ela nunca abandonaria a própria filha. Não toquei mais no assunto, esperando que ela também não o fizesse.

No meio daquela noite, tive um sono turbulento e acordei assustada. Eu imediatamente senti que havia algo diferente, notando a quietude ao meu lado. Mesmo antes de estender a mão, eu já sabia que mamãe não estava ali.

Sentei-me, assustada, tentando enxergá-la na escuridão, sem sucesso. Nem ela nem a bebê estavam lá.

— Mamãe! — gritei, não me importando se acordaria os outros ou se estava falando alto demais.

Então me levantei de um salto e saí correndo da câmara.

Mamãe não estava lá fora. Ela realmente tinha partido? Corri pelo túnel até o cano maior, onde a encontrei parada no escuro, segurando a bebê, sem parecer sentir a água fria até os tornozelos encharcando suas meias. No começo me perguntei se era um episódio de sonambulismo, mas seus olhos estavam abertos e determinados. Ela havia se levantado de propósito.

— Mamãe, o que está fazendo?

Ela não respondeu.

— Estava tentando sair?

Ela não estava com a bolsa, percebi.

Minha mãe olhava fixamente para o espaço diante dela.

— Estava procurando uma saída.

Eu estava prestes a protestar, alegando que ela não conhecia o caminho. Percebi, no entanto, que mamãe não estava falando de escapar apenas do túnel, mas de toda essa situação terrível que nos mantinha ali. Perguntei-me para onde ela teria ido ou o que poderia ter feito se eu não tivesse ido ao seu encontro.

Pelo resto da noite, deitei com o corpo parcialmente sobre o dela para mantê-la no lugar, a lateral do rosto pressionada em seu ombro delicado. Dormi um pouco, se é que dormi, acordando com seu menor movimento. Eu precisava ter certeza de que ela não tentaria fugir de mim.

Mas na manhã seguinte, acordei tarde, cansada da noite mal dormida. Mamãe não estava mais ao meu lado, mas não sabia se eu havia rolado para longe ou se ela saíra de meu alcance intencionalmente. Sentei-me na cama, assustada. Então a vi do outro lado da câmara, preparando o café da manhã como sempre fazia enquanto embalava minha irmã em um dos braços. Meu corpo todo relaxou de alívio. Talvez ela tivesse esquecido ou desistido da ideia de partir.

Foi aí que notei algo encostado no pé da cama. Era a bolsa, cuidadosamente preparada. Mamãe estava prestes a ir embora.

Eu me levantei de um salto assim que ela cruzou a câmara na minha direção.

— O que está fazendo?

Mamãe me passou o pedaço fino de batata que era meu café da manhã, depois enfiou um segundo pedaço na bolsa.

— Levando a bebê, conforme conversamos ontem. — Sua voz vacilou.

— Não!

Eu não sabia como ela poderia entregar minha irmã, embora Bubbe Rosenberg tivesse razão. Era só uma questão de tempo até os alemães ouvirem o choro da bebê e nos encontrarem. Ela não podia ficar. O hospital ao menos faria com que ela tivesse uma chance.

— Como vai fazer para ela chegar lá sem Pawel?

— Eu mesma a levarei.

— Mamãe, você não pode. Ainda está fraca do parto. Pelo menos me deixe levá-la. Eu estive na rua. Consigo encontrar o caminho.

— Preciso levá-la pessoalmente. Preciso ver com meus próprios olhos que ela vai ficar bem.

Lembrei-me de duas noites antes, quando acordei e vi minha mãe dobrada sobre a bebê adormecida, como se estivesse sentindo dor.

— O que foi? — questionara, em estado de alerta. — Está passando mal?

Eu me perguntara se mamãe estaria tendo complicações do parto e se era melhor acordar Bubbe para ajudá-la.

— Você precisa comer alguma coisa.

Mamãe precisava de mais comida do que tínhamos para alimentar a si e à bebê que estava amamentando. Ela balançara a cabeça e assentira para mim. Depois tinha começado a chorar, soluçando na curva do braço para não fazer barulho. Eu nunca tinha visto minha mãe chorar, nem quando viemos para cá ou quando perdemos meu pai. Vê-la no seu estado mais fraco me assustara mais do que qualquer outra coisa.

Um pouco depois, os soluços diminuíram. Ela enxugou as lágrimas e forçou um sorriso.

— Não é nada, só estou cansada. Isso tudo é demais, e às vezes, depois de ter um bebê, as mulheres choram sem motivo. Estou bem, de verdade.

Eu queria desesperadamente acreditar.

Lembrando daquele momento agora, eu entendi: mamãe sabia o que ia acontecer, sabia que não poderíamos ficar todas juntas antes mesmo de Bubbe exigir que ela tirasse a bebê do esgoto. Ela estava chorando por saber que inevitavelmente teria que se separar de sua filha.

Pendurando a bolsa no ombro, ela pegou a criança, se preparando para partir. Ela pretendia me deixar sem nem se despedir?

— Você disse que nunca me deixaria — falei, tentando lembrá-la, desesperada, de suas próprias palavras na noite em que chegamos ao esgoto e perdemos papai.

— E não vou — respondeu ela, soando tão segura que quase acreditei. — Só preciso levar sua irmã ao hospital e volto imediatamente.

Sua promessa não me confortou muito, mas mamãe não me abandonaria para sempre, eu precisava acreditar. Ela pretendia voltar assim que pudesse. Mas e se ela não sobrevivesse?

— Você não pode ir. — Sair do esgoto significava morte certa. — Se sair, será morta.

No entanto, mamãe não teria nada se suas filhas não estivessem seguras. Ela me beijou na testa e, com a força daquele beijo, pareceu estar de volta por apenas um segundo. Quando olhei para cima, porém, seus olhos estavam vazios e sombrios, como os de uma estranha.

— Por favor, não. — Comecei a chorar.

Saul se levantou de onde estava sentado com a família e caminhou na minha direção. Ele tentou me abraçar, mas o afastei.

— Por favor, diga a ela para não ir! — insisti.

Fiquei esperando que alguém, Pan Rosenberg ou talvez sua mãe, salientasse a tolice do plano de minha mãe e a impedisse de ir embora. Meu pai a teria impedido, se estivesse aqui. Eu me virei para Saul.

— Como pode deixá-la fazer isso? Ela não vai sobreviver lá em cima. Não há nenhum lugar seguro para onde possa ir.

— Porque é a coisa certa a fazer — respondeu Saul baixinho, me deixando em choque. — Minha avó tem razão: se a bebê ficar aqui, estamos todos mortos. E eu não vou perder você, Sadie, não se eu puder salvá-la.

Eu sabia que ele estava pensando em Shifra e em como havia falhado com ela.

— Você não pode impedi-la — acrescentou ele em voz baixa, indicando minha mãe com a cabeça. — Ela está determinada. A única coisa que pode fazer agora é ajudá-la a ir em segurança.

Pensei em tudo o que ele disse, entorpecida de descrença. Saul tinha razão. Ninguém poderia impedi-la de ir, mas eu também não poderia ficar aqui sem ela.

— Leve-me também — implorei. — Eu vou com você. Eu conheço a saída. Posso ajudar a carregar a bebê.

— Não, você precisa ficar aqui. Juntas seríamos mais facilmente identificadas. Eu posso caminhar com mais agilidade sozinha. Estarei de volta em algumas horas, um dia no máximo. — Ela se forçou a parecer segura.

— Se esperar até minha amiga Ella aparecer, posso pedir ajuda para ela.

Eu não sabia como Ella ajudaria a esconder um bebê, mas eu estava tentando ganhar tempo, qualquer coisa para impedir mamãe de ir.

Ela balançou a cabeça.

— Não posso esperar. Cada vez que ela chora, põe todos nós em risco. Não podemos contar com mais ninguém agora. Vou apenas deixá-la em um lugar seguro e depois volto para você, eu juro.

Estava decidido: minha irmã iria embora. Mamãe a levaria e eu ficaria aqui sozinha.

Ela tirou a bolsa do ombro e passou a bebê para mim enquanto pegava o casaco. Então ela hesitou. A manga do casaco ainda trazia a braçadeira branca com uma estrela azul que havíamos recebido ordens de usar.

— Aqui, vista isso — disse Bubbe Rosenberg, atravessando a câmara com sua própria capa escura.

— Obrigada.

Mamãe aceitou a capa e a vestiu. Reparei então como seus cabelos loiros haviam começado a ficar grisalhos e sua pele antes rosada estava pálida e fina como papel de seda. O esgoto a envelhecera da noite para o dia. Ela tirou a bebê de mim.

A MULHER COM A ESTRELA AZUL

Bubbe pôs a mão no ombro de minha mãe e, em seguida, tocou a cabeça da bebê. Eu queria afastar sua mão. Como ela ousava fingir bondade depois do que havia feito?

— Vamos mantê-la segura até você voltar — prometeu, assentindo na minha direção.

Eu estava confusa. Mamãe disse que não demoraria mais de um dia, mas as palavras de Bubbe davam a entender que levaria muito mais tempo. Uma sensação incômoda começou a pesar em meu estômago.

Mamãe pegou a bolsa de novo e caminhou até a entrada da câmara, levando a bebê.

— Venha — pediu ela. — Preciso que me mostre o caminho.

Meu estômago se revirou. Ela estava realmente me pedindo para ajudá-la a sair?

— Leve-a para a grade — instruiu Saul em voz baixa. — Caso contrário, ela pode se perder.

Era verdade; mamãe precisava da minha ajuda para sair do esgoto.

— Como posso ajudar minha própria mãe a partir? — protestei.

— Eu posso mostrar o caminho, se quiser — ofereceu Saul.

Recusei, balançando a cabeça.

— Preciso fazer isso sozinha.

Ele colocou a mão no meu braço e disse:

— Sinto muito, Sadie. Eu nem consigo imaginar como isso é difícil para você. Estarei esperando bem aqui quando voltar.

Suas palavras não ajudaram muito.

Relutante, segui minha mãe pelo túnel. Ela começou a andar na direção da grade onde encontrei Ella pela primeira vez. Segurei seu braço para impedi-la.

— Por aqui — falei, guiando-a na direção oposta.

A grade perto do rio, de onde saí para procurar comida, era a opção mais segura.

Conforme avançávamos pelo túnel, eu era tomada de dúvida. Nada nesse plano fazia sentido ou parecia certo. Tinha que haver outra maneira. Eu queria argumentar mais uma vez, mas os passos de mamãe estavam obstinados, seu maxilar travado com uma determinação implacável — ela não seria dissuadida. Eu não tinha escolha; precisava conduzi-la com segurança até a saída ou ela tentaria encontrar o caminho por conta própria — e jamais conseguiria sozinha.

Poucos minutos depois, chegamos à bacia.

— A saída fica do outro lado — expliquei.

Reparei na dúvida em seus olhos, não apenas sobre conseguir escalar o poço, mas sobre todo o plano de levar minha irmã para um local seguro. Eu fui primeiro, depois ajudei-a a descer para a bacia profunda e atravessá-la. Do outro lado, ela me entregou a bebê e tentou escalar a parede até a saliência, sem sucesso. Tentei ajudá-la enquanto segurava minha irmã, mas não conseguia com uma mão só. Olhei em volta e encontrei um local seco no chão, onde deitei a bebê com cuidado. Encaixei as mãos em volta da cintura de mamãe — ela era leve como uma pena quando a levantei e a ajudei a subir na parede e na saliência.

Então peguei a bebê. Inclinei-me para dar um beijo de despedida na minha irmã, uma lágrima solitária aterrissando na pele macia e quente de sua testa.

— Me desculpe — falei.

Se eu apenas tivesse sido mais forte e pudesse ter feito mais para mantê-la conosco.

— Rápido — disse mamãe.

Entreguei minha irmã para ela, sentindo o calor deixar minhas mãos assim que a soltei. Escalei a parede da bacia para me juntar às duas e rastejamos pelo último trecho do cano em silêncio.

Quando alcançamos a grade, o espaço acima dela estava deserto.

— A grade dá na margem do rio, depois você pode atravessar a ponte.

Eu hesitei, sabendo que nosso tempo juntas estava se esgotando.

— Você precisa ficar perto dos prédios e pegar as ruelas e becos.

Pensei na distância e no perigo que a esperava. Se já era quase impossível em circunstâncias normais, como ela faria isso em seu estado de fraqueza e com um bebê no colo?

Abracei minha mãe como se ela fosse uma criança, encaixando a cabeça sob seu queixo. Eu me agarrei em sua cintura, não querendo deixá-la partir. Ela me abraçou forte de volta por alguns segundos, balançando-me como fazia quando queria me acalmar, e cantarolando baixinho uma canção de ninar. Eu queria congelar aquele momento para sempre. Minha infância, todas as lembranças que compartilhamos passaram por nós, escapulindo por meus dedos como a maré recuando. No meio de nosso abraço, minha irmã arrulhou.

Baixei os olhos para a bebê e acariciei sua cabeça, que em tão pouco tempo se tornara tão familiar quanto a minha. Eu tinha acabado de conhecê-la e co-

A MULHER COM A ESTRELA AZUL

meçado a amá-la e agora ia perdê-la, talvez para sempre. Nós três éramos o que restava de nossa família.

— Serão no máximo alguns meses — disse mamãe. — Quando a guerra acabar podemos ir buscá-la imediatamente.

Por mais que eu quisesse acreditar que seria tão simples, eu já tinha visto muito da guerra.

— Mamãe, ela ainda precisa de um nome.

— Deus vai dar um nome a ela — respondeu, e foi quando entendi que minha mãe não acreditava que buscaríamos minha irmã um dia.

Então ela se desvencilhou e se virou para a saída. Empurrei a grade até abrir e mamãe passou, segurando a neném.

Mesmo assim, ainda não conseguia deixá-la ir.

— Espere, eu vou com vocês — resolvi, segurando seu tornozelo com tanta força que ela quase tropeçou.

Comecei a escalar e a subir atrás dela.

— Não — respondeu mamãe com determinação, livrando-se do meu aperto.

Eu sabia que seria impossível convencê-la.

— Você precisa ficar aqui. Eu voltarei, eu juro. — Seu tom de voz era firme e seguro. — Amo você, *kochana* — disse mamãe enquanto eu a ajudava a recolocar a grade com esforço.

Ela me olhou por um momento antes de desaparecer. Fiquei imóvel, ouvindo os sons, me agarrando a qualquer coisa para saber que ela ainda estava lá, mas tudo o que ouvi foram seus passos ficando cada vez mais baixos conforme ela se afastava. Fui dominada pelo desejo de sair e segui-la, implorar para que não fosse embora, ou pelo menos mantê-la segura enquanto ia.

Ao ouvir um ruído de raspagem vindo de cima, prendi a respiração: ela havia voltado! Esperei que tivesse se dado conta de seu erro, que dissesse que nunca me deixaria, que encontraríamos uma solução juntas. Em vez disso, apareceu um pombo bicando a grade. Ele olhou para mim com tristeza antes de bater as asas e voar para longe, me deixando sozinha.

CAPÍTULO 18

Sadie

De uma hora para a outra, todo o meu mundo se foi.

Mesmo depois de mamãe desaparecer na margem do rio com minha irmãzinha, continuei perto da grade, esperando. Em parte, eu torcia para que ela percebesse como o próprio plano era tolo e voltasse.

— Mamãe!

Chamei-a, mais alto do que deveria, apenas no caso de ela ainda estar ao alcance da minha voz. Era perigoso — eu poderia ser ouvida por uma patrulha ou por um passante que denunciaria todos nós, mas eu não me importava mais.

Depois de esperar uma resposta e não ouvir nenhuma, comecei a voltar para a câmara, abatida. Ao me aproximar da entrada, tropecei, caindo de quatro na água rasa. A água encharcou minhas roupas.

— Mamãe! — berrei como uma criança indefesa, sem me levantar.

Bubbe apareceu na entrada da câmara e me ajudou a ficar de pé.

— Sua mãe se foi — disse ela sem emoção.

— Mamãe — repeti, como se chamar por ela várias vezes pudesse, de alguma forma, trazê-la de volta, embora minha voz estivesse mais fraca agora.

— Precisa ficar quieta — advertiu Bubbe, me conduzindo de volta para a câmara. — Se alguém ouvir você, estamos perdidos.

Chegando à câmara, desabei contra a parede. Mamãe havia partido e agora estava por aí, sozinha com a bebê. Como ela faria aquilo por conta própria, debilitada após ter dado à luz poucos dias antes? Exposta na rua sem lugar para se esconder ou uma muda de roupas limpas, ela levantaria suspeitas e poderia ser rapidamente descoberta.

Saul se aproximou, me envolveu em um cobertor seco e me abraçou. Quando aninhei minha cabeça sob seu queixo, senti a perplexidade de seu pai nos observando juntos. Era mais do que apenas nosso contato físico, o que normalmente teria sido proibido. Ele também estava se dando conta, pela primeira vez, como seu filho e eu havíamos nos aproximado. Para Pan Rosenberg e sua mãe, foi um choque. Apesar de seu carinho por mim, ele nunca entenderia nem aprovaria que o filho ficasse com alguém como eu, alguém que não era como eles.

Sem se importar com o que os outros poderiam pensar, Saul me levou até o canto da câmara que mamãe e eu dividíamos.

— Sente-se — disse ele, ainda me segurando.

Eu não argumentei, mas me joguei na beira da cama. Seu abraço, que eu geralmente recebia bem, era pouco reconfortante agora. Minha mãe me deixara. O lugar inteiro parecia cavernoso e vazio.

Bubbe atravessou a câmara e me entregou uma xícara de chá aguado. Eu queria odiar ela e o filho agora — foram eles que disseram que a bebê não poderia ficar e que praticamente forçaram minha mãe a fugir. A verdade, entretanto, era que eles haviam apenas declarado o óbvio, dado voz à realidade que todos nós sabíamos, mas não queríamos admitir. A decisão de ir embora com minha irmã — e me deixar para trás — foi da minha mãe e de mais ninguém.

— Sua mãe tem pele clara e não parece judia — disse Pan Rosenberg, tentando ser útil. — Ela pode conseguir se misturar lá em cima.

A ideia era tão ridícula que eu poderia ter rido. Depois de meses no esgoto, mamãe estava magra e pálida como um fantasma, usando trapos sujos e rasgados no lugar de roupas. Eu deveria ter dado a ela o vestido de Ella, percebi. Fiquei perturbada demais com sua partida para pensar nisso na hora. Não que fosse fazer muita diferença. Nenhum de nós conseguiria mais se passar por uma pessoa comum.

Naquela noite, sentei-me entre os Rosenberg para jantar, sentindo o vazio onde mamãe deveria estar.

— Ela vai voltar — disse aos outros quando terminamos de comer.

— Claro que vai — respondeu Bubbe, não parecendo estar falando sério.

Calculei mentalmente quanto tempo ela levaria para chegar ao hospital e voltar, o ritmo mais lento pelo peso da bebê e pela fraqueza do parto. Várias horas talvez; no máximo um dia.

A noite chegou e mamãe ainda não havia aparecido.

— Você quer ler? — perguntou Saul.

Eu balancei a cabeça. Embora gostasse de ficar a sós com ele, estava cansada e triste demais para caminhar.

— Estarei por perto se precisar de mim — avisou ele, sua voz cheia de preocupação enquanto eu me sentava na cama.

Ali ele não podia, é claro, me consolar.

Depois de Saul se afastar, deitei-me sozinha da minha parte na câmara, o espaço vazio ao meu lado agora frio. As palavras de mamãe se repetiam em minha cabeça: *Eu voltarei, eu juro.* Suas intenções pareciam claras — deixar a bebê em segurança no hospital e depois voltar rapidamente para mim. Eu queria acreditar nela, mas tanta coisa poderia ter dado errado.

Repassei na cabeça o momento em que minha mãe foi embora. Também pensei naquele dia no gueto em que a polícia alemã chegou e me escondi no baú. Mamãe, pensando que eu tinha sido levada, estava pronta para pular da janela e dar fim à própria vida. Ela preferia morrer do que viver sem mim. Agora ela havia escolhido me deixar para trás. O que mudou?

A bebê, é claro, foi o que mudou. Ainda assim, eu não poderia ficar ressentida com minha irmã. Na verdade, eu também ansiava por ela. Sentia falta da bebê minúscula que tinha ficado entre nós na cama por meses, ainda na barriga da minha mãe, e depois apenas algumas noites fora. Por um momento, tive uma irmã, e logo depois ela se foi. No começo, eu não a queria de jeito nenhum, mas ela tinha chegado e eu a amava e aquela perda era desoladora. Eu jamais imaginaria que a ausência de algo tão pequeno pudesse ser tão grande.

Dormi com os braços estirados sobre o espaço vazio onde mamãe dormia. Eu meio que esperava que ela se deitasse de fininho ao meu lado durante a noite e me aquecesse com seu corpo minúsculo, como sempre fazia. Fiquei me mexendo, inquieta, sonhando que ela havia voltado, ainda segurando minha irmã. *Eu simplesmente não consegui deixá-la*, disse ela, passando o bebê para mim mais uma vez.

Quando acordei, já amanhecera e mamãe ainda não tinha voltado. O sonho havia sido tão real que quase pude vê-la ao meu lado e sentir a bebê quentinha nos braços. Em seguida, a umidade fria se infiltrou em meus ossos. Fiquei imóvel, oprimida pela perda. Primeiro meu pai, depois minha mãe e minha irmã. Minha família foi tirada de mim, pedaço por pedaço, até simplesmente não restar mais nada. Meu coração pesava.

O segundo dia após a partida de mamãe demorou a passar. Depois do café da manhã, voltei para a cama e fiquei enroscada em posição fetal.

— O que você está fazendo? — indagou Bubbe depois que várias horas se passaram e eu continuei deitada. — Não é isso que sua mãe esperaria de você.

Ainda assim, ela não me obrigou a levantar. Em vez disso, me levou as refeições quando chegou a hora, purê de batata para o almoço e para o jantar. Tentei comer um pouco, mas a mistura pesada ficou presa na minha garganta.

Saul veio me consolar várias vezes ao longo do dia, levando água e um pouco de comida. Ele sugeriu uma caminhada, mas não insistiu depois que recusei. Conforme o dia passava e eu ainda não me levantava, sua preocupação aumentou.

— Há algo que eu possa fazer? — perguntou ele.

Voltar no tempo. Trazer minha mãe e minha irmã de volta. Apesar das boas intenções, ele não podia me ajudar. Balancei a cabeça, triste.

— Não há nada.

A noite caiu. Mamãe já devia ter voltado. Aconteceu alguma coisa. Eu precisava ir atrás dela, mas, mesmo que eu saísse, não tinha ideia de onde encontrá-la. Se tudo tivesse corrido bem, ela certamente já teria chegado ao hospital ao qual pretendia levar minha irmã. Para onde ela foi depois, no entanto, e por que ainda não voltara, eram mistérios.

Três dias sem mamãe se tornaram quatro e depois cinco. Eu passava a maior parte do tempo no meu canto da câmara, aventurando-me apenas para comer ou quando era minha vez de ir buscar água. Os dias pareciam intermináveis. Mamãe insistira em manter uma rotina no esgoto, pelo menos antes de a bebê nascer: levantar e arrumar os cabelos, escovar os dentes depois do café da manhã. Ela havia elaborado aulas e jogos simples para passar o tempo. Mas sem ela, a ordem estabelecida desapareceu. Eu cochilava muito, procurando minha família nos sonhos. Tentei imaginar qual teria sido a próxima lição caso mamãe ainda estivesse aqui para ensiná-la. Não me atrevi a escrever no pequeno quadro-negro que Pawel nos deu, exibindo a última letra escrita por minha mãe, querendo guardar aquele pedaço dela para sempre.

— Levante-se! — esbravejou Bubbe certa manhã.

Havia quase uma semana e eu ainda passava a maior parte dos dias de mau humor na cama.

— O que sua mãe pensaria disso?

Ela estava certa. A pequena área que mamãe e eu dividíamos e que ela mantinha tão arrumada estava uma bagunça, os poucos pertences que eu possuía espalhados. Meus cabelos estavam despenteados e as roupas sujas.

— Isso importa? — gritei.

Dominada pela tristeza, levantei-me e corri da câmara para o túnel até o cano principal, onde a água corria rápida e profunda. Olhei para o fluxo, desejando que o rio me levasse para um lugar seguro, muito além do esgoto e da guerra. Eu poderia entrar ali e ser levada para meu pai. Imaginei o nosso reencontro, embora não conseguisse visualizar onde seria. Alcancei a água com o pé e o mergulhei, o gelo escorrendo pelo sapato. Imaginei a escuridão densa demais para enxergar alguma coisa, senti a água enchendo meus pulmões. Eu seria capaz de simplesmente me deixar levar ou lutaria até o fim? Eu poderia ser carregada esgoto abaixo até onde a água suja encontrava o rio externo e ser baleada. Qualquer caminho seria uma fuga daquela prisão infernal.

Eu me inclinei mais para a frente, mas não consegui fazer aquilo. Ouvi um som repentino atrás de mim. Quando me virei, lá estava Pan Rosenberg. Ele me viu perto da água e seu rosto pareceu se contorcer, compreendendo minhas intenções.

— Sadele, não.

Ouvir o nome que minha mãe usava encheu meus olhos de lágrimas.

Tentei pensar em uma explicação para o que estava fazendo tão perto da beira.

— Você precisa melhorar — disse Pan Rosenberg antes que eu pudesse falar. Ele apontou para cima. — Quase não há mais judeus lá em cima.

Ele não tentou me poupar da verdade como meus pais e outras pessoas faziam quando eu era mais jovem. Não era mais seguro esconder informações.

— Somos os últimos judeus da cidade, e aqui embaixo podemos continuar vivos. Você precisa continuar. Pelos seus pais.

— Continuar para quê?

Minha voz saiu melancólica ao dizer aquelas palavras de desespero em voz alta pela primeira vez.

— Continuar pela sua mãe. Afinal, ela foi embora por você.

— Como pode dizer isso? — exigi, sentindo toda a dor e perda em minhas palavras e meu tom de voz ríspido. — Ela me abandonou.

— Não, não. Ela saiu para te salvar. Sua mãe não foi embora porque não se importava. Ela partiu porque você e sua irmã eram a única coisa com que ela se importava, e ela achava que partir era a melhor chance de salvar vocês duas. Você não pode deixar que seu sacrifício tenha sido em vão. Você é a única de sua família. Tem a obrigação de continuar.

Pan Rosenberg tinha razão. Embora meu coração doesse imensamente, eu precisava ser forte e fazer o que era certo pelo bem de mamãe, assim como ela tentou fazer por mim.

— Minha mãe...

Eu ainda não conseguia esquecer o fato de que ela havia me abandonado, ou ignorar o perigo que ela provavelmente corria agora.

— Onde ela está?

— Eu não sei, mas você deve isso a ela: sobreviver, independente do que aconteça.

— Mas e se ela não voltar?

Por um segundo, eu esperava que ele dissesse que aquilo não aconteceria e negasse a possibilidade de mamãe não voltar. Mas ele não mentiria para mim.

— Então deve à sua mãe viver da maneira que ela gostaria. Deixá-la orgulhosa.

Ele estava certo, percebi. O que mamãe pensaria se me visse agora, bagunçada e indisciplinada, jogando fora todo o seu trabalho árduo? Jurei que começaria uma rotina e me obrigaria a caminhar para fazer exercícios, estudar e me manter limpa.

Pan Rosenberg me acompanhou de volta e foi para seu canto da câmara. Pouco depois, ele voltou e me entregou um livro.

— Eu levei o máximo de livros que pude de casa para o gueto.

Eu assenti e observei:

— Papai também.

Os dois eram tão parecidos nesse aspecto. Apesar de suas diferenças externas, poderiam ter se tornado bons amigos se tivessem tido a oportunidade.

Eu sabia sobre os livros de Pan Rosenberg — eram os que Saul pegava para lermos todas as noites. Seu pai simplesmente não suportou deixá-los para trás e insistiu em pegar os poucos que podia antes de fugir, explicara Saul. *Ele guardava seus livros no gueto e apenas uma vez, quando estávamos quase morrendo de frio e não havia lenha, ele nos deixou queimar um para manter o fogo aceso*, revelara Saul. Foi uma das poucas vezes que ele vira lágrimas nos olhos do pai.

Em todos os meses no esgoto, porém, Pan Rosenberg nunca havia oferecido pessoalmente um de seus preciosos livros para mim — até aquele momento. Aceitei avidamente o livro, uma coleção de histórias de Sholem Aleichem. Abri na primeira página, me esforçando para enxergar sob a luz fraca.

— Está escuro demais aqui — disse ele, se desculpando. — É melhor você ir até aquele lugar embaixo da grade e ler com Saul.

Fiquei surpresa que ele soubesse daquilo.

— Sempre quis uma filha. Eu esperava ter uma com minha esposa se tivéssemos sido abençoados com mais crianças. Ou uma neta, se meu filho Micah tivesse vivido o bastante para ter filhos.

Sua voz falhou quando constatou a dimensão de sua perda. Ele pigarreou e concluiu:

— De qualquer forma, fico feliz por você estar aqui conosco.

— Obrigada — respondi, surpresa e tocada pelas palavras.

— Precisa encontrar pequenos raios de sol, coisas para lhe ajudar a continuar — disse ele, enquanto se recompunha.

— Mas como?

Mamãe me dava esperanças, assim como minha irmã, mas ambas tinham partido.

— Encontre as coisas que lhe dão esperança e apegue-se a elas. É a única maneira de sobrevivermos a esta guerra.

Naquela noite, aguardei ansiosamente até que os outros se deitassem, querendo ir ao anexo para ler o livro que Pan Rosenberg havia me dado. Esperava que, se eu escapasse para o universo da história, pudesse encontrar um breve respiro de minhas preocupações constantes com mamãe.

Depois de um tempo, senti uma sombra obscurecendo minha cama. Era Saul. Ele estendeu a mão para mim, indicando que eu deveria acompanhá-lo. Peguei o livro que Pan Rosenberg havia me entregado e o levei comigo. Partimos em silêncio, os dedos entrelaçados. Normalmente eu achava nossos passeios tranquilizadores, mas nada poderia aliviar meu pânico em relação à minha mãe.

— Preciso ir atrás da minha mãe — declarei ao chegarmos no anexo e nos acomodarmos em nosso espaço de leitura.

— Impossível. Não vai conseguir encontrá-la. Você tem que ficar aqui e viver. É o que sua mãe teria desejado. — Suas palavras foram uma repetição das que o pai havia dito mais cedo. — De qualquer forma, preciso de você aqui.

Eu olhei para ele, surpresa.

— Soa egoísta, eu sei. Eu não sabia o quanto sentia sua falta até você sair naquela noite em busca de comida. Sem você ao meu lado, eu me senti perdido. — Saul tocou meu rosto e completou: — Isso é amor, Sadie.

Eu o encarei em um silêncio atordoado, me perguntando se não estava sonhando.

— Eu sei disso agora. Só sinto muito por ter demorado tanto para perceber.

Impulsivamente, inclinei-me para ele até nossos lábios se tocarem. Eu esperava que ele se afastasse; não era certo ficarmos juntos. Para Saul, por causa de sua noiva perdida. Para mim, porque eu não acreditava ser uma mulher que ele pudesse amar em tais circunstâncias, ou talvez em qualquer outra. Eu tinha acabado de perder tudo. Como alguém podia sentir tanta tristeza e alegria ao mesmo tempo? Apesar daquilo tudo, nós dois fomos varridos, incapazes de conter os sentimentos que tinham brotado entre nós.

Um bom tempo depois, nos afastamos.

— Mas como podemos? — perguntei. — Eu não sou religiosa.

— Isso importa aqui?

Saul sorriu. Eu queria perguntar o que aconteceria conosco se conseguíssemos sair. No entanto, nenhum de nós ousou falar do futuro. O presente teria que ser o bastante. Aproximei-me, reconfortada com o calor de seu afeto, mas meus pensamentos rapidamente se voltaram para minha mãe.

— Estou tão preocupada.

— Sua mãe nunca deixaria você para sempre. Não por escolha. Alguma coisa deve tê-la impedido de voltar.

A ideia não era nada reconfortante.

— Ela pode ter sido presa, machucada ou algo pior — cogitei.

Eu esperava que Saul discordasse e garantisse que aquilo não tinha acontecido, mas ele não poderia.

— Eu nunca deveria ter deixado ela ir.

— Você não conseguiria impedi-la.

— Eu me sinto tão impotente presa aqui, sem poder fazer nada para ajudar.

— Talvez sua amiga possa ajudar.

Ella, lembrei-me de repente. No domingo anterior, em minha tristeza e choque depois que mamãe partiu, eu não tinha ido vê-la. Fiquei surpresa pela sugestão de Saul. Ele não confiava em Ella e, em circunstâncias normais, pedir sua ajuda era a última sugestão que eu imaginaria vindo dele.

— Você me fez jurar que não a encontraria mais.

— Sim. Eu estava preocupado com você e preferia que não tivesse ido, mas ela é a única pessoa que pode ajudar agora.

Eu considerei a sugestão. De tão preocupada, eu nem cogitara pedir ajuda a Ella. A última vez que nos vimos foi quase duas semanas antes. Perdi nosso encontro de sempre e não sabia se Ella tinha desistido ou parado de vir, mas eu tentaria. Ainda era quarta-feira, me dei conta. Eu teria que esperar mais quatro dias para vê-la. Os dias passaram lentamente. Finalmente, na manhã de domingo, saí da câmara enquanto os outros ainda dormiam. Ao ver uma sombra no túnel, parei. Era alguém bloqueando meu caminho. O pânico cresceu dentro de mim. Bubbe, reconheci, identificando a silhueta curvada. Eu relaxei um pouco. Não tinha percebido que ela não estava na cama.

— O que está fazendo aqui? — perguntei.

— Eu só ia buscar água.

— Posso fazer isso por você.

Peguei o jarro vazio, intrigada. Eram sempre os mais jovens, ou eu ou Saul, que iam buscar água. Ela não conseguiria rastejar pela passagem nem aguentar o peso da jarra cheia. Por que achou que tinha que fazer isso agora?

— Obrigada — disse Bubbe quando voltei com a jarra um minuto depois. O recipiente estava pesado, então voltei com ela para ajudá-la a carregar. — Quero fazer sopa e não tenho água suficiente para cinco tigelas.

— Quatro — corrigi gentilmente.

O fato de sermos um a menos sem mamãe foi como um soco no estômago.

— Sim, claro, quatro — concordou Bubbe.

Notei um semblante de confusão em seus olhos e algo passou pela minha cabeça.

— Bubbe, está se sentindo bem?

— Tudo bem, tudo bem. Estou velha, eu esqueço as coisas. Isso não é nenhuma novidade.

Minha inquietação aumentou. Bubbe parecia ter mudado durante aquele tempo no esgoto, ficando mais irritada e, às vezes, não se lembrando das coisas. Eu tinha atribuído a mudança às condições terríveis em que vivíamos e a ela ter dificuldade para lidar com tanta coisa naquela idade. Mas agora eu via claramente: era mais do que apenas esquecimento ou mau humor relacionado à velhice. Bubbe não estava bem. A doença, a idade ou a loucura do esgoto — talvez uma combinação dos três fatores — estava aos poucos se apoderando de sua mente. Talvez do corpo também, refleti, notando pela primeira vez como ela parecia frágil e enrugada comparada à mulher que percorrera os túneis com tanta energia na noite em que chegamos. Perguntei-me se Saul havia notado e decidi não dizer nada ainda. Ele já tinha passado por muita coisa. Uma nova má notícia poderia ser demais.

— Venha — falei suavemente, conduzindo-a de volta para a entrada da câmara. — Entre e descanse.

Bubbe me proibira mais de uma vez de ir até a grade por causa do risco. Eu esperei que ela tentasse me impedir novamente, rezando para que não discutisse ou insistisse para me acompanhar.

Depois que ela entrou, comecei a percorrer o túnel mais uma vez. Aproximei-me da bacia profunda e desci. Então, escalei o outro lado, mais rápido agora que já sabia como.

Alcancei a grade. Era domingo de manhã e Ella devia estar lá, mas não estava. Claro. Eu havia faltado a nosso encontro na semana anterior. Provavelmente presumiu que eu não viria hoje também. Ela podia muito bem ter desistido totalmente de mim.

Ao ver a luz do dia além da grade, tive uma revelação. Mesmo sem Ella, eu precisava sair, encontrar mamãe e ver se ela estava bem. Eu poderia sair sozinha.

Segurei a grade e parei. *Não é seguro lá em cima*, uma voz parecida com a de Pawel me dizia. Pawel, que Deus o abençoe, nos manteve aqui porque achava que era a única maneira de nos proteger. Mas ele sumira e minha mãe seria a próxima se eu não fizesse alguma coisa. Teríamos que salvar a nós mesmos.

Claro que, se eu saísse dali sem Ella, não teria ajuda nem esconderijo. Eu ficaria quase tão vulnerável e exposta quanto mamãe, mas também não podia continuar aqui embaixo pensando. Eu precisava tentar.

Empurrei a grade pesada, mas ela não se mexeu. Tentei de novo e fiquei confusa. Eu a abrira poucos dias antes, quando ajudei mamãe a sair. Perguntei-me se alguém teria vindo e a selado. Havia uma pedra, eu vi, que de alguma forma se encaixou no espaço estreito perto da borda da grade, travando-a. Uma pequena pedra me impedindo de sair e encontrar minha mãe. De repente, aquilo foi demais. Minha frustração começou a ferver, borbulhando. Sacudi a grade ruidosamente, batendo nela com tanta força que qualquer um passando por ali poderia ouvir. Mas a grade continuava presa.

Derrotada, dei meia-volta e comecei a retornar pelo túnel. Eu não conseguiria sair, pelo menos não por ali. E então me lembrei da grade em Dębniki. Foi ali que Ella e eu nos vimos pela primeira vez. Quando comecei a seguir naquela direção, minhas dúvidas voltaram: a grade ficava no alto e perto de uma rua movimentada. Eu não sabia se conseguiria alcançá-la e, mesmo que o fizesse, poderia ser vista. Se eu quisesse encontrar mamãe, porém, aquela era minha única esperança. Eu precisava tentar.

Refiz meus passos através dos túneis, passando pela câmara. Por fim, alcancei a outra grade. Eu olhei para cima, desejando ver o rosto de Ella, como antes. O espaço estava vazio. Ela não estava me esperando. Olhei em volta em dúvida, então notei saliências de metal entalhadas ao longo de uma das paredes. Os trabalhadores deviam usá-las para entrar e sair do esgoto. Apoiei o pé na primeira e estiquei o braço, mas as paredes estavam pegajosas e tive que me esforçar para não escorregar. Subi devagar até a segunda saliência, depois a terceira. Com cuidado para não cair, estendi a mão e empurrei a grade do esgoto, rezando para que não ficasse emperrada como a outra.

A grade deslizou para o lado. Olhei acima do solo em ambas as direções para garantir que não havia ninguém no beco. Em seguida, usando todas as minhas forças, saltei do esgoto e pisei na rua.

Eu estava lá em cima mais uma vez. Só que, agora, sozinha.

CAPÍTULO 19

Ella

Sadie havia desaparecido.

Ou pelo menos era isso que eu temia enquanto caminhava até o rio numa manhã quente de julho. Fazia duas semanas desde o nosso último encontro. No domingo anterior, uma semana depois de termos saído juntas em busca de comida e ela ter voltado para o subterrâneo, fui à rede de esgoto perto do rio no horário habitual de nosso encontro. Quando Sadie não apareceu, presumi que havia se atrasado e esperei o máximo que pude. A grade estava ligeiramente entreaberta, como se alguém a tivesse movido e recolocado. Perguntei-me se eu a havia deixado daquele jeito na noite em que ajudei Sadie a voltar para o esgoto, pois me lembrava de tê-la encaixado de volta e garantir que parecesse intocada, de modo que ninguém na rua notasse. Não, a grade havia sido movida novamente. Ao endireitá-la, rezei para que ninguém tivesse descido por ali, mas era impossível saber.

Quando me aproximei da ponte, a multidão de pedestres ficou mais densa, o fluxo normal da movimentação matinal de alguma forma impedido. A polícia erguera uma espécie de barricada à frente, forçando a multidão a formar uma fila. Rezei para que não fosse mais uma *aktion* como quando vi a mulher pular da ponte com seus filhos. A polícia não parecia apressada como naquele dia, seus movimentos agora superficiais e eficientes. Um posto de controle, percebi quando começaram a verificar um por um, os documentos de quem tentava atravessar. A ideia era só um pouco menos preocupante do que a de uma *aktion*. Desde o início da guerra, a polícia montava postos de controle em toda a cidade ao acaso, inspecionando os documentos de poloneses comuns, questionando quaisquer irregularidades. Atualmente aquilo vinha acontecendo com maior frequência, e os motivos para deter pessoas e interrogá-las pareciam mais arbitrários e constantes.

O homem na fila à minha frente avançou lentamente e eu o segui, puxando minha carteira de identidade enquanto me aproximava do posto de controle.

— *Kennkarte?* — exigiu o policial.

Quando entreguei o cartão a ele, meus batimentos cardíacos aceleraram. Meus documentos estavam em ordem e os selos que Ana Lucia obtinha dos alemães permitiam que eu transitasse livremente pela cidade, mas isso não impediria a polícia de questionar o propósito de minha ida para Dębniki.

O policial ergueu os olhos do cartão, me avaliando. Me preparei para o interrogatório que certamente viria. Então ele o devolveu com a mesma rapidez.

— Vá em frente! — ladrou o homem, gesticulando para que a pessoa atrás de mim se aproximasse para verificação.

Eu me apressei, lutando contra a vontade de correr.

Poucos minutos depois, cheguei à outra margem do rio. Olhei de volta para o posto de controle com aflição, temendo que a polícia pudesse ver a grade do esgoto, mas, felizmente, aquele ponto estava fora de vista. Apesar disso, havia algumas crianças brincando e alimentando os patos na beira da água, de modo que precisei esperar a vários metros de distância até que elas se afastassem. Por fim, comecei a me dirigir à entrada do esgoto. Já eram quase onze e meia, o horário de nosso encontro havia passado e, quando me aproximei da grade, esperei ver Sadie olhando para cima, seus olhos castanhos esperançosos e cheios de expectativa, mas ela não estava lá. Minha aflição aumentou. Um encontro perdido era incomum; poderia haver uma série de motivos para a ausência de Sadie. Dois seguidos, no entanto, significava que havia algo errado.

Eu sabia como essas visitas importavam para Sadie, ela não iria simplesmente parar de vir. Mais precisamente, precisava de mim para comer, pensei com culpa, arrependida de não ter conseguido roubar nada de casa naquela manhã.

Sadie não tinha vindo. Devia haver algum problema. Cogitei uma dúzia de hipóteses terríveis. Ela poderia ter sido presa ou se afogado como o pai. Claro, também podia não ter sido nada tão ruim. Ela podia estar cuidando da mãe ou de outra pessoa no subterrâneo — era impossível saber.

A menos que eu entrasse no esgoto. Ajoelhei-me perto da grade, o estômago revirando enquanto tentava enxergar lá embaixo, mas o espaço estava completamente escuro. Eu não sabia como Sadie aguentava aquilo dia após dia. Não era tão ruim, ela afirmara mais de uma vez. O esgoto era um refúgio, uma salvação. Ela havia se acostumado às condições terríveis. Enquanto eu olhava para o buraco, no entanto, não conseguia me imaginar ficando ali por um único segundo. Não era a sujeira nem a fúria das águas, que ela descreveu que havia levado seu pai para a morte, que mais me assustavam.

O que me apavorava eram espaços apertados.

— Claustrofobia — explicara meu irmão Maciej.

Minha mente voltou a um pesadelo de infância em que eu estava presa. Foi mais do que um pesadelo, percebi de repente, a lembrança tornando-se clara. Quando meu pai viajava a trabalho, Ana Lucia podia ser incomensuravelmente cruel. Ela não me batia, mas recorria a outras artimanhas, como esquecer de me alimentar por um dia e meio. Olga, nossa cozinheira na época, dava-me restos de comida quando ela não estava olhando para eu não desmaiar de fome. Uma vez, quando me sujei brincando do lado de fora, Ana Lucia me trancou em um armário contendo uma dúzia de casacos de pele. Presa entre as peles daqueles animais mortos, eu mal conseguia respirar. Os casacos abafavam o som de meus gritos. Imaginei o ar se esvaindo por completo e eu sufocando lentamente sem ninguém saber. Tentei abrir a porta, mas estava trancada. Passaram-se quatro horas até Olga perceber onde eu estava e me libertar. Saí do armário suada e histérica. Ana Lucia tinha ido para a cidade e era impossível saber quanto tempo ela teria me deixado lá se minha querida Olga não tivesse aparecido.

Depois daquele dia, estar em lugares apertados tornou-se insuportável. Eu não conseguiria descer até o esgoto. Recuei, envergonhada pela minha covardia.

À distância, um sino bateu marcando onze e meia. Era tarde demais para Sadie vir. Comecei a me afastar da margem do rio, então hesitei. A ponte ainda estava congestionada por pedestres no posto de controle, então não fazia sentido voltar para casa agora. Olhei para a estrada em direção à praça em Dębniki e as torres da Igreja Kostka que se erguiam acima dela. A outra grade, lembrei-me de repente. Eu não havia voltado para a abertura de esgoto atrás da igreja desde que Sadie e eu decidimos nos encontrar na margem do rio. A grade em Dębniki ficava mais perto de onde Sadie vivia; talvez, se eu fosse até lá, a encontrasse. Era improvável, mas não havia outro lugar onde procurar por ela. Comecei a subir a margem do rio em direção ao bairro industrial, que se tornara mais familiar para mim nos últimos tempos. Cheguei ao beco e, depois de me certificar de que não havia ninguém olhando, caminhei até a grade, mas o espaço abaixo dela estava escuro. Sadie não estava lá.

Claro que não. Havíamos combinado de não nos encontrarmos mais ali. Abatida, saí do beco. Aproximei-me da praça do mercado e olhei para o café. Parte de mim queria ver se Krys estava lá, mas depois de como nos despedimos da última vez, não consegui. Em vez disso, segui o caminho de volta em direção à ponte. Demoraria um pouco para passar pelo posto de controle, então me perguntei se deveria usar aquele tempo caminhando até outra ponte. Enquanto eu contornava a borda do Rynek Dębnicki, vi uma silhueta familiar.

Sadie.

Tive que piscar algumas vezes, sem acreditar no que estava vendo. Sadie estava na rua.

Corri em sua direção. O que ela estava fazendo ali? Eu tinha chegado quase tarde demais. Ela estava parada no meio de uma multidão de pessoas comuns em plena luz do dia, olhando ao redor, como se tentando se orientar. O vestido que eu lhe dera quando nos vimos pela última vez estava sujo e molhado do esgoto. Com aquele corpo magro e as roupas sujas, Sadie se destacava. As pessoas desviavam dela mantendo certa distância, lançando-lhe olhares estranhos. A qualquer momento alguém perceberia o que estava acontecendo e avisaria a polícia. Corri em sua direção.

— Aí está você! — exclamei, forçando uma casualidade na voz.

Beijei seu rosto como se não houvesse nada de errado, tentando não me encolher com o cheiro do esgoto.

— Estamos atrasadas para sua consulta médica. Venha.

Antes que ela pudesse protestar, a conduzi para longe da praça na direção de uma rua lateral.

— Consulta? — perguntou ela quando estávamos longe o suficiente para ninguém ouvir.

— Foi apenas uma desculpa para você estar parada na rua nesse estado. Que diabo está fazendo aqui?

Eu estava dividida entre a felicidade em vê-la e a preocupação.

— A grade do rio estava presa e eu precisava sair. Tenho que encontrar minha mãe.

— Encontrar sua mãe?

Parei de andar e me virei para Sadie. Uma sensação desagradável crescendo dentro de mim.

— Como assim?

— Logo depois que nos vimos pela última vez, minha mãe entrou em trabalho de parto prematuro. Ela deu à luz uma menina, mas não pudemos mantê-la no esgoto porque estava chorando alto demais. Então, minha mãe a levou para um hospital, o Hospital Bonifratrów, em Kazimierz. Pawel comentara que alguém lá poderia abrigar uma criança. Ou pelo menos era o que mamãe estava tentando fazer. Já se passou mais de uma semana e ela ainda não voltou.

— Ah, Sadie...

Minha mente estava a mil, tentando processar tudo o que havia acontecido com ela no curto tempo desde a última vez que a vi. Ela continuou:

— Então vim procurar você para ver se poderia me ajudar. Só que você não estava lá.

— Eu sinto muito. Havia crianças brincando perto da grade. Precisei esperar até elas irem embora.

Omiti a parte sobre o posto de controle, não querendo assustá-la desnecessariamente.

— Mas, Sadie, você não pode fazer isso. Não é seguro estar aqui.

— Eu já saí do esgoto antes.

— Aquilo foi diferente.

Esgueirar-se à noite para procurar comida era uma coisa. Transitar pelas ruas em plena luz do dia fazendo perguntas, porém, era completamente diferente. Se ela falasse com a pessoa errada, seria presa e tudo estaria acabado. Mas Sadie não se importava. Com a partida da mãe e da irmã, não havia mais nada a perder.

— Sadie, pense: você não poderá ajudá-las se for pega.

Ela permaneceu em silêncio, não querendo reconhecer a verdade de minhas palavras. Seu maxilar se contraiu teimosamente.

— Da última vez você me ajudou a subir — observou ela por fim.

— Nós planejamos. Era noite. Além disso, as coisas estão mais perigosas agora.

— Como?

Havia uma dureza nela. Sadie confiava menos — até mesmo em mim.

Hesitei antes de responder:

— Há mais policiais nas ruas, inclusive da SS, parando as pessoas e interrogando-as. Passei por um posto de controle no caminho para cá hoje e tive que mostrar meus documentos — acrescentei, agora dizendo a verdade na tentativa de fazê-la entender.

Sadie arregalou os olhos.

— Entende por que não é mais seguro nem para mim, muito menos para você?

Sadie, em sua dor feroz e desesperadora, parecia ainda mais deslocada do que antes. Nenhuma roupa ou maquiagem a ajudaria a se encaixar. Sadie jamais estaria segura na rua.

— Não sei se consigo proteger você.

Seu semblante era uma mistura de raiva e decepção.

— Então não proteja.

Ela não quis dizer aquilo de forma grosseira, eu sabia. Sadie estava determinada a encontrar a mãe a qualquer custo.

— Se as coisas estão mais perigosas, é ainda mais importante que eu encontre minha mãe logo e a leve de volta para o esgoto em segurança.

— Mas se você for presa, outras pessoas vão pagar também.

Eu não estava pensando apenas em mim, mas em Krys, que me ajudou.

— Sair no meio do dia é perigoso e tolo.

— Sinto muito — disse ela, parecendo verdadeiramente arrependida. — Eu tinha que procurá-la. Eu não podia mais esperar.

— Se você tivesse me pedido, poderíamos ter traçado um plano. Eu teria ajudado você. E ainda vou.

Passei os braços em volta de seus ombros, dividida entre querer ajudá-la e protegê-la. Eu não me imaginava capaz de fazer as duas coisas. Ajudá-la também era arriscado para mim. Meu plano era vê-la por apenas algumas horas, mas isso certamente demoraria muito mais, fazendo com que Ana Lucia perguntasse sobre minha ausência. Apesar do perigo, porém, eu não podia virar as costas para minha amiga.

— Eu vou ao hospital no seu lugar, mas precisa ficar escondida enquanto isso.

— Eu não vou voltar sem ela — disse Sadie, decidida.

— Venha.

Eu não sabia para onde levá-la. Jamais me atreveria a escondê-la na casa de Ana Lucia uma segunda vez.

— Krys — falei de repente. — Talvez ele possa ajudar.

Então parei novamente. A situação entre nós não estava boa desde a última vez que o encontrei. Talvez ele nem quisesse mais me ver, mas eu precisava tentar. Engolindo meu orgulho, comecei a ir em direção ao café. Pelo menos ele poderia esconder Sadie enquanto eu procurava a mãe dela.

— Você viu Krys? — perguntou Sadie enquanto caminhávamos. — Isto é, desde aquela noite na margem do rio?

— Sim, mas acho que preferia não ter visto.

— Por quê? Como pode dizer isso?

Eu hesitei. Embora quisesse contar a Sadie sobre o que havia acontecido, parecia bobagem falar dos meus problemas neste momento, enquanto ela estava passando por tanta coisa.

— Fui vê-lo depois que você voltou para o esgoto. No início, as coisas estavam bem entre nós, do jeito que costumavam ser. Quase pensei que ficaríamos juntos novamente. Aí tivemos uma discussão.

— Sobre o quê?

— Você — admiti.

Sadie arregalou os olhos.

— Isto é, sobre o esgoto. Ele queria armazenar munições para o Exército Nacional lá. Eu disse que era arriscado demais.

— Posso armazená-las se quiserem — disse Sadie humildemente, apesar do medo em seus olhos. — É o mínimo que posso fazer.

— Não — recusei rapidamente. — Não vou deixar você fazer isso. É muito gentil da sua parte, mas não posso permitir que coloque sua vida e a dos outros em perigo. Vamos encontrar outra saída.

No entanto, enquanto caminhávamos em direção ao café, aquilo me incomodou. Eu me recusei a fazer o que Krys queria e depois nos despedimos brigados. Eu ousaria mesmo pedir ajuda para ele agora?

— Saul me beijou — confessou Sadie abruptamente. — Isto é, nós nos beijamos. Você tinha razão, ele também gosta de mim.

Conforme ela me contava aquilo, suas bochechas ficavam vermelhas.

— Ah, Sadie, eu falei!

— Sei que é horrível. Eu não devia estar pensando nessas coisas agora, muito menos falando sobre elas, mas eu precisava te contar.

— Estou contente por ter me contado. Fico feliz por você.

Qualquer coisa que desse à Sadie um mínimo de esperança agora era uma bênção.

Quando chegamos ao café, levei-a até o mesmo arco onde ela havia se escondido da última vez que estivemos ali. Depois, entrei no estabelecimento e parei. Eu esperava ver a garota com os cachos escuros, mas, em vez disso, havia um homem desconhecido de barba ruiva atrás do balcão, enxugando alguns copos.

— Com licença. Estou procurando uma jovem que trabalha aqui.

— Kara? — perguntou ele.

Eu assenti, esperando que estivesse certa. Era a primeira vez que ouvia o nome dela.

— Ela está no bar da adega.

O homem apontou para um lance de escadas que eu não tinha notado antes, na parede direita do café. Desci cuidadosamente os degraus de tijolo irregulares. No final, fiquei surpresa ao encontrar uma animada *piwnica*. Aqueles bares em adegas de tijolos vermelhos eram comuns em Cracóvia — havia pelo menos uma dúzia em volta da praça do mercado principal. Mas eu não sabia que existia um no subsolo do café. Percebi que não tinha licenciamento, era um negócio funcionando sem o conhecimento nem a permissão dos alemães. Fiquei surpresa com a quantidade de gente para um final de manhã. Uma mistura de jovens, estudantes e trabalhadores ocupava as cerca de meia dúzia de mesas talhadas em madeira rústica, tomando cerveja em canecas grandes. Eram quase todos homens, e alguns me lançaram olhares curiosos quando cheguei ao pé da escada.

Kara estava atrás do balcão, enchendo uma caneca de um barril de madeira. Quando me aproximei, seus olhos brilharam de surpresa, depois de irritação.

— Você de novo.

Ela colocou uma caneca na minha frente. Peguei uma moeda da bolsa e a deixei no balcão, mas ela não pegou. Nunca gostei de cerveja e não queria beber a essa hora da manhã, mas a expressão no rosto de Kara mostrava que ela estava tentando manter as aparências. Tomei um gole, a espuma amarga fazendo cócegas em meu lábio.

— Krys não está aqui.

— Onde ele está?

A MULHER COM A ESTRELA AZUL

— Fora da cidade. — Ela baixou a voz. — Ele saiu em uma missão para Korsarz.

— O comerciante do mercado ilegal?

Ela assentiu.

— Mas Krys jamais trabalharia com Korsarz.

Krys odiava aquele homem e tudo o que ele representava.

— Não. A menos que fosse necessário.

Pensei nas batatas que Krys arranjara para Sadie — e em sua relutância em revelar como o fizera tão rapidamente. Ele alegou que alguém lhe devia um favor, mas percebi agora que ele tinha ido até Korsarz para ajudar Sadie e a mim, mesmo que significasse colaborar com aquele homem desprezível para quitar a dívida.

— Quando Krys volta?

— Eu não faço ideia. Quer deixar um recado para quando ele voltar? — perguntou Kara, empurrando um guardanapo pela bancada do bar.

Eu balancei a cabeça, mas, de repente, me arrependi. Krys me ajudou mesmo eu tendo me recusado a fazer o mesmo por ele. Pensando melhor, rabisquei um recado.

Eu sinto muito. Vou ajudar no que você precisar. E.

Pensei se deveria colocar algum tipo de saudação mais afetuosa, mas decidi não fazê-lo.

Sem Krys para me ajudar agora, eu ainda não sabia como esconder Sadie. Entreguei o bilhete para Kara e respirei fundo.

— Preciso da sua ajuda.

— Minha?

— Estou com um pacote para guardar. — Kara parecia confusa. — Ela está lá fora.

A mulher contraiu o maxilar.

— Não. De forma alguma. Não podemos abrigar fugitivos aqui.

— Ela não é uma fugitiva, apenas uma garota tentando continuar viva.

Ainda assim, Kara recusou.

— Se a polícia vier procurar, seremos fechados.

Percebi por seu tom de voz que ela não estava preocupada com os negócios da *piwnica* em si, mas com seu emprego de fachada em prol do Exército Nacional.

— Por favor. Ela não tem para onde ir.

— Isso não é problema meu.

— Krys também a está ajudando — acrescentei.

Aquilo era apenas parcialmente mentira; ele havia encontrado comida para Sadie, afinal.

— Ela tem um esconderijo que Krys acredita ser útil para o Exército armazenar coisas. Mas não se for pega.

Kara pareceu amolecer.

— Há portas de adega na esquina atrás do prédio. Leve-a e já encontro vocês lá.

Subi as escadas correndo e saí, indo até o arco onde Sadie estava.

— Siga-me.

Eu a conduzi pela parte de trás do edifício. Havia portas duplas de metal largas no chão, do tipo usado para descarregar cerveja e outros mantimentos. Uma porta se abriu e Sadie desceu a escada para o porão. Segui atrás dela, mas Kara me deteve.

— Você não precisa estar aqui — disse ela friamente. — Vá cuidar da sua missão.

Ela podia até ter concordado em ajudar, mas ainda não gostava de mim.

Sadie me encarou, parecendo consternada por eu não estar com ela.

— Eu volto para buscar você — prometi. — Precisa ficar escondida.

— Mas eu tenho que procurar minha mãe.

Apesar de tudo que eu havia explicado, Sadie ainda queria ir.

— Eu vou procurá-la — acrescentei, colocando minha mão em seu ombro. — Eu vou ao hospital verificar para você, mas só se prometer ficar aqui.

Sadie ainda parecia duvidar.

— Você acredita em mim, não acredita?

— Sim, mas, por favor, tenha cuidado. Procurar comida é uma coisa, ir ao hospital e fazer perguntas é muito mais perigoso. — Ela franziu a sobrancelha.

— Não se preocupe — respondi, tocada por sua preocupação com minha segurança. — Eu vou rapidamente e volto direto para cá, combinado?

Aparentemente satisfeita, Sadie se virou.

— Espere — falei. — Qual o nome da sua mãe?

Eu acabara de perceber que não sabia.

— Danuta — respondeu ela com tristeza. — Danuta Gault.

A MULHER COM A ESTRELA AZUL

Sadie desapareceu no porão.

— Venho buscá-la assim que puder — avisei a Kara. — Seria bom se ela comesse alguma coisa, se você conseguir.

— Certo, mas ela precisa ir embora antes de anoitecer.

— Eu prometo. Obrigada.

Sem dizer mais nada, Kara fechou a entrada do porão, deixando-me sozinha na rua.

Corri de Dębniki para a ponte que ligava a margem sul ao centro da cidade. Enquanto caminhava, processava tudo o que Sadie havia me contado. Eu sabia pouco sobre partos, mas não conseguia imaginar o que sua mãe havia passado dando à luz no esgoto. E depois ser forçada a deixar a filha mais velha para trás; aquilo era inimaginável. Sadie parecia ter esperança de que sua mãe e sua irmã estivessem bem. Em parte, eu preferia não saber o que havia acontecido com as duas, imaginando ter de contar a ela uma terrível verdade. Mas eu prometera, então precisava tentar descobrir.

Cruzei a ponte e logo cheguei ao Hospital Bonifratrów, uma construção gigantesca nos arredores de Kazimierz. Embora fosse visível que o lugar um dia havia sido bem cuidado, a fachada de tijolos vermelhos estava esburacada e manchada de fuligem, as calçadas rachadas, os arbustos e moitas sem cuidados do lado de fora, murchos e marrons. A porta da frente do edifício, situada em um arco, estava trancada, então toquei a campainha ao lado. Um minuto depois, uma freira apareceu. Lembrei-me de que o hospital pertencia a uma ordem monástica, com uma igreja e uma casa paroquial logo na esquina.

— Sinto muito, mas estamos fechados para visitantes — informou ela, me olhando por trás dos óculos tortos.

— Estou procurando uma mulher chamada Danuta Gault.

Um olhar cauteloso cruzou o rosto da freira.

— Eu não conheço essa pessoa.

Eu estava confusa. Sadie parecia tão certa do destino da mãe. Será que ela se enganou ou aconteceu alguma coisa que mudou os planos de sua mãe depois que ela saiu do esgoto?

— Tem certeza? — insisti. — É uma mulher pequena, muito bonita, de cabelos claros — falei, me lembrando de como Sadie uma vez a descrevera.

A mulher balançou a cabeça com determinação.

— Essa pessoa não está aqui.

225

Senti uma pontada de decepção. A mãe de Sadie não estava ali. Eu não sabia onde procurar. Teria que voltar para a *piwnica* e contar a minha amiga que havia falhado.

— Ela estava com uma criança recém-nascida — acrescentei. Na minha pressa, eu me esquecera de mencionar o óbvio. — Tentava encontrar um lugar seguro para o bebê.

Algo mudou nos olhos da freira e percebi então que a mãe de Sadie estivera ali, afinal.

— Não posso ajudar você.

Embora seu semblante permanecesse inalterado, agora havia medo em sua voz.

— Ela é minha mãe — menti, esperando que a freira estivesse mais disposta a me ajudar se fosse um parente próximo. — Preciso encontrá-la. Estou com medo de algo ter acontecido com ela — confessei, sentindo a tristeza e o medo de Sadie como se fossem meus. — Por favor. Ela é a única família que me resta. Se puder apenas me deixar entrar. Eu só vou ficar um minuto.

A freira hesitou, então abriu a porta um pouco mais.

— Entre, depressa.

Ela me levou para dentro do hospital. Eu a segui por um longo corredor, com pelo menos uma dúzia de quartos de cada lado. Havia um bipe vindo de uma máquina em um quarto, um gemido baixo de outro. Um cheiro metálico invadiu meu nariz. Lembrei-me de quando era pequena, visitando minha mãe no hospital. Meu pai me levantou para beijar sua bochecha, a pele fina como um lenço de papel, pois ela estava fraca demais para me levantar sozinha. Foi a última vez que a vi.

Espantando aquela lembrança, me concentrei na freira caminhando rapidamente à minha frente, conduzindo-nos a um pequeno escritório. Estudei o quadro atrás de sua mesa, uma pintura a óleo emoldurada de Jesus crucificado. Embora, pelo valor sentimental, eu muitas vezes usasse em volta do pescoço a pequena cruz que Tata me dera, não éramos uma família religiosa e eu não ia à missa desde a morte de minha mãe. A freira tirou alguns papéis de uma cadeira e gesticulou para que eu me sentasse.

— Você realmente só pode ficar aqui um minuto. Fomos proibidos pelo Governo Geral de receber visitantes. Eu estaria em sérios apuros se alguém descobrisse que deixei você entrar.

— Eu não vou demorar — prometi. — Antes, pode me dizer se viu a mulher sobre a qual perguntei?

— Ela não é sua mãe, é? — perguntou a freira severamente.

Eu abaixei a cabeça.

— Não. Eu sinto muito. Ela é mãe da minha amiga.

Eu mentira para uma freira e agora sentia como se um raio pudesse cair a qualquer momento na minha cabeça. Perguntei-me se ela ficaria brava, se insistiria para eu ir embora sem me ajudar.

— A mulher que procura esteve aqui. Um de nossos padres a encontrou na rua e a trouxe para receber atendimento médico. Estava muito fraca quando chegou, tinha uma febre alta, uma infecção do parto. Ela também havia perdido muito sangue.

Fiquei surpresa; Sadie não mencionara que sua mãe estava doente. Talvez ela não soubesse.

— Oferecemos um leito a ela. No começo, não quis aceitar. Disse que precisava voltar, para onde ou para quem, ela não contou. Mas não havia muita escolha, a mulher estava simplesmente fraca demais para sair. Então cuidamos dela, lhes demos os poucos alimentos e remédios que tínhamos.

Meu coração disparou de emoção. Eu tinha encontrado a mãe de Sadie.

— Onde ela está agora? — perguntei.

Eu poderia reuni-las, ou pelo menos contar a Sadie que sua mãe estava segura.

— Os alemães apareceram. Normalmente, evitam o hospital por medo de adoecer. Desta vez, no entanto, eles entraram e interrogaram a equipe. Ouviram relatos de uma mulher vestida de forma estranha que quase desmaiou na rua.

As palavras da freira gelaram meus ossos. Alguém viu a mãe de Sadie e a denunciou.

— Não havia como enfrentarmos os alemães sem arriscar os demais pacientes e o trabalho que estamos fazendo aqui.

Algo em sua voz me disse que a missão deles ia além de cuidados médicos, e me perguntei se o próprio hospital também estava desempenhando um papel na resistência.

— Mas não íamos deixar que a levassem. Eles certamente a teriam matado, como fizeram com os pacientes no hospital judeu. — Ela fez uma pausa. — Por misericórdia, demos a ela uma injeção. Não sofreu nem sentiu dor.

Misericórdia. A palavra reverberou em minha mente. A mãe de Sadie morrera. Meu coração ficou apertado por minha amiga, que já tinha perdido tanto.

Engoli a tristeza e olhei para a freira.

— Quando?

— Alguns dias atrás.

Estremeci, percebendo que chegara tarde demais. Devia ter vindo antes, embora soubesse que não poderia tê-la salvado mesmo assim.

— E a criança, o que aconteceu com ela?

A freira parecia confusa.

— Perdão, mas não entendi.

— A mãe da minha amiga estava com uma bebê.

A freira balançou a cabeça.

— Não estava, não. Ela chegou aqui sozinha.

— Mas você disse que ela teve um bebê.

— Não, eu disse que ela tinha dado à luz. Foi o que constatamos ao examiná-la. E ela não parava de falar sobre uma criança. Não é incomum entre mulheres que perderam um filho ou estão em negação, mas nunca houve uma criança aqui com ela. — Ela se levantou e continuou: — Sinto muito, mas já contei tudo o que sei. Agora, pela segurança de nossos pacientes, preciso pedir que se retire.

Ela me conduziu até o lado de fora de seu escritório e me deixou sair por uma porta lateral do hospital.

Eu me afastei, enojada e chocada com a descoberta. Parei na cerca do lado de fora do hospital, apoiando-me na grade para me equilibrar. A mãe de Sadie morrera e ninguém sabia onde estava sua irmãzinha. Senti a dor da perda de minha própria mãe há tantos anos, tão forte e real como se tivesse sido ontem. Quando minha mãe morreu, porém, eu ainda tinha Tata e meus irmãos para me consolar. Sadie não tinha mais família. Como eu poderia dar essa notícia a ela?

Quando cheguei ao café, dei a volta e bati de leve na porta do porão. Kara abriu uma das portas e me levou a um canto onde Sadie estava sentada. Ao me ver, seu rosto se iluminou de expectativa.

— Alguma notícia?

Parada atrás de Sadie, os olhos de Kara encontraram os meus.

— Minha mãe — continuou Sadie. — Descobriu alguma coisa?

A MULHER COM A ESTRELA AZUL

Eu vacilei. *Não conte a ela*, disse uma voz dentro de mim. Revelar a verdade só a destruiria. Que mal havia em deixar que mantivesse a esperança? O problema é que nunca fui boa em guardar segredos. Lembrei-me dos longos e dolorosos meses em que meu pai desaparecera no front antes de sabermos seu destino. A esperança havia sido quase mais cruel do que a dor. Respirei fundo.

Mas parei novamente antes de começar. Eu não conseguiria fazer aquilo.

Tentei dizer a Sadie que sua mãe havia morrido, mas as palavras ficaram presas. Sua mãe era a última parte de seu mundo, a única coisa que a fazia seguir em frente. Agora eu seria obrigada a lhe arrancar o que havia sobrado de seu núcleo familiar. Lembrei-me de como me senti na noite em que soube da morte de meu pai, da sensação de não haver mais ninguém. Eu estaria fazendo a mesma coisa com Sadie, em circunstâncias milhões de vezes piores. Estaria tirando sua última esperança, sua razão de viver. Era como assinar sua sentença de morte.

Que mal havia em deixá-la ter fé por mais alguns dias? Talvez eu pudesse até procurar mais por sua irmãzinha. Enquanto cogitava aquilo, vi que era inútil, mas me deu esperança — e um motivo para não contar ainda.

— Até agora nada.

A mentira saiu antes que eu pudesse me conter.

Sadie pareceu assolada pela decepção.

— Não posso voltar sem ela.

— Sadie, você precisa. Pense em Saul e na família dele. Eu vou continuar procurando — acrescentei rapidamente. — Só não posso fazer perguntas demais sem chamar atenção. Agora você precisa ir. Precisa voltar ao esgoto.

— Obrigada — agradeci a Kara antes de começar a subir as escadas. — Se tiver notícias de Krys...

Então hesitei. Eu já havia deixado um bilhete para ele.

— Diga-lhe que vou fazer. Eu vou ajudar no que ele precisar.

O agora era tudo que tínhamos. Recusar ajuda não bastaria para nos manter mais seguros, assim como fugir e se esconder não havia salvado a mãe e a irmã de Sadie. Kara assentiu.

Conduzi minha amiga pelas ruelas de Dębniki, não querendo que sua aparência estranha chamasse atenção. Caminhamos em silêncio. Cada passo meu era pesado como chumbo. Eu precisava contar a verdade antes de nos separarmos e Sadie voltar para o subterrâneo. Era melhor ter contado no bar, percebi. E se ela perdesse a compostura aqui na rua, fizesse uma cena, gritasse? Finalmente chegamos à entrada junto ao rio. Ela se abaixou para pegar a pedra que tinha colocado para travar a grade e a abriu.

— Vai continuar procurando minha mãe?

— Eu prometo.

A mentira partiu meu coração. Perguntei-me mais uma vez se não deveria contar logo a verdade, mas, se o fizesse, Sadie poderia não voltar ao seu esconderijo — ou não ter forças para continuar.

— Procure em nosso antigo bairro e no gueto — sugeriu ela, tentando pensar em todos os lugares aos quais a mãe poderia ter ido.

Eu concordei.

— Vou procurar.

— Obrigada.

Sadie sorriu, agradecida. Minha culpa aumentou, parecendo me engolir por inteiro.

— Eu sinto muito. — Minha voz falhou e quase deixei escapar a terrível verdade, mas me contive. — Eu queria poder fazer mais.

— Já está fazendo tudo o que pode. Implorei para minha mãe não sair do esgoto. Ela devia ter escutado.

— Sadie, não! Teria sido impossível. Se ela tivesse ficado, o choro do bebê teria alertado alguém e todos vocês teriam sido encontrados. Ela partiu para proteger vocês.

— Ela se foi, não é?

Em vez de responder, apenas a abracei. Seu rosto estava inexpressivo, como se parte dela soubesse a verdade sem que eu dissesse.

— Eu não tenho ninguém.

— Não diga isso! Você tem a mim. — As palavras pareciam vazias. — Sei que não é o bastante e que não compensa a ausência da sua mãe, muito menos o quanto você sente falta dela e do resto de sua família. Mas eu estou aqui.

Ela não respondeu.

— Sadie, olhe para mim. — Peguei suas mãos e prometi: — Isso não é para sempre. Eu juro que vou tirar você do esgoto novamente.

Como eu poderia fazer tal promessa, eu não sabia, mas estava me agarrando a qualquer coisa para dar a ela força de vontade para viver mais um dia.

— Você não precisa ir — falei, apesar de não ter ideia de onde a esconderia se ela não fosse. — Isto é, se não quiser voltar. Podemos deixar a cidade esta noite, dar um jeito.

A MULHER COM A ESTRELA AZUL

Por um instante, vislumbrei nós duas longe daqui, livres.

— Eu preciso voltar. Tenho os outros.

Mesmo que sua mãe e irmã tivessem morrido, ela não abandonaria Saul e a família dele.

— Só que é muito difícil. Minha mãe era o que me mantinha firme. Não sei se sou forte o bastante para seguir sem ela. — A voz de Sadie falhou. — Eu não posso fazer isso sozinha.

— Você não precisa. Continue vindo me ver, combinado? Eu voltarei trazendo tudo o que puder e nós vamos passar juntas por esses dias terríveis até a guerra terminar.

Tentei tornar meu tom de voz positivo e seguro do que estava dizendo.

— Tudo bem — concordou Sadie, embora eu não soubesse se ela realmente acreditava em mim ou se apenas estava triste e cansada demais para discutir.

Ela se agachou e entrou no esgoto. Tentei ficar na sua frente para escondê-la de qualquer um que estivesse passando e visse aquela cena incomum.

— Estarei aqui amanhã, tá? — prometi. — E no dia seguinte. Eu venho todos os dias. Você só precisa acordar, se levantar e vir me ver.

Eu não tinha ideia de como faria aquilo. Ficar longe da curiosidade de Ana Lucia para vir até esta parte remota da cidade uma vez por semana já era muito difícil, mas Sadie precisava de alguma coisa, qualquer coisa, para seguir em frente.

Sem dizer uma palavra, ela se virou e desapareceu no esgoto mais uma vez.

CAPÍTULO 20

Sadie

Ella estava atrasada. Fiquei esperando no túnel, tentando evitar a chuva que escorria pela grade do esgoto. O vento soprava forte, espirrando as gotas para os lados, como se estivessem me perseguindo. Eu me abaixei no canto, tentando, sem sucesso, escapar da umidade. Pela primeira vez, tive vontade de correr de volta para a câmara, mas continuei ali, certa de que minha amiga apareceria.

Já era final de julho, mais de quatro meses desde nossa chegada ao esgoto. Mamãe estava sumida há quase três semanas. Ella não conseguiu encontrá-la nem descobrir nada desde que voltei para o subsolo. A cada dia que passava, era mais difícil ignorar a realidade inegável de que ela poderia não voltar. Mesmo assim, eu me agarrava à esperança — era a única coisa que me ajudava a enfrentar os dias. Sem minha mãe, eu não tinha nada.

Não foi apenas minha tristeza com a ausência de mamãe que tornou tudo difícil de suportar: nossas condições de vida também se deterioraram. A chegada do verão aumentou a temperatura e tornou os gases do esgoto mais pesados e repulsivos. Nossas juntas doíam devido à umidade e estranhas erupções brotavam em nossa pele.

— Pelo menos não está frio — observou Pan Rosenberg uma vez. — Não sei o que vamos fazer para sobreviver ao próximo inverno aqui.

Olhei para ele com descrença. Faltavam meses para o inverno. Não era possível que ele acreditasse que ainda estaríamos aqui até lá.

Apesar da piora das condições, tentei melhorar e deixar mamãe orgulhosa. Eu me levantava de manhã, me lavava, me vestia, mantinha o nosso canto na

A MULHER COM A ESTRELA AZUL

câmara arrumado e lia ou estudava regularmente. Mas os dias custavam a passar e as noites solitárias eram ainda mais longas, cheias de sonhos estranhos e intermitentes. Certa noite, sonhei que estava flutuando no rio de esgoto e, enquanto era levada pela corrente, minha mãe e meu pai me encontravam. Procurei a bebê nos braços de mamãe.

— Onde ela está? — perguntei.

— Quem? — retrucou mamãe, parecendo confusa.

Como não demos um nome à minha irmã, as palavras me faltaram. Meus pais me puxaram para perto, formando uma espécie de jangada, e navegamos juntos, uma integrante da família a menos.

Claro que ter a companhia de Saul ajudava. Ele e eu nos aproximamos ainda mais desde que admitimos o que sentíamos um pelo outro. Nossos momentos juntos, caminhando e lendo no anexo, ainda eram furtivos, não muito mais do que antes. Mas saber que ele estava por perto e que sentia por mim o mesmo que eu sentia por ele tornava os dias sem minha mãe e irmã um pouco mais suportáveis.

Olhei para cima através da grade, ainda na esperança de ver Ella, constatando que a chuva diminuía. Desde a primeira vez que procurou minha mãe, ela havia vindo todos os dias conforme o prometido, não importando o tempo ou sua dificuldade em escapulir da madrasta. Todas as manhãs, eu esperava nas sombras até vê-la se aproximando. Não ousávamos falar muito e ela ficava poucos minutos a cada vez. Ella ainda não tinha conseguido encontrar minha mãe ou irmã. Mesmo assim, suas visitas tinham se tornado uma salvação, o que me fazia viver um dia após o outro, agora mais do que nunca.

Ella estava atrasada hoje. Não alguns minutos, mas uma hora inteira. Perguntei-me se ela poderia não vir. À medida que os minutos passavam, cada vez mais distantes do horário marcado, precisei aceitar que poderia se passar mais um dia para encontrar minha amiga, se encontrasse. À medida que a guerra se arrastava, a vida também se tornava muito mais difícil para os cidadãos comuns. Eu ouvia tudo do subterrâneo, os postos de controle, as patrulhas e as prisões. Embora Ella não reclamasse ou falasse muito sobre o assunto, a cada visita eu notava a tensão e a preocupação que pareciam enrugar seu lindo rosto. Mais de uma vez, pensei em lhe dizer para não voltar. Agora, minha preocupação aumentara: e se tivesse acontecido alguma coisa?

Talvez ela estivesse apenas ocupada, imaginei, colocando as visitas que ela me fazia como secundárias e sem importância. Ella tinha uma vida inteira lá em cima, repleta de pessoas e horas do dia sobre as quais eu nada sabia.

Alguns minutos depois, no entanto, ela apareceu correndo pelo barranco, mais apressada do que o normal, como se para recuperar o tempo perdido. Seus cabelos ruivos, geralmente tão arrumados, estavam soltos e voavam descontroladamente em volta de seu rosto, emoldurado pelas nuvens ao fundo.

— Que bom ver você — comecei. — Fiquei com medo de ter acontecido alguma coisa e você não poder vir.

— A polícia bloqueou a ponte. Tive que voltar e encontrar outro caminho.

Antes que pudéssemos falar mais, ouvimos um barulho vindo da estrada que corria ao longo da margem do rio atrás dela, o cantar de pneus e o som de ordens da polícia. Ella virou a cabeça bruscamente na direção da comoção e se esquivou apressada. Recuei para as sombras, curiosa para saber se ela teria que voltar para casa.

Poucos minutos depois, quando as sirenes e o barulho diminuíram, Ella reapareceu e parou diante da grade.

— As coisas estão piorando — constatei.

Não havia mais judeus nas ruas, mas as prisões e represálias contra poloneses comuns pareciam aumentar a cada dia.

— Sim. — Seu tom de voz era direto. — A guerra não está indo bem para os alemães.

Eu me perguntei se era verdade ou se Ella estava apenas tentando me dar esperança.

— Os russos estão avançando na Frente Oriental e os Aliados ao sul.

Parte de mim custava a acreditar. Já tínhamos ouvido tais rumores antes e ainda assim a cidade permanecia sob ferrenho controle alemão.

— Os alemães estão descontando nos poloneses comuns enquanto podem.

— Porque não sobrou nenhum judeu em quem descontar — acrescentei amargamente.

Os poloneses sofriam, com certeza, mas pelo menos a maioria ainda estava em suas casas e não tinha sido presa ou forçada a se esconder.

— Você não precisa vir se estiver arriscado demais — ofereci com relutância.

A MULHER COM A ESTRELA AZUL

Ver minha amiga era uma das poucas coisas boas que eu ainda tinha e eu odiaria se ela não pudesse mais vir.

Mas ela pareceu determinada ao responder:

— Estarei aqui.

Ella era a pessoa mais corajosa que eu já conhecera.

— Mas hoje não posso ficar muito.

Eu balancei a cabeça, tentando não demonstrar que me importava. Alguns poucos minutos já eram alguma coisa, um sinal de que alguém ainda se lembrava de mim e se importava o suficiente para vir.

Ella passou um pequeno pedaço de pão de fermentação lenta pela grade antes de sair.

— Tem certeza de que pode me dar isto?

— Sim, claro — respondeu ela, mas me perguntei se estava me dizendo a verdade.

Ella parecia ter emagrecido nas últimas semanas, levando-me a suspeitar que estava comendo menos a fim de guardar comida para mim. À medida que a guerra se arrastava, poloneses comuns também passaram a ter mais dificulda- de em arranjar comida. Eles não faziam mais fila no mercado porque não havia mais nada para comprar. Até Ella e sua próspera madrasta estavam sentindo o aperto. Fiquei maravilhada por ela ainda conseguir encontrar comida para to- dos nós e tentei não reclamar por ser menos que antes. Afinal, também tínha- mos menos bocas para alimentar agora. Mas ainda não era nem de perto o suficiente.

Quando nos despedimos e comecei a me afastar da grade, os sinos da cate- dral do outro lado do rio indicaram meio-dia. A câmara estava estranhamente silenciosa, Pan Rosenberg se encontrava debruçado sobre seu livro de orações no canto. Não vi Saul; ele devia ter ido buscar água. Desejei ter topado com ele no túnel, assim poderíamos ter alguns momentos de tranquilidade a sós.

Bubbe estava deitada na cama do lado da câmara dos Rosenberg. Ela não tinha se levantado naquela manhã e eu saí na ponta dos pés para preparar o desjejum, sem querer acordá-la. Nos últimos dias, sua confusão evoluíra para delírio, e ela ficava em seu pallet no canto mais distante da câmara, gemendo e resmungando sozinha sem parar. Às vezes, quando suas lamúrias ficavam altas demais, eu não conseguia deixar de pensar que representavam tanto perigo quanto o choro da minha irmãzinha.

235

Alguns dias antes, quando se tornou impossível continuar ignorando sua condição deteriorada, eu tentara conversar com Saul a respeito.

— Bubbe — comecei, afirmando o óbvio. — Ela não está bem.

Saul concordou com a cabeça.

— Você tem alguma ideia do que pode ser?

— É um tipo de demência. O pai dela também teve. Não há nada a fazer.

Eu me aproximei, querendo reconfortá-lo.

— Sinto muito.

— Ela sempre foi tão inteligente e engraçada — disse ele.

Tentei imaginar a avó que Saul descrevia, a avó que praticamente já tinha partido quando chegamos ao esgoto.

— Em alguns aspectos, essa doença é mais cruel do que uma doença física.

Eu concordei. A demência roubou Bubbe dela mesma.

Agora Bubbe estava em silêncio e imóvel. A tigela de mingau que preparei para ela naquela manhã estava ao seu lado, intocada. Achei estranho que, ao meio-dia, ela ainda estivesse dormindo. Aproximei-me para ver como estava, esperando que não tivesse contraído mais uma das febres que a atormentavam e pioravam sua condição. Coloquei a mão em sua testa para verificar se estava quente. Para minha surpresa, sua pele estava fria. Percebi então que Bubbe estava deitada em uma posição estranha, o rosto fixo quase num sorriso.

Afastei-me rapidamente, tapando a boca com a mão. Bubbe estava morta. Devia ter falecido durante o sono. Estaria sua morte de alguma forma relacionada à demência, outra doença ou simplesmente à idade? Olhei para Pan Rosenberg, sentado a poucos metros de distância, sem saber o que havia acontecido com a mãe. Eu queria contar, mas não podia. Saí correndo da câmara para procurar Saul.

Quando entrei no túnel, ele estava dobrando o corredor, caminhando devagar devido ao peso da jarra cheia d'água.

— Sadie.

Ele sorriu calorosamente, seus olhos alegres como toda vez que nos encontrávamos. Então, reparando na expressão em meu rosto, ele deixou cair a jarra, derramando a água, e correu na minha direção.

— O que foi? Você está bem?

— Eu estou. É a Bubbe.

A MULHER COM A ESTRELA AZUL

Sem dizer nada, ele correu para a câmara. Eu o segui, mas permaneci perto da porta, mantendo uma distância respeitosa enquanto ele a examinava e confirmava o que eu já sabia. Saul abaixou a cabeça por um segundo, depois se levantou e foi até o pai, ajoelhando-se diante dele. Não ouvi as palavras que sussurrou. Achei que Pan Rosenberg cairia em prantos, como no dia em que soube da morte do filho mais velho. Em vez disso, ele apoiou a testa no ombro de Saul e chorou silenciosamente, um homem assolado demais para dar voz à própria dor.

Depois que eles finalmente se afastaram, me aproximei.

— Eu lamento — ofereci, tentando pensar no que dizer.

Eu teria imaginado que, depois de todas as perdas que presenciei e sofri desde o início da guerra, condolências viriam com mais naturalidade.

— Sei o quanto a amavam e como é uma perda terrível.

Pan Rosenberg assentiu e olhou para a cama onde Bubbe estava deitada.

— O que vamos fazer com ela?

Nem Saul nem eu respondemos. A lei judaica determinava que Bubbe fosse enterrada em uma sepultura adequada o mais rápido possível, mas não podíamos levá-la para a rua, e o chão do esgoto era impossível de cavar. Sem outra escolha, a carregamos da câmara para o túnel até a junção onde nosso cano de esgoto se encontrava com o corpo mais largo do rio. Nós a abaixamos até a superfície. Olhei para ela com tristeza, pegando em sua mão agora fria. Bubbe e eu não tivemos um começo fácil, mas eu sabia que tudo o que ela fez foi para proteger sua família — e de certa forma eu mesma. Apesar de tudo, passamos a gostar uma da outra. Enquanto a correnteza a levava, agradeci sua ajuda e perdoei seus erros contra mim e minha família. Ela deslizou pelo canto antes de afundar sob a superfície para nunca mais ser vista. Imaginei meu pai esperando por ela.

— Devemos dizer o *kadish*? — perguntei.

Embora eu não soubesse muito sobre nossa fé compartilhada, estava familiarizada com a oração pelos mortos que ouvia em funerais e visitas de *shivá* enquanto crescia em Kazimierz.

Saul balançou a cabeça em negativa.

— Você só pode dizer o *kadish* se tiver um *minyan*, ou seja, dez homens.

Com apenas nós três, Saul e o pai não teriam direito a esse ritual de luto. Saul colocou a mão no ombro do pai.

— Um dia, papai, vamos à sinagoga e iremos dizer o *kadish* por Bubbe.

Ele parecia certo daquilo, mas me perguntei se realmente acreditava. A sinagoga em sua aldeia havia sido totalmente queimada. As de Cracóvia também haviam desaparecido, pensei, lembrando-me das carcaças vazias e paradas no tempo que vi na caminhada por Kazimierz com Ella. As poucas que ainda existiam tinham sido profanadas pelos alemães e convertidas em estábulos ou armazéns. Era difícil imaginar um mundo onde ainda existisse oração e uma casa onde fazê-la.

Os próximos dias foram terríveis para todos nós. A perda de Bubbe foi muito mais difícil do que eu imaginava. A câmara parecia vazia e fria sem ela. Bubbe era mal-humorada do jeito que os idosos sabem ser, e às vezes até rude, mas ajudou minha mãe a dar à luz e me consolou depois que mamãe partiu. Sua morte deixou um vazio maior do que eu esperava. Agora éramos apenas Saul, seu pai e eu. O número de pessoas ali estava diminuindo a cada dia e eu não pude deixar de me perguntar quem seria o próximo — ou quanto tempo demoraria até que estivéssemos todos mortos.

CAPÍTULO 21

Ella

Em uma noite, no início de agosto, sentei-me sozinha no sótão, aflita demais para ler ou pintar. A casa estava silenciosa. Ana Lucia não fazia suas reuniões há mais de um mês. O ânimo dos alemães nas ruas mudara perceptivelmente com os relatos das dificuldades em batalha contra os soviéticos no leste, bem como dos avanços dos Aliados na Itália, agora frequentes demais para deixar dúvidas. Imaginei que os convidados que um dia gostaram tanto das festas da minha madrasta não estavam com muito clima para comemoração. Melhor assim. Com a oferta de comida cada vez mais escassa, ela não teria como entretê-los em seu estilo habitual.

Olhei para a foto de Krys na minha mesinha. Mais de três semanas se passaram desde que fui ao café pedir ajuda para localizar a mãe de Sadie e não o encontrei lá. Desde então, não tive mais notícias dele. Eu não devia estar surpresa, disse a mim mesma. Tínhamos brigado em nosso último encontro. Eu esperava, porém, que o bilhete que deixei com Kara pudesse consertar tudo, mas também não sabia se ela o encontrara desde então para entregá-lo. Mais de uma vez, quando visitei Sadie, pensei em fazer a curta viagem da grade do rio até o café em Dębniki a fim de ver se ele havia voltado. Meu orgulho, entretanto, sempre me impedia. Eu já havia desejado Krys uma vez, esperado por ele, e o tiro saiu pela culatra de forma terrível. Eu não cometeria o mesmo erro novamente.

Em vez disso, passava os dias visitando Sadie, levando o pouco que conseguia. Eu ainda não havia lhe contado a verdade sobre sua mãe. Aquela havia sido a decisão certa, tentei me tranquilizar mais de uma vez ao ser tomada pela dúvida. Conforme o tempo de Sadie no esgoto longe da família se arrastava, ficava cada vez mais difícil ver esperança em seus olhos. Eu não poderia piorar as coisas com más notícias.

Vesti minha camisola e me deitei, tentando, em vão, dormir. Pouco depois, ouvi Ana Lucia e seu novo companheiro entrarem e subirem as escadas até o quarto dela. O coronel Maust havia partido, transferido para Munique por motivos que eu desconhecia. Eu me perguntava se, sem ele, Ana Lucia poderia perder o status privilegiado de que desfrutava com o Governo Geral. Mas ela rapidamente o substituiu por um alemão de escalão ainda mais alto, cujo nome não me dei ao trabalho de descobrir. Rude e calado, ele não fazia nenhum esforço para ser gentil, entrando em casa tarde da noite e saindo da mesma forma antes do amanhecer. Hanna sussurrara uma vez que ele tinha mulher e filhos em Berlim. Era um tipo horrível, e parecia mais gritar do que falar com minha madrasta. Os sons que vinham de seu quarto ultimamente beiravam a violência e muitas vezes me perguntei se deveria descer e intervir para ajudá-la.

Alguns dias atrás, no café da manhã, notei um hematoma sob seu olho.

— Você sabe que não precisa estar com ele ou deixá-lo fazer isso — falei.

Mesmo que ela fosse horrível comigo, não pude deixar de sentir pena.

— Estaríamos bem sem um alemão para nos proteger.

Percebi seu constrangimento.

— Quem você pensa que é para me aconselhar sobre meus assuntos pessoais? — vociferou ela, cobrindo o hematoma com raiva.

Eu não insisti.

Finalmente, bloqueei os ruídos vindos do quarto de Ana Lucia e adormeci. De repente, uma batida me acordou. Esfreguei os olhos quando o som se repetiu. Uma pedrinha batendo na minha janela, depois outra. Eu me sentei. Antigamente, era assim que Krys me chamava, nosso sinal para eu descer para um encontro secreto. Ajeitei meus cabelos, me perguntando há quanto tempo ele voltara de sua missão. Será que Kara entregou meu bilhete ou ele simplesmente decidiu vir até mim? Dada nossa última briga e o tempo que passara desde então, parecia um tanto presunçoso esperar encontrá-lo agora, mas fui até a janela.

Para minha surpresa, não era Krys parado na rua, e sim Kara.

— O que foi? — perguntei, igualmente desapontada, curiosa e irritada.

A MULHER COM A ESTRELA AZUL

Krys obviamente contou a ela onde eu morava. Por que ele não veio pessoalmente?

Kara não respondeu, mas gesticulou para que eu descesse. Eu me vesti e comecei a descer as escadas apressada, tomando cuidado para não fazer barulho. Eu temia que Ana Lucia e seu companheiro tivessem ouvido as pedras batendo na janela, mas ambos já roncavam, dormindo profundamente devido ao excesso de vinho. Saí de casa silenciosamente.

— Venha — instruiu ela, começando a se afastar assim que fechei a porta.

— Para onde estamos indo? Aconteceu alguma coisa com Krys?

— Ele está bem, mas precisa que você venha agora mesmo.

— Por quê? Algum problema?

Perguntei-me se ele resolvera aceitar minha oferta de ajuda. Kara, no entanto, balançou a cabeça, sem vontade de revelar mais informações ou responder às minhas perguntas no meio da rua. Ela caminhava em um ritmo rápido, quase correndo, e apesar de minhas pernas serem bem mais compridas, tive que me esforçar para acompanhá-la.

Quando chegamos a Dębniki, esperava que ela me levasse ao café. Em vez disso, ela prosseguiu na direção do beco atrás da igreja. Kara não tinha ido ao esgoto conosco antes, percebi. Krys deve ter lhe contado onde ficava.

— Aconteceu alguma coisa com Sadie? — perguntei, meu estômago embrulhando.

— Até onde eu sei, ela está bem.

Ao nos aproximarmos do beco, vi alguém parado perto da grade do esgoto. Por um segundo, entrei em pânico. Mas logo percebi que se tratava de Krys. Parti na direção dele. Kara saiu correndo, nos deixando a sós.

Ao seu lado, havia duas caixas retangulares de madeira.

— O que é isso? — perguntei.

Por um momento, esperei que ele tivesse encontrado mais comida para Sadie.

Mas as caixas eram industriais, estampadas com grandes letras cirílicas pretas sinalizando algum tipo de aviso.

— Krys, essas são as munições?

Ele não respondeu de imediato.

— Nós já conversamos sobre isso.

— Seu bilhete dizia que você queria ajudar.

— Sim, dizia que *eu* queria ajudar. Não Sadie. Assim não.

— Ella, precisamos esconder essas munições. Estamos esperando-as há semanas e poderemos levá-las até o lugar que elas devem estar amanhã mesmo, o mais tardar no dia seguinte. Não deve ser mais do que uma noite.

— De forma alguma — recusei, furiosa. — Eu já falei que não vou colocar Sadie em perigo por sua causa.

— Minha causa? — Agora era a vez de Krys ficar com raiva. — Não é uma causa. Estamos lutando por nossas vidas, Ella. A sua, a minha e a de Sadie também. — Ele baixou a voz e continuou: — Essas munições, armamentos e explosivos são difíceis de obter e essenciais para uma operação em Varsóvia que será executada muito em breve, parte da batalha maior que está por vir. Você precisa entender que o esgoto é o lugar perfeito. Discreto, impossível de encontrar. Eu tenho que fazer isso. — Desta vez, ele não estava pedindo a minha permissão, havia muita coisa em jogo. — É só por uma noite.

— É perigoso demais. Se as munições forem descobertas ou se de alguma forma detonarem, Sadie e os amigos dela serão encontrados.

— Isso não vai acontecer.

Para Krys, a ideia de que o plano poderia falhar era impensável, mas eu sabia que tudo poderia acontecer.

— Você não tem como ter certeza — protestei.

Muitas coisas poderiam dar errado.

— Eu prometo que não vai acontecer nada de ruim com Sadie. Darei minha própria vida antes que algo aconteça a ela. — Krys estava determinado. — No bilhete você disse que estava pronta para ajudar.

— Sim, mas…

Eu me imaginava entregando um pacote ou ajudando pessoalmente de alguma forma. Se eu soubesse que Krys queria arriscar a segurança de Sadie, jamais teria oferecido.

— Você falou que faria qualquer coisa. Agora é sua chance de provar.

Eu não respondi.

— Não há meio termo com este trabalho, Ella — recomeçou ele severamente. — Ou você dá tudo de si ou não.

Os olhos de Krys ardiam, e foi quando vi que ele estava disposto a sacrificar tudo pela causa em que acreditava.

Mas eu não. Endireitei os ombros, preparada para recusar e enfrentar as consequências. Foi quando ouvi um farfalhar sob a grade e, ao olhar para baixo, vi Sadie, que devia ter sido atraída pelo barulho. Ela olhou para cima, piscando de surpresa ao ver tantas pessoas em pé ali em cima.

Notei o medo em seus olhos, mas, ao ver que era eu, ela sorriu.

— Ah, oi — disse ela com confiança.

Meu coração estava apertado. Ela viu Krys atrás de mim.

— Está tudo bem?

— Sim — respondi rapidamente, hesitando em seguida.

Como explicar o que Krys esperava que ela fizesse?

Antes que eu pudesse dizer outra coisa, Krys se ajoelhou perto do esgoto, descrevendo a situação para Sadie baixo demais para eu ouvir. Ela assentia enquanto escutava, os olhos arregalados, dando-lhe toda sua atenção.

Sadie assentiu para mim.

— Sem problemas — disse ela humildemente, aceitando a realidade da situação de uma forma que eu não conseguia. — Posso fazer isso. — Seu lábio estremeceu.

— Sadie, não...

— Eu vou fazer — insistiu ela.

— É perigoso demais. Eu não posso deixar.

— A escolha não é sua — retrucou Sadie. — Eu não sou criança, Ella — continuou ela, a voz mais suave agora, mas ainda magoada. — Posso decidir sozinha e decidi que quero fazer isso.

— Mas por quê?

— Porque eu quero ajudar. Antes, eu nem sabia que ainda existiam pessoas boas como você por aí, mas tanta gente me ajudou: você, Krys, Kara e Pawel, o homem que nos trouxe para o esgoto. Depois de tudo que arriscaram por mim, se eu puder retribuir de alguma forma, bem, eu quero. — Ela levantou o queixo antes de continuar. — Desde que a guerra começou, tudo que fiz foi correr e me esconder. Esta é uma chance de fazer alguma coisa em vez de me sentir impotente. Eu quero fazer minha parte. Eu posso fazer — repetiu, parecendo mais certa agora.

— Você não precisa — insisti.

— Eu sei, mas eu quero.

— Precisamos de ajuda para conseguir descer isso — disse Krys, dando um tapinha em uma das caixas.

As caixas pareciam pesadas e me perguntei como ele tinha conseguido chegar tão longe sozinho. Sadie assentiu solenemente. Ela desapareceu por alguns minutos e voltou com um homem jovem e barbudo. Saul, concluí — o rapaz de quem ela falava. Aquele de quem ela gostava. Ele era apenas alguns anos mais velho do que nós, com roupas tradicionais de judeu e olhos escuros pensativos. Pela maneira como ele se aproximou e deu um passo à frente dela, parecia querer protegê-la do que estava acontecendo; percebi que o sentimento entre os dois era mútuo. Sadie se virou para ele.

— Esta é a Ella, a amiga de quem falei, a que tem nos ajudado. Ella, este é Saul.

Notei o afeto em sua voz ao dizer o nome dele.

— Olá — arrisquei.

Saul não respondeu nem sorriu. Para ele, eu era o inimigo colocando sua segurança em risco, não alguém de confiança. Seus olhos gentis endureceram quando ele entendeu do que se tratava aquilo tudo.

— Você não pode realmente esperar que façamos isso — disse ele a Krys, sua voz baixa, mas firme. — Este esgoto é tudo para nós, o único abrigo que ainda temos.

— Eu sei — respondeu Krys. — E eu não pediria se houvesse outra opção. É apenas por esta noite.

Krys puxou a tampa do esgoto e arrastou a primeira caixa em direção à abertura.

— Afaste-se — instruiu Saul a Sadie enquanto tentava ajudar Krys lá debaixo.

A caixa escorregou e caiu no esgoto com um estrondo que reverberou alto pela rua. Eu me preparei, rezando para que as munições não explodissem com o impacto. Depois olhei para trás, aflita. Qualquer um num raio de um quarteirão teria escutado aquele barulho. Krys pôs a mão no meu ombro e ficamos em silêncio tentando detectar algum movimento, mas a rua continuava quieta. Alguns segundos depois, Krys entregou a segunda caixa para Saul, que a colocou com cuidado no túnel.

— Não precisa afastá-las demais — disse Krys. — Apenas dentro do túnel, fora de vista.

— E precisamos vigiá-las e protegê-las? — perguntou Saul.

— Não é necessário. Ninguém sabe que estamos com elas ou que as esconderíamos aqui.

Para a maioria das pessoas, era impossível imaginar esconder alguma coisa no esgoto, pensei, muito menos gente. Krys jogou uma lona.

A MULHER COM A ESTRELA AZUL

— Pode cobrir as caixas com isso e deixá-las onde estão durante a noite. Alguém estará aqui para recolhê-las antes do amanhecer.

— Alguém? — perguntei a Krys, virando-me para ele. — Não será você?

— Eu, se puder. Se não, um dos meus homens de confiança. — Ele pegou minhas mãos. — Eu nunca faria nada para colocar Sadie em perigo, nem você.

Krys olhou no fundo dos meus olhos, desejando que eu acreditasse.

Como eu poderia, depois do que ele havia acabado de fazer?

— Você já fez isso — declarei, me afastando.

Fui até a grade. Eu mal conseguia ver Sadie atrás das duas grandes caixas ocupando a maior parte da entrada do esgoto.

— Sadie?

— Estou aqui.

Sua voz parecia abafada e, apesar de ter insistido em ajudar, estava um pouco amedrontada.

— Você não precisa fazer isso. Ainda pode mudar de ideia — avisei, embora na verdade não soubesse como.

Seria quase impossível subir as caixas do esgoto, e me perguntei como Krys planejava fazer aquilo na manhã seguinte.

— Eu vou ficar bem, Ella. Posso fazer isso.

À distância, uma sirene da polícia soou.

— É melhor você voltar para casa. É perigoso ficar tanto tempo na rua.

Mesmo numa hora dessas, Sadie estava preocupada comigo.

— Ela tem razão — interrompeu Krys quando o som da sirene pareceu se aproximar e ficar ainda mais alto. — Precisamos ir.

Embora fosse imprudente, ainda hesitei. Era quase insuportável deixar Sadie em circunstâncias tão terríveis, mas não havia escolha.

— Estarei de volta ao amanhecer — prometi, certa de que, ao deixá-la, estava cometendo o maior erro da minha vida.

C A P Í T U L O 22

Sadie

Quando Ella e Krys desapareceram acima da grade do esgoto, me virei para Saul.

— E agora?

— Voltamos para a câmara e dormimos, suponho. Krys disse que não precisamos ficar de guarda.

— Não estou com sono.

Era difícil imaginar simplesmente deixar as munições no túnel e ir dormir como se nada tivesse acontecido.

— Eu também não. Vamos ler?

— Pode ser.

Seguimos na direção do anexo. Peguei o livro que estava lendo, mas Saul ficou olhando para o nada.

— O que foi?

— Está tudo bem. — Ele esfregou os olhos e fez um gesto como se estivesse afastando algum pensamento da cabeça. — Não é nada. É só que aconteceu tanta coisa nas últimas semanas. Primeiro perder Bubbe. Agora isso.

Lágrimas escorriam por seu rosto. Eu me aproximei, desesperada para consolá-lo.

— Eu sei que é difícil — falei, me aproximando. — Eu sinto muito.

Ele enxugou o rosto com a manga.

— Você deve me achar um grande idiota, um homem adulto chorando pela avó. Ela teve uma vida longa e muito mais tempo do que meu irmão e tantas outras pessoas ultimamente. Além disso, morrer dormindo foi uma bênção.

É só que, depois que minha mãe morreu, Bubbe nos criou como filhos. Ela esteve presente durante toda a minha vida.

Eu queria abraçá-lo, mas não parecia correto, então entrelacei os dedos nos dele.

— Eu entendo.

Passamos por tantas perdas, tantas mortes. Bubbe com certeza podia ser difícil, mas nossas famílias se tornaram uma só e eu também sofri por sua morte. Com tão pouco sobrando, cada perda era uma ferida grave, um buraco em nossa própria fundação.

Saul parou de chorar, mas não pegou seu livro, continuando apenas a encarar o vazio com o olhar distante.

— Você está bem? — perguntei.

Eu imaginei se ele estaria pensando na avó, nas munições ou em algo diferente.

Saul se virou para mim de repente, pegando minha mão.

— Case-se comigo, Sadie.

Fiquei surpresa demais para responder. Não imaginei que seus sentimentos fossem tão fortes, mas ele estava fitando-me profundamente agora, o olhar resoluto e sincero.

— Quero que você seja minha esposa. Eu amo você.

— E eu amo você também.

Eu já sabia há muito tempo, mas dizer as palavras tornava o sentimento ainda mais verdadeiro.

— Quando sairmos daqui...

— Não quando sairmos — interrompeu ele. — Eu não quero esperar. Quero casar com você agora.

— Como assim? Isso não é possível.

— É sim. A lei judaica não exige rabino, apenas alguém que conheça os rituais e requisitos. Meu pai pode nos casar. — Ele falava mais rápido agora, ganhando impulso. — Eu sei que deveria estar pedindo permissão à sua mãe — acrescentou Saul, se desculpando. — Eu gostaria que fosse possível. O que acha, Sadie?

Ele observava meu rosto, os olhos esperançosos.

Não respondi de imediato, mas refleti sobre o pedido. Eu tinha idade suficiente para me casar. Se a guerra não tivesse acontecido, talvez eu já tivesse um marido, de repente até um filho. Aquele mundo havia sido tirado de mim, e a ideia de casamento e uma vida normal era tão estranha e distante que eu mal podia imaginá-la, mas eu amava Saul e pertencia a ele. Uma vida ao seu lado, mesmo nessas circunstâncias, parecia a coisa certa.

Ainda assim, uma parte de mim queria esperar. Tudo aconteceu tão rápido. O esgoto não era o lugar ideal para começar uma vida juntos, mas também era tudo que tínhamos; poderia nunca haver outro lugar. Era agora ou nunca, talvez a única chance de tornarmos nosso amor permanente e real. Poderíamos ficar juntos, não apenas nos momentos roubados em que nos consolávamos nos braços um do outro mais do que deveríamos, mas como marido e mulher de verdade.

— Sim — aceitei finalmente.

Saul sorriu, e foi a primeira vez que eu vi felicidade real em seus olhos desde a morte de Bubbe. Então ele me beijou.

— Quando?

— Agora! — exclamou ele, e nós dois rimos. — Quer dizer, não esta noite, mas amanhã.

Comecei a dizer que deveríamos esperar até minha mãe voltar, mas quem sabe quando isso aconteceria? A cada dia e semana que passava, aquilo se tornava menos uma esperança e mais uma fantasia.

— Vamos contar ao meu pai quando ele acordar. Ele pode nos ajudar a reunir tudo de que precisamos imediatamente.

Eu concordei, me perguntando se Pan Rosenberg ficaria feliz com a notícia. Antes, ele teria se importado por eu não ser praticante e talvez protestado contra rituais que não estavam estritamente de acordo com as regras. No entanto, no esgoto todos fomos forçados a mudar, e eu esperava que ele ficasse contente em me receber em sua família cada vez menor.

— Podemos nos casar amanhã — repetiu Saul.

— Eu quero ver Ella primeiro, se puder. Eu gostaria de me casar na grade com ela presente.

Com mamãe ainda desaparecida, minha família inteira se fora. Eu precisava que Ella estivesse ao meu lado, ou pelo menos o mais perto possível.

Esperei Saul protestar, mas ele assentiu.

— Eu entendo. Só não devemos esperar demais.

Ficamos sentados em silêncio por vários minutos. Saul encostou a cabeça na minha de um jeito que se tornara familiar para nós nas noites em que líamos ao luar. Logo reconheci o som lento e uniforme de sua respiração. *Seria mais prudente voltar para a câmara e para Pan Rosenberg,* pensei. Talvez até verificar as munições no caminho, mas Saul também precisava descansar. Eu não queria despertá-lo, pelo menos ainda não.

Meus olhos também ficaram pesados. Pisquei várias vezes, desejando continuar acordada.

— Sadie... — ouvi.

Abri os olhos, assustada.

Ainda estávamos no anexo. Eu havia caído no sono sem querer e não sabia quanto tempo se passara. Saul dormia ao meu lado, boquiaberto.

— Sadie! — chamaram de novo, mais incisivamente dessa vez.

Reabri os olhos. Krys estava parado na entrada do anexo, com o rosto em pânico. Por um instante, fiquei confusa. Ainda era madrugada.

— O que está fazendo de volta tão cedo? — perguntei.

— Consegui providenciar o transporte das munições antes do que esperava. Onde elas estão?

Sentei-me, tentando me orientar.

— As munições — pressionou ele. — O que fizeram com elas?

— Nós as deixamos embaixo da grade. Você nos disse que não havia necessidade de levá-las para mais longe, então não levamos.

Ao meu lado, Saul se mexeu. Krys arregalou os olhos.

— Elas não estão lá.

Eu pulei e o segui para fora do anexo, Saul logo atrás.

— Deve haver algum engano.

Krys não conhecia o esgoto, pensei. Ele simplesmente olhou no lugar errado.

Todavia, à medida que nos aproximávamos do local sob a grade onde Krys havia passado as caixas para nós, meu estômago se contraía.

As munições que Krys nos havia confiado tinham desaparecido.

— Nós as deixamos aí, como você pediu — afirmei.

— Você falou que não havia necessidade de ficar de guarda — acrescentou Saul, na defensiva.

— Talvez outra pessoa as tenha mudado de lugar — sugeriu Krys desesperadamente.

Balancei a cabeça.

— Somos apenas nós e o pai de Saul.

— Ele nunca teria força — acrescentou Saul. — Talvez um de seus homens tenha vindo.

— Não havia ninguém disponível. É por isso que estou aqui.

Olhamos um para o outro com uma sensação crescente de pavor. Não estávamos com as munições, Krys também não, o que nos deixava com apenas uma possibilidade assustadora.

Outra pessoa entrou no esgoto e as levou.

— Voltem para o esconderijo — ordenou Krys.

— Não temos esconderijo.

Tínhamos apenas a câmara, a poucos passos de onde as munições foram retiradas.

— Voltem — repetiu Krys, parecendo não me ouvir. — Não saiam nem mesmo para ir à grade, aconteça o que acontecer. Eu vou procurar as munições.

Ele saiu apressado, seus passos ecoando nas paredes do túnel enquanto corria.

Depois que Krys desapareceu, Saul e eu ficamos em um silêncio atordoado por vários segundos.

— Alguém esteve aqui.

— Isso não significa que saibam sobre a câmara ou a localização dela — disse Saul. — Não significa que saibam sobre nós.

As palavras foram de pouco conforto. Alguém esteve no esgoto. Só isso era o suficiente.

— Krys vai cuidar de tudo — continuou ele, me surpreendendo.

Saul não confiava em não judeus, e o fato de contar com Krys para nos proteger parecia o sinal mais preocupante de todos.

— Tente não pensar mais nisso. Temos um casamento para planejar — brincou ele, tentando, sem sucesso, esconder a preocupação.

— Você ainda quer se casar depois de tudo que aconteceu?

— Mais do que nunca. Cada dia aqui é um presente e não sabemos se haverá amanhã.

Eu concordei. Ainda não havia pensado na nossa situação daquela forma, mas Saul tinha razão. Mesmo antes de Krys esconder as munições, nossa vida no esgoto já era perigosa e incerta.

— Por que não aproveitar essa chance de felicidade agora, enquanto podemos?

— Tudo bem — afirmei.

Voltamos para a câmara e entramos em silêncio para não acordar Pan Rosenberg. Eu subi na cama, mas não consegui dormir, me revirando sem parar. O incidente com as munições repetia-se continuamente na minha cabeça. Alguém estivera no esgoto. O perigo parecia pior, nossa situação insustentável.

Ouvindo minha inquietação, Saul atravessou a câmara e se deitou ao meu lado.

— Está tudo bem? — perguntou.

Não consegui responder com aquele nó na garganta. Saul me abraçou por trás e meu coração disparou imaginando se, agora que íamos nos casar, ele poderia tentar dar o próximo passo e ir mais longe. Mas Saul simplesmente me abraçou forte.

— Mais um dia — murmurou ele em meu ouvido, e eu entendi exatamente o que quis dizer.

Amanhã à noite poderíamos estar juntos adequadamente como marido e mulher. Ainda assim, parecia uma eternidade. Imaginei nossa vida depois da guerra, Saul escrevendo e eu estudando medicina. Há muito tempo eu não acreditava que coisas assim ainda seriam possíveis. Eu não sabia onde, mas estaríamos juntos. Adormeci no calor de seus braços e dormi profundamente pela primeira vez desde que mamãe partiu.

De manhã, quando acordei, Saul já tinha se levantado.

— Ele foi preparar as coisas — disse Pan Rosenberg.

Saul já devia ter contado ao pai sobre nosso casamento. Procurei uma reação no rosto dele.

— Você não se opõe?

Ele sorriu, os olhos parecendo brilhar de emoção.

— Sadele, eu não poderia estar mais feliz!

Percebi então que nosso casamento seria um voto de confiança, uma declaração de que haveria um futuro. Isso traria a todos nós, incluindo Pan Rosenberg, um pouco da esperança de que precisávamos. Então ele ficou mais sério.

— Eu só queria que seus pais estivessem aqui para ver. Espero, porém, que me deixem ser um pai para vocês dois.

Foi quando notei que ele havia rasgado uma página de um de seus livros e estava tentando escrever um *ketubá* improvisado para nós.

Eu não sabia onde Saul estava ou o que precisava que eu fizesse em relação aos preparativos para o casamento. Então comecei a me aprontar, colocando o vestido que Ella havia me dado — que, de alguma forma, permanecera relativamente limpo —, e ajeitando meus cabelos da melhor maneira possível. Voltei a pensar nas munições e me perguntei se Krys tinha encontrado as caixas ou descoberto quem entrou no esgoto para pegá-las.

Ignorando as ordens de Krys quanto a ficar na câmara, fui para a grade às onze horas, o horário habitual de meus encontros com Ella. Eu estava animada para contar sobre os planos de casamento e pedir que participasse, mas ela não chegou na hora de costume, nem depois. Perguntei-me se Krys haveria revelado a ela o que aconteceu com as munições, proibindo-a de ir até a grade também, e se ela obedeceria. Como eu poderia encontrá-la e contar sobre o casamento?

Uma hora depois, voltei para a câmara, abatida.

— Ella não veio — contei a Saul, que já havia retornado. — E se tiver acontecido alguma coisa?

— Tenho certeza de que está tudo bem — assegurou ele, embora fosse impossível saber.

— Espero que sim. Eu ainda gostaria da presença dela quando nos casarmos. Podemos esperar um pouco mais para ver se ela aparece?

Um lampejo de decepção cruzou o rosto de Saul.

— Eu sei que com as munições e tudo o que aconteceu não devemos perder um minuto, mas tenho certeza de que ela virá amanhã. Eu simplesmente sei.

Saul sorriu.

— Claro. O que é mais um dia quando temos o resto de nossas vidas? Mas e se ela não vier amanhã?

Era uma pergunta que eu não suportaria considerar.

— Então, vamos nos casar sem ela.

Saul tinha razão; não podíamos esperar para sempre.

O dia pareceu se arrastar.

Naquela noite, após o jantar, Saul disse alegremente:

— Vou aproveitar o tempo e ver se consigo encontrar uns restos para fazer uma *chupá* de verdade para nós.

— Não precisa.

O esgoto inteiro já era uma espécie de dossel de casamento, protegendo-nos do céu. Mas Saul parecia tão animado que eu não quis dissuadi-lo.

— Tome cuidado — adverti.

Ele me deu um beijo rápido e começou a entrar no túnel.

Uma hora se passou, depois duas, e comecei a me preocupar. À medida que a noite se aproximava, comecei a torcer para que Saul não tivesse ido longe demais com seu entusiasmo procurando objetos e se metido em alguma encrenca. Pensei em procurá-lo, mas não sabia por qual caminho ele havia passado. Ele poderia estar em qualquer lugar.

— Você acha que ele está bem? — perguntou Pan Rosenberg, sua voz embargada.

— Sim, com certeza. — Eu forcei um tom de confiança na voz. — Ele só está procurando as coisas para o casamento.

Sem se convencer, o pai de Saul não se preparou para dormir naquela noite como de costume, e ficou andando ansioso de um lado para outro.

Finalmente, bem depois da meia-noite, Saul apareceu na entrada da câmara.

— Saul, onde você estava? Fiquei tão preocupada. Está tudo bem? — Minhas perguntas se atropelavam.

Ele balançou a cabeça e, vendo a expressão sombria em seu rosto, senti o coração apertar. Só então, uma sombra escura apareceu atrás dele.

— Ella? — Fiquei surpresa ao ver minha amiga no esgoto pela primeira vez. — O que está fazendo aqui?

Por um segundo, tive esperanças de que, apesar de implausível àquela hora, Saul a tivesse convidado para o casamento e ela tivesse concordado.

Quando observei seu rosto melhor, porém, soube que nada poderia estar mais longe da verdade.

— O esgoto não é mais seguro. Preciso que venham comigo imediatamente.

CAPÍTULO 23

Ella

Depois que Krys deixou a munição no esgoto e saímos de perto da grade, voltei para casa. Fiquei acordada a noite toda, imaginando as coisas horríveis que poderiam acontecer. Eu nunca deveria ter deixado Sadie fazer aquilo, repreendi-me. Fiquei lembrando de seu rosto, tímido, mas mostrando que estava decidida a ajudar no que pudesse. Nem ela nem Saul estavam preparados para o que Krys havia pedido que fizessem para o Exército Nacional. Em circunstâncias normais, não seria tão difícil armazenar algumas caixas durante a noite, mas nada sobre a existência de Sadie era normal: havia pelo menos meia dúzia de maneiras de tudo dar terrivelmente errado e cada uma delas passava pela minha cabeça como um pesadelo do qual era impossível acordar.

No dia seguinte, saí de casa antes do amanhecer, muito inquieta e preocupada para esperar mais. Eu precisava ver se Sadie estava bem. O ar da manhã de agosto soprava quente e úmido enquanto eu atravessava a ponte deserta. Fui primeiro à grade, mas é claro que Sadie não estaria lá tão cedo, de modo que não vi nada lá embaixo. Dali fui para Dębniki. O café estava fechado e trancado, assim como as portas do porão da *piwnica*. Eu até subi para o quarto no último andar onde Krys às vezes ficava, mas não havia ninguém ali. Quando empurrei a porta destrancada e vi o espaço vazio, era como se o cômodo nunca tivesse sido habitado, nem na noite anterior nem antes.

Minha ansiedade aumentou. Eu não conseguia encontrar ninguém nem descobrir o que havia acontecido. Sentindo-me derrotada, comecei a voltar para o centro da cidade. Ainda faltavam horas para o encontro marcado com

Sadie. Depois de tudo o que acontecera, eu nem sabia se ela ainda iria. Cheguei à minha casa na rua Kanonicza e entrei, esperando escapar pelo saguão e pular o café da manhã. Eu não suportava mais me sentar na frente de Ana Lucia e conversar. Contudo, quando passei pela sala de jantar, o cômodo estava surpreendentemente quieto, a mesa limpa. Quando não ouvi Hanna na cozinha, me perguntei se minha madrasta já tinha comido ou se ainda não tinha descido. Talvez ela nem estivesse em casa. Comecei a subir as escadas.

Ao me aproximar do quarto andar, ouvi um farfalhar vindo de cima. Minha aflição aumentou. Havia alguém no sótão.

— Olá? — chamei.

Rezei para que fosse Hanna, arrumando, mas os passos eram pesados, o som dos movimentos deliberado.

Ana Lucia apareceu na porta do meu quarto com as bochechas vermelhas e sem fôlego, como se tivesse voltado de uma corrida. Seu rosto tinha uma expressão triunfal.

— O que é isso? — exigiu saber.

Ela balançou o cordão de Sadie.

Meu sangue gelou. Ana Lucia estava com o cordão com o pingente em hebraico. Como ela o encontrou? Bisbilhotando meu quarto, claro. Não era de surpreender, mas me perguntei o que a fez ir procurar aquilo.

— Você mexeu nas minhas coisas? Como ousa? — reagi, indignada.

Mas Ana Lucia tinha a vantagem ali e sabia disso. Ela deu um passo à frente, implacável.

— Os judeus, onde eles estão?

— Não faço ideia do que você está falando.

Eu nunca entregaria Sadie para Ana Lucia.

De repente, uma luz se acendeu em seus olhos.

— *Existem* judeus, não existem?

Embora eu não tivesse admitido nada, suas suspeitas pareciam de alguma forma confirmadas.

— E você os está ajudando. É por isso que ficou fazendo tantas perguntas sobre eles no meu almoço, alguns meses atrás. Friedrich ficará muito satisfeito em saber disso.

— Você não ousaria!

Eu podia ver sua mente trabalhando enquanto tramava contar aquela informação ao namorado nazista, calculando exatamente quais vantagens aquilo arrancaria dele.

— Com que enrascada seu pai foi me deixar! Você, uma amante de judeus, intrometida e metida a boazinha. E aquele seu irmão, o *ciota* — acrescentou ela, usando um termo horrível para homens que gostavam de outros homens.

— Deixe Maciej fora disso!

— Acha que os gays estão tendo um tratamento melhor em Paris? — perguntou ela, abrindo um sorriso cruel.

Meu coração ficou apertado ao pensar em meu irmão, agora tão longe.

— Vocês são uma vergonha.

— Somos melhores que você, colaborando com aquela escória nazista.

Ergui o queixo em desafio. Ela deu um passo à frente e levantou a mão, como se fosse me estapear, mas a recuou com a mesma rapidez.

— Você tem uma hora — anunciou ela calmamente.

— Para quê? — perguntei, confusa.

— Para sair. Arrume suas coisas e vá embora.

Olhei para ela, atordoada. Eu nasci nesta casa, passei minha vida inteira aqui.

— Você não pode fazer isso. Esta casa é minha. Pertence à minha família.

— Pertencia. Os documentos do espólio do seu pai chegaram na semana passada. Eu ia te dizer, mas você nunca está aqui porque fica andando para cima e para baixo com aqueles ratos de esgoto judeus.

Ana Lucia se referia ao comunicado oficial da morte de Tata, afirmando que seu testamento agora poderia ser homologado.

— Agora que ele se foi, o testamento afirma que a casa e tudo que há nela fica para mim.

— Isso não pode ser verdade.

Eu não podia acreditar que Tata teria sido tão cruel. Ele realmente era tão cego para a maldade de Ana Lucia a ponto de deixar tudo para ela? Talvez fosse um truque, uma manobra legal da parte dela. Eu não tinha como saber.

— Mas para onde eu vou?

Entrei em pânico, cogitando por um momento implorar a ela. Se eu parasse de ajudar Sadie, ou pelo menos prometesse fazê-lo, Ana Lucia poderia me deixar ficar.

— Não é problema meu, mas eu a aconselharia a não ir atrás dos seus judeus. Eles também não ficarão lá por muito tempo.

Meu sangue congelou. Seu tom era inconfundível: ela pretendia entregar Sadie aos alemães.

— Você realmente não achou que poderia salvá-los, achou? — As palavras eram zombeteiras, cruéis.

Eu me lancei para a frente e a segurei pelo pescoço. Meu instinto era apertar até matá-la, mas aquilo não me ajudaria em nada — muito menos a Sadie. Um segundo depois, a soltei. Ana Lucia deu um passo para trás e levou a mão ao pescoço, onde ficaram as marcas vermelhas de meus dedos.

— Como ousa? — indagou ela, engasgando. — Eu deveria mandar prender você agora mesmo.

Ela não faria isso, concluí imediatamente. O espetáculo de ter a própria enteada retirada de casa pela polícia lhe seria embaraçoso demais.

— Você é má, Ana Lucia, mas seu tempo está quase acabando. Os exércitos aliados estão avançando. Eles vão libertar a cidade em breve.

Foi um blefe. Embora eu tivesse ouvido falar sobre os mais recentes embates dos militares alemães contra os Aliados na Itália e os soviéticos a leste, eu não tinha ideia de quando ou se algum deles realmente chegaria em Cracóvia.

Mas Ana Lucia não sabia disso.

— Os russos não estão nem perto da cidade — retrucou ela.

Ao detectar a dúvida em seus olhos, continuei:

— A primeira coisa que eles vão fazer depois de perseguir os alemães é procurar colaboradores como você.

Ela piscou várias vezes, como se, até então, nunca tivesse parado para pensar na própria situação. O medo em seus olhos se intensificou.

Recuei, satisfeita, e comecei a me afastar.

— Ella, espere.

Eu me virei para ela. Ana Lucia parecia estar em pânico, processando as implicações do que eu havia dito.

— Talvez eu tenha me precipitado. Se parar de ajudar os judeus, talvez possamos ajudar uma à outra, encontrar uma saída. — Havia uma nota de súplica em sua voz. — Podemos ir para o sul da França. Tenho um pouco de dinheiro guardado em Zurique. Você poderia escrever para Maciej, pedir para ele enviar um visto para mim também.

Eu não tinha contado a ela sobre o visto que Phillipe havia me enviado. Não foi uma grande surpresa, mas percebi que ela também andava bisbilhotando minhas correspondências.

Cheguei a hesitar um pouco. Antigamente, eu desejava a aceitação de minha madrasta, e agora ela estava balançando uma recompensa na minha frente que eu, em parte, queria agarrar. Mas Ana Lucia estava falando aquilo por puro desespero, apenas porque eu poderia lhe dar a ajuda de que precisava. Então olhei de novo para o amado cordão de Sadie enroscado nos dedos gordos e gananciosos dela.

— Vá para o inferno, Ana Lucia.

Puxei o cordão e, com nada além das roupas do corpo, comecei a descer as escadas. Na porta da frente, me virei para olhar uma última vez o lugar que guardava quase todas as lembranças que eu tinha da minha família. Endireitando os ombros, comecei a me afastar, deixando para sempre a casa em que cresci.

Após sair, percorri as ruas às pressas, desatenta, como se Ana Lucia já tivesse chamado a polícia e eu pudesse ser presa a qualquer momento. Meu coração estava disparado. Então, vendo o espanto das pessoas ao meu redor, diminuí o ritmo e comecei a caminhar normalmente. Eu não podia me dar ao luxo de chamar atenção.

Cruzei a ponte para Dębniki e parti na direção do café. Há pouco tempo ainda estava fechado, mas, agora que já amanhecera, torci para que Krys ou pelo menos Kara estivessem lá. Felizmente, a porta estava destrancada. Não havia ninguém dentro, então desci rapidamente os degraus da *piwnica*. Encontrei Krys atrás do balcão, estudando um tipo de mapa aberto no chão.

— Ella.

Ao me ver, ele se levantou, mas não sorriu. Seu rosto estava abatido, os olhos fundos e tomados de preocupação, como se tivesse passado a noite em claro.

— Você não pode vir aqui.

Seu tom de voz era direto, fazendo eu me perguntar se ele estava com raiva de mim por causa da discussão sobre as munições na noite anterior.

Por seu semblante taciturno, no entanto, vi que as preocupações de Krys iam muito além da nossa discordância.

— O que foi? Aconteceu alguma coisa com a Sadie?

— Ela está bem. — Ele fez uma pausa. — Foram as munições... alguém as levou.

O medo fez meu estômago virar do avesso.

— Quem?

— Não sabemos. A polícia, achamos, ou talvez uma patrulha alemã.

— Eles entraram no esgoto?

Ele assentiu. Fiquei horrorizada. A pior coisa, aquilo que Krys prometera ser impossível, acontecera.

— Eles sabem sobre Sadie e os outros?

— Acho que não. — Ele hesitou por um instante antes de confessar: — Eu não sei.

Entrei em estado de alerta. Minha vontade era gritar com Krys, dizendo que eu sempre soube que ele nunca deveria ter escondido a munição no esgoto, que eu havia avisado. Imaginei como Sadie devia ter ficado apavorada ao descobrir que alguém estivera lá. Mas nada disso importava mais.

— Estamos rastreando as munições e quem as levou — continuou Krys.

— Há uma equipe procurando e eu vou me juntar ao grupo agora mesmo. De qualquer forma, precisamos tirar Sadie e os outros de onde estão imediatamente.

— Provavelmente isso é o melhor a se fazer.

Agora era a vez de Krys parecer confuso.

— Por quê? O que você quer dizer?

— Ana Lucia encontrou um cordão de Sadie que eu estava guardando.

Os olhos de Krys ficaram sombrios enquanto processava as implicações do que eu estava revelando. Esperei que ele me repreendesse por ter feito algo tolo como esconder objetos de valor de judeus, mas ele não o fez.

— Ela juntou dois mais dois e descobriu que tenho ajudado judeus. Ainda não sabe sobre o esgoto, pelo menos acho que não, mas me expulsou de casa.

Seu rosto foi tomado de raiva, seguida rapidamente por resignação.

— Eu sinto muito. Sei como deve estar chateada, mas, sinceramente, foi melhor assim. Quando os Aliados libertarem a cidade, você não vai querer estar perto de uma colaboradora como ela.

Ele estava certo.

— No entanto, é só uma questão de tempo antes que ela conte aos alemães o que eu fiz.

Esperei que Krys discordasse, mas ele não o fez.

— Vamos encontrar um lugar para você ir, tirar você da cidade.

Observei seus olhos indo de um lado para outro enquanto traçava um plano.

— Seu irmão está em Paris, não está? Você pode ir ao encontro dele.

— Sim.

Pensei na ideia de morar com Maciej. Aquilo um dia havia sido meu sonho, mas não mais.

— Não — continuei lentamente. — Eu não quero ir até meu irmão.

— Eu quis dizer depois de tirar Sadie do esgoto. Assim você terá certeza de que eles estão seguros antes de partir.

— Não é só isso. Eu também não quero deixar você.

Enquanto dizia aquelas palavras, me dei conta daquilo pela primeira vez. Krys e eu éramos complicados e imperfeitos, brigávamos com frequência, mas eu ainda o amava tanto quanto antes de ele partir para a guerra. Talvez ainda mais. O destino permitiu que nos encontrássemos pela segunda vez; ele certamente não nos daria uma terceira chance.

— Eu sinto o mesmo, mas meu trabalho não permite que fiquemos juntos agora.

— Deixe que eu me junte a vocês.

Krys me encarou, como se não acreditasse no que eu estava dizendo.

— Não apenas escondendo coisas, mas me juntando a vocês de fato.

Era aquilo que eu queria dizer a ele no dia em que fui procurá-lo no café e deixei o bilhete. Naquela ocasião não tive a chance, mas agora tinha.

— Você disse que há mulheres no Exército Nacional, não disse?

Ele assentiu.

— Pois quero ser uma delas. Não apenas executar algumas tarefas, mas realmente fazer parte de tudo. — Prendi a respiração, esperando sua reação. — Ou não acha que sou capaz de fazer isso?

— Acho que não existe ninguém melhor ou mais adequado para o trabalho.

Eu me senti até um pouco mais confiante ao ouvi-lo dizer aquilo.

— Mas temo que seja impossível, Ella. O momento da verdade está chegando. Haverá um grande tumulto em Varsóvia e quase todos os nossos esforços, homens e materiais logo estarão concentrados lá.

— Incluindo você?

A MULHER COM A ESTRELA AZUL

— Incluindo eu.

Meu coração apertou.

— Mas Varsóvia é ainda mais perigosa.

— É por isso que devo ir. Eles precisam de mim lá.

— Não posso suportar perder você de novo.

Eu queria implorar para que Krys ficasse, mas ele estava determinado, e fazer qualquer outra coisa o tornaria menor do que ele era. Eu já estava sofrendo só de pensar que ele me deixaria mais uma vez.

— Então eu vou com você — soltei, surpresa comigo mesma.

— Para Varsóvia? Ella, é perigoso demais. Você mesma disse isso.

— Não existem mais lugares seguros.

Ele parecia querer discutir, mas não conseguiu.

— Deixe-me entrar na sua luta.

Eu havia ganhado confiança, falando com firmeza. Realmente queria fazer aquilo.

— Pelo menos assim estaremos juntos, não importa o que aconteça.

Quando ele hesitou um pouco, imaginei que fosse recusar.

— Tudo bem — disse Krys finalmente, me surpreendendo também. — Eu te amo, Ella. Podemos partir juntos.

Ele me pegou nos braços e me puxou para perto.

— Claro, precisamos ajudar Sadie primeiro. Não vou embora sem fazer isso — acrescentei para dar ênfase.

— Vou confirmar um transporte seguro para eles e rastrear as munições. Depois podemos ajudar Sadie e ir embora.

Krys fazia tudo parecer tão fácil.

— Vou encontrar Sadie e os outros e informá-los. Ela deve estar na grade em uma hora ou um pouco mais.

— Receio que não seja tão simples. Eu a mandei ficar escondida e não ir para a grade, não importa o que aconteça.

— Então preciso descer e encontrá-la sozinha.

Tentei parecer confiante, mas estremeci por dentro. Eu não tinha conseguido descer para o esgoto antes, como faria isso agora?

— Ella, não. Os canos estão minados.

— Minados?

— Eu só descobri depois que as munições foram levadas. Os alemães começaram a minar os túneis para fortificar a cidade. Eles pretendem detoná-los quando os Aliados chegarem, mas não seria difícil acionar um dos fios antes da hora.

Imediatamente pensei em Sadie e nos outros. Quantas vezes eles caminharam por aqueles túneis sem saber que poderiam explodir em pedacinhos a qualquer momento?

— Entende por que não pode ir até lá?

— Se Sadie corre esse tipo de perigo, preciso ir mais do que nunca — rebati.

— Pelo menos espere eu ir com você. Não pode resgatá-la até que tenhamos um lugar para levá-la. Preciso falar primeiro com minha equipe e ver se encontraram as munições. E preciso providenciar uma passagem segura para Sadie e seus amigos. Deixe-me fazer isso e encontro você na grade do beco à meia-noite.

— Pode ser tarde demais. Precisamos avisar Sadie e os amigos dela imediatamente.

— É o melhor que podemos fazer. Eu sei que você não pode voltar para casa por causa da Ana Lucia. Fique no meu quarto lá em cima até a hora de encontrarmos Sadie.

— E depois que ela estiver segura, você e eu podemos partir para Varsóvia juntos. Talvez possamos até nos casar.

O antigo sonho se reacendeu na minha imaginação.

— Espero que sim — disse Krys, com menos certeza do que eu esperava.

Por um instante, minhas antigas dúvidas voltaram; talvez ele não sentisse o mesmo que eu.

— Eu te amo de todo o coração e quero me casar com você, mas, no momento, as coisas estão tão incertas. Não vou fazer novamente uma promessa que não poderei cumprir.

Não eram de seus sentimentos por mim que Krys duvidava, mas do próprio futuro.

— Mas fique certa disso, Ella: eu vou esperar por você. Eu vou procurar por você. Não importa o que aconteça, eu nunca mais vou deixá-la.

Suas palavras significaram mais do que qualquer voto de casamento.

Krys me beijou uma vez, demorada e profundamente, e saiu apressado.

CAPÍTULO 24

Ella

Naquela noite, conforme Krys instruíra, esperei perto da grade no beco atrás da igreja. Depois de deixá-lo de manhã, passei a maior parte do tempo no quarto vazio do último andar do café. Eu queria tentar ver Sadie ou pelo menos caminhar pelas ruas de Cracóvia mais uma vez antes de deixar minha cidade para sempre. No entanto, não me atrevi a fazer nada que me colocasse à vista de Ana Lucia e seus comparsas ou que arriscasse nosso plano de alguma forma.

Agora, escondida nas sombras do beco, meu coração batia forte com uma mistura de nervosismo e expectativa. Eu esperava que Krys chegasse a qualquer momento, sua silhueta forte contrastando com o céu enluarado. Teríamos que entrar no esgoto para buscar Sadie, o que eu temia, e fazer o resgate dela e de seus amigos seria difícil e perigoso. No entanto, assim que os deixássemos em segurança, Krys e eu poderíamos partir e começar nossa vida juntos.

Só que ele não chegava.

Enquanto eu esperava, o tempo demorava a passar. Em dado momento pensei ter visto uma sombra na entrada do beco, mas era apenas um carro passando. O sino da igreja bateu meia-noite e meia, depois uma, e nada de Krys aparecer. Tentei não entrar em pânico e pensar em todos os motivos que poderiam tê-lo atrasado. Talvez encontrar as munições tenha demorado mais do que o esperado, ou ele poderia ter sido forçado a pegar um caminho diferente a fim de evitar os alemães, como eu já precisara fazer.

Com o passar do tempo, porém, minhas desculpas se tornavam menos plausíveis. Quando o sino bateu duas horas, eu já sabia que algo estava errado.

Não dava para simplesmente ficar aqui e esperar mais. O problema é que eu não poderia entrar no esgoto e resgatar Sadie sem Krys; eu nem sabia qual era o plano de fuga. Eu precisava encontrá-lo.

Ao sair do beco, tentei controlar o pânico e imaginar uma explicação otimista para ele não ter vindo. Krys estava tão seguro quanto a me encontrar para ajudar Sadie e, depois, partirmos juntos. Não, alguma coisa acontecera, uma coisa terrível, agora eu tinha certeza e precisava descobrir o que era.

Corri para a rua Barska. O café estava fechado àquela hora, então contornei até os fundos do prédio e desci para a *piwnica*. Kara estava atrás do balcão, servindo cerveja para alguns clientes que ainda estavam lá. Ao me ver, sua expressão tornou-se mais cautelosa. Estava estampado em seu rosto que algo terrível havia acontecido.

— O que foi? — exigi saber. — O que aconteceu com Krys?

Eu estava falando alto demais, sem nenhuma discrição, mas, em meio ao pânico, não me importei.

Kara me puxou para trás do balcão e para o depósito onde havia escondido Sadie no dia em que fui ao hospital procurar a mãe dela.

— Krys foi preso.

Preso. A palavra reverberou em minha mente como uma bola quicando.

— Mas como?

— Krys e outros dois saíram em uma missão de reconhecimento para tentar recuperar as munições. Eles descobriram que foram levadas por um ladrão de rua da região que as encontrou por acaso, enquanto procurava sucata. O sujeito estava planejando vendê-las aos alemães. Eles tentaram interceptá-lo antes que vendesse as munições, mas acabaram caindo em uma armadilha. O desgraçado havia sido pago para atrair Krys e os outros e levá-los até os alemães. Um deles conseguiu escapar, mas Krys e o outro foram presos.

— Precisamos ajudá-lo — falei, a voz subindo com urgência.

— Não há nada a ser feito.

— Se você contar a um de seus contatos no Exército Nacional eles vão tentar fazer alguma coisa para resgatá-los.

Kara balançou a cabeça.

— Eles não podem se arriscar, não agora. Além disso, recebemos ordens para não fazer nada que possa comprometer as operações. Os homens capturados não gostariam que os salvássemos às custas de uma missão maior. Eles são bons homens e não vão ceder nem revelar o que sabem. Temos apenas que rezar por eles.

Tentei processar o que Kara estava me dizendo: ninguém ajudaria Krys. Depois de tudo que ele tinha feito, estavam abandonando-o à morte certa. Eu tinha que fazer alguma coisa.

— Eu vou atrás dele — declarei, atravessando a *piwnica*.

Eu não fazia ideia de como chegaria a Krys, mas precisava tentar.

— Pare!

Kara me segurou pelos ombros e me virou de volta para ela.

— Você se comporta como uma criança impulsiva e isso ainda vai te matar. Não há como salvá-lo, entendeu?

Eu não respondi, recusando-me a reconhecer a verdade nas palavras dela.

— Mas não posso simplesmente abandoná-lo. Não posso perdê-lo, não agora, quando finalmente nos encontramos de novo.

Eu havia perdido Krys para sempre. Meu coração estava dilacerado.

— Se você for atrás dele e acabar sendo presa, tudo o que ele fez, toda a sua dor e seu sofrimento terão sido em vão. Faça valer a pena. Vá salvar sua amiga e a si mesma, exatamente como deveria fazer.

Pensei em Sadie. Krys nunca revelaria sua localização aos alemães, mas o ladrão que roubou as munições certamente mencionaria onde as havia encontrado. Era apenas uma questão de tempo até que os nazistas revistassem os esgotos para ver o que mais — ou quem mais — poderia estar lá.

— Kara, por favor... — Eu ousei pedir. — Krys tinha um plano para tirar Sadie e os amigos dela da cidade.

Kara não respondeu, mas seus olhos me diziam que ela sabia para onde Krys pretendia levá-los.

— Por que eu deveria te ajudar? — perguntou ela amargamente. — Krys e os outros se foram.

Percebi então que seus olhos estavam avermelhados e seu rosto, manchado de lágrimas.

— Acabou, Ella. Nada disso importa mais.

— Claro que importa. Ainda há luta em Varsóvia. Krys e eu íamos nos juntar assim que libertássemos Sadie. Isso importa, assim como Sadie e os que estão com ela. Você devia ajudá-los; é isso que Krys gostaria que fizesse. Se não fizer isso, tudo o que ele fez terá sido em vão.

Algo nela pareceu mudar.

— Tudo bem. Kryspinów, conhece?

Eu assenti. Era uma pequena aldeia a cerca de quinze quilômetros de Cracóvia.

— Há um estábulo atrás da estação ferroviária. Um motorista de caminhão foi pago pelo Exército Nacional para transportar pacotes essenciais para a fronteira. Ele deve levar Sadie e os amigos dela pela cidade de Poprad, passando pelas Montanhas Tatra, até a República Eslovaca.

— Mas a República Eslovaca também está ocupada pelos nazistas.

— Sim, eles não vão poder ficar lá. Não é seguro. Mas há uma rota terrestre pela Romênia até a Turquia que já é explorada por alguns refugiados. Nossos contatos irão guiá-los e entregá-los.

— É tão longe — observei, imaginando a rota. Minha cabeça rodava. — Mesmo se conseguirmos tirar Sadie e os outros da Polônia, a sobrevivência deles é, na melhor das hipóteses, um tiro no escuro.

Kara concordou com a cabeça.

— Eu disse a Krys que era tolice, mas ele alegou ser a única saída.

Uma saída ainda mais impossível sem ele, mas eu não poderia abandonar Sadie. Eu teria que tentar sozinha. Comecei a me dirigir à porta.

— Espere — disse Kara. — Se conseguir tirar os judeus do esgoto, encontro você na grade e ajudo a tirá-los da cidade.

— Sério?

— Você vai fazer tudo errado se eu a deixar sozinha.

Apesar do desdém em seu tom de voz, dava para ver que ela passara a se importar um pouco.

— Obrigada.

Já na rua, parei, finalmente me dando conta de tudo que Kara revelara. Krys não estava mais aqui. Vi seu rosto diante de mim, ouvi sua promessa de nunca me deixar. No entanto, de alguma forma, ele me deixara. Perdemos tanto tempo discutindo desde nosso reencontro e, no final, nada daquilo realmente importou.

Tentei deixar a tristeza de lado. Se eu ia resgatar Sadie, precisava fazer isso agora. Eu teria que descer no esgoto sozinha.

Quinze minutos depois, eu estava no beco mais uma vez, acima da grade, olhando para baixo. O céu estava escuro como breu, as nuvens cobrindo qualquer luz que as estrelas pudessem lançar. Era impossível distinguir alguma coisa lá embaixo.

— Sadie? — chamei baixinho, esperando que, por algum milagre, ela tivesse vindo me procurar no meio da noite, ou pelo menos que estivesse por perto.

Minha voz ecoou pelo cano, sem resposta. Sadie não estava lá. Se eu quisesse encontrá-la, teria que entrar.

Segurei a grade e a levantei com dificuldade. A abertura redonda parecia mais estreita do que antes. Até olhar para baixo dificultava minha respiração, e cair no esgoto não seria a pior parte. Sadie me contou mais de uma vez sobre os pequenos canos nos quais precisava se espremer para transitar ali embaixo. Eu não conseguiria. Porém, precisava encontrar e avisar Sadie a tempo; não havia escolha.

Desci para o esgoto, segurando-me nas bordas afiadas e úmidas da grade. Procurei o chão com os pés, mas ainda estava pelo menos um metro abaixo — eu sabia de tanto ver Sadie fazendo aquilo. Seria preciso soltar e me deixar cair, uma ideia assustadora, quase impossível. Respirei fundo e fechei os olhos. Então soltei a borda, me deixando cair.

Bati no chão com um baque e a água escura espirrou ao meu redor, sujando minhas meias e meu vestido. Eu já sentira o cheiro do esgoto diversas vezes lá de cima, mas nada poderia ter me preparado para o fedor sufocante, mil vezes pior, impregnado ali. A realidade da existência de Sadie se escancarou e me horrorizou. Como minha amiga conseguira viver assim há meses? Eu devia ter feito mais, insistido em tirá-la dali antes.

Mas não havia mais tempo para aquilo — eu precisava encontrá-la. Comecei a descer o cano na direção de onde ela sempre vinha. Não era tão pequeno, percebi aliviada quando meus olhos se ajustaram à escuridão. Eu imaginara os túneis de esgoto bem estreitos, como versões maiores dos canos dos banheiros, quase pequenos demais para passar. Aquilo, porém, parecia mais um corredor, e notei como o teto arredondado era alto o suficiente para passar por baixo dele sem me curvar. Apoiei as mãos em cada lado para me equilibrar, fazendo uma careta ao tocar nas paredes viscosas.

Mais adiante, o caminho se dividia. Tentei desesperadamente adivinhar de que lado Sadie costumava vir. Eu tinha certeza de que, se pegasse a direção errada, talvez nunca encontrasse o caminho de volta. Para ser direta, eu não poderia perder tempo me perdendo.

Por fim, ouvi vozes à distância, uma delas familiar.

— Sadie! — gritei.

Esqueci que devia falar baixo e não estava preparada para os ecos de meu grito pelo cano. Corri na direção da voz.

Quando virei um corredor, uma silhueta bloqueou meu caminho.

— Saul… — falei, reconhecendo-o.

Ele trazia uma estranha variedade de canos de metal e uma lona.

Saul largou as coisas que carregava. Elas caíram no chão do esgoto com um estrondo.

— Como nos encontrou?

Na última vez que eu estivera ali, levara Krys, as munições e o perigo comigo. Para Saul, eu sempre seria uma estranha em quem não se podia confiar.

— Eu sabia de onde Sadie vinha e para onde voltava quando ia até a grade — respondi. — No final, segui a voz de vocês.

Ele franziu o cenho.

— Devíamos evitar que nos ouvissem tão facilmente.

Eu temi responder que agora não importava mais, que os alemães logo saberiam que eles estavam aqui, por mais silenciosos que fossem.

— Está sozinha?

Eu assenti.

— Leve-me até Sadie, por favor. É muito importante.

Eu deveria avisar logo que precisávamos sair, mas não tinha certeza de como Saul reagiria e também não queria dizer nada até ver Sadie.

Havia uma fratura na parede do túnel levando a uma pequena alcova. Antes que eu pudesse entrar, o corpo minúsculo de Sadie apareceu.

— Saul, onde você estava? Fiquei tão preocupada. Está tudo bem?

Ele não respondeu. Então Sadie me viu.

— Ella? — Sua voz era calorosa, mas surpresa. — O que está fazendo aqui?

— O esgoto não é mais seguro. Preciso que venham comigo imediatamente.

Sadie não respondeu, mas olhou para mim tentando entender.

— Posso entrar? — perguntei.

Relutante, ela deu um passo para o lado e me deixou entrar na alcova. O espaço úmido e sujo era menor que o meu quarto, pequeno demais para uma pessoa, imagine para os cinco adultos e uma criança que outrora moraram ali. Havia um homem mais velho, que presumi ser o pai de Saul, sentado em um canto. Todos esses meses eu sabia que Sadie enfrentava condições terríveis quando se afastava da grade, mas, até agora, eu não tinha me dado conta de como eram realmente péssimas. E mesmo assim, a vida acontecia ali, um lugar onde Sadie e os outros comiam, dormiam e conversavam. Eu entendi então que havia um mundo inteiro abaixo do solo, um mundo onde Sadie ficava e que eu não sabia que existia.

— O que está fazendo aqui? — repetiu ela.

— Eu vim tirar vocês daqui.

— Tirar?

Vi o medo em seus olhos. Eu entendi quando Sadie não quis fugir e deixar os outros para trás. Agora, contudo, todos eles poderiam sair juntos. Os outros pareciam igualmente horrorizados com a ideia. Aquele lugar, que para mim era uma prisão miserável, havia se tornado seu porto seguro. Não havia me ocorrido até aquele exato momento que eles poderiam não querer ir de jeito nenhum.

— Como podemos ir embora? — perguntou Saul. — Pawel disse que se saíssemos, seríamos fuzilados assim que nos vissem.

Eles haviam sido advertidos pelo funcionário do esgoto que aquele esconderijo era sua maior esperança e, por muito tempo, acreditaram nele. Pawel havia sido seu salvador e os protegeu com a própria vida. Por que confiariam mais em mim do que nele? Exceto por Sadie, eles não me conheciam.

Eu pigarreei e comecei:

— Realmente está muito perigoso lá em cima, mas as coisas estão mudando, coisas que tornam este lugar perigoso também. — Procurei a maneira certa de explicar. — Vocês sabem que alguém pegou as munições. Essa pessoa as levou aos alemães, os alertou. Há uma boa chance de que a polícia venha ao esgoto a qualquer momento para descobrir o que mais há por aqui.

Sadie empalideceu.

— Eu falei que eles viriam — disse ela a Saul, a voz embargada.

— Vamos nos esconder em outro lugar, então — rebateu Saul. — Talvez o anexo de leitura.

Eu não sabia que eles tinham outro lugar.

— É muito pequeno para três — respondeu Sadie.

— Encontraremos outro lugar, então — garantiu Saul, tentando acalmá-la. — Podemos avançar mais para dentro do esgoto. Certamente há outras opções.

Ele procurava desesperadamente por uma solução que não os obrigasse a ir para a superfície.

— Isso não vai funcionar — interrompi. — Os alemães instalaram minas no esgoto como medida defensiva. Ao caminhar pelos túneis, vocês correm o risco de detoná-las.

Sadie arregalou os olhos e pude vê-la calculando quantas vezes ela percorrera aqueles túneis sem saber do perigo que corria.

— Vamos dar um jeito — insistiu Saul teimosamente. — Nós já demos antes.

Ele olhou para mim e decretou:

— Nós não vamos embora.

— Receio que haja mais uma coisa. — Eu me virei para Sadie. — Minha madrasta, ela encontrou o cordão.

— Seu cordão do *chai*? — Agora foi Saul que arregalou os olhos ao se dirigir à Sadie. — Eu disse para você não usar.

— A culpa foi minha — falei, interferindo para defendê-la.

— Não, foi minha — rebateu Sadie, se aproximando de mim.

Saul e o pai nos olharam com ar de censura. Foi como se seus piores avisos e advertências sobre nossa amizade tivessem se concretizado.

— Eu dei o cordão a Ella para que o protegesse para mim. Eu nunca deveria ter feito isso.

— E eu deveria ter escondido melhor — acrescentei —, mas isso não importa agora. Minha madrasta o encontrou e descobriu que eu estava ajudando judeus. Ela me expulsou de casa. Preciso sair de Cracóvia.

— Ella. — A voz de Sadie estava cheia de remorso. — Eu lamento muito.

— Depois que eu sair, não haverá ninguém para lhes trazer comida. Vocês não podem ficar aqui no caso de os alemães chegarem, e também não podem procurar outros túneis por causa dos explosivos. Precisam vir comigo imediatamente.

— Mas e se... Isto é, e quando minha mãe voltar? — corrigiu-se Sadie, forçando uma certeza que ela não tinha mais. — Preciso estar aqui quando ela voltar.

Meu estômago embrulhou. A mentira que inventei por bondade semanas atrás poderia ser exatamente o que me impediria de salvar a vida de Sadie. Enquanto ela acreditasse que a mãe estava viva, jamais iria embora. Eu soube naquele instante que não tinha escolha.

270

A MULHER COM A ESTRELA AZUL

— Sadie, sobre sua mãe...

— O que foi? Descobriu alguma coisa? — Ao ver meu semblante, ela fez uma pausa. — Ela está bem?

— Quando fui ao hospital para onde sua mãe teria levado o bebê, ela não estava mais lá.

— Não estou entendendo.

— Sua mãe esteve no hospital para o qual planejava levar o bebê. As freiras lhe deram um leito e todos os cuidados.

— Mas minha mãe não foi ao hospital como paciente. Ela foi esconder minha irmã.

— Eu sei, mas ela estava mais doente do que parecia. Ela desenvolveu uma febre e infecção pós-parto, então a internaram para tentar cuidar dela. Os alemães descobriram que ela estava lá e foram buscá-la.

— Ela foi presa?

Eu queria mentir e dizer que sim. Contar que sua mãe fora levada pelos alemães seria horrível, mas pelo menos lhe daria esperança.

Só que seria mais uma mentira.

— O hospital não permitiu que os alemães a levassem. Eles sabiam que aquele destino seria muito pior, então deram a ela um medicamento que a permitiu partir sem dor, durante o sono.

Eu me aproximei para abraçá-la.

— Eu sinto muito, Sadie. — Fiz uma pausa, respirando fundo antes de continuar. — Sua mãe morreu.

— Não... Não pode ser verdade.

Seu rosto estava petrificado de descrença. Embora tivesse suspeitado que a mãe tinha morrido no dia em que fui ao hospital, parte dela alimentava esperanças até hoje.

— Só está dizendo isso para eu ir embora.

— Eu juro que estou falando a verdade.

Não havia nada que eu pudesse dizer para amenizar sua dor naquele momento. Ela arregalou os olhos de horror e depois abriu a boca. Eu me preparei para o grito que teria saído se eu estivesse no lugar dela, tão alto que chamaria a atenção das pessoas para o esgoto e garantiria que fôssemos descobertos. Entretanto, Sadie pareceu lamentar silenciosamente, o corpo inteiro tremendo. Nenhuma lágrima caiu de seus olhos. Eu me sentia impotente, tentando encontrar palavras que pudessem oferecer algum conforto.

Finalmente, ela se acalmou.

— E minha irmã?

— As freiras disseram que sua mãe chegou ao hospital sozinha, sem nenhum bebê. Não consegui descobrir o que aconteceu. Não havia sinal dela.

— Ela também deve ter morrido — concluiu Sadie, a voz tomada de tristeza.

Eu queria confortá-la, mas não sabia como. Ela se endireitou, se afastando de mim.

— Você foi ao hospital semanas atrás. Sabia sobre minha mãe todo esse tempo. E nunca me contou.

— Sim.

Eu queria dizer que tinha acabado de descobrir, mas não podia mais esconder a verdade.

— Eu quis poupar você. Sinto muito.

— Pensei que você fosse minha amiga.

Os olhos de Sadie estavam frios e duros. Saul deu um passo à frente e passou o braço de forma protetora em volta de seus ombros, afastando-a. Mas Sadie girou de volta na minha direção.

— Se mentiu para mim antes, por que eu deveria confiar em você para ir embora agora?

Hesitei antes de responder, entendendo seu raciocínio.

— Eu não contei porque estava com medo de você não sobreviver aqui se soubesse a verdade.

Eu a havia subestimado, percebi, e talvez aquele tenha sido meu maior erro.

— Na época, estava tentando salvar você. E estou tentando salvá-la agora.

Fui até ela e peguei sua mão, olhando diretamente em seus olhos.

— Sadie, eu sinto muito. Pode me odiar o quanto quiser quando estivermos lá fora, mas não deixe meu erro matar você e as pessoas que tanto ama.

Certa de que ela recusaria, eu não sabia o que fazer depois. Eles seriam presos ou morreriam aqui. Se eu ficasse, morreria com eles. Pensei em Krys, me perguntando onde ele estaria e se algum dia descobriríamos o que aconteceu um com o outro.

Sadie não respondeu. Eu tentei de novo:

— Por favor, sei que está com raiva. Se nunca mais quiser falar comigo depois que sairmos daqui, vou entender, mas não temos mais tempo. Se quiserem partir, precisam vir comigo agora.

Foi quando alguma coisa nela pareceu ceder.

— Tudo bem. Por Saul e pelo pai dele, eu vou.

Pela frieza em seu tom de voz entendi que Sadie nunca me perdoaria pelo que eu tinha feito. No entanto, estava disposta a partir para salvar os outros.

Mas Saul, que ainda a abraçava forte, ficou imóvel, não convencido. Tentei argumentar novamente com ele.

— Eu sei que o esgoto tem sido seu santuário, o lugar que os manteve em segurança, mas essa não é mais a realidade. Escapar é a única salvação.

— Por que confiaríamos em você? — perguntou ele amargamente, suas palavras um eco das de Sadie.

— Porque não têm outra escolha — respondi, sem rodeios. — Eu sou sua única esperança.

Saul parecia querer discutir, mas não podia.

— Se não vierem comigo, vão todos morrer.

Sadie olhou para ele.

— Saul, Ella está aqui para nos ajudar.

Apesar de tudo, uma parte dela ainda confiava em mim.

— Não podemos confiar nela. Não podemos confiar em nenhum deles.

— Mas você confia em mim, não confia? — indagou Sadie, segurando o rosto dele entre as mãos.

Saul não respondeu de imediato, mas depois assentiu ligeiramente.

— Ótimo. Estou dizendo que precisamos ir agora. Por favor, Saul. Eu não vou embora sem você.

— Mas nós íamos nos casar — disse Saul.

— Casar? — perguntei, surpresa.

— Saul me pediu em casamento ontem à noite. Eu ia te contar hoje.

Ela deu as mãos para Saul e olhou profundamente em seus olhos.

— Vamos encontrar nosso dossel de casamento em outro lugar.

Sadie pôs a mão no peito e continuou:

— Aqui dentro, eu já sou casada com você.

— Amanhã vocês podem se casar em liberdade — sugeri.

Ao pensar no longo e complicado plano que Kara traçara para a fuga dos três, no entanto, duvidei que fosse possível.

Saul assentiu, parecendo amolecer em relação a mim, como se finalmente enxergasse que eu queria o melhor para Sadie e para todos eles.

— Mas...

Saul olhou de Sadie para o pai, que estava sentado teimosamente no mesmo lugar, recusando-se a reconhecer a verdade ou se mexer. Se ele não conseguisse convencê-lo, nenhum dos três iria embora, condenando todos à morte certa. Saul largou a mão de Sadie e foi até ele.

— Por favor, papai. Sei que nos trouxe para cá porque achava que era mais seguro. E foi. Mas as coisas estão mudando. Você não pôde salvar Micah, mas pode me salvar se vier conosco. Por favor, nos dê essa chance.

Quando seu pai olhou para cima, ficou nítido como estava lutando contra o medo dos horrores do mundo lá fora. Sadie foi até os dois.

— Eu prometo — disse ela solenemente — que nenhum mal vai acontecer ao seu filho.

No início, duvidei que ele acreditaria, mas o homem estendeu a mão e pude ver o vínculo que os dois desenvolveram. Sadie o ajudou a se levantar. Ele atravessou a câmara e puxou a mezuzá da porta.

Começamos a percorrer o túnel. Por um breve segundo, vi Sadie olhar para trás na direção do pequeno e horrível espaço que fora sua casa por tantos meses, a casa que ela estava deixando para sempre, despedindo-se do lugar que havia sido seu santuário. Então se virou para mim.

— Como? Quer dizer, para onde vamos? Krys providenciou algum tipo de transporte para nós?

Eu não queria contar a verdade sobre Krys. Tinha medo de que, se ela soubesse que ele não estaria do outro lado para nos encontrar e nos levar para longe, resolvesse não ir.

Mas eu não podia mentir para ela novamente.

— Krys foi preso. Capturado. Ele tentou interceptar as munições e foi pego.

Um olhar horrorizado cruzou seu rosto.

— Preso?

Eu esperava que Sadie entrasse em pânico.

— Ella, você deve estar tão preocupada. Precisa encontrá-lo e ajudá-lo.

— Não há nada que eu possa fazer por ele agora — respondi, desejando que minha voz não falhasse.

Meu estômago se revirava ao pensar em Krys preso ou coisa pior. Naquele momento, eu teria feito tudo para ajudá-lo, mas, como Kara havia dito, não era isso que ele teria desejado. Meu lugar era aqui, resgatando Sadie.

— É isso que ele gostaria que eu fizesse.

Odiei como, instintivamente, falei dele no passado — como se ele já estivesse morto.

— Mas como vamos fugir sem ele?

Suas dúvidas pareciam se multiplicar novamente.

— Eu sei a rota — falei, o que era em parte verdade. — Kara, a mulher do café, me contou e disse que ajudaria. Eu posso manter todos nós em segurança.

Tentei soar confiante. Eu só precisava tirar Sadie e os outros do túnel, e depois Kara os ajudaria a chegar em Kryspinów. Eu era capaz de fazer aquilo.

— Venham.

Caminhamos pelo túnel em silêncio, eu na frente, Sadie logo atrás de mim.

— Sinto muito pela sua mãe — falei.

Talvez não fosse sensato tocar no assunto novamente e perturbá-la no momento em que estávamos deixando o esgoto, mas eu sentia que precisava dizer alguma coisa.

Sadie fungou.

— Acho que uma parte de mim já sabia depois de tanto tempo se passar e ela não voltar.

Atrás de nós, Saul ajudava o pai, que caminhava lentamente. Convencê-los a partir levara mais tempo do que eu esperava e queria pedir para que se apressassem. Porém, o homem mais velho havia sido prejudicado pelos meses no esgoto e mal conseguia andar. Concentrei-me no caminho à frente, tentando não pensar nas minas. Eu não fazia ideia de como eram ou o que fazer para evitá-las, e tinha a impressão de que cada passo nosso poderia ser o último.

Continuamos em direção à grade onde vi Sadie pela primeira vez, perto do mercado Dębniki. Não sabia como sairíamos dali ou como evitaríamos ser vistos, mesmo à noite. Rezei para que Kara estivesse mesmo lá para ajudar. *Um passo de cada vez*, ouvi a voz do meu irmão Maciej dizer, como ele fazia em tempos difíceis. *Isso é tudo que você pode fazer.*

De repente, houve um estrondo. Primeiro achei que era um ataque aéreo, mas tinha sido próximo e forte demais. As paredes começaram a tremer. Sadie tropeçou e não consegui alcançá-la, mas Saul a segurou antes que ela caísse.

Uma das minas havia detonado.

— Andem, rápido! — gritei.

Talvez tivesse sido apenas uma explosão acidental. Os Aliados ainda não estavam perto de Cracóvia; certamente não foram os alemães que a detonaram.

No entanto, ouvimos mais um estrondo e depois outro, a primeira explosão desencadeando algum tipo de reação em cadeia. Os sons não vinham de cima, mas de baixo do solo, próximos e fazendo nossa alma tremer.

Uma quarta explosão nos atirou no chão. Ficamos imóveis por vários segundos. Eu não conseguia me mexer e parecia que já estava morta. Conseguimos levantar e limpar os escombros. A poeira e os detritos enchiam meus pulmões, e precisei tossir e cuspir para limpá-los. O ar estava tão empoeirado que não dava mais para enxergar. Alguém segurou minha mão e me puxou. Reconheci os dedos delicados de Sadie nos meus enquanto ela assumia a liderança. Seguimos em frente.

Atrás de nós, veio mais um estrondo poderoso, como se as paredes estivessem caindo ao nosso redor. Sadie tropeçou, quase me levando para o chão junto. Saul tentou ajudá-la, mas ela o afastou.

— Ajude seu pai.

Ela empurrou os dois homens à nossa frente.

No final do túnel, consegui distinguir a luz fraca da rua acima da grade. *Krys*, pensei. Por um segundo, imaginei que sua prisão não tivesse acontecido e que, apesar de tudo, ele estaria esperando por mim. Era impossível, claro. Eu me virei para Sadie.

— Conseguimos.

Eu esperava que ela parecesse feliz, mas não. Em vez disso, seus olhos se arregalaram de horror ao olhar atrás de mim.

— Ella!

Sua boca formou meu nome enquanto um estrondo alto à nossa volta abafava sua voz. O som era diferente desta vez, não o de uma bomba sendo detonada — vinha de dentro das próprias paredes. As explosões haviam enfraquecido as paredes do túnel, que começaram a desmoronar. Em câmera lenta, o concreto arredondado estava rachando e começando a afundar.

Na nossa frente, Saul hesitou.

— Vá! — gritou Sadie, incitando-o a continuar.

Saul correu com o pai, quase tendo que carregá-lo. Ele deu uma última olhada em Sadie. O teto desmoronou assim que puxei Sadie na minha direção, cobrindo nossas cabeças para que não fôssemos esmagadas. Concreto, detritos e cinzas choviam sobre nós, cortando nossa pele.

Quando levantei a cabeça, a passagem estava bloqueada por pedras. O túnel, que um dia servira de ponte entre o mundo de Sadie e o meu, desabou. Saul, seu pai e o mundo do outro lado da grade praticamente desapareceram, deixando Sadie e eu presas no esgoto, sozinhas.

CAPÍTULO 25

Ella

Limpei os resíduos de meus olhos, tentando me orientar.

— Sadie? — chamei.

Ela estava caída no chão a poucos metros de mim, sem se mexer. Rastejei com pressa até ela.

— Você está bem?

Sadie se sentou, estremecendo.

— Você se machucou?

Ela pôs a mão na barriga.

— Foi apenas um pequeno corte.

Estendi a mão para examinar o ferimento, mas ela a afastou.

— Saul? — Sadie se levantou com dificuldade. — Onde ele está?

Vendo a muralha de pedra que agora nos separava dele, seu pânico aumentou.

— Saul! — gritou, mais alto agora.

— Shh — silenciei. Mesmo agora, seus gritos poderiam ser ouvidos na rua.

Ignorando meu pedido, Sadie começou a levantar as pedras que haviam caído e agora nos separavam de Saul e o pai.

— Preciso encontrá-lo — insistiu ela. — Estávamos indo embora juntos. Nós íamos nos casar. Não posso perder Saul também.

Toda a tristeza e frustração que vinham crescendo em seu âmago nos últimos meses pareciam borbulhar e transbordar enquanto ela revirava as pedras.

— Pare.

A MULHER COM A ESTRELA AZUL

Segurei suas mãos ensanguentadas para imobilizá-las.

— Você não vai conseguir passar. E se continuar mexendo nisso, vai fazer o resto do túnel desabar sobre nós.

Seu rosto se contorceu. Eu pensara que, depois de seus pais e sua irmã, nenhuma perda poderia destruir Sadie, mas Saul era a última pessoa que ela tinha além de mim, bem como o amor que acabara de encontrar. A ideia de perdê-lo era insuportável.

— Estávamos tão perto de sair. E agora ele se foi.

— Não, ele e o pai chegaram em segurança do outro lado — respondi, esperando estar certa.

Sadie olhou em volta, desamparada.

— Nunca mais vamos nos ver — gritou ela.

— Não diga isso! Nós vamos sair daqui e encontrá-los.

— Mas eles não podem nos esperar na rua. Como vão saber para onde ir sem nós? Eles podem ser pegos.

Mesmo agora, presa e correndo risco de vida, Sadie estava pensando nos outros.

— Saul vai dar um jeito. Ele é forte. E Kara vai levá-los para um lugar seguro. Nós só temos que encontrar uma saída sozinhas e encontrá-los depois.

Eu me forcei a parecer confiante nas minhas palavras, fazendo tudo parecer muito mais simples do que realmente era.

— Como?

Sadie conhecia os túneis mil vezes melhor do que eu, mas estava perturbada demais para pensar com clareza e me olhava em busca de respostas.

— A outra grade. Aquela que abre no rio. Podemos chegar lá?

— Acho que sim, se as explosões não tiverem destruído aquele túnel também. Mas é muito mais difícil alcançá-la.

— Precisamos tentar — respondi com firmeza.

Sadie deu uma boa olhada no túnel bloqueado, não querendo deixar o último lugar onde vira Saul.

— Vamos, temos que nos apressar — implorei, puxando-a para longe.

Com relutância, Sadie me levou a outro caminho, andando mais devagar. Apesar de as explosões não terem destruído o túnel inteiramente nesta direção, ainda haviam deixado a trilha em ruínas. Nosso progresso era lento, contornando grandes crateras no solo e escalando pilhas de entulho.

279

— As explosões — observou Sadie enquanto caminhávamos. — O que aconteceu?

— Algumas minas detonaram. Só não sei por quê.

— Acha que foram os alemães?

— Não faço ideia, mas acho que não.

Mesmo que os alemães suspeitassem de pessoas escondidas no túnel, parecia improvável que detonassem as minas sem verificar primeiro.

— Talvez um de nós tenha pisado no lugar errado ou as disparamos com o peso de quatro pessoas caminhando juntas — sugeri. Havia tanto que não sabíamos. — Não importa. Só temos que dar um jeito de sair daqui e encontrar os outros.

Sadie virou à direita na direção do que um dia fora um caminho estreito. Porém, agora, estava bloqueado, coberto por destroços e pedras das paredes desabadas.

— Este era o caminho que deveríamos seguir. — Ela fez uma pausa, preocupada. — Só que agora não existe mais.

Eu me perguntei com pavor se nosso último e único plano de fuga havia fracassado.

— E agora?

Ela caminhou de volta, refazendo a rota por alguns passos. Então olhou para a parede.

— O cano.

Sadie apontou para uma abertura na parede, perto do chão, tão pequena que eu não a vi quando passamos pela primeira vez.

— Não tenho certeza, mas acho que corre paralelo ao túnel que deveríamos pegar. Temos que deitar de barriga para baixo para passar — explicou Sadie com naturalidade.

Abaixei-me para espiar pela abertura, que levava a um longo cano horizontal.

— É impossível.

O cano não podia ter mais de sessenta centímetros de diâmetro. Ela não esperava mesmo que passássemos por ali, esperava?

— Não é. Minha família inteira teve que passar quando chegamos ao esgoto. Até minha mãe, e ela estava grávida. — Os olhos de Sadie ficaram distantes ao lembrar. — Confie em mim. Eu vou primeiro e puxo você.

A MULHER COM A ESTRELA AZUL

Ajoelhei-me, imaginando se o cano poderia ter sido comprometido pelas detonações, assim como os túneis. No entanto, ele era feito de ferro forjado, não de pedra, e permanecera intacto. Olhando para o espaço escuro e fechado, recuei, meu estômago embrulhando.

— O que foi? — perguntou Sadie, percebendo minha reação.

— Nada. É que tenho medo de espaços fechados... Pavor, na verdade. Dizer aquilo em voz alta parecia tão tolo.

— Eu ajudo você. — Sadie pegou uma corda que estava no chão. — Amarre isso em volta da cintura. Quando eu chegar do outro lado, vou puxar você.

Ela fazia parecer tão simples. Os canos eram meu pior pesadelo, mas, para ela, já eram naturais.

— Confie em mim.

Por muito tempo, Sadie tinha confiado a própria segurança a mim; agora ela estava me pedindo para fazer o mesmo com ela.

Antes que eu pudesse protestar, Sadie se deitou e começou a se espremer pelo túnel, segurando uma das pontas da corda. Poucos minutos depois, sua voz ecoou pelo cano.

— Passei.

Era a minha vez. Fiquei imóvel, incapaz de me mover.

— Ella! Vamos lá.

Sadie puxou a corda. Não havia outra saída; eu precisava tentar. Respirei fundo, me deitei e me empurrei para dentro do túnel. Quando o cano apertado envolveu meu corpo, não consegui mais respirar. O espaço era úmido e tinha um cheiro metálico estranho, parecido com o de sangue. Ouvi a voz de Ana Lucia me provocando, dizendo que eu fracassaria aqui também, como em tudo na vida. Minha coluna endureceu. Eu não ia deixá-la vencer. Eu precisava fazer isso — pelo bem de Sadie e pelo meu.

Respirei o mais fundo possível no espaço apertado e peguei impulso com os pés, fazendo força. Eu não conseguia me mover. Estava presa e morreria ali mesmo. Por um instante, as paredes pareceram se fechar e pensei que fosse desmaiar. Tentei me empurrar novamente. Ao mesmo tempo, Sadie puxou a corda com mais força, de modo que consegui deslizar alguns centímetros para a frente. Repetimos o processo — eu dava um impulso, ela puxava a corda vinte, talvez trinta vezes mais, meu avanço penosamente lento. Minha pele queimava, arranhada pela tubulação áspera. Meus músculos doíam e eu queria desistir. Mas Sadie me incentivava, sua voz como um farol.

281

— Você consegue. Eu prometo que vamos sobreviver.

No espaço escuro diante de mim, vi Krys e o imaginei me dando coragem. Independentemente do que tivesse acontecido, eu queria que ele se orgulhasse de mim e soubesse que não desisti.

A voz de Sadie tornava-se cada vez mais alta, e finalmente pude ver uma luz fraca. Eu estava quase lá. Dei mais um forte impulso, saí do túnel e caí de joelhos no chão. Sadie olhou para mim enquanto eu me levantava.

— Você está imunda — disse ela. — Está parecendo eu.

Nós rimos, embora não houvesse tempo para aquilo.

— Venha — continuou Sadie, me puxando pelo caminho em que estávamos agora.

O túnel era maior aqui e precisei apenas me curvar ligeiramente para caber. Sadie avançava um pouco mais devagar agora, sua respiração ofegante. Eu queria pedir para que ela fosse mais rápida. Precisávamos alcançar a grade e estar bem longe dali antes do amanhecer. Eu tinha certeza de que Kara havia cumprido sua promessa e resgatado Saul e o pai a essa altura, se é que eles tinham conseguido deixar o esgoto. Contudo, não sabia se ela conhecia essa outra saída e se poderia prever o que acontecera e nos encontrar lá. Fiquei com medo de que partisse sem nós.

O túnel começou a se inclinar para cima. Estávamos nos aproximando da rua, pensei, permitindo que minhas esperanças aumentassem um pouco. Dobramos uma esquina e entramos em uma câmara com uma bacia profunda cheia de água, com cerca de quatro metros de largura e uma saliência alta do outro lado.

— Você tinha que cruzar isso para chegar à grade perto do rio? — perguntei com descrença.

Sadie confirmou com a cabeça. A parede do outro lado era de rocha pura e a saliência que tínhamos que alcançar ficava a pelo menos dois metros de altura. Eu estava abismada por ela ter conseguido fazer aquilo sozinha tantas vezes.

— Mas eu nunca precisei fazer assim. — Ela apontou para a bacia abaixo. — Ela normalmente está vazia, sem água. As explosões devem ter rompido um dos diques.

Havia um som alto e forte de água corrente entrando na câmara, vindo em grande quantidade de uma fonte que não conseguíamos identificar. Dentro de alguns minutos, o local estaria inundado.

A MULHER COM A ESTRELA AZUL

— Teremos que nadar — observei. — Vamos.

Sentei-me na beira da bacia e tirei os sapatos, preparando-me para entrar. Mas Sadie não se juntou a mim e, pela dúvida em seus olhos, vi que tínhamos mais um problema.

— O que foi?

— Eu não sei nadar — confessou ela.

Lembrei-me de quando Sadie contou como ela e a mãe quase se afogaram quando o esgoto inundou e também como as águas tiraram a vida de seu pai. Eu podia vê-la revivendo seus medos, paralisada. Sadie não era apenas incapaz de nadar, mas tinha pavor de água, assim como eu do cano.

— Existe outro caminho? — perguntei, já sabendo a resposta.

Ela balançou a cabeça, o pânico visível nos olhos.

— Precisamos dar um jeito de passar.

A questão era como. Olhei ao redor freneticamente, então me lembrei da corda que ela usou para me puxar pelo cano. Corri de volta pelo túnel e a apanhei.

— Aqui, eu puxo você.

A corda que tinha sido minha salvação no espaço estreito agora seria a dela.

— Eu nado e você só precisa se segurar nisso.

— Mas...

— Nós temos que atravessar — insisti.

— Eu não consigo fazer isso.

— Não temos escolha — adverti com firmeza. — Não se quiser reencontrar Saul. Eu vou ajudar você.

Peguei a corda e amarrei uma ponta em mim e a outra ponta em sua cintura para que ficássemos a cerca de um metro de distância. Foi então que notei a mancha de sangue em seu vestido, que agora estava rasgado.

— Você está ferida?

Minha apreensão aumentou.

— É só o corte de quando a mina explodiu e nós caímos. O esforço para atravessar o túnel piorou um pouco, mas estou bem.

Havia uma apreensão em seu tom de voz que me fez duvidar que aquilo fosse verdade.

Mas não havia tempo para mais perguntas. Entrei na água gelada e a convenci a vir atrás de mim. Sadie mergulhou um pé na água e recuou.

— Você consegue — insisti.

283

Por fim, ela entrou, mesmo que com relutância. Seu semblante era de pânico e ela começou a agitar os braços, se debatendo.

— Apenas relaxe.

Estiquei os braços e a puxei para mim. Eu era uma boa nadadora. Na infância, passava o verão aproveitando os dias felizes em nossa cabana perto do lago Morskie Oko, nas Montanhas de Tatra, e, rapidamente aprendi a nadar quando meus irmãos me jogaram na água sem piedade.

Comecei a atravessar a bacia, puxando Sadie. Ela tentou nadar, mas seus movimentos eram inconstantes e ineficazes. Tentei rebocá-la. Ela deveria estar mais leve na água, mas seu peso era como uma rocha. A corda que nos prendia puxava minha cintura. Bati as pernas com mais força, me obrigando a avançar. Eu nem imaginava como subiria naquela saliência ao chegarmos do outro lado. Primeiro, porém, era preciso atravessar. Sadie ficou mais pesada e por um segundo pensei que ela estava lutando contra mim. Quando olhei para trás, ela havia parado de se mexer. Era como se estivesse exausta ou simplesmente tivesse desistido. Minha frustração aumentou.

— Você precisa continuar tentando — falei.

Então percebi algo vermelho na água. Sangue.

Puxei Sadie para perto e a levantei para a superfície, tentando examinar o ferimento em sua barriga.

— Não é nada — garantiu ela, embora seu rosto estivesse branco como um fantasma.

Quando abri o rasgo de seu vestido, fiquei horrorizada ao ver que o ferimento que ela descreveu como nada era na verdade um corte com vários centímetros de profundidade e um pedaço de pedra enterrado. O sangue escorria agora, tingindo ainda mais a água à nossa volta. O destroço estava profundamente cravado na ferida; puxá-lo só pioraria as coisas. O corte fora banhado em água suja, garantindo uma infecção.

— Espere — falei, passando o braço em volta de sua cintura para mantê-la perto.

Comecei a nadar novamente só com o outro braço. Faltavam apenas mais alguns metros. Aproximei-me do outro lado da bacia. Quando o fiz, Sadie escapou de minhas mãos. Ela começou a afundar, seu peso na corda me puxando para baixo com ela. Respirei fundo e mergulhei, procurando-a. A água estava escura demais para enxergar, então tentei tateá-la, mas minhas mãos não encontravam nada. Estiquei o braço novamente e finalmente agarrei um pedaço de seu vestido, usando todas as forças para puxá-la para a superfície.

— Você tem que parar de me carregar — disse ela, engasgando.

— Nunca. Eu vou tirar você daqui.

— Saia agora enquanto pode.

— Eu já disse que não vou deixar você.

O nível de água estava subindo rapidamente. Assim que ultrapassasse a saliência e enchesse o túnel do outro lado, a fuga estaria arruinada. Cada segundo passado na câmara diminuía nossa chance de sair, mas, enquanto Sadie estivesse viva, havia esperança para nós duas. Eu não poderia deixá-la.

Alcançamos a parede oposta da bacia. Eu olhei para cima com incerteza. Mesmo com a subida das águas nos elevando, a saliência ainda estava pelo menos um metro acima. Eu poderia escalar, mas Sadie jamais conseguiria. Eu teria que puxá-la. Fiz uma pausa, reunindo forças, enquanto Sadie continuava deitada em meus braços.

Seus olhos estavam se fechando, a respiração ficando fraca.

— Saul — disse ela, com saudade.

Ela olhou para longe, como se realmente o visse. Será que Sadie estava alucinando?

— No final das contas, ele realmente me amava.

— Ama. Ele ainda a ama. Ele está esperando você. Só precisamos escalar essa parede.

— Diga a ele...

Foi quando percebi que ela estava morrendo. O ferimento tinha sido muito sério; ela havia perdido sangue demais. Meu coração pesava.

— Sadie, não. Nós vamos sair daqui e você vai encontrar Saul e dizer isso a ele pessoalmente — insisti.

Ela não respondeu. Vi sua última gota de força se esvaindo do corpo e se misturando à água.

— Eu disse que vamos sair daqui.

— Você precisa continuar, por nós duas.

— Não. — Aquilo nunca seria suficiente. — Você vai se casar com Saul. Ou então pode ir para Paris comigo. Eu vou desenhar e você vai estudar medicina e nós teremos uma vida fabulosa.

Eu estava falando rápido agora, as palavras balbuciadas e sem fôlego, quase sem sentido, qualquer coisa para mantê-la ali comigo.

— Você não pode me deixar. Precisa ser forte. Você deve isso a mim.

Mas Sadie balançou a cabeça, toda a sua vontade de lutar perdida.

— Eu não consigo.

Minha amiga não sobreviveria. Era o nosso fim. Meu coração se partiu.

— Você tem que me deixar ir — repetiu ela, sua voz quase um sussurro.

Ela abaixou a cabeça e, com a pouca força que ainda lhe restava, desamarrou a corda que nos prendia. Depois tentou se afastar, mas a segurei com força. Eu olhei para a borda. A água nos levara para um pouco mais perto agora. Peguei Sadie e, com enorme esforço, levantei-a acima da cabeça. Ela se aproximou da saliência, escorregou de minhas mãos e caiu de volta na água, quase afundando nós duas. Eu a peguei e a levantei novamente. Desta vez, consegui deitá-la na saliência, onde ela ficou imóvel por um momento. Então rolou para o lado e estendeu a mão, tentando, com as últimas forças, me ajudar a sair da água.

— Viu, eu prometi que você sairia — falei.

Mas eu falei cedo demais. Ouvi um estrondo atrás de mim e me virei a tempo de ver a parede oposta da bacia, comprometida pelas explosões, desabar. Uma onda gigante de água rugiu em nossa direção, grande e poderosa demais para ser contida. A força me jogou contra a parede e nos levou para a água, nos engolindo na escuridão.

CAPÍTULO 26

Pisei nas margens do Vístula antes do amanhecer.

Ao sair do esgoto, estendi o braço para trás procurando a mão que deveria estar segurando a minha, mas não a encontrei. Eu estava sob um vasto e escuro dossel de estrelas, sozinha. Tinha esperança de ver alguém me esperando — Kara, ou talvez Saul. A margem do rio, entretanto, estava deserta; haviam nos deixado para morrer.

Nós vamos conseguir. Uma promessa quebrada.

Depois que as águas da violenta enchente atingiram com brutalidade a parede da bacia, eu me debati, submersa no escuro, procurando-a por vários minutos, sem sucesso. Por fim, consegui encontrá-la e de alguma forma levar nós duas de volta para a saliência, mas era tarde demais. A água havia enchido seus pulmões e ela mal respirava. Também havia um corte enorme em sua cabeça, de quando a correnteza furiosa a jogou contra a parede de concreto da bacia. O sangue jorrava, impossível de conter.

— Nós vamos conseguir — insisti, tentando em vão colocá-la de pé. — Vamos para Paris e vamos pintar e estudar medicina.

Eu exibia nossos sonhos na frente dela, desejando que os visualizasse e sobrevivesse.

Mas ela não conseguia andar e usou suas últimas forças para me afastar.

— Você tem que continuar por nós duas — respondeu.

Então, com dificuldade, ela enfiou a mão no bolso e me surpreendeu, entregando a mim não apenas uma coisa, mas duas.

— Pegue. Diga a ele…

Eu me inclinei, esperando para ouvir o recado que ela queria que eu desse, mas seus olhos se fecharam e suas palavras nunca saíram.

Coloquei minha mão em seu ombro e sacudi-a levemente como se para reanimá-la, mas ela não respondeu.

— Não! — gritei quando a realidade tornou-se inevitável: ela estava morrendo.

Minha amiga, aquela que deu tudo por mim, não sobreviveria. Aproximei minha cabeça da dela, minhas lágrimas derramando-se por seu rosto. Sua respiração desacelerou.

Ainda a mantive nos braços por vários segundos mesmo após seu peito parar de se mover. Eu queria levá-la comigo, mas sabia que não conseguiria levantá-la pela saliência alta para sair da câmara. A água na bacia continuava a subir. Em poucos segundos, o nível alcançaria a saliência e eu também me afogaria. Mesmo assim, eu a mantive nos braços, afastando as mechas de seus cabelos encharcados do belo rosto. Meu coração estava despedaçado. Havíamos jurado deixar o esgoto juntas. Como eu poderia abandoná-la agora?

Beijei sua bochecha, o sal das minhas lágrimas se misturando à água suja e amarga. Ela merecia um enterro adequado em um cemitério, com flores. Isso era impossível, claro, mas, ainda assim, eu não a deixaria aqui para os alemães a encontrarem. Esforçando-me, levantei seu corpo e empurrei-o da borda, devolvendo-a à correnteza. Seu rosto, pacífico e calmo, ainda permaneceu um segundo acima da superfície antes de deslizar sob as águas e desaparecer, o esgoto a reivindicando para si.

Então comecei minha escalada final para a liberdade.

Quando cheguei à margem do rio, fiquei imóvel, tentando recuperar o fôlego. Uma sirene demorada de nevoeiro soou de um barco invisível rio abaixo. A dor de minhas feridas era dilacerante e eu não sabia como continuar a partir dali, muito menos sozinha.

Foi quando vi um rosto familiar no horizonte. Meu coração se encheu de alegria. Não imaginei que ele ainda estivesse vivo ou que tivesse esperado. Ao me ver, ele veio correndo, parecendo feliz e aliviado.

Então, quando se aproximou e percebeu que eu estava sozinha, a escuridão tomou conta de seus olhos.

— Onde ela está?

— Sinto muito — respondi, não querendo entregar a notícia que certamente iria assolá-lo. — Houve uma inundação. Ela me salvou, mas não saiu viva.

Os olhos dele ficaram vazios de tristeza.

— Fiz tudo o que pude.

— Eu sei.

Havia uma nota de resignação em sua voz. Ele não me culpou. Esperar que qualquer um de nós tivesse conseguido, muito menos todos, era ousado demais. Ainda assim, a perda foi dolorosa e pude ver em seus olhos o quanto ele a amara.

— Me desculpe — repeti. — Ela me salvou. E agora eu estou aqui e ela não.

— Não é culpa sua — respondeu ele, olhando fixamente para longe e depois piscando para conter as lágrimas. — Você fez tudo que podia. Ela amava você, sabia? Ficaria feliz em saber que você sobreviveu.

— Mas ela não sobreviveu! — exclamei, minha tristeza explodindo.

Ele me puxou para perto e me deixou chorar na sua camisa, sem se importar com a água suja que a encharcava.

— Precisamos ir — disse ele delicadamente momentos depois.

— Não.

Eu sabia que ele tinha razão, mas não me sentia pronta para deixá-la para trás. Voltei para a entrada. Nós duas deveríamos partir juntas.

— Não podemos ficar aqui — insistiu ele com determinação. — Ela gostaria que você fizesse o que fosse preciso para viver. Sabe disso, não sabe?

Fiquei em silêncio.

— Não deixe que a morte dela seja em vão.

Ele me puxou para a margem do rio. Era difícil andar, a ideia de deixá-la, insuportável. Contudo, ela se foi, e ficar aqui não a traria de volta. Relutante, me permiti ser afastada da margem exposta do rio para um lugar mais seguro, mas cada passo era como uma traição à amiga que deixei para trás.

Ao nos aproximarmos da rua, olhei para a tapeçaria de estrelas no céu noturno. Elas pareciam quase azuis e era como se houvesse uma para cada alma que havia sido libertada. Eu a vi nas estrelas lá em cima e então entendi que era importante continuar, por nós duas. Lá estavam elas: as constelações que admiramos juntas naquela noite, acenando e me levando para casa.

Quando chegamos ao pé da ponte, olhei para trás. Cracóvia, a única cidade que conheci, estava envolta em trevas, exceto pelo céu, que queimava cor-de-

-rosa no horizonte ao leste. A guerra continuava, furiosa, minha cidade natal sob cerco. E eu estava abandonando-a. Minha culpa aumentou.

Não, não abandonando, corrigi. Eu estava indo embora, mas encontraria uma maneira de lutar e honrar sua memória.

— Pronta?

— Sim — afirmei, aceitando a mão dele.

Entrelaçamos os dedos com força e, juntos, demos nosso primeiro passo para a liberdade.

EPÍLOGO

Cracóvia, Polônia
Junho de 2016

A mulher diante de mim não é a mesma que eu esperava ver.

Ao me aproximar de sua mesa, a observo. Ela ainda não me viu. Embora deva estar com mais de noventa anos, sua pele lisa e postura perfeita a fazem parecer muito mais jovem. Ela não sucumbiu aos cabelos curtos da velhice como eu, mas usa os cachos brancos em um coque alto e bagunçado que acentua suas maçãs do rosto e outras características fortes. Ela é, em uma palavra, majestosa.

Ainda assim, de perto, há algo diferente do que eu estava esperando. Algo familiar. Tento me convencer de que deve ser minha ansiedade depois de tanta procura e espera. O momento com que sonhei por tanto tempo finalmente havia chegado.

Respiro fundo, me preparando.

— Ella Stepanek?

Ela não responde, mas pisca. A chuva, que passou tão rápido quanto começou, fez com que os outros clientes corressem para dentro, mas a mulher continuou sentada ali, implacável. Quando seus olhos cor de chocolate se voltam para mim, ela parece confusa.

— Eu conheço você?

— Nós não nos conhecemos — respondo com cuidado. — Mas você conheceu minha irmã, Sadie. Eu me chamo Lucy Gault.

Uso meu sobrenome de família, o que pertenceu aos pais e à irmã que nunca tive a chance de conhecer. A mulher me encara, como se estivesse vendo um fantasma.

— Como é possível?

Ela tenta se levantar, mas seus joelhos vacilam e ela segura a borda da mesa com tanta força que seu chá respinga da beirada da xícara, manchando a toalha de um azul mais escuro.

— Não pode ser. Tínhamos certeza de que você havia morrido.

Eu aceno com a cabeça, um nó se formando na minha garganta, como sempre acontece quando penso na improbabilidade da minha sobrevivência. Qualquer um teria pensado que eu não sobrevivi. Nasci em um esgoto, escondida dos alemães, que queriam eliminar a geração seguinte de judeus e que os matavam sem piedade. Eu vi as centenas de milhares de crianças que não sobreviveram. Eu deveria estar entre elas.

No entanto, de alguma forma, aos setenta e dois anos, aqui estou.

— Como? — pergunta ela novamente.

Hesito, procurando a melhor maneira de explicar. Embora eu tivesse imaginado aquele momento centenas de vezes e tentado planejá-lo, as palavras não vêm e preciso me esforçar para descobrir por onde começar.

— Posso me sentar? — pergunto.

— Por favor.

Ela aponta para a cadeira ao seu lado.

Eu me sento e viro para cima a xícara de café no pires diante de mim.

— Parece estranho, mas eu nasci no esgoto. Você conhece essa parte, não é? E que minha mãe me tirou de lá?

— Sua mãe pretendia levá-la a um hospital católico que ela pensava estar ajudando a esconder crianças judias.

— Sim, mas, no caminho, um padre viu minha mãe em péssimas condições e avisou que não era seguro levar o bebê ao hospital. Ele escondeu a criança e só depois levou minha mãe para receber os devidos cuidados médicos. Ela estava no hospital quando os alemães entraram. Fui salva e, depois, adotada por um casal polonês. Meus pais adotivos, Jerzy e Anna, eram pessoas maravilhosas. Eu tive uma vida boa. Eles decidiram emigrar para os Estados Unidos quando eu estava com cinco anos. Passei uma infância feliz em Chicago. Quando eu tinha idade suficiente, eles me contaram o pouco que sabiam sobre meu passado. Descobri o resto através de Pawel.

— O funcionário do esgoto? — Ella parece atordoada. — Mas ele foi preso por ajudar os judeus. Presumi que tivesse morrido na prisão.

— Ele foi, mas conseguiu sair da prisão e voltar para sua família.

— Pawel conseguiu. — Os olhos de Ella estão cheios d'água. — Eu não fazia ideia.

— Pawel voltou ao esgoto depois de ser libertado para procurar Sadie e os outros, mas eles não estavam lá. A princípio, ele presumiu que todos tivessem sido pegos. Depois, percebeu que tinham fugido, ou pelo menos tentado. Ele não sabia para onde teriam ido ou se tinham mesmo conseguido sair. Tinha apenas uma hipótese, pelo menos em relação à minha mãe, que era ter dado à luz e saído do esgoto para esconder o bebê.

Eu paro quando um garçom aparece e serve o café. Quando ele se afasta de novo, continuo:

— Foi Pawel quem contou à minha mãe sobre o hospital. Ele foi procurá-la e soube que ela de fato havia ido até lá, mas sozinha. Ele continuou procurando e encontrou o padre que me salvou e que sabia para onde eu havia ido. Quando fiquei mais velha, trocamos cartas por muitos anos. Ele me contou sobre minha família, embora houvesse muitas perguntas que ele não tinha como responder.

— Então vim procurar você para saber mais sobre eles, ou pelo menos sobre minha irmã. Eu adoraria conhecê-la.

Era isso que eu queria: encontrar o último vínculo com a irmã que nunca conheci e ouvir, enquanto ainda posso, histórias que a traziam de volta à vida. Foi por isso que vim até aqui. Minha família inteira foi morta antes que eu tivesse idade suficiente para conhecê-la. Tive uma vida boa, um marido que me amava, dois filhos e agora netos. Mas sempre ficava faltando uma peça, um buraco onde deveria estar meu passado. Quero conhecer as pessoas que perdi.

Coloquei o buquê de flores na mesa.

— São para você.

Ella não pegou as flores, mas as encarou por vários segundos.

— Mamãe estava certa — sussurra ela para si mesma.

— O que disse?

— Ela disse que haveria flores um dia.

Suas palavras me confundem e me pergunto se a surpresa de minha chegada foi demais para ela. Ella aperta os lábios, como se houvesse algo mais que quisesse dizer, mas não pudesse.

— Como você descobriu a meu respeito?

Ela ainda tem mais perguntas do que respostas.

— Saul.

— Saul?

Ella sorri ao repetir o nome familiar, as rugas em volta de sua boca se aprofundando. Seus olhos brilham.

— Ele ainda está vivo?

— Sim, ele é viúvo e mora na Califórnia com filhos e netos. Nunca se esqueceu de Sadie.

— Ele conseguiu, afinal — diz ela com um estremecimento, como se estivesse falando mais consigo do que comigo.

— Antes de Pawel morrer, ele me contou sobre a outra família que morava no esgoto, os Rosenberg — explico. — Anos depois, consegui encontrar Saul. Ele me deu muitas respostas que eu procurava sobre o que havia acontecido com minha família. Ele havia se separado de Sadie na fuga e nunca conseguiu descobrir o que aconteceu com ela, mas me disse que ela tinha uma amiga, uma corajosa polonesa, Ella Stepanek, que os ajudou a escapar. Comecei a pesquisar, tentando encontrar essa mulher que ajudou minha irmã. Por anos, eu sempre chegava a um beco sem saída. Mas, depois que o comunismo acabou e pude visitar os arquivos da Polônia, descobri que existiu uma jovem chamada Ella Stepanek que lutou na Revolta de Varsóvia. Achei que poderia ser você. Então vim te encontrar.

No entanto, enquanto a observo sentada diante de mim agora, algo ainda não parece certo. Notando o formato familiar de seus olhos, um sentimento dentro de mim muda. É quando me dou conta de que não encontrei a mulher que vim procurar.

— Só que você não é a Ella, é?

Ela não responde. Sua pele de porcelana fina empalidece ainda mais.

— Pelo menos, nem sempre foi.

Sua mão, apoiada na beira da mesa, começa a tremer mais uma vez.

— Não — responde ela, sua voz quase um sussurro. — Eu nem sempre fui.

A compreensão me atinge como uma onda, ameaçando me engolir, as palavras tão irreais que mal ouso pronunciá-las.

— Então eu acho — começo lentamente — que você é Sadie.

— Sim. — Ela estende a mão e toca meu rosto com os dedos trêmulos. — Ah, minha irmãzinha...

Sem aviso, a mulher que conheci há poucos minutos cai em meus braços. Enquanto a abraço, minha cabeça parece estar rodando. Vim aqui em busca de respostas sobre minha irmã.

Em vez disso, a encontrei.

Algum tempo depois, nos separamos. Fico olhando para ela enquanto começo a entender: Sadie, minha irmã, está viva. Ela se agarra ao meu braço como a um bote salva-vidas, sem querer soltar.

— Como é possível? — pergunto. — Todos esses anos, pensei que você tivesse morrido no esgoto.

Eu havia procurado um registro de minha irmã, Sadie Gault, em todos os arquivos possíveis. Depois de uma entrada nos registros do gueto mostrando que ela havia sido levada para lá, seus rastros desapareceram. Eu soube por Pawel e Saul que ela havia fugido para o esgoto com nossos pais e que nossa mãe e nosso pai haviam morrido. Presumi que o mesmo tivesse acontecido com Sadie.

— Quando você nasceu, as coisas ficaram muito difíceis — começa Sadie. — Não conseguíamos evitar que um bebê chorasse e entregasse nossa presença no esgoto. Então nossa mãe tirou você de lá, em busca de um lugar seguro onde escondê-la. Eu fiquei com os Rosenberg, Saul e sua família.

Posso sentir como deve ter sido terrível para Sadie ser deixada para trás sozinha. Ela pode ter me odiado por isso.

— Mamãe nunca mais voltou. Morreu no hospital.

Seus olhos se enchem de lágrimas. Embora eu tenha sofrido por sua ausência durante toda a minha vida, sinto uma tristeza recém-descoberta ao pensar na mãe que nunca conheci.

— Várias semanas depois de mamãe ir embora, Ella foi ao esgoto para nos resgatar. Ela contou que nosso esconderijo havia sido comprometido e que não era mais seguro ficarmos lá. Disse que precisávamos fugir com ela. Só que os alemães tinham colocado minas no esgoto e, enquanto tentávamos escapar, uma série delas detonou. As paredes subterrâneas desabaram, separando Ella e eu de Saul e do pai dele. Tentamos sair por um caminho diferente, uma câmara, mas foi inundada. Eu não sabia nadar. Ella me salvou.

Ao relembrar aquilo, Sadie se emociona.

— Depois a parede da bacia cedeu e as águas nos sugaram. Ella foi jogada contra uma parede e gravemente ferida. Ela morreu antes que conseguíssemos sair.

— Eu sinto muito — digo, vendo a dor em seus olhos.

Tento imaginar o horror pelo qual as duas passaram, mas entendo que é impossível.

— Consegui sair do esgoto, mas sozinha e gravemente ferida. Saul e os outros estavam longe demais para que eu pudesse alcançá-los.

— Então você ficou completamente sozinha?

— Não, havia mais uma pessoa. Um jovem polonês chamado Krys, que amava Ella. Ele fazia parte do Exército Nacional e ia ajudá-la a nos tirar do esgoto, mas foi capturado pelos alemães. Quando os alemães o estavam transferindo para uma prisão diferente, ele conseguiu fugir e voltar até o nosso esconderijo. Acabou chegando tarde demais para ajudar Ella, mas me encontrou. Ele estava indo para Varsóvia para lutar como parte do levante. Fui com ele para me juntar à causa e fazer tudo o que podia.

— O que aconteceu com ele?

De repente, estou curiosa para saber o destino do homem que foi decisivo na sobrevivência da minha família.

— Ele morreu lutando contra os alemães, mas acho que parte de sua essência foi destruída quando contei a terrível verdade sobre a morte de Ella. Ele era um bom homem. — Seus olhos ficaram turvos. — E de alguma forma eu consegui sobreviver a Varsóvia.

— Você foi tão corajosa.

— Eu? — Sadie parece surpresa. — Eu não fiz nada. Ella, Krys, Pawel, eles foram os corajosos.

Eu balanço a cabeça, sorrindo. Pesquisar sobre minha família me transformou em uma historiadora amadora e, ao longo dos anos, conheci vários sobreviventes da guerra. Cada um parecia minimizar o próprio papel na época, dando o crédito "real" a outra pessoa.

— Você também foi — insisto. — Saul me contou muitas histórias sobre as coisas corajosas que você fez.

— Saul...

Sadie sorri, parecendo perdida em suas lembranças.

— Ele foi meu primeiro amor. Tentei encontrá-lo depois da guerra, mas não fazia ideia de seu paradeiro. Mais tarde, quando pudemos consultar os registros... Bem, não fazia mais sentido. Presumi que ele tivesse seguido em frente.

A MULHER COM A ESTRELA AZUL

— Ele nunca esqueceu de você. Tenho certeza de que ficaria feliz em ter notícias suas.

— Pode ser.

Na sua hesitação em enfrentar o passado, reconheço um pedaço de mim, a mesma relutância que quase me impediu de atravessar a praça do mercado e encontrar minha irmã. Existem algumas peças do passado distantes demais para serem alcançadas.

— Por que você usou o nome de Ella todos esses anos?

— Antes de morrer, Ella me entregou sua carteira de identidade. Eu me senti mal por aceitá-la, mas era a única coisa que me tiraria da cidade em segurança. No começo, usei-a para me passar por não judia. Depois da guerra, decidi manter seu nome e viver meus dias honrando sua memória. Sadie Gault estava morta; ela não tinha ninguém. Mas Ella Stepanek poderia ter um novo começo. Eu fui até Paris e contei o que havia acontecido a Maciej, seu irmão. Eu me estabeleci lá e realizei meu sonho de estudar medicina. Aposentei-me do trabalho como pediatra há algum tempo.

— Você não voltou para Cracóvia depois da guerra?

— Depois que o comunismo acabou, Maciej conseguiu voltar para a casa de sua família em Cracóvia. O governo a tomou depois da guerra, quando sua madrasta foi presa como colaboradora. Ele a deixou para mim quando morreu. É um lindo imóvel não muito longe daqui. Eu quis morar lá; aquele lugar estava cheio de lembranças dolorosas demais, então o vendi. Tenho um pequeno apartamento agora. — Ela olha para a praça. — Já morei no mundo todo. No final, voltei para casa. Foi estranho retornar a esta parte do mundo depois de tantos anos no exterior, mas havia algo me chamando. Este é meu lar agora.

Invejo sua paz e sua serenidade em relação ao passado.

— O que aconteceu com a madrasta de Ella, a colaboradora?

A mulher não significa nada para mim, mas estou curiosa para preencher todas as lacunas.

— Morreu na prisão antes de ser julgada. Ela não era uma pessoa boa e causou muita dor a Ella. Ainda assim, foi um triste fim para uma vida egoísta e eu não teria desejado aquilo a ninguém.

Tento processar todas aquelas descobertas. Minha irmã e eu vivemos todos esses anos sem saber da existência uma da outra. Perdemos tempo demais.

297

— Conte-me — peço, empurrando minha cadeira para mais perto. — Conte-me tudo.

Eu havia encontrado não apenas minha irmã, mas um baú de tesouros recheado de informações sobre a família que nunca conheci. Uma forma de preencher as páginas em branco da história que pensei estar perdida para sempre.

— Quero saber tudo: sobre nossos pais, sobre nossa família antes da guerra.

Eu quero saber mais do que apenas como eles morreram. Quero entender como viveram.

Mas Sadie balança a cabeça.

— Eu não posso apenas contar a você.

Pergunto-me se, como acontece com tantos sobreviventes, o passado é simplesmente doloroso demais para ser compartilhado. Ela se levanta, como se estivesse indo embora. Minha ansiedade cresce. Perdemos tantos anos. Talvez seja tarde demais.

— Deixe-me mostrar em vez disso.

Ela estende a mão para mim.

Eu me levanto.

— Eu gostaria de ver os lugares onde nossa família viveu.

— Posso mostrar onde ficava nosso apartamento antes da guerra e até o lugar no qual moramos no gueto — oferece ela.

— E o esgoto?

Embora pareça macabro, uma parte de mim está curiosa para conhecer o lugar horrível onde nasci, um pedaço indelével de nossa história.

— Receio que não. Ele foi fechado há muito tempo. Pensei em voltar lá, mas foi melhor assim.

Eu concordo. Embora tenha nascido lá, o esgoto não é quem somos, apenas um pequeno pedaço de nossas vidas.

— Existem outros lugares — acrescenta ela. — Os lugares em que pápai e eu costumávamos caminhar e brincar, além de um memorial no gueto.

Pequenas peças, pensei com meus botões, que finalmente completariam o quebra-cabeça da história de nossa família.

— Você teve filhos?

— Não, eu nunca me casei. Nunca tive minha própria família, pelo menos não até agora. — Ela aperta minha mão. — Fiquei sozinha.

A MULHER COM A ESTRELA AZUL

Ela sorri, mas há um traço em sua voz que indica que ela se importa mais do que gostaria de admitir.

— Não mais.

Seus dedos se entrelaçam com os meus, a pele murcha, mas seu aperto é firme e determinado.

É quando reparo em um cordão enfiado em seu colarinho.

— O que é isso?

Sadie puxa a corrente em volta do pescoço e revela um pequeno amuleto de ouro com as letras hebraicas que compõem a palavra *chai*. Minha irmã escolheu viver seus dias sob o nome de Ella, mas não negou completamente a fé judaica de nossa família.

— Era do nosso pai. Ella o escondeu para mim durante a guerra e consegui recuperá-lo no final.

Ela leva a mão ao pescoço e abre o fecho, passando a joia para mim em seguida.

— Deve ficar com você agora.

— Não precisa — protesto. — É seu.

Mas é a única lembrança da minha família que tenho e fico secretamente feliz quando ela fecha meus dedos em torno da corrente.

— Nosso — corrige Sadie. — Venha. Há muito para ver. Vamos começar agora, mesmo que seja tarde.

Por um segundo, sinto-me assoberbada.

— Estou com a volta marcada para amanhã.

Mas antes mesmo de terminar a frase, sei que, agora que encontrei minha irmã, não vou partir tão cedo. Reconstruir a história de nossa família juntas não é trabalho para um único dia, mas uma estrada a ser pavimentada ao longo do tempo, pedra por pedra, enquanto ainda podemos.

— Preciso estender minha estadia no hotel.

— Fique comigo — pede Sadie. — Assim teremos mais tempo para recuperar o atraso. Tenho um lindo apartamento no Bairro Judeu.

— Consegue ver as estrelas de lá? — pergunto.

Astronomia, por algum motivo, sempre foi minha paixão.

— Todas elas.

Sadie sorri e continua:

— Venha, eu vou mostrar a você.

NOTA DA AUTORA

Este livro foi inspirado em parte pela história real de um pequeno grupo de judeus que sobreviveu à Segunda Guerra Mundial nos esgotos de Leópolis, na Polônia. O relato que escrevi e transportei para Cracóvia é totalmente fictício. No entanto, me esforcei para permanecer fiel ao heroísmo dessas pessoas e daqueles que as ajudaram, bem como para descrever com precisão como conseguiram sobreviver. Se quiser ler mais sobre a história verdadeira, recomendo o livro de não ficção *In the Sewers of Lvov*, de Robert Marshall.

AGRADECIMENTOS

Assim como o ano de 2020, este livro parecia, de diversas maneiras, condenado desde o início.

A saga começou em dezembro de 2019, quando (sendo muito sincera) entreguei ao meu editor um livro que não parecia, de forma alguma, certo. Concordamos que eu precisava, basicamente, começar do zero, algo que eu nunca havia feito antes. Depois de um gemido de cinco minutos, lembrei-me daquela citação de *O Poderoso Chefão, Parte II*: "Este foi o negócio que escolhemos", e iniciei a tarefa. Descartei 90% do livro e comecei a reescrevê-lo em uma velocidade vertiginosa com a meta incomensurável de terminar em cerca de cinco meses. Para isso, de repente passei a começar a escrever às quatro da manhã em vez de às cinco.

No decorrer da revisão, resolvi mudar o cenário do livro para Cracóvia, Polônia, e planejei uma viagem para lá a fim de realizar pesquisas. (Quando eu era mais jovem, morei vários anos em Cracóvia. No entanto, devido a limitações familiares, eu não visitava a cidade há quase duas décadas.) Programei minha ida para 11 de março de 2020 — a mesma semana em que a pandemia da Covid-19 estourou e as viagens internacionais foram, em grande parte, suspensas. O cancelamento acabou sendo uma coisa boa, pois no dia em que eu deveria voar para a Polônia, fui hospitalizada para passar por uma apendicectomia de emergência! Quando tive alta do hospital, encontrei o mundo fechado e a quarentena em pleno vigor. Como tantos de vocês, tive que me adaptar ao novo normal: educar três crianças em casa e ensinar remotamente, tudo isso enquanto terminava este livro.

Apesar de tudo isso, *A mulher com a estrela azul* ganhou vida. Não me propus a escrever um livro que fosse relevante para a pandemia. (Como eu poderia saber?) No entanto, enquanto o escrevia, descobri que surgiram temas — como lidar com o isolamento e um futuro incerto — que acabaram sendo mais relevantes para a nossa situação mundial do que eu jamais poderia ter imaginado.

Enquanto estou sentada aqui escrevendo isto no final de agosto de 2020, ainda estamos em lockdown, com muitas das coisas que considerávamos certas ainda em suspenso. Embora escrever seja solitário, gosto de me envolver com minha comunidade. Sinto falta da nossa escola primária e das mães no parquinho, dos meus colegas e alunos da Rutgers Law, da sinagoga e do Centro Comunitário Judaico e das cinco bibliotecas que frequento toda semana. Quero entrar na minha pequena livraria local e abraçar os leitores novamente.

No entanto, mesmo com todas as dificuldades que todos nós estamos passando, muitas luzes brilhantes perduram como as estrelas no céu noturno que Sadie sonhava ver de seu confinamento no esgoto. Nossa comunidade de leitores e escritores ainda floresce. Apesar dos meses distante de leitores e amigos do círculo literário, ainda sinto a presença de vocês e sou grata por como os livros têm sido uma salvação e como a comunidade de escritores continua a apoiar-se mutuamente, pelos bibliotecários, livrarias independentes e livreiros que continuam encontrando maneiras de trazer os livros para nós, pelos blogueiros, influenciadores de livros e sites que reconheceram que escritores e leitores precisam se conectar agora mais do que nunca, pela tribo de escritores que estimulam uns aos outros, pelos leitores que nunca param de acreditar.

Este livro só foi possível graças a muita gente. Sou eternamente grata ao meu "dream team": minha amada agente, Susan Ginsburg, e minha épica editora-quase-coautora, Erika Imranyi e sua paixão e compromisso em tornar este livro o melhor possível. Meus mais sinceros agradecimentos também vão para meu maravilhoso publicitário, Emer Flounders, e aos muitos talentos da Writers House e Park Row e na Harlequin e HarperCollins. (Não esqueci de vocês, Craig, Loriana, Heather, Amy, Randy, Natalie, Catherine e tantos outros!) Minha gratidão por seu tempo e talento é sempre imensa, ainda mais pela perseverança que mostraram em tempos tão desafiadores e sem precedentes.

Minha enorme gratidão às muitas pessoas em Cracóvia que forneceram ajuda e conhecimento. Em primeiro lugar, minhas queridas amigas Bárbara Kotarba e Ela Konarska do Consulado dos Estados Unidos em Cracóvia, que me ajudaram a planejar a viagem quando pensei que iria para lá, e depois com recursos de longa distância quando descobri que não poderia. Agradeço a Anna Maria Baryla por sua expertise sobre a Cracóvia e a língua polonesa, a Jonathan Ornstein, do JCC Kraków, por nos colocar em contato, e a Bartosz Heksel por seu conhecimento sobre os esgotos de Cracóvia. Estou em dívida com a incrível verificadora de fatos Jennifer Young e com a editora Bonnie Lo. Como sempre, os erros são todos meus.

Eu gostaria de agradecer a todos os trabalhadores essenciais. Estou pensando nos médicos, enfermeiros e profissionais de saúde, cujo trabalho incrível testemunhei em primeira mão quando estava no hospital. Também sou extremamente grata aos funcionários da mercearia que nos mantêm alimentados, aos entregadores que trazem o que precisamos, aos professores que aparecem todos os dias, seja pessoalmente ou on-line. Nada do que fazemos seria possível sem vocês. Estar longe das pessoas que amamos foi, sem dúvida, a parte mais difícil da quarentena. Estou enviando todo o meu amor e gratidão para minha mãe, Marsha, que é tudo para nós e ajuda com as crianças, o cachorrinho e muito mais para que eu possa escrever; para meu irmão, Jay; para meus sogros Ann e Wayne; às queridas amigas Steph, Joanne, Andrea, Mindy, Sarah e Brya. Que em breve todos nós possamos estar juntos novamente.

Finalmente, e acima de tudo, para aqueles que sofreram comigo na quarentena: a meu amado marido, Phillip, e às minhas três pequenas inspirações, todo o meu agradecimento e amor. Sou grata pelo tempo juntos em casa que esta quarentena nos propiciou, pelas manhãs preguiçosas e longas caminhadas e incontáveis horas no quintal. Estou especialmente impressionada com a resiliência de meus filhos e com o vínculo entre eles, que tornou tudo isso mais fácil de suportar. Eles me dão esperança de que sairemos disso tudo mais fortes e mais próximos para a luta.

Este livro foi impresso pela Cruzado,
em 2022, para a HarperCollins Brasil.
O papel do miolo é pólen soft 80g/m^2,
e o da capa é cartão 250g/m^2.